卷九

西子情 著

目錄

第一百一十一章　提早出發

蘇子斬擰開瓶塞，輕鬆地拎起酒罈，與陸之凌的酒罈相碰。兩罈酒罈共同地發出一聲清響，濃郁的酒香霎時飄散在了屋中，滿室酒香馥郁。

陸之凌將罈口對準嘴，揚脖就是一陣灌酒。

蘇子斬則是慢悠悠地喝了一口，便放下了酒罈。

陸之凌灌了一陣後，用袖子擦了擦嘴角：「好酒。」話落，瞪著蘇子斬，「說好乾了，你怎麼只喝一口？心疼你的好酒？」

蘇子斬嗤了一聲：「酒窖裡有上百罈，你覺得我會心疼一兩罈？」話落，拿起筷子，夾了一口菜，道，「我身體尚在恢復中，依舊在吃著天不絕的藥，花顏不准我喝酒傷身。」

陸之凌喊了一聲：「你倒是聽她的話，她如今在臨安，看不見，寒症十九年都沒能要了你的命，喝一點酒而已，也不至於。我豪氣干雲，你這也太綿軟無力了。本是許久未見了，來找你痛快喝一頓，不成想你如今這般廢物了。」

蘇子斬輕哼：「你嫌棄我廢物，可以不喝我的酒，出門翻牆，回你的國公府。」

陸之凌一噎。

蘇子斬將筷子遞給他：「醉紅顏要慢慢品，你這般牛嚼牡丹的牛飲，真是糟蹋了我的酒。再說了，滴米未進，飯菜未食，你這般喝酒，容易傷身。」

陸之凌歎氣，像是第一次認識蘇子斬：「絮絮叨叨，婆婆媽媽，你何時這般像管家婆了？」

蘇子斬忽然沒了話。

陸之凌瞧著他，放下了酒罈：「罷了！罷了！聽你的，慢慢喝，不糟蹋你的好酒，反正我就知道你也只給我這一壇喝，的確要慢慢喝。」話落，又眨著眼睛問，「你酒窖裡有上百壇醉紅顏，留了多久了？還要繼續留下去？如今封了五年，再封個十年八載，這酒大約更香醇了。」

蘇子斬搖頭：「太子殿下與太子妃大婚，便飲醉紅顏。」

陸之凌聞言呆了呆，盯著他看了好一會兒，一拍大腿，翹起大拇指：「蘇子斬，小爺服你。」

蘇子斬淡笑，他連人都不爭了，不喜的朝局都入了，更何況她愛喝的酒？她一定喜歡大婚時，流水宴席中擺滿了醉紅顏，滿城飄著醉紅顏的酒香吧！娘親在天之靈，看到雲遲大婚，他贈酒，定也十分欣慰。

二人吃了幾口菜，陸之凌一改牛飲，聽了蘇子斬勸，慢悠悠地喝著酒，商議起了背後之人所行諸事與雲遲大婚期間京城以及京城到臨安的諸事安排。

兩人是自小的交情，陸之凌與蘇子斬言笑閒談，總比跟雲遲多了幾分自在愜意暢所欲言，所以，二人一邊喝著酒，一邊秉燭夜談，直到深夜。

陸之凌一大壇酒下肚，果然醉了，由人扶著去安置的院落休息了。

蘇子斬只喝了小半壇，並沒有睏意，一個人坐在滿室飄香的窗前，看著窗外簌簌而落的飄雪，靜坐了一會兒，蹙眉，對外喊：「青魂。」

「公子。」青魂應聲現身。

蘇子斬問：「外面的雪似乎下大了，雖然京城近幾十年來還沒遇到罕見的大雪，但今年不同往年，你去東宮說一聲，讓太子殿下找人觀觀天象，若是京城近日裡有大雪，他不想延遲婚期，必須提前啟程前往臨安。」

青魂一愣，脱口道：「公子，這……不會吧？」

蘇子斬看著窗外道：「我住在花家期間，在花家的藏書閣裡閱覽了不少書，其中便有觀天象的許多古籍，記得有一本古籍中提道，夜玄月，啟明隱，天必變，夏有驚雷，冬起大雪，驚雷犯水，大雪起災。」

青魂聞言立即道：「屬下這就去東宮。」

「嗯。」蘇子斬點頭，擺了擺手。

青魂立即出了武威侯府公子院落，去了東宮。

雲遲在議事殿待到很晚，他離京前要安排的事情太多，處處都得仔細部署，出了議事殿後，才發現天空不知何時飄起了雪，這雪與在北地時的雪相差無幾，他蹙眉看了兩眼，上了馬車。

回到東宮時，已是深夜，小忠子高高地舉著胳膊撐著傘為雲遲擋著大雪邁進門。

雲遲一邊走一邊道：「去鳳凰西苑住。」

小忠子應了一聲是，轉道隨著雲遲前往鳳凰西苑，同時小聲問：「殿下，福管家今日還説起了，您與太子妃大婚在即，東宮的東西兩苑是不是要重新布置一番？」

雲遲腳步頓了一下：「這半年來，不是一直在收拾布置嗎？」

小忠子立即笑著説：「您與太子妃與別的夫妻不同，不分院而居的話，以後自然是要待在一處的。福管家的意思是要著重收拾東苑還是西苑？」

雲遲恍然，當初他母后姨母在世時，為他修建東宮，分別設立了鳳凰東苑與鳳凰西苑，東苑是他的住處，西苑是太子妃的住處，這也是自古以來的規制，就如皇宮中他父皇母后分別有自己的寢宮一樣，而朝野上下，高門貴裔府邸，也皆是如此。概因皇宮有三宮六院，貴裔府邸有三妻四妾，而他與花顏，夫妻一體，自然與別人不同。

於是，他仔細地想了想說：「布置東苑吧！以後太子妃與我一起住在東苑。」

東西相比，東為貴。

小忠子點頭：「好嘞，奴才就告訴福管家安置東苑。」

雲遲頷首，但依舊往西苑而去，西苑是花顏在東宮時住的地方，依舊殘留著她的痕跡，他每當想她了，就忍不住要住去西苑。

雲遲到西苑，進了房門，沐浴換衣後，簡單用了些飯菜，剛要歇下，雲影稟告：「殿下，青魂求見。」

雲遲抬眼，向外看了一眼，青魂已立在了窗外，他便問道：「青魂，何事？」

青魂在外拱手見禮，將蘇子斬的話一字不落地傳達給了雲遲。

雲遲聽罷，眉頭皺緊，從屋中踏出房門，站在屋簷下，看著外面大雪飛揚，沉默了片刻，道：「給你家公子回話說本宮知道了，不必找人觀天象，本宮信他，會儘快安排起程。」

青魂應是，見雲遲再無話傳達，便出了東宮。

雲遲在青魂離開後，對小忠子吩咐：「召集東宮所有幕僚連夜議事。」

「是。」小忠子暗想著今日殿下又歇不了了。

東宮的所有幕僚很快都趕到了雲遲的書房，暗想著太子殿下在這樣的大雪天召集所有人議事，一定是有很重要的事兒。

在所有人都到齊之後，雲遲果然宣布，明日他便起程，前往臨安，否則京城若是因幾十年罕見的大雪封山封城，便會延誤迎親。

對於他與花顏的大婚之期，就算天上下的不是雪，是刀子，他也雪刃無阻。

於是，東宮的幕僚們依照雲遲早就做好的布置安排，紛紛領命。

東宮的幕僚下去後，雲遲又連夜召集了禮部的官員。

陪同雲遲前往臨安迎親的官員名單早已列好，禮部一直在著手準備大婚事宜。

雖然如今因天氣原因事態緊急，但也不過是匆忙些，禮部的人還不至於因得到太子殿下明日要出京的消息而兵荒馬亂，眾官員紛紛表示，若是太子殿下明日起程，連夜就可準備好隨太子殿下出發離京。

禮部的人離開後，雲遲又召集了幾名朝中重臣，趙宰輔、武威侯、安陽王、敬國公等，請幾人配合陸之凌固守京城部署。

幾人紛紛表示一定配合陸之凌，等候太子殿下平安接太子妃的迎親隊伍回京。

幾人離開後，雲遲又進了一趟皇宮，連夜見皇帝。

皇帝懷疑：「你覺得看這天氣，京城當真要遇到幾十年難得一遇的大雪？」

雲遲道：「八九不離十。」

皇帝擺手：「既然如此，你安排好一切，明日就出發吧！路上小心。」

雲遲頷首，出了皇宮，沒回東宮，而是去了武威侯府子斬公子的院落。

蘇子斬並沒有睡下，本打算明日一早待陸之凌醒了，他們一起去東宮再與雲遲商議一番他離京前的具體安排，不成想他忙了一夜，在天明時分先來了他的府邸。

他吩咐牧禾喊醒陸之凌，等雲遲進房門。

陸之凌喝了一壇醉紅顏，心滿意足地呼呼大睡了過去。

牧禾得了蘇子斬的吩咐，連忙吩咐廚房熬了一碗醒酒湯端給陸之凌，卻怎麼也喊不醒他起來喝，無奈地對蘇子斬稟告：「公子，陸世子醉得很，喊不醒人，醒酒湯奴才也不敢硬灌。」

蘇子斬伸手入懷，拿出一個瓶子，遞給牧禾：「從這裡倒出一丸醒酒藥給他塞嘴裡，既然他醉的這般厲害，睡得這麼沉，估計只有天不絕的藥能喊醒他。」

牧禾接了，連忙依照蘇子斬的吩咐，大著膽子硬塞進了陸之凌的嘴裡。

陸之凌感覺有東西進嘴，砸吧砸吧嘴，很是香甜，翻了個身，繼續睡去。

牧禾看著陸之凌，無奈地想著陸世子心可真大，來了公子的院子裡這般放心醉死大睡，給他吃藥他就吃，真不怕是毒藥毒死了他?!

雲遲來到後，有人請他進了蘇子斬的房間。

自從武威侯夫人無故在東宮故去，這五年來，蘇子斬看雲遲更不順眼，幾乎到了水火不容的地步，這還是五年來雲遲第一次踏足他的院子。

天空飄著大雪，地面上鋪了厚厚的一層雪被，靴子踩在雪上，發出咯吱咯吱的響聲。在寂靜的夜裡，十分清晰。

蘇子斬迎出了房門，立在屋簷下，看著雲遲一步步走來。

曾經，他娘親在世時，最喜歡往東宮跑，也最喜歡隔三差五將雲遲拉來他的院子，就是為讓他們表兄弟和睦相處，可以說是煞費苦心。但到底直到她死，他們也沒和睦過。

他娘沒做成的事兒，卻讓花顏做到了，如今他們二人因為花顏，反而和睦一致，世事難料。

公子院落裡的人得知太子殿下來了，紛紛出來迎接，跪地見禮。

雲遲擺擺手，一夜勞累，嗓音有些暗啞：「都免禮。」話落，看了蘇子斬一眼，「穿的這麼單薄出來做什麼？以前也沒見你守禮出來迎我。」

蘇子斬聞言轉身先一步進了屋，丟下一句話：「以前我不吃皇糧俸祿，如今不是在你手底下討生活嗎？」

「你倒是有了自知之明。」雲遲失笑，在他身後進了屋。

屋中依舊飄著醉紅顏的濃濃酒香，馥郁甘醇，令人聞著就醉了。

蘇子斬在屋中待的久了，又喝了酒，更是滿身酒香。

雲遲邁進門後，蹙眉看著蘇子斬：「你身體不好，不能飲酒，怎麼沒管住自己？」

蘇子斬坐下身，親自給雲遲倒了一盞茶：「喝了一點兒，多數都是陸之凌喝的。」話落，補充，「你別告訴你的太子妃，否則我吃不了兜著走。」

雲遲哼了一聲：「才懶得告訴她操心你。」

蘇子斬嗤笑，斜睨了他一眼，也不計較，對他問：「明日起程？都安排好了？」

雲遲頷首：「基本都安排妥當了，剩下有些事兒，就靠你與陸之凌了。」

蘇子斬點頭：「他醉了，已喂他吃了醒酒丸，估計一會兒就醒。你可以趁他沒醒來前休息一會兒。」

「不必。」雲遲搖頭，端起茶盞，茶很熱，驅散了他一身寒氣。

蘇子斬見他衣袍上還掛著冰霜，對外吩咐：「來人，吩咐廚房熬碗薑湯，再端些飯菜來。」

「是。」有人應聲，立即去了。

雲遲折騰了一夜，如今天快亮了，便沒意見地領了蘇子斬的好意。

兩盞茶後，陸之凌穿著皺巴巴的衣服，一副被喊醒的迷糊的樣子進了屋，他走得急，邁進門時險些絆倒，進屋就問：「出了什麼急事兒？我以為今夜無事。」

雲遲看了陸之凌一眼，慢聲道：「外面的雪下的大，怕是京城要遇上幾十年難得一遇的大雪，為了不耽擱婚期，我明日便起程，所以只能喊醒你了。」

陸之凌聞言頓時清醒了，他恍然地一拍大腿：「是了，我與花灼分別時，聽他說過一句，說這天象似乎不太對，怕是又要有天災。如今這天災要應驗在京城嗎？」他一邊說著，一邊唏噓，「那趕緊的，你還不出發，坐在這裡一副清閒的樣子做什麼？」

小忠子聞言無語地看著陸之凌，憋了憋，才忍住沒插嘴，暗想太子殿下已忙累了一夜好嗎？哪裡一副清閒的樣子了？是陸世子您回京後，這一日夜裡才是真正清閒得很，在東宮睡了一日不說，又來子斬公子這裡喝酒大睡，連家都不回。

雲遲揉揉眉心：「來找你商議，安排些事情。」

陸之凌撫平衣服上的褶皺，一屁股坐了下來，後悔不已地說：「早知道我不喝酒了。」

蘇子斬瞥了他一眼：「花灼既然與你提到天象有變，你進京後怎麼沒提一句？」

陸之凌十分冤枉地說：「他就是望了一下天，隨口說了一句就起程走了，我以為做不得真。若是十分要緊，他豈不是會鄭重跟我說一聲？」

蘇子斬頓時笑了，看向雲遲：「看來你還沒收買好你這位大舅兄，他大約心裡還是不太願意你這麼早和他妹妹大婚。所以，你誤了婚期，他也不提醒，早知道我也不提醒你了。」

雲遲溫聲道：「也怪本宮沒用，花顏本來該在臨安待嫁，但偏偏為了我去了北地，且受了這麼重的傷。換成是我嫁妹妹，也恨不得推遲大婚之期。」

「你倒是明白。」蘇子斬嘲笑了一句。

陸之凌也嘖嘖了一聲：「也是我妹妹啊！可是我知道花顏一定很想儘早嫁給你，說什麼也不同意更改延遲婚期。否則，我也不至於馬不停蹄地連夜進京，這會兒才歇過來，喘了口氣。」

蘇子斬道：「你當我不是因為知道她的意思，眼看天變，才讓青魂去東宮提醒？」

雲遲淡笑：「多謝了！」

蘇子斬和陸之凌領了雲遲這句謝，齊齊不再說話。

不多時，廚房端來飯菜，又端來了一大碗薑湯放在了雲遲面前。

雲遲也不客氣，先喝了半碗薑湯，又拿起筷子用了些飯菜。

蘇子斬與陸之凌自然吃不下，等著他吃完，三人商議起京城暗中安排之事。除了防背後之人在雲遲離開京城後作亂，還要想對策應付可預見的大雪，提前讓百姓們做好防禦措施。

三人商議到天明，總算商議妥當。

因皇帝身體抱恙，雲遲將監國之權暫時交給陸之凌和蘇子斬，回到東宮後，下了儲君旨意。

旨意一出，朝野上下百官皆震驚，沒想到雲遲對陸之凌與蘇子斬的信任到了這等地步。古往今來，監國之權，從沒給過初入朝局的大臣，一般都是皇子王孫，或者是朝中重臣。

陸之凌與蘇子斬雖然一個在西南境地立了大功，一個在北地立了大功，但在朝堂上，都還是個新人，身居高位手握重兵肩負要職的新人。

雲遲便這樣將監國之事交給了他們，雖然說另外立了趙宰輔、安陽王、武威侯、敬國公四人輔助，但大權還是在這二人之手。

這儲君旨意將朝臣們砸的懵了幾懵，在他們還沒回過神來時，雲遲已帶著禮部的一眾官員與十萬兵馬起程出了京城，前往臨安迎親了。

皇帝信任雲遲，自然對他的安排沒有意見，在雲遲離開後，蘇子斬與陸之凌主動進宮拜見了皇帝。

皇帝雖臥病在床，氣色卻不錯，見了二人，笑呵呵地說：「太子殿下既然將朝堂交給了你們二人，你們二人不必事事稟告朕，看著安排。太子殿下信任你們，朕就信任你們。」

蘇子斬和陸之凌恭敬地點頭，都暗想著皇帝雖孱弱，但的確算得上是明君聖主。南楚江山有這樣的皇帝，是太子和江山的幸運。

二人告退出了帝正殿後，便前往金殿上朝。

二人自小交情頗篤，事情又是提前商議好的部署安排，早朝上，群臣雖然心中又是震驚又是質疑又是複雜猜想揣測，但面上卻都不敢表現出來，所以，二人監國後的第一個早朝十分順利。

早朝後，針對即將面臨的大雪防禦政策與告示，便以京城方圓五百里的地界設定張貼了出去。其餘的部署也在緊鑼密鼓地安排，十分乾脆果斷快速。

雲遲離開京城時，雪已下得更大了，天地一片銀白。

迎親的隊伍為天地間點綴了一條紅色的綢帶，在雪白中，車廂掛著紅綢，馬鬃栓著紅帶，士兵們腰間配紅繩，看起來都十分的鮮豔奪目。

雲遲一夜未睡，坐在車中，翻閱卷宗。

小忠子陪在身邊，睏得直打盹，一下一下地磕著車壁。

雲遲抬眼看了他一眼，道：「去後面的馬車上睡吧！這裡不用你侍候。」

小忠子搖頭，捂著腦袋說：「奴才陪著殿下。」

雲遲好笑：「睏成了這個樣子，還怎麼陪著本宮？趕緊去睡，別廢話。」

小忠子試探地問：「殿下您不睏嗎？這車廂裡放著暖爐，暖和的很，您也睡一覺吧！待到了臨安，太子妃見您精神，一定很高興。」

雲遲擺手：「本宮暫且還不睏，你先去睡，一會兒睏了，本宮自會睡。」

小忠子點點頭，實在睏意濃濃，便下了馬車，去了後面的車廂。

雲遲在小忠子下了馬車後，繼續翻閱起了手中的卷宗，看了會兒，對外面喊：「雲影。」

「殿下。」雲影應聲現身。

雲遲問：「鄭太醫的下落還沒查到？」

雲影搖頭：「回殿下，還沒查到，暗衛得回消息，鄭太醫告老後，並未回鄉，不知所終。」

雲影點頭，對他說：「去查一個叫閆澤的人，他是鄭太醫的遠方表侄，南楚三百八十年任職兵部庫布主事，三年後因老母病故辭官，丁憂在家，再未起復。」

「是。」雲影應聲，「屬下這就派人去查。」

雲遲「嗯」了一聲，又問，「那位韓大夫，本宮忘記問蘇子斬了，派人折回去問問，他去了哪裡？」

「是。」雲影應聲。

雲遲又問：「去年從兆原縣通關的商隊，可都查出來了？」

雲影道：「回殿下，去年從兆原縣通關的商隊有很多，恐怕還需要些時日。」
雲遲頷首：「好！下去吧！」
雲影退了下去。
雲遲握著卷宗，又盯著閆澤的名字看了一會兒，放下了卷宗。
因大雪天，趕路緩慢，但飛鷹不懼大雪，所以，雲遲的書信先一步地送達了臨安花家。
在雲遲出發的兩日後，臨安收到了雲遲已起程迎親的消息。
花灼收到了飛鷹傳書後，拿著信箋笑了一聲：「他倒是來的快，我還以為過幾日京城大雪封山，他怎麼也要延遲婚期了。」
夏緣在一旁聽的不對味，看著花灼，不解地問：「怎麼了？太子殿下提前來迎親，有什麼不對嗎？」
花灼拍拍夏緣的腦袋，聲音頗有幾分情緒地說：「沒有什麼不對，只是捨不得嫁妹妹，不想他來罷了。」
夏緣聞言笑著瞪了花灼一眼：「大婚之期是早就定好的，難道你要反悔阻攔？即便你攔著太子殿下，也攔不住花顏。她出嫁之心迫切的很。」
花灼聞言輕哼了一聲：「女兒家外向，白疼她了。」
夏緣抿著嘴笑，挽住花灼手臂：「你捨不得花顏嫁，我也捨不得，咱們跟去京城吧！好不好？她這副身體，我們誰都不放心。」
「嗯，自然是要跟去的。」花灼道。
夏緣將信從他手中抽了出來，說：「我去告訴花顏，她知道太子殿下提前來迎親了，一定很高興。」說完，她腳步歡快地踏出了房門。

花灼揉揉眉心，無奈地對在一旁研究醫書的天不絕問：「難道是陸之凌聽進去了我那日觀天象說的話？回京後告訴了太子殿下？」

天不絕想了想：「不見得，陸之凌那小子顯然沒將你那句話當回事兒。」

花灼又想了想當時陸之凌的神色，跟著他望了望天，一副摸不著頭腦的樣子，他琢磨了片刻道：「難道是蘇子斬？他在花家時，研讀過星象古籍。」

天不絕又想了想：「那小子聰明得很，說不準，他如今與太子殿下穿一條褲子，兩個人沒成生死仇人，反而越發和睦了，也是稀罕。」

花灼認定了是蘇子斬，也笑了：「看來是了。」

天不絕嘖嘖一聲：「看來你再捨不得，也得讓那臭丫頭出嫁了。」

花灼歎了口氣：「我料定那統領定然不會善罷甘休，一定要除妹妹而後快，解他心頭之恨，她進京這一路註定不平靜。我只是擔心她身體，她如今這般弱不禁風，怎麼受得住？偏偏一個誓死要娶，一個誓死要嫁，誰也不想延遲大婚。若是延遲大婚，妹妹一心待在臨安養傷，我就不信誰能來臨安捅翻了臨安的天。」

天不絕放下醫書道：「花家世代居住臨安，是臨安名副其實的王。就連當年太祖爺兵臨臨安城下時，也是先修書一封，禮遇對之，更何況旁人？背後之人就算再厲害，在臨安哪怕有暗探，但也沒有多少根基。臨安自然是天下最安全的地方。」話落，他話音一轉，「但話又說回來了，世事變化，誰知道以後是什麼樣？花顏不可能一輩子窩在臨安，而太子殿下等著大婚後登基親政。耽擱不得。」

「也是。」花灼點頭，「都幾日了，你還沒研究出法子嗎？」

「沒有。」天不絕一下子頹喪了臉，「你們兄妹二人，生來就是折騰我的，救好了一個又來了一個，真是上輩子欠了你們的。」

花灼笑了笑：「祖父還沒從雲霧山返回，但願他能找到那株千年野山參。」

「能找到最好，否則依花顏如今這樣子，真是讓人擔心得緊，別說大婚有沒有力氣了，就是喘氣都還擔心她會不會突然斷氣。」天不絕擺擺手，「太子殿下都出發了，接下來送親之事有的忙了，你快去忙吧！」

花灼點頭。

夏緣拿了雲遲的書信去了花顏苑，見到花顏時，笑咪咪地將信遞給她：「你朝思暮想的太子殿下來信了。」

花顏一聽，連忙伸手接了過來，她這兩日越發地沒力氣了，又如那日動用了本源靈力重傷之後一樣，感覺身體的力氣和精神一點一點地在被抽乾。

她費力地展開信箋，看著雲遲熟悉的字跡，這一封信不是給她而是給哥哥的，所以，只有薄薄的一頁，言簡意賅地說他已起程前來臨安迎親，有些事宜，請哥哥儘早準備。

花顏將信讀了兩遍，放下信箋，對夏緣微笑：「京城大雪，難為他提前起程了，這兩日要安排京中諸事，抽身出來，一定忙累辛苦得很。」

夏緣想說誰不辛苦啊！她都好幾夜沒睡著覺了，看著花顏蒼白日漸沒多少血色的臉，唇角早先的笑意和喜悅漸漸地消失不見，默默地點了點頭。

花顏伸手拉住她的手：「嫂子更辛苦，每夜躺在我身邊翻來覆去。」

夏緣訝異：「你知道？」

花顏好笑：「我自然知道你是愁的，我的身體至今沒想到法子，天不絕愁白了頭，你也要當心早生華髮啊！」

夏緣瞪了她一眼：「我若是早生華髮能愁出法子來，也值了。」話落，她憂心忡忡地說，「所有能想出的法子，我與師父都想過了。怎麼辦呢？如今就指著祖父能帶回千年老山參了。」

「哥哥也派了不少人去雲霧山吧？」花顏問。

夏緣點頭：「是派了一大批人去幫助祖父找。」

「千年老山參難遇，是隨緣的。」花顏看著窗外，「這雨終於停了，明日該有太陽出來了，都好幾日不見陽光了。」

「是不是想出去走走？今日天涼，你再忍忍，明日出了太陽，我陪你出門曬曬太陽。」

花顏望著窗外，想了想說：「我也想去雲霧山走一趟。」

夏緣蹙眉：「不行，你的身體受不住。」

「你陪著我。」花顏道，「我去將四百年掛在那裡的長明燈親手解下來。」

夏緣沉默了一下，小聲說：「你是要徹底斷了前塵？」

「嗯。」花顏點頭，「早就該斷了，如今大婚前斷個乾淨，懷玉在天有靈……」她想說什麼，忽然住了口，淡淡地笑了，「哪裡還有什麼在天有靈？都與我沒什麼干係了。從今往後，只雲遲與我有關，生生世世有關。」

夏緣聞言道：「需得花灼同意。」

花顏淺笑：「雲霧山是靈山，是花家的靈脈，哥哥會同意的。」

當日，花灼來了花顏苑後，花顏與他提了明日想去雲霧山一趟的想法。

花灼蹙眉：「你的身體可行？」

「行的。」花顏點頭，「雲霧山中氣息純淨，也許對我身體大有益處。」

花灼想想也是，點頭：「好，今日準備一番，明日我陪你去雲霧山走一趟。」話落，又道，「你曾經說過花家的一處禁地，我在雲霧山轉了許久，並沒有找到。詢問過祖父，祖父似乎也並不知曉。至於你說的那卷從太祖母手中拿到的古籍，我問過太祖母，他說是太祖父臨終前交給她收著的，是祖宗傳下來的。」話落，看著她詢問，「如今你想起了魂咒是你自己所下，可知道那處禁地所在？」

花顏點頭：「四百年前，太祖爺登基後，大肆招納天師道士作法，意圖招回我的魂魄，讓我死而復生。我無奈之下，對自己下了魂咒，同時，為了斷絕他的後路，在下魂咒的同時，以意念封了雲霧山的那處禁地，不讓他再找到靈脈根源，想出別的復生我的法子，但同時又怕斷了花家傳承，所以，將那本古籍從禁地中調了出來，送到了當初我父親的手中，才流傳到今日。」

花灼聞言道：「這麼說，你知道那處禁地在哪裡了？」

「嗯。」花顏點頭，「所以，我去一趟。」話落，歎了口氣，「自己造成的因果，自然要自己收拾。但我如今一絲靈力也沒有，怕是也解除不了當年與魂咒同時布下的靈陣。」

花灼看著花顏，忽然輕哼：「京城距離雲霧山千里之遙，你能隔空用意念布陣，也是開了我雲族靈術累世傳承的先河了。歷代先祖若是活著，當誇你天賦異稟。」

花顏仰起臉淺笑：「四百年前，我出生時，鳳凰來棲，霞光覆蓋花家七日。當日我祖父就說，我有天緣。」話落，她收了笑，「他為我卜了卦，說我命裡有劫，若能避開，一世無憂，若是避不開，必早隕折。」

「所以，沒避開？」花灼挑眉，花顏很少會說她四百年前的人與事兒，她未以南陽王府小姐的身分入東宮時，到底在花家是如何生活的，也從沒說過。

「嗯。」花顏點頭，「自然是沒避開的，懷玉是我的劫。祖父為我卜了那一卦後，雖卜出了我有一死劫，但卻算不出是什麼時候，於是，從我出生起，他就將我拘在花家，親自教導我，讓我學盡了花家所有絕學，尤其是雲族術法傳承，他想我若是有了通天的本事，又有誰能奈我何？」

花灼點頭，靜靜聽著。

花顏歎了口氣：「一直到了我十四歲，大約是應了那句適得其反的話，我把花家的所有東西都學會了，無聊之際，就想看看外面的天是什麼樣？於是，祖父再也拘不住我，我便偷偷地溜出了花家，也就是在那一年，遇到了懷玉。」

花灼瞇起眼睛：「你祖父卜錯了卦，不是死劫，是情劫。」

花顏搖頭：「也沒錯，死劫伴著情劫而生。」話落，她悵然地道，「我枉費了祖父一番苦心，對懷玉一見鍾情，即便知道他是東宮太子，說什麼也要隨著他嫁入東宮，死不回頭，甚至不惜為他自逐家門……」

花灼恨鐵不成鋼地說：「活了兩輩子，你最會的就是閉著眼睛往前衝，最沒學會的就是後退一步海闊天空。」

花顏微笑，看著花灼：「哥哥，我當時真是認真想過了的，比起愛一個人，一世不能相守，一生荒蕪，空空蕩蕩過一生，我寧願飛蛾撲火，陪他碧落九泉。」

花灼道：「可惜，你飛蛾撲火，他也不讓你陪他碧落九泉，枉費了一生。」

花顏搖頭：「為何稱之為劫，大體也就是如此了。」話落，她聲音很輕地說，「有因有果，因果輪迴，若非前世因，如今也沒這個果，我也就不是如今的我了。」

花灼忍不住氣道：「如今的你也沒好到哪裡去，還那麼死心眼，幸好雲遲不糊塗。若我是四百年前的花家人，他若負你，哪怕死了，我也要將他碎屍萬段。」

花顏氣笑：「哥哥說錯了，我如今已學會了太多東西，若非明白退一步海闊天空，我便不會在蠱王宮答應雲遲。若是四百年前的我，我怕是當即就性子烈的放棄子斬與我的命了，也不會看見他的好，不會愛上他，更不會有今日，更不會為了雲遲和南楚江山，受我拖累，拖了你和花家攪入皇權江山社稷。」

花灼一時沒了話：「也有道理。」

花顏說了一番話，覺得嗓子發乾，伸手推他：「哥哥，給我倒一杯水，與你說了半天話，你都沒想到要給我水喝，果然沒嫂子細心貼心。」

花灼瞪了她一眼，轉身給她倒了一杯水：「慢點兒喝。」

花顏伸手接過，費力地捧著水杯，慢慢地喝著。

花灼看了她一會兒，猶豫了一下，還是對她說：「我一直沒與你說，你將蠱王與書信送回桃花谷時，我見蘇子斬難受得恨不得死掉，卻一聲不吭的模樣，給他與你卜了一卦。」

花顏喝水的動作一頓，抬頭看向花灼。

花灼道：「你的天定姻緣雖是雲遲，但子斬早折之命卻因你死而復生，你也算更改了他的運數。所以，當時你星芒晦暗，命數浮動不定，他若出桃花谷去南疆奪你，也是有天運的，也許當時真能劫了你與雲遲的天定姻緣。」

花顏一怔。

花灼道：「不過子斬命裡帶煞，他若是爭奪，怕會江山動盪，九州染血，生靈塗炭。」

花顏低下頭，繼續喝水。

花灼見她臉色平靜，歎道：「所以，蘇子斬放棄了。」

花顏慢慢地喝完一杯水，將空杯子遞給花灼：「我欠子斬良多。」

花灼不置可否，將空杯子甩手扔去了不遠處的桌子上，對花顏道：「當初，你選定了蘇子斬，是否也是看到了與他有一線機緣？我便不信憑你的本事，會看不出來。」

花顏點頭：「我沒哥哥看的那麼深，只不過是在他背著我夜行三十里路時，我忽生意動卜了一姻緣卦，那時，的確是卜出了我和他的一線姻緣。所以，後來我才毫不猶豫地選了他。」

「只不過你也沒料到，天意不可違，引他到桃花谷後，偏偏需要南疆蠱王。」花灼道。

「嗯，是啊！沒料到。後來，我在去蠱王宮前，夜觀天象，那時，我還沒認命，但在蠱王宮，命懸一線時，雲遲獨自一人衝了進去，我就認了，他待我，深情似海，彼時，已忘了自己是儲君了。」花顏道，「我還有何所求呢？」

花灼頷首，拍了拍她的頭：「行了，總歸這些都是過去的事兒，不說也罷。你也累了，歇著吧！」

花顏點頭，乖乖地躺回了床上，卻伸手拽著花灼的袖子撒嬌：「哥哥哄我睡，在北地時，我那時渾身疼的極厲害，大哥就哄我入睡。」

花灼白了她一眼：「你如今又不疼了，多大的人了？拿我與陸之凌比？膽子大了！」

花顏拽著他的袖子不鬆手，笑著說：「我如今雖不疼了，但力氣似一點點的在被抽乾，也難受得很，你哄我。」

花灼聞言伸手拍她，語氣柔了些，心裡雖心疼，但嘴上卻不說：「好了，本就沒多少力氣，別鬧了，我哄你入睡，睡吧！」

花顏閉上了眼睛。

花灼一下一下輕輕地拍著她，似乎又回到了小時候，她每次哄著他入睡的日子。如今他們都長大了，卻反過來了。

四百年前，她的前十四年在花家拘著，後七年在皇宮，所以，大約才造成了她今生從小就喜歡往外面跑，遊歷天南海北。

果然是有因有果。

不多時，花顏便睡著了，花灼卻沒在她睡著後立即離開，而是輕拍了她許久。

第一百一十二章 消失的禁地

第二日，夏緣早早為花顏收拾梳洗妥當，花灼吩咐人備好了馬車，親自陪著她前往雲霧山。五皇子、程子笑、夏澤三人沒去過雲霧山，聽聞花顏要去，便詢問花灼是否可以跟著去看看。花灼沒意見，於是，三人一起跟著去了雲霧山。

來到湖邊，船已備好，花灼抱著花顏進了船艙。

雖是冬日，但臨安著實是個溫暖怡人的地方，尤其是雨停了，太陽出來，陽光普照，不寒冷，反而帶著幾分北方春日裡的暖意。

夏緣給花顏穿的很厚實，又裹了厚厚的披風，頭戴笠帽，面前有輕紗隔著，不會讓她因船艙內開著窗子而吹到太多湖風。

一行人坐在船艙內，在湖水中行出一段路後，五皇子感歎：「臨安的山水宜人，風光極美，與世外桃源無異，讓人來了，就不想走了。」

程子笑微笑：「想落居臨安？以你的皇子身分，不大可能。」

五皇子點點頭：「我只想想罷了。」

花顏聞言微笑：「如今的確是不可能，朝廷正是用人之際，太子殿下辛苦培養一眾兄弟們，可不是讓你們整日裡遊手好閒的。五弟隨我大婚回京後，怕是太子殿下也要安排你入朝的。」

五皇子頷首：「四嫂說的是，否則四哥便不會放我出來與你前往北地長見識了。」

花顏隔著輕紗笑看著他：「你若是真實在喜歡臨安，待天下太平後，與太子殿下商量，他也會同意的，多不過幾年的事兒，定要天下太平。」
五皇子眼睛一亮，拱手：「多謝四嫂，我等著那一日。」
花顏「嗯」了一聲。
夏澤小聲說：「顏姐姐，待天下平定後，我也來臨安居住好不好？」
他坐的離花顏近，花顏伸手就能點到他額頭：「小小年紀，不想著建功立業，偏想著浮生半日閒，你的志向呢？可不能這麼沒出息。」
夏澤睜大眼，看著花顏：「顏姐姐，剛剛五皇子與你說，你那樣一番贊同的話，怎麼到了我這裡，你就換了個說法？如此厚此薄彼，夫家的親弟弟是親弟弟，娘家的弟弟也該是親弟弟。」
花顏「噗嗤」一樂，「臭小子，這麼快就編排我厚此薄彼了。你怎麼就不想我是捨不得你？你們都來臨安，誰在京城陪著我？」
夏澤眨眨眼睛：「也有道理呢。」
夏緣捂著嘴笑，對夏澤道：「別聽她的，她是怕你們都來臨安，朝中無人幫助太子殿下治理江山，他是捨不得太子殿下辛苦呢。」
夏澤嘟起嘴。
程子笑在一旁笑著說：「你們願意來你們來好了，我雖也覺得臨安好，但是不如太子妃身邊好。如今她貴為太子妃，將來母儀天下，跟著她豈不是吃香喝辣？臨安的風景看久了，哪裡有一展鴻鵠之志大展抱負來的爽快？男子漢大丈夫，當該志向高遠，立不世之功，名垂千古嘛！」
花顏讚揚：「這個想法不錯。」
花灼瞟了程子笑一眼，沒說話。

花離在一旁道：「若是照七公子這樣說，我們臨安花家的人早死百八十次，也許早絕了後了。」

程子笑文言看向花離：「此話怎講？」

花離道：「臨安花家傳承千載，是因固守臨安，子孫從不入世，大隱隱於世。」

程子笑懂了，揚眉笑道：「難道花家就沒有不甘心的人？畢竟偏安一隅世世代代，任人都要有一顆淡泊名利之心，花家所有人都無一例外地做得到？」

花灼淡淡道：「若是不能做到，花家也不會傳承了千年。」

程子笑唏噓：「也是，若是我，我怕是做不到。」

花灼笑了笑。

花離一字一句地說：「程七哥怕是還不太瞭解花家！花家雖偏安一隅，但從未與世隔絕，守好臨安一片淨土不說，這千年來，也是守護了天下子民的。歷經朝代更替數次，也曾數次開放糧倉，救萬民於水火，只不過，從不載入史冊去要那不世功勳罷了。」

程子笑聞言正了神色：「原來如此，花家值得人敬佩。」

花顏微笑：「每個朝代，都會有人名傳千古，也會有人遺臭萬年，花家不過是有家規和立世守則而已，不能以常論衡量。」

程子笑點頭。

一行人說著話，你一言我一語，花顏也沒覺得累，沒過多久，便來到了雲霧山腳下。

夏緣望著高聳入雲，被雲霧籠罩的雲霧山，對花灼說：「綿延百里，如何找祖父？在雲霧山內，傳訊都不太容易。」

花灼道：「先上山，妹妹不是要去解長明燈嗎？先做了這一事再說別的。」

夏緣點頭。

花灼轉身對花顏道：「我背你上山？」

花顏點頭：「辛苦哥哥了！」

花灼笑了一聲：「我妹妹若是長命百歲，我辛苦些算什麼？」說著，將她背在了後背上，背著她上了山。

前面花家暗衛開路，後面有花家暗衛斷後，一行人走在中間，上了雲霧山。

花顏靠在花灼的後背上，摟著他的脖子，小聲說：「小時候我就常想，若是哥哥身體健康硬朗，我可以纏著你天天背著我玩，多好。沒想到，小時候沒達成的心願，這時候達成了。」

花灼氣笑：「若是小時候我身體好，你當我會讓你纏著我背？」

花顏笑吟吟地說：「你打不過我啊！我跳到你背上不下來，你也沒法子不是？不想背也得背。」

花灼輕哼了一聲，心裡卻想著，小時候他身體不好，讓他好是她最大的心願。那些年，她坐在床前不停地氣他逗弄他，卻在他幾次命在旦夕時紅著眼睛不准他死。如今這個小女孩已長大了，要嫁人了，他從出生就煎熬的那些年，如今想起來，不是病痛折磨，反而是深深的懷念。

花顏又小聲說：「哥哥，你若是捨不得我，以後就每一年都去京城住幾個月，反正咱們花家多的是人，不止安字輩的兄弟們，還有花離花容都長大了，可以頂事兒了。」

「嗯。」花灼難得不與她唱反調，「只要你好了，別說幾個月，我一直去京城住著也行。」

花顏卻搖頭：「不行，還有太祖母和祖父這些親人呢，到時候他們不止想我，還想你了。」

花灼失笑：「你就不會每年回來臨安住兩個月看他們？」

「也是啊！」花顏又笑了，「我從傷了本源靈力後，腦子好像越來越笨了。難道我的聰明勁兒要被上天收回了？」話落，她又細聲細氣地說，「我這副身子，不知道能不能……」

「別胡扯。」花灼打斷她的話，「一定會好的。」

花顏住了嘴，打起精神，也難得不與花灼唱反調：「哥哥說什麼都是對的。」

夏緣跟在花灼身後，看著走在前面的花灼和他背上的花顏，親眼看著花顏似越來越沒精神，心不由得提著，小聲喊：「師父……」

天不絕知道夏緣要說什麼，對她搖搖頭。

夏澤也敏感地察覺到了，伸手拽住夏緣的袖子：「姐姐，顏姐姐好像……要不我們別上山了，你與姐夫說，折回去吧！」

夏緣咬唇，終於忍不住喊了一聲：「花灼。」

花灼腳步頓住，轉身看夏緣：「怎麼了？」

夏緣看著他後背上的花顏，這麼片刻的功夫，她似已脫力得昏沉，眼皮都抬不起來了，腦袋枕在花灼的背上，勉力地摟著他的脖子，不讓自己從他身上滑下去。

她張了張嘴：「花顏她……」

花灼自然感覺到了，聞言抿唇：「沒事。」話落，對花顏說，「睏了就睡，到了我喊你。你要記住，你若死了，雲遲來了臨安，看到的是你的屍體，他也不用回去了。背後之人不費吹灰之力地殺了你們倆，怕是會仰天大笑。」

花顏倔強地小聲說：「才不讓他得逞，做夢！」

花灼笑著道：「嗯，所以，你最好心裡有數。」話落，示意夏緣稍安勿躁，背著花顏繼續轉身向山上走去。

夏緣不再說話。

一行人默默無聲地跟在花灼身後。

一個時辰後，上了山頂。

雲霧山遍布雲霧，但空氣卻不是讓人難受的瘴氣，而是十分清新空靈。

山頂上的霧氣不比上一次花顏帶著雲遲上來時稀薄，今日霧氣十分濃郁，觀景亭、月老廟、鳳凰樹的周圍，都彌散著濃濃雲霧。

鳳凰樹上掛著的紅布條，隱隱約約幾乎都看不清。

「咦？這裡竟然有一株鳳凰木。」五皇子湊近看了看，驚訝地出聲。

花離小聲說：「這株鳳凰木怕比東宮的那株鳳凰木要久遠的多，長了千年了。」

五皇子伸手比劃了一下：「怕是要幾個人合抱才能抱得過來，的確像是長了千年的鳳凰木，東宮的那株鳳凰木不過百年而已。」他說著，仰頭去看，依稀透過上面的燈盞泛出的燈光看到了熟悉的名字，他睜大了眼睛，「四嫂，上面有四哥和你的名字，咦？這筆跡像是四哥的。」

眾人聞言湊到了五皇子身邊，果然看到了雲遲和花顏的名字。

花灼伸手拍拍花顏：「妹妹，到了。」

花顏費力地抬起眼皮，看著眼前的景象，想起她帶著雲遲登上雲霧山，那時，他就站在這裡，說求他們生生世世相許，舉案齊眉，白頭偕老。然後，他就進了月老廟。

她仰起頭，目光看向月老廟，看了一會兒，又移向鳳凰木，對花灼說：「哥哥，放我下來，我自己上去。」

花灼蹙眉：「你自己能上去嗎？」

花顏頷首：「能的。」

花灼放開了花顏。

花顏身子一軟，幾乎站不穩要栽倒，就在花灼伸手要扶時，她扶住了鳳凰木的樹幹，對他搖搖頭。

花灼撤回了手，對她囑咐：「當心些。」

花顏點頭，仰望著高高地掛在鳳凰木樹梢上的那一盞長明燈，她如今沒有本源靈力，也沒有武功內力，自己無論如何是也上不去這株鳳凰木摘下這盞長明燈的。

所以，她也不想上去了。

於是，她低頭彎身撿起了地上的一顆石子，對身旁的人說：「你們都躲開些。」

眾人意會，都躲得遠了些。

花顏攥了攥石子，深吸一口氣，然後猛地一甩手腕，石子準確無誤地向那盞長明燈拋去，幾乎在一瞬間，聽到了「啪」地一聲擦裂的聲響，掛著長明燈的線繩被石子尖銳的那一端斬斷，長明燈沒了依仗，從樹梢上墜下，拴在長明燈上的紅綢也沒了依仗飄飄蕩蕩地落下。

花顏伸手，從無數飄落的紅綢中接了唯一寫了「雲遲花顏」名字的紅綢。

就在她接到這條紅綢的一瞬間，長明燈「啪」地一聲落在了地上。

燃了四百年的長明燈熄滅，完好了四百年的長明燈盞應聲而碎。花顏親手掛的長明燈，由花家人世代添燈油讓其長明不滅的長明燈，親手被花顏在今日熄滅打破。

花顏攥著紅綢，靠著鳳凰木的樹幹，心中一陣氣血翻湧，眼前瞬間黑了黑，又白了白，天地一陣星辰斗轉，她心口壓著的高山重石似一瞬間坍塌滾落，她心底驀地一鬆。

是那種真真正正的空空蕩蕩的一鬆。

緊接著，她一陣天旋地轉，身子徹底地軟倒在鳳凰木樹下，失去了意識。

花灼瞬間衝了上去，伸手抱起了花顏，大聲喊：「妹妹！」

「花顏！」夏緣也嚇壞了，隨後衝上前，急迫地喊了一聲。

「四嫂！」

「太子妃！」

「十七姐姐！」

一眾人都驚醒過來，紛紛衝上前。

天不絕落後了一步，看著圍上前的人，大喊了一聲：「都讓開，讓我看看她。」

眾人連忙慌亂地躲開，讓出一條路來。

天不絕上前，伸手給花顏把脈，他手剛碰到花顏的手骨，一股徹骨的寒意似從她脈搏處迸發而出，將他凍的渾身一個激靈，手猛地哆嗦的縮了回去。

「師父？」夏緣慘白著臉看著天不絕。

天不絕搓了搓手，定了定神，咬牙按到了花顏的脈搏處，手一下子感覺被她從脈搏處透出的冰寒凍成了冰棒，他強忍著在她脈搏處停留了一息功夫，才受不住地撤回了手，將手遞給花灼：「快！用你的回春術，給我暖暖手，否則老夫這一隻手一定會廢掉。」

花灼二話不說，便催動靈力，包裹住了天不絕的手，濃濃的青霧籠罩了片刻，天不絕才長舒了一口氣，道：「好了。」
花灼撤回手，便看著天不絕問：「妹妹如何？」
天不絕後怕地說：「邪門的很，這丫頭體內好像突然住了座冰山，不過不是絕脈之象，說不準如今是個什麼情況，不過應該沒有性命危險。」
花灼鬆了一口氣。
夏緣立即說：「我來把脈試試。」
天不絕立即攔住了她：「死丫頭，難道你還信不過師父？你也想被凍廢了手再讓花灼動用靈力傷身？」
夏緣自然信得過天不絕的，聞言撤回了手，對天不絕問：「師父，如今花顏的脈碰不得嗎？」
「嗯，碰不得。」天不絕道，「最好也別挪動她，她身體突然出現這等狀況，必有異處，她本就不同於尋常人，我們等等再說。」
夏緣看向花灼。
花灼點點頭，她抱著花顏，倒沒感覺到她身上的冰寒，他也想弄清楚她身體如今是個什麼狀況，於是，抱著她靠著樹幹坐下，手搭在了她脈搏處。
他手剛觸到她的脈搏，一陣凜冽的冰寒之氣瞬間通過他手指血液快速地凍僵了他的手，這冰寒之氣十分霸道厲害，他瞬間抽回了手，對自己的手用了個回春術。
「怎麼樣？是不是凍死個人？」天不絕對花灼問。
花灼點頭，面露異色：「不錯，他奇經八脈似都布滿了冰寒之氣，這倒像是……」
「像什麼？」天不絕問。

花灼搖搖頭：「不好說，她不是一直想要提前功法大成，想十八歲之前要個孩子嗎？也許，如今正是時機，她靈術本源空蕩無存，體內功法卻不知因為什麼原因，似突破了瓶頸迷障，好像要提前大成了。」

夏緣睜大了眼睛。

天不絕也睜大了眼睛。

一眾人都看著花灼懷裡的花顏，她安靜地躺在花灼的懷裡，似靜靜地睡著了。唯眉心處似籠了一層寒霧，讓她整個人的臉色如冰色。

天不絕立即說：「怪哉，這倒是好事兒了。」

「嗯。」花灼點頭，不確定地說，「也許因禍得福也說不定。」

天不絕忍不住搓手，對花灼說：「我還想再探探她的脈，這臭丫頭身體裡有太多的祕密，我恨不得給她解開。」

「你解不開。」花灼擺手，「不要白費力氣了，免得我還要救你這雙能活死人肉白骨的手。」

天不絕聞言遂放棄，納悶地說：「她剛剛都做什麼了？」話落，他看向四周圍著的人，「她也沒做什麼吧？就是打碎了那盞燈盞而已。」

花離在一旁補充：「不止打碎了長明燈，還接住了那紅綢。」

天不絕聞言看向花顏的手，她手裡緊緊地攥著那一條寫了「雲遲花顏」名字的紅綢，他稀奇地嘖嘖道，「這被打碎的長明燈和她手裡的紅綢有什麼玄妙不成？為何她突然變成了這般模樣？」

花灼道：「也許與心結有關，她結了四百年的心結，今日堪破了，才會如此。」

「不破不立？」天不絕問。

花灼頷首：「大抵如此。」

天不絕道：「待她醒來，我要仔細地問問她。」話落，又問，「你說如今我們說話，她有意識嗎？聽得見嗎？」

花灼低頭看花顏，她睫毛都不顫一下，似昏睡的很沉，怕是沒意識。

天不絕見花灼不答，一屁股坐下身，擺手：「大家都別站著乾等了，都找個地兒坐吧！我看她這樣怕是一時半會兒醒不來。」

眾人對看一眼，都各自找了個地方坐下。

夏緣挨著花灼看著花顏，小聲說：「她一直以來的心願就是要個孩子，看太子殿下治理天下，四海昇平。若真如你所說，如今功法因禍得福大成，那麼，她與太子殿下大婚後，估計很快就能有孩子。」

「想什麼呢？她這副身體，寒氣這麼盛，能有孕不易，就算有孕，懷胎十月能保胎更是不易。」天不絕道。

夏緣想想也對，閉了嘴。

一行人上雲霧山時，不到晌午，因為花顏昏迷後，不敢挪動她，陪著她圍坐在了鳳凰木下，這一坐，就到了傍晚時分。

雲霧山常年雲霧，雖不寒冷，但到夜晚時，濕氣卻十分的重。

花灼見花顏到傍晚還沒有醒來的跡象，便對眾人擺手：「花離，你帶著所有人先回花家。」

花離看向眾人。

夏澤當先搖頭：「我要在這裡等著顏姐姐醒來。」

「我也等著四嫂醒來。」五皇子道。

程子笑也表態：「左右無事，我也等著太子妃醒來。」

「她怕是今夜也不會醒來。」花灼道，「都陪著做什麼？若她醒來，我第一時間讓人給你們傳回消息。」

「我、夏緣留下，其餘人都回去。」天不絕大手一揮，「你們在這裡也幫不上什麼忙，她沒有性命危險，何必都跟著苦等？」話落，他一指夏澤，「尤其是你，身子骨還沒好俐落，正在調理期間，難道你想讓你姐姐隔三差五給你費心思換藥方子的心血白費？你想你咬著牙喝的那些苦藥湯子都白喝了不成？聽話！」

夏澤沒了話，乖乖地站起身。

程子笑和五皇子對看一眼，也站起了身。

花離也不想走，但是花灼有命，他也只能一步三回頭，想著快把這幾人送回去，趕緊再折返來雲霧山等著花顏醒來。

一行人離開後，只剩下了花灼、花顏、天不絕、夏緣四人。

夏緣道：「不知道花顏能不能在太子殿下來臨安前醒過來。」

「太子殿下剛起程不過兩日，沿途大雪，到臨安估計還需要四五日。」花灼低頭看著花顏，「四五日不算短，她總能醒來了。」

天不絕也點頭：「能醒來了，她惦記著大婚，捨不得不醒。」

三人說了一會兒話，晚飯由暗衛從山下帶上山。深夜時，花顏依舊沒醒來，因她身體古怪，也不敢挪動她，三人便這樣守了她一夜。

第二日，花顏依舊沉沉地昏睡著。

花離昨日送了夏澤五皇子程子笑三人回去，今日一早迫不及待地又上了雲霧山，與他一同上山的人還有剛從北地回來的花容。

二個半大少年，腳步輕快，天還沒亮就到了山頂，找到了鳳凰木下。

花灼抱著花顏淺眠了一覺，天未亮聽到腳步聲，睜開眼睛，便看到了花離和花容，他揚眉，溫聲問花容：「回來了？」

「嗯，回公子，我回來了。」花容點頭見禮，看向他懷裡的花顏，「十七姐姐還沒醒來？可還好？」

「沒有性命之憂。」花灼說著，伸手給花顏把脈，脈象依舊冰寒徹骨，他立即撤回了手，問花容，「你自己回來的？北地如今情形如何了？」

花容立即說：「十七哥哥離開魚丘縣後，我一直在魚丘縣一帶賑災，後來打理妥當魚丘縣的事兒後，聽聞了北安城的事兒，便趕去北安城，我趕去後，公子和十七姐姐已離開了北安城，十六哥哥和十七哥哥帶著人挖掘埋在山裡地下的東西，已有了進展，完成了一半，我待在北安城也幫不上什麼忙，便自己回來了。」

花灼頷首：「路上可順利？」

「我隨著幾名小叫花子一起，做叫花子打扮，一路順利。」花容道。

花灼點頭：「嗯，很是機靈，可以獨當一面了。」

花容得了花灼的表揚，眉眼露出歡喜之色，得意地看了身旁的花離一眼。

花離撇撇嘴，不服氣地說：「你能幹行了吧？公子就是不交給我差事兒，若是交給我，我也能辦好。」

花容對他說：「公子是在打磨你的性子，誰讓你泥鰍似的跳脫不老實了？把你放出去萬一惹禍怎麼辦？豈不是還得讓家裡人給你擦屁股。」

花離撓撓頭：「我也沒你說的這麼差吧！這半年我可是老老實實練武學習理事了，什麼都沒幹。回頭咱們倆比試比試，你不見得能打得過我了。」

花容點頭：「行！等十七姐姐醒來後，我跟你比試比試。」

二人痛快地說定後，都圍著花灼坐下。

花灼對二人道：「太子殿下快來了，還有許多事情沒準備，既然你們倆都可以獨當一面了，那麼現在就回去替我處理些事情。」話落，伸手入懷，將一本冊子遞給二人，「這裡面有部署和方案，你們分頭行事，三日後，準備妥當。」

花容伸手接過，翻開查看。

花離也湊過頭去看，上面密密麻麻地記錄著大婚的布置準備。從一應所用到人手安排，事無巨細。花離頓時覺得頭都大了，他天生就是個愛貪玩的性子，即便被花灼拘著磨性子，但本性的東西也磨不掉，他試探地小聲問：「需要準備這麼多嗎？我一直跟在公子身邊，沒見公子什麼時候弄了這個冊子啊？」

花灼瞥了他一眼，答非所問地道：「你是想留在花家？還是跟隨花顏進京？」

花離撓撓頭，小心翼翼地說：「我聽公子安排。」

花灼道：「就拿這個試煉，你若是辦的好，我准許你外出遊歷三年，既不待在臨安，也不進京，如何？」

花離眼睛一亮：「公子當真？」

「當真。」花灼點頭。

花離一把奪過了冊子，仰首挺胸地保證：「公子放心，我與花容一定做好，一定讓十七姐姐大婚不出半絲紕漏。」

花灼「嗯」了一聲，擺擺手，「現在就去安排吧！」

花離點頭，看向花容，花容沒意見，小聲問花灼：「公子，十七姐姐這樣子，能大婚嗎？」

「能，你們只管去安排。」花灼道。

花容不再多言，果斷地與花離一起站起身，下了山。

夏緣見二人離去，對花灼道：「你不是早先打算讓他們二人共同守著臨安嗎？怎麼如今改主意讓花離外出遊歷了？」

花灼道：「花容性子穩，適合守，花離性子活泛，適合打探消息。從今以後，我們臨安花家再不能像以前一樣固守臨安了，四方消息，八方動靜，都要知道。他們二人配合好的話，將來可攻守兼備，使得臨安無憂。」

夏緣點頭，感歎：「本來還是兩個孩子，便早早地接起重任了。」

花灼失笑：「我與妹妹接起臨安的重擔時，比他們還小，十六和十七被妹妹重用時，也比他們小。若是天下太平，花家不摻和皇權，他們再養幾年也沒關係。但如今時勢不同，他們自然必須要立起來，論年歲來說，也夠了。」

「倒也是。」夏緣頷首，「花顏進京入東宮要帶進京城一批人，花家還要留下一批人看守。背後之人至今沒查出來，怕是陰謀詭計還有很多，將來一旦亂起，不能無人可用。」

「嗯。」花灼點頭，「亂是可以預見的，就看合東宮與花家之力，能不能力挽狂瀾了。」話落，低頭看花顏：「大婚這一路定然不平靜，怕是血雨腥風，她若是不好起來，不知道能不能受得住。」

夏緣也看向花顏，又問向天不絕：「師父，你覺得花顏何時能醒？我看她這副模樣，怕是三五日也很難醒。」

天不絕搖頭：「你現在就趴去她耳邊說，雲遲就要來迎親了，她再不醒來會誤了婚期。」

夏緣頓時表情有些難以形容：「師父是讓我騙花顏？」

「難道任由她這麼睡著，我們等的起，但是，萬一她把自己凍死怎麼辦？」天不絕道，「奇經八脈都是寒氣，怕是在體內結成冰了，萬一花灼推測的不對，不是功法大成，而是走火入魔冰封了心脈，那麼，可想而知，會有什麼後果，怕是漸漸地成了一座冰雕，千百年也不化的那種……」

夏緣聞言面色一變，白了臉：「這……不可能吧？」

「有什麼不可能？你是學醫的人，一切皆有可能。」天不絕鬍子翹了翹。

夏緣看向花灼。

花灼臉色也微變，他忽然也覺得天不絕說的對，萬一不是他說的因禍得福呢？這麼冰寒的氣息，能將天不絕與他的手在把脈時凍麻，更何況她自己本身？她沒有半點兒靈力，本源靈力已經耗盡，突然由心底迸發的這冰寒之氣，拿什麼抵抗？

他當即果斷地喊花顏：「妹妹，醒醒，太子殿下來迎親了，你再不醒來，會誤了婚期。」

花灼喊了幾次，花顏都沒有動靜，似沒了意識，什麼也聽不進去。

夏緣也急了，也在一旁喊花顏。

就連天不絕都越發地覺得他說的有道理，也跟著說了些刺激花顏的話。

但是不管三人說什麼，花顏依舊靜靜地沉沉的，紋絲不動，睫毛都不顫一下，眉心越來越濃的冰霧，漸漸地，已不止脈搏和眉心處透出冰寒之氣，身體各處也漸漸地開始有冰寒之氣外溢，周身被冰寒之氣籠罩，抱著他的花灼，也感受到了透骨的冰寒，似要將他凍僵。

天不絕大叫了一聲：「不好，花灼，你快催動靈力，試試幫她。」

「師父你個烏鴉嘴。」夏緣急的要哭了。

天不絕也恨不得抽自己一個嘴巴子，真是怕什麼來什麼。

花灼催動靈力，將手掌覆在她眉心處，卻猛地被一股冰寒的氣牆阻隔了回來，他的手一瞬間發出刺骨的寒麻，他咬牙忍著繼續，卻依舊抵不過花顏體內強大的寒氣。

「不行，快撤手！」天不絕又大叫了一聲。

花灼連忙撤回，短短時間，汗濕脊背，臉色微微蒼白。

夏緣急著問：「師父，怎麼辦？」

「怎麼辦？怎麼辦……」天不絕站起身，來回踱步，「我也不知道怎麼辦啊！」

夏緣立即說：「難道就這樣任由她將自己凍住嗎？」

「她寒氣如今在外溢……」天不絕猶豫，拿不准地說，「也許不會到最壞的地步……」

花灼道：「我能感覺到她身體在快速地結冰。」花灼抿唇，「這不是好事兒，如今連我都碰不了，若是再沒法子，她怕是不止會將自己凍住，也會把這雲霧山頂一起凍住。」

夏緣渾身發軟，對天不絕說：「師父，你身上的藥呢？都拿出來，不管什麼藥，都給她吃下。」

天不絕無奈地說：「病急亂投醫，那些藥豈能壓制得住她體內的冰寒？根本就不會管用……」

「總要試試。」夏緣急了，「快拿出來。」

天不絕點頭，將懷中的瓶瓶罐罐都掏了出來遞給夏緣。

夏緣也顧不得花顏如今的身體會糟蹋好藥，便打開瓶塞，往花顏的嘴裡塞，可是她剛碰觸到花顏的唇，指尖就瞬間被凍麻了，鑽心的冰凍的疼如冰箭穿骨一般的寒意，她手中的藥攥不住落地，她也忍不住「啊」地驚呼了一聲。

花灼當即出手對她的手用了回春術，夏緣的手才恢復了知覺，驚魂未定地看著花顏。

花灼搖頭：「藥沒用的。」

夏緣喃喃道：「那怎麼辦？我們不能眼看著她出事兒。」

花灼白著臉皺眉看著花顏，短短時間，她衣服已結了一層冰霜，而他的衣服也被她沾染，同樣結了一層冰霜，他若是再抱她一刻，他毫不懷疑自己也會跟著花顏凍成冰人。

他沉默片刻，果斷地對夏緣和天不絕說：「你們現在立即下山，傳令花家在外的所有人都回臨安，封閉臨安大門，自此與世隔絕，花家人守好臨安，三十年內，不准踏出臨安之地。」

夏緣睜大眼睛看著花灼，一時沒了聲。

天不絕脫口問：「你要做什麼？」

花灼閉了閉眼：「如今沒有法子了，我不能把妹妹扔在這裡，我陪著她一起，我們本來就是一母同胞，你們走，我會將這座山布置陣法，封了山，再不准人上來。」

「我不走！」夏緣衝過去，緊緊地保住花灼，「自小我們三人一起長大，生死也要在一起。」

話落，對天不絕說，「師父走吧！」

天不絕看著抱在一起三人：「我老頭子一條命，也不值什麼錢，陪著你們一起好了。」

花灼搖頭：「夏緣若陪著，便陪著好了，她總歸是我認定的人，生死一起。你不行，你必須下山，將我的命令傳下去。」

天不絕看著他問：「那太子殿下呢？他如今在來臨安迎親的路上。」

花灼道：「你下了山後，將我的命令傳下去，然後，去路上接應太子，他對你應該不設防，你敲暈他，對他施針，讓他失憶。若是南楚江山有運數，只要他活著，就能救了南楚江山，若是南楚江山沒氣運，他與妹妹死生不能一起，也是他們的命。」

天不絕道：「也許再等等，還有什麼法子……」

花灼臉上已布滿了一層冰霜，他的手臂已凍僵，夏緣也跟著凍的說不出話來，他搖頭：「沒有法子了，我的靈力面對她，毫無用處，也許，這雲霧山與這鳳凰木下，就是她註定為自己締造的墳墓，四百年前，在這裡燃了長明燈，四百年後，死在這裡。」

天不絕沒了話。

花灼道：「趕緊走！我要啟動靈術封了這方圓十里的山，你再不走，我便沒力氣動手了。」

天不絕猛地一跺腳，咬牙：「好，我這就走。」

花灼艱難地伸手入懷，將一塊令牌扔給他，又動手以靈術在他身上的衣袍上寫了遺書，然後猛地一揮手，將天不絕給瞬間掀出了十幾丈遠。

天不絕手裡攥著令牌，眼前冒金星許久，才一咬牙，拿著令牌頭也不回地衝下了山。

他離開後，花灼啟動雲族禁術，動手設陣法。

「住手！」遠處傳來一聲大喝，「灼兒住手！」

花灼聽到熟悉的聲音，是祖父！手倏地一頓。

天不絕正要衝下山，也聽到了，聞言轉了道向著聲音來源跑去。

祖父的聲音從很遠傳來，天不絕憑著方向，一口氣跑了兩里地，才看到了一行人匆匆奔著鳳凰木而來，有花家祖父，與陪著祖父找千年老山參的花家暗衛，一行人氣喘吁吁。

祖父手裡是空的，跟隨他的暗衛手也是空的，沒看到千年老山參，天不絕激動的心情一下子喪了臉，停住了腳步。

祖父看到天不絕，立即說：「顏丫頭是不是出了事兒，灼兒是不是要啟動禁術封山？我感覺到了。」他因在距離鳳凰木五里地內，所以，清晰地感受到了山間的變化。

天不絕點頭，顧不得什麼，一把拽了花家祖父：「快！一邊走一邊說。」說著，他拉著花家祖父往鳳凰木處奔，一邊氣喘吁吁地跑，一邊將花顏的情況和花灼的命令與他說了。

他說完了，也回到了鳳凰木下。

花家祖父聽得明白，來到鳳凰木下後，看著花灼、花顏、夏緣三人，顧不得多說什麼，對舉著手勢的花灼說：「快！灼兒，帶著你妹妹，東南方十里處，今日突然現出了花家禁地，那裡面有歷代先祖臨終留下的靈力，也許能救你妹妹。」

花灼一聽，當即催動靈力，咬牙抱著花顏站了起來，當即二話不說，飛身而起，抱著花顏向東南十里處奔去。

夏緣沒有靈力護體，已凍的走不了路，只能對暗衛說：「快！帶著我跟去，死我也要與他們死在一起。」

花家祖父看著夏緣的模樣，連忙上前，伸手給她把脈：「追什麼追？你如今很危險，我沒有靈力，救不了你，現在我就讓人送你回花家，讓你公爹救你。他雖沒傳承多少靈力，但救你足夠了。」當即不顧夏緣反對，喊了一名暗衛，「快！護送少夫人回花家，不得耽誤。」

「是。」有暗衛立即上前，帶著夏緣衝下了山。

夏緣反抗不了，心急之下，暈厥了過去。

花家祖父在命人將夏緣送回花家後，對天不絕說：「走！你跟著我，咱們一起追去看看。」

天不絕點頭，有花家祖父在，他似乎也找到了主心骨，心中期盼著花家的禁地真有用，那樣的話，花顏和花灼都不用死了，他費心培養的好徒弟也不用死了，花家不必召回所有人封了臨安徹底隱世了，他也不用做那缺德事兒為了救雲遲為了救南楚將雲遲施針弄失憶了。

二人不再耽擱，當即追在了花灼身後，向東南十里處奔去。

花灼帶著花顏來到東南十里處，果然見到了雲霧籠罩霞光普照的一處山坳。

傳言，花家的禁地設了上百禁制，需用花家嫡系一脈傳承的血液啟動開靈術，方才能進入禁地。但在四百年前，禁地在雲霧山消失了，四百年來，花家子孫無一人進入到禁地裡。

他來到近前，抱著花顏，當即咬破了食指，以血引來啟動開靈術，就在這同時，忽然從禁地內傳來一股強大的吸力，猛地將他懷裡的花顏吸了進去，他一驚，開靈術中斷，還沒等他反應過來，那股吸力瞬間變成了推力，頃刻間將他彈出了幾丈外。

只聽「哢嚓」一聲，似什麼開啟，又「哢嚓」一聲，似什麼關閉了。

花灼被推的眼冒金星，身子晃了晃，才勉強站穩，抬眼，他懷中已空，花顏已被奪走，而他的面前，哪裡還有什麼霞光和山坳？只有雲霧籠罩，他的眼前，已不見了禁地。

他皺眉，算計著剛剛被推開的位置，猛地踏足衝上前，可是什麼都沒有。四周都是霧，不見阻隔，也不見禁地，不見霞光，更是不見花顏的影子。

「花顏！」花灼大喊了一聲。

他的聲音十分清晰地響徹在雲霧山裡，沒有回答聲，四周靜靜的。

他又沿著方才的位置轉了幾圈，可是除了雲霧，什麼都沒有。

誠如這四百年裡，花家人時常踏上雲霧山，幾乎將每一處都踏遍了，什麼也沒有翻找到。

他想起祖父說，今日禁地突然出現，如今又突然在他面前奪走了花顏，顯然，今日的禁地是為了花顏而出現，如今也是為了她而關閉。

他強迫自己冷靜下來，站在原地，細細地觀察查找，可是過了許久，什麼也沒發現。

這時，祖父、天不絕，一眾暗衛已來到，見到了花灼，暗衛們立即見禮：「公子！」

花灼轉過身，看著眾人。

花家祖父「咦？」了一聲，「沒有找到禁地嗎？我們都看到禁地明明就是在這裡的？灼兒，怎麼回事兒？你妹妹呢？」

花灼臉色蒼白，簡短地說：「我見到了禁地，剛要開啟開靈術，有一股吸力從禁地裡傳出吸走了妹妹，彈開了我，等我再想動作，禁地已在原地消失了。」

花家祖父驚異：「竟有這等事兒？」

天不絕立即說：「找了沒有？」

「找了，就是消失不見了。」花灼冷靜地猜測道，「大約是隱藏了，我靈術不夠，不能窺探到。」

花家祖父聞言點頭，剛要再說什麼，發現花灼不對勁，當即面色大變：「灼兒，快，立即盤膝而坐，用回春術驅寒，否則你會廢了的。先不要管顏丫頭了，這禁地是我們先祖的傳承，對她有益無害。」

花灼此時也支撐不住了，當即聽話地坐下身，席地盤膝而坐，調動自己體內靈力袪除寒氣。

「好厲害的冰寒之氣。」花家祖父又驚又駭，猶帶著幾分懷疑地問，「這是顏丫頭體內的冰寒之氣？」

「是。」天不絕點頭，「你沒見呢，她體內就跟住著一座冰山一般，釋放出的寒冰之氣能瞬間讓人凍僵，很是厲害可怕。」

花家祖父道：「據說有一位先祖，曾因犯過，被打入千年寒池中，後來置之死地而後生，通天術大成，是乃雲族靈術的最高大成，可通天地。他的靈術大成後，揮手可呼風喚雨，袖手可山河結冰。」

天不絕睜大眼睛：「這麼神奇？那豈不是與神仙無異？」

花家祖父道：「雲族本就是上古遺族，數千年來，如此大成者，鳳毛麟角，那位先祖也不過是傳說而已。天地自有造化，得天厚待的同時，必要有相應的失去來彌補，否則豈不是誰都能破壞天道輪迴？我們生在俗世，本就是凡夫俗子，否則我四十年前為了救人，動用靈術破壞天道，就不會受到懲罰，靈力盡失了。而顏丫頭也是，她幾度死生亦然，這便是天罰。」

天不絕撇撇嘴：「所以說，有靈術也不是好事兒？」

花家祖父道：「雲族傳承至今，唯二兩脈，雲姓一脈，入了皇權，沾染了俗世帝業的殺伐之血，靈力漸漸已等於無，就像如今的南楚皇室，對於靈力，雲遲便幾乎沒有傳承。花家一脈，因大隱隱於世，偏安一隅，子孫累世不入世，心平氣靜，未沾染血腥，才代代相承至今。我四十年前看不過去黑龍河決堤，數萬百姓浮屍，妄動了靈力，雖是救人，但也破壞了陰陽之衡，受了天罰。慶幸，灼兒和顏丫頭的父親那時已出生，否則，花家一脈的靈力便沒了傳承。」

天不絕聞言感慨道：「總體來說，天道是公平的，給了你厚愛，也要相應有缺失。」

「不錯。」花家祖父點頭，「因我之故，灼兒和顏丫頭父親雖已出生，但靈力淺薄，有先天傳承，但無後天栽培，是以，不堪大用。灼兒出生時，更是天生有怪病，顏丫頭出生後，也攜帶天生癔症，我以為天要絕花家一脈的傳承，但沒想到這兩個孩子倒是相互扶持的反而更勝我與歷代先祖。」

天不絕道：「花顏的出生畢竟不同常人，若沒她，花灼必早殤，他們兄妹二人能有偌大的靈力傳承，十有八九也是因她之故。」

「不錯。」花家祖父頷首，「那丫頭出生時，鳳凰來棲，霞光繞梁七日不散，一身靈力得天獨厚，我當時見了，都十分吃驚。灼兒本沒有多少靈力傳承，後來隨著他治病一日日好起來，大約是顏丫頭陪著他的緣故，他竟也靈力雄厚了，十分讓人意外。」

天不絕感慨：「我就沒見過誰家兄妹如他們二人如此情分深厚的，方才若非聽到前輩你的喊聲，他們如今怕是一起死了。」

花家祖父笑道：「這兩個孩子，雖相差三歲，但兄妹感情的確深厚，還記得顏丫頭會說話後，開口的第一句話就是，說一直想要個哥哥，如今終於有個哥哥了，她會好好對哥哥的。」

天不絕點頭：「她的確是對她的哥哥很不錯，為了救他，那麼多年，煞費苦心。我是親眼目睹她為了花灼如何辛苦的。」

「也要多謝你，沒有你，也沒有灼兒如今的健康。」花家祖父道謝。

天不絕擺擺手，擦了一把汗：「我用七年救活了他，今日他差點兒輕易就陪臭丫頭死了。嚇的我如今依舊驚魂未定。」

花家祖父想起剛剛的驚險，也是一陣唏噓：「這兩個孩子，小小年紀時，就自有主張，如今長大了，更是有什麼事情都說一不二，很多事情瞞著我們，不讓我們操心，挑起了花家重任，若非這回顏丫頭受了這麼重的傷，有了性命之憂，家裡還不知道他們的許多事兒。」他歎了口氣，「但願顏丫頭沒事兒，我老頭子可禁不起一起失去孫子孫女，花家的人也受不住。」

天不絕點頭，這誰能受得住啊！就連他一把年紀了，都想著若是剛剛花家祖父沒有趕來，他衝下山，傳達了花灼的命令給花家人，半途再去接應雲遲，對他下手後，他就自刎謝罪好了。

花顏的冰寒之氣十分厲害，花灼用了足足一個多時辰才驅散了身體的冰寒之氣，但因為耗費了靈力，臉色十分的蒼白，一時間身子也十分虛弱。

天不絕見他已驅散了寒氣睜開了眼睛，立即上前，伸手給他把脈，然後將早先花顏沒用上的好藥都一股腦地掏了出來，擇選了幾個瓶子倒出了幾顆藥遞給他。

花灼服下藥，待身體恢復了些力氣，緩緩地站起了身，對花家祖父問：「祖父，夏緣呢？」

花家祖父立即道：「她被我送回花家了，她也受了寒氣，你父親能為她祛除。」

花灼點頭，當時情急之下，他想著祖父在，不會不管夏緣，便帶著花顏急急來了這裡。

花灼看向四周，與他打坐祛除寒氣前依舊沒什麼不同。

他看向花家祖父，問：「祖父，您可找到了千年老山參？」

花家祖父搖頭歎氣：「哎，沒有找到，年頭太長，我記性也不好了，不記得在哪裡了，看這雲霧山哪裡都像，卻是哪裡都沒有。」

「雲霧山綿延百里，想找一物的確不容易。」花灼又問，「您是怎麼發現禁地顯現了的？」

花家祖父立即說：「我在雲霧山轉了半個多月，沒找到千年野山參，擔心顏丫頭，也不知道你們今日上山，便打算回花家看看你們回臨安了沒有？畢竟婚期近了。不成想，昨日途經這裡，竟然發現隱藏了四百年的禁地現世了。」

「您是昨日發現禁地現世的？」花灼一怔。

「嗯，就是昨日夜。」花家祖父道，「我見到禁地，激動壞了，打算以血為引用開靈術打開禁地進去瞧瞧，卻不成想，我沒有靈力，開靈術無法施為，打不開這禁地，我試了幾次，都沒辦法，便打算先回花家，見了你們再說，不成想走到半途，便感覺不對勁，感知是你在施封山之術，便喝止了你。」

花灼道：「祖父您雖然靈力一直沒恢復，但血脈尚存，所以，您不是因為沒有靈力而打不開禁地，怕是另有原因。」

「什麼原因？」花家祖父也不解，「我也覺得奇怪，按理說我雲家嫡系一脈的子孫，都能以血為引進入禁地才是。」

花灼道：「上山前，我聽妹妹說過，四百年前，太祖讓她死而復生，她不願，對自己下了魂咒，同時怕太祖爺再用別的法子找到靈脈根源再復生她，於是，她為了斷絕後路，在千里之遙，用意念封了雲霧山的禁地。所以，這禁地是四百年前她封的。」

「什麼？」花家祖父意外了，雖然對於花顏兩世的身分，他與花家人已知道，但對於花家禁地是她封的之事卻不知，有很多事兒，她只告訴了花灼，不想長輩們操心，便從不說。

花灼點頭：「祖父沒聽錯，四百年前，她祖父拘著她學雲族術法，她幾乎學盡所學，爐火純青，所以，她才能在太祖爺復生她時，對自己下了魂咒，以意念封了雲霧山，如此強大的靈力和本事，已更改了禁術的禁制之門，所以，哪怕是祖父靈力尚在，哪怕如今禁地就顯現在我面前，你我怕是也進不去。」

花家祖父聞言捋著鬍子半晌沒說話。

花灼將此話告知後，負手而立，也不再說話。

天不絕看著二人，想著千百年來，花家怕是也只出了花顏這麼一個天賦異稟的奇才吧！她的命，沒有人能幫她和閻王爺爭，她的路，也沒有人能幫她走。

如今走到這一步，是死是活，別人都幫不上忙。

「等著吧！」花家祖父一屁股坐下，「這孩子，就是倔，不知道隨了誰，不撞南牆不回頭，四百年前的事兒，一代代的傳承下來，我也知道些，只不過不詳細罷了。」

天不絕也隨著花家祖父坐下身：「她若是不倔，就不是她了。」

「還真是。」花家祖父歎了口氣，對花灼問，「太子殿下什麼時候來臨安迎親？」

「已在路上了，多不過三兩日。」花灼道。

花家祖父道：「如今禁地消失，顏丫頭有事沒事，是死是活我們也沒法子管，只能等著了。但願她能平安從禁地出來。」

花灼不說話，想著花顏早先渾身冰寒如一座冰窟的樣子，不免擔心，但誠如祖父所說，他們誰都幫不上忙。如今禁地消失了，就在他眼前消失的，他連找都找不到。

他抿唇道：「是孫兒無能，妹妹就在我懷裡，還讓她不見了，連跟去都不能。」

「也不怪你。」花家祖父道，「作為哥哥，你陪著她險些一起死，已是一個好哥哥了，是我們花家的好子孫。」話落，又道，「至於顏丫頭，看她運數吧！」

三人又說了一會兒話，便沉默地等著花顏出來。

這一等，便等了一日又一夜。

夏緣被送回花家後，花顏父親被她冰寒的樣子給震驚了，連忙用靈術相救。他靈術沒有花灼高，用了足足半日的時間，總算讓她化險為夷了。當聽聞雲霧山的驚險，他也坐不住了，但因救了夏緣，他身體也虛弱，便忍著等恢復了再起程。

轉日，夏緣醒來，得知暗衛稟告，說花顏與禁地一起消失了，她顧不上身體虛弱，立即下了床，就要前往雲霧山。

還是太祖母死活拉住了夏緣，勸她：「不急這一刻，你先用些飯菜，喝口水再去，你祖父派人傳回消息，他們如今就在雲霧山乾等呢，你去了也是等著。」

花顏的祖母也點頭：「你瞧瞧你，本是個水靈靈的孩子，這些日子為顏丫頭操碎了心，有些事兒，咱們都幫不了顏丫頭，只能她自己來，急也沒用。你踏實些，那小丫頭命硬，不會丟下我們就這麼去了的。放心吧！」

夏緣紅著眼睛小聲說：「都是我沒用，哪怕學了醫術，也救不了她。」

花顏的娘立即說：「說的什麼傻話？你在北地發現離枯草能代替盤龍參，那可是立了大功，救了多少人呢？你學醫可是有大用處的，只不過是顏丫頭較特殊罷了。」

夏緣見長輩們都不同意她立即去，心中雖著急，但也只能點頭，雖沒什麼胃口，但還是用了些飯菜，喝了些補湯。

長輩們見她匆匆吃了飯，一副迫不及待的樣子，都暗暗地歎氣，夏緣和花顏是從小的情分，也不怪她著急。

花顏的父親恢復了些力氣，對夏緣道：「我也與你一起去看看。」

花顏的娘也道：「我也想去。」

太祖母這時開口，擺手：「你們都去吧！我與她祖母守家，等著顏丫頭平安歸來，我相信，她會沒事兒的。」

花顏的祖母點頭：「嗯，你們都去。」

幾人說定，夏緣與花顏的父母起程，趕往雲霧山。

夏緣三人到了雲霧山時，已是第二日晌午，由暗衛引著，來到了東南十里禁地現世的地方。花灼、天不絕、花家祖父三人各靠著一處樹幹閉目休息等花顏，聽到動靜，三人都睜開了眼睛。

夏緣快一步地跑到了花灼的面前，紅著眼睛問：「花顏還沒出來嗎？」

花灼拍拍夏緣的腦袋，安撫意味濃郁，嗓音溫和，給人一種鎮定沉靜之感：「還沒出來，不過她不會有事兒的，這一處禁地是她自己封的，如今她進去這裡，總比早先我們三個險些一起死在鳳凰木下好。」

夏緣伸手抱住花灼的腰身，倔強地說：「花灼，我們死也要死在一起，你不准丟下我。」

花灼微笑：「傻丫頭，何時丟下你了？」話落，想起什麼似的，解釋說，「早些祖父來時，說了禁地現世，妹妹有了一線生機，我帶她來這裡，也是想著有祖父在，不會不管你的。怎麼？你以為我要丟下你？」

夏緣抱緊他：「早先你讓我和師父走……」
花灼伸手輕輕地拍了拍她，誠心道歉：「是我不對，下不為例。」
夏緣抬眼，看著花灼，心中忽然很滿足，花灼這樣的人，從小的怪病沒磨平他的脾氣秉性，他骨子裡冷傲的很，以前花顏總欺負他，後來他好了，便欺負回來，但鮮少聽到他為什麼事兒道歉，如今這是第一回如此正經的與她道歉。
於是，她一本正經地點頭：「我接受你的道歉了，原諒你了。」
花灼失笑。
花顏的父母本來十分焦慮擔心，但見花灼還有心情與夏緣言笑，不由得也跟著心底一鬆，也覺得花顏應該不會出什麼事兒的。
幾人自然同樣留了下來等，這一等，便等了兩日夜。
這一日一早，有暗衛對花灼稟告：「公子，太子殿下迎親的車駕已到了臨安地界，馬上就會進城了。」
花灼抿唇：「他來的倒是比我預計的快，可見沿途沒有人給他找麻煩。」話落，吩咐，「去傳個話，讓他來雲霧山。」
暗衛應是，立即去了。

第一百一十三章　活著真好

雲遲離京出了京城五百里後，忽然莫名地覺得心慌。

他也說不出來這種心慌的感覺，但就是心慌的厲害，像是有什麼在流失，他第一時間就想到大約是花顏又出事兒了，他細細地感受，但是不同於上次花顏動用本源靈力重傷後身體枯竭性命垂危那般似身體抽乾了所有力氣的疼痛煎熬，而是說不出來的內心發虛，似將天地間的冰雪都裝進了心裡的冰涼和荒涼。

他感受了片刻，對外喊：「雲影。」

「殿下。」雲影應聲現身，察覺出雲遲的聲音不對，暗沉沙啞，當即挑開了車廂簾幕，便見雲遲臉色如冰雪一般的白，頓時大驚，「殿下怎麼了？哪裡不適？」

雲遲道：「我心裡荒涼的厲害，說不出來，叫隨行的太醫來。」

「是。」雲影連忙去後方喊太醫。

太子殿下迎親的隊伍浩浩蕩蕩，自然一應跟隨的人都配備齊全，尤其是這樣大雪天氣趕路，指派了好幾名太醫跟著。

太醫很快就來到了雲遲馬車前，手腳並用地爬上車給雲遲診脈。

雲遲靠著車壁坐著，將手遞給太醫：「實話實說。」

太醫連忙應是，不敢出絲毫差錯，見雲遲臉色不對，提著心仔細地給雲遲把脈，片刻後，道：「殿下的傷寒還沒好利索，身體虛弱了些，想必這樣大雪天趕路，受了些寒氣，不打緊。」

小忠子本在後面車裡睡覺，如今驚動了太醫自然也驚動了他，他跑過來，見雲遲臉色發白，他也緊張起來，盯著太醫：「當真不打緊？」

太醫搖頭：「殿下脈象顯示不打緊，吃兩副藥就會好，車廂內多加兩個暖爐。」

小忠子看向雲遲：「殿下，要不要再換個太醫診脈？」

雲遲搖頭，擺手：「不必了，去吧！」

太醫離開後，小忠子擔心地說：「奴才見殿下的臉跟雪一樣白，太醫院的太醫都不得用，若不然讓人去找個民間大夫來？據說民間有許多醫術好的大夫。」

「本宮無事，怕是花顏那裡不太好。」雲遲挑開車簾，向車外看了一眼，做了一個決定，「迎親的儀仗隊押後，十二雲衛與本宮先走一步。」

小忠子聽聞太子妃又不好了，也跟著焦心起來，想著太子妃不好，殿下怕是又感同身受了，他自然不會攔著，立即說：「奴才也跟著。」

雲遲點頭：「你騎的了快馬，受得了苦就跟著。」

小忠子立即表態：「奴才受得了苦。」

雲遲頷首，算是同意了，叫來人安排了一番，便帶著十二雲衛先離開了迎親的隊伍。

迎親的隊伍也不敢拖後，緊趕慢趕地跟在身後，太子殿下騎快馬，迎親隊伍自然是追不上的，但也比早先行路快了一倍。

所以，迎親的隊伍到臨安的地界時，其實雲遲已到了臨安城下。

雲遲日夜奔波，馬不停蹄，來到臨安城下，當即亮出了身分，守城的人睜大了眼睛，不敢置信地看著雲遲，連忙惶恐地跪地見駕，匆忙派人前往花家報消息。

花家的太祖母等人也沒想到剛剛收到雲遲的迎親隊伍已來到臨安地界的消息，又得知雲遲已先迎親隊伍一步來到了臨安城，連忙帶著人迎到了大門口。

雲遲急於見到花顏，一路從城門未下馬，縱馬來到了花府門口，竟比得到消息迎接他的花家太祖母等人還要快一步來到。

他下了馬後，面對迎接他敞開的大門，當即快步向府內走。

走到半途中，遇到了匆匆趕來的太祖母等人。

太祖母拄著拐杖走到半路見到雲遲，嚇了一跳，雲遲一身風塵，衣袍灰撲撲的都是土，臉色蒼白，眉目透著濃濃的心焦和急切。

太祖母頓時一陣心疼，慈愛的臉上露出不贊同的神色，開口就埋怨道：「你這孩子急什麼？你媳婦兒跑不了。看你這樣子，一路風塵的，想必一路上也沒歇著喘口氣。」

雲遲拱手給太祖母、祖母見禮，花家的一眾人連忙給雲遲見禮。

雲遲見了禮後，定了定神，連忙問：「太祖母，花顏呢？她怎樣？身子可好？」

太祖母見雲遲情急，又想到他與花顏情深，竟然能感同身受，想必花顏在雲霧山出事兒，他也感受到了。於是，也不瞞他：「你先進屋喝口水，我與你慢慢說。」

雲遲敏銳地捕捉到了太祖母臉上的神色以及她口中隱含的意思，他心下一緊，哪裡顧得喝水聽太祖母慢慢說，立即問：「孫兒不渴，請太祖母趕緊告知。」

太祖母見他這樣，歎了口氣，怕他身子受不住，故意板起臉：「先喝口水，沐浴休息，用過飯，太祖母再告訴你，總之你記著，花顏沒事。」

雲遲無奈，只能壓下心焦，頷首點頭：「聽太祖母的。」

太祖母見他乖覺聽話，鬆了一口氣，吩咐身邊人：「快帶著太子殿下去沐浴換衣用膳。」有人應是。

太祖母拉過雲遲的手，拍了拍：「好孩子，你先去休整，太祖母就在前廳等著你，你收拾完了，打點好自己，我自然不瞞你。你是堂堂太子，什麼時候也不能失了分寸，萬金之軀，豈能輕易糟蹋？你忍心糟蹋自己，我老婆子可看不慣。」

「是。」雲遲之能乖乖受教。

太祖母擺擺手，有人帶著雲遲去了。

小忠子騎馬騎的屁股大腿都磨出了血，連忙打了個千兒，在雲遲身後一瘸一拐地跟了去。

太祖母看著又是心疼又是感動，對祖母道：「雲遲這孩子啊！真是個好的！花顏雖嫁入皇家，但嫁的人是雲遲，就他這份心，可真是一點兒也不委屈她。」

祖母點頭，也心疼感動地說：「母親說的是，別說太子殿下身分金貴，誰家的少爺又能做到他這個地步？咱們家顏丫頭好，但太子殿下更不錯，兩個孩子一心都真心為著對方，真是般配，但願顏丫頭沒事兒，否則……」

「一定會沒事兒的。」太祖母同樣拍拍祖母的手，「她匪夷所思地跨越了四百年時光，還有什麼是難得住她的？她是我們的孫女，更是我們花家真真正正的姑奶奶，小祖宗。」

祖母聞言笑了：「母親說的是，公爹在世時，顏丫頭出生他便說她得天獨厚的靈力實在浩瀚，連他都窺不到底。如今雖凶險，但進了禁地，想必也能化險為夷。」

「正是。」太祖母點頭，「所以，安心吧！雲遲本就心中焦慮擔心，但凡我們面上透出一點來，他怕更是五內俱焚地受累，一會兒將事情說的平常些，輕鬆些，讓他不必急。」

祖母點頭：「聽母親的。」

花離聽了半晌，到底沒忍住，小聲問：「太祖母，祖母，你們也太疼太子殿下了吧？十七姐姐確實凶險，難道不該讓他知道著急嗎？」

太祖母拍拍花離的腦袋：「我們不說，他什麼也不知道都已經夠急的了，你看他一路風塵而來，勞頓成什麼樣子了？都快叫人認不出了。若是我們再讓他急，他急壞了怎麼辦？等你十七姐姐從禁地出來，還不是看著要心疼死？」

花離想想有道理：「也是哦！十七姐姐對太子殿下掏心掏肺的好，若是出來見了他不大好，肯定心疼死。」

「嗯，所以，都乖些，不准搗亂，誰也不准給我露出絲毫來。」太祖母吩咐眾人。

花離乖乖地點頭，眾人也都一一點頭。

雲遲沐浴換衣用膳只用了三盞茶，做好一切，收整妥當，便迫不及待地去了前廳見太祖母。

太祖母掐著時辰，見雲遲來了，心裡歎了口氣，對他嗔怪地說：「你這孩子，也太心急了些。」話落，親手給他倒了一盞茶，端給他，「你先坐下慢慢聽著，我與你長話短說。」

雲遲接過茶，謝了太祖母，坐下身，卻沒立即喝茶，而是等著太祖母開口。

太祖母便用十分平常的語氣，將花顏進了禁地之事說了，中間讓雲遲擔心的地方都省略了，只說為了她身體好，趁著禁地現世，便將她送進了禁地。

雲遲聽著太祖母的話，同時察言觀色，見太祖母面上沒有絲毫憂心的表情，待太祖母說完，他也明白了花顏如今在哪裡，又想著既然他如今好好的，他與花顏感同身受，想必花顏真沒事兒，心底也略微地鬆快了些。

但是他自然不會在花家安心等著花顏回府，即便要等，也是去雲霧山等，於是，他站起身，拱手：「太祖母，我想現在就去雲霧山，請您派個人給我帶路。」

在花家，雲遲很少自稱本宮，尤其是在太祖母和花家一眾長輩面前。

太祖母點頭，十分痛快地說：「好，我讓族長帶你去。」

身為花氏一族的族長，雖不是出身花家嫡系一脈，但卻是花家嫡系一脈公選出的穩妥輩分高的人，主要負責族中的族學與族中子孫們的一應庶務，以及需要對外應對走動時的門面人。

比如，花顏利用安書離鬧出風月情事兒想逃脫太子選妃未成後，族長親自前往安陽王府登門致歉，又比如，上次雲遲來臨安，族長出面遠迎他的車駕，如今太祖母請他帶雲遲前往雲霧山，一是他的族長身分，二是他輩分高年歲長，行事穩妥，絕對不會說不該說的話讓雲遲擔心。

族長心中明白太祖母的意思，連忙點頭，立即吩咐人備車備船。

族長帶著雲遲離開花家後，太祖母立即叫過花離吩咐：「給灼兒傳個信，快！」

花離應是，連忙提前給花灼傳信。

花灼才剛得知太子殿下迎親的車駕已到了臨安地界，沒出片刻，又收到了暗衛稟告，說雲遲已感知到花顏出事兒了，先迎親隊伍一步進了臨安城，如今正由族長帶著前來雲霧山。

花灼愣了愣，有早先雲遲的感同身受，如今倒也不太意外，太祖母心疼雲遲，特意傳信讓他配合不讓雲遲心焦，但花灼可不會如太祖母那般心疼雲遲，收到消息後，只對暗衛點點頭：「告訴太祖母，我知道了。」

暗衛小心地看了花灼一眼，應聲退了下去。

夏緣坐在花灼身邊說：「聽太祖母的吧！讓太子殿下著急有什麼用？急壞了身子，花顏出來還是要心疼的。」

花灼輕哼了一聲：「他既然好好的，妹妹一定沒出事兒，焦急一番而已，有什麼心疼捨不得的。」

夏緣一時沒了話，但心底也鬆快了些，是啊！太子殿下沒事兒，是不是說明花顏也沒事兒呢。

花顏的爹瞪了花灼一眼，但到底沒說他什麼。

花顏的娘歎了口氣，對花灼嗔怪道：「你這孩子，不聽太祖母的話，小心回去太祖母收拾你。」

花灼看了爹娘一眼，沒說話。

花家祖父開口道：「花家如今是灼兒當家，都聽他的。」

花顏的娘聞言住了口。

天不絕在一旁嘖嘖道：「古往今來，哪個太子殿下娶妃不是一帆風順？偏偏到了他這裡也是個可憐人。來迎親了，新娘子不見了，擱誰也受不住。」話落，他話音一轉，「不過話又說回來了，若不是因為他和他的江山，花顏也不至於動用本源靈力成了這個樣子。」

夏緣點點頭：「師父說的是。」

族長帶著雲遲來的很快，一個多時辰，便上了雲霧山。

族長的本意是遵照太祖母的意思，不急不慌地慢慢趕來，但踏出花家大門後，雲遲對族長說了一句「本宮知道太祖母是好心，不想我擔心，還請族長體念我的急迫之情。」

族長腳步一頓，明白雲遲是看破了，暗想著太子殿下果真是極聰明，不負盛名，太祖母一把年紀了，也沒能逃過他的眼，偏偏在太祖母面前還裝的因為她的話而不再心焦的模樣。

他暗暗佩服，歎了口氣，點頭：「好！太子殿下也別急，我們走快些就是了。」別的話他也就不說了，說了也沒用。

於是，族長帶著雲遲匆匆上了雲霧山，直奔距離鳳凰木東南十里的方向而來。

一行人腳步匆匆，走的很快。

花灼聽到動靜後，偏頭看去，當看到了雲遲的身影，挑了挑眉，說了一句：「來得倒快，白費了太祖母一番苦心了。」

夏緣意會，小聲說了句：「太子殿下聰明，太祖母想必也沒糊弄住他。」

「正好！」花灼拍拍身上的土，緩緩站起了身。

雲遲來到，見了花家祖父，花顏父母，不等三人給他見禮，當先給長輩們見禮，然後又受了長輩們的禮。

一行人見禮後，雲遲看向花灼：「大舅兄，花顏呢？禁地何在？」

花灼也不隱瞞他，痛快地指了指這一處，將花顏如何進入禁地，毫無保留的說與他聽。

雲遲聽罷，本就蒼白的臉色又白了幾分，四下看了幾眼，沒看到禁地的絲毫影子，他不由地升起一種不好的預感，對花灼問：「若是禁地不再出現，她再也不出來怎麼辦？」

花灼也考慮過這個問題，如今雲遲問，他抿唇道：「我沒有絲毫辦法能讓禁地顯露，這處禁地四百年因她而隱，如今又因她而顯而隱，她心裡放不下的人和事兒太多，尤其放不下你，想必定會自己出來的。」

「所以只能等了？」雲遲立即問，「你們等多久了？」

花灼道：「三日兩夜了。」

雲遲抿唇，看著眼前霧濛濛的雲霧山，他來這一路，與此地沒有絲毫不同，他又問：「什麼叫這一處禁地四百年前因她而隱？」

花灼將花顏四百年前隔空用意念隱了禁地之事說了。

雲遲沉默片刻，輕聲問：「你的意思是四百年前，她一身靈術十分強大，能隔空以意念千里之遙封隱了雲霧山的禁地，不讓太祖爺窺探到，如今你找不到隱藏的禁地，是因為靈術不夠？」

「嗯。」花灼點頭，「我的靈術多半是小時候因她幫我融會貫通而修，沒有她的深奧，破解不了她四百年前下的禁制。而她自己……」

「怎麼？」雲遲看著他，「不要隱瞞我，說詳細些，她是怎麼進去的。」

花灼點頭，索性將花顏來到雲霧山頂，砸落了長明燈，接住了他寫的「雲遲花顏」名字的紅綢後，驟然昏厥，在她昏迷時，體內忽然洶湧奔流的寒冰之氣能動傷冰封人，以及他抱著她來到禁地，禁地內忽然有一股強大的吸力將她吸進去將他彈開之事詳細地與他說了。

雲遲聰明，聽罷後，道：「花家嫡系一脈的血引以開靈術能開啟禁地？」

花灼點頭。

雲遲看著他：「若是我以血引啟動開靈術呢？可否能窺探到禁地而進入？」

花灼蹙眉，想了想說：「你雖是雲族嫡系一脈，但一如今禁地不顯，你如何以血引？二是南楚江山四百年，因皇權基業，皇室一脈的靈術不是傳承已微薄了嗎？你有多少靈力可用？」

雲遲默了默：「是沒有多少，但總要試試。」話落，他看了一眼花家祖父與花顏父母，似有些難以啟齒，但如今也顧不得許多了，低聲道，「我與花顏雖還未大婚，但實際已結為夫妻，血脈相融，我既能與她感同身受，心意相通，想必也能因此試試，也許禁地就顯現了？總不能乾等著。」

他此言一出，花家祖父與花顏父母都明白他話中的意思。

花家祖父頓時笑了：「那就試試，你們早晚要大婚，已結成夫妻也是好事兒，咱們花家沒那麼多規矩。」

花灼雖早已知曉二人早已圓房，但對於搶走他妹妹的人還是臉色不好，若不是如今情況特殊，雲遲當眾說出這話來，他就首先要給他一劍。他盯著雲遲看了看，也緩緩點頭：「好，那就試試吧！誠如你所說，也許我不能做到，但你能做到。」

雲遲見花灼同意，心底鬆了一口氣，拱手道：「我靈力不濟，大約還是需要大舅兄幫我。」

「好。」花灼答應的痛快。

南楚皇室浸淫四百年皇權帝業，因而使得雲族靈術的傳承日漸流失，到了雲遲這一代，哪怕他天賦早慧，但也承襲微薄。但誠如他說，他已與花顏血脈相連，當可一試。

他不敢等，也不能等，他想立馬見到花顏。

雲遲盤膝而坐，咬破食指，以血引啟動開靈術，他身體溢出的靈力確實十分微薄，食指的血在他以靈術為符下，形成一團小小的細細的血線，在血線中，形成了一個光圈，一點點，隨著他啟動開靈術而暈開。

但他能暈開的光暈不大，不過巴掌那麼大。

花灼雖然知道南楚帝業皇權四百年，皇室的靈力傳承已所剩無幾，但是也沒想到這所剩無幾的，真是的確不夠看?!

雲遲雖然天縱英才，少年成名，文韜武略，但也只是文治武學功法登峰造極而已，對於靈力傳承微薄，又無後天修習，當真是無能無力。

花灼當即出手，渾厚的靈力溢出他手心，形成一團濃濃的厚厚的青霧，注入了雲遲溢出的血線光暈中。

剎那間，光暈驟然擴大，綻放在了二人面前，如一個打開的天洞漩渦。

雲遲一抖手腕，食指一條血線如注，又傾注進了漩渦裡，霎時，漩渦快速地暈轉，頃刻間，如一道雪蓮花突破光暈的中心而出，直通天際。

雲遲跟著抬頭，看向天際。

這一片雲霧山似剎那雲霧散去，紅光照亮天際。

花灼也跟著抬頭，看向天際。

眾人也齊齊抬頭，看向天際。

紅光在天際中旋轉了片刻，緩緩消失，四周霎時恢復早先的模樣。

雲遲心下一沉，蒼白的臉色一灰，開口道：「似是不成。」他說完，一口鮮血忽然噴了出來。

「太子殿下！」夏緣驚喊了一聲。

花灼猛地撤回手，氣海翻湧了片刻，將手緩緩地貼到了雲遲的後背上，剛要以靈力為他療傷，忽然不知從哪兒又有一股大力吸來，這大力十分的熟悉，他當即化掌為拳，瞬間伸手攥住了雲遲的手臂，死死地攥住，身子同時前傾，扣緊了雲遲的身子。

雲遲一驚，來不及細想……

頃刻間，那吸力捲著二人，如旋風一般，將二人凌空捲起，雲霧濃了一瞬，霞光乍現了一瞬，刺人眼目。

夏緣睜大眼睛，大聲地喊了一聲：「花灼！」，飛身而起，要去拽人，可是她動作沒有那突然而來的吸力漩渦快，抓了個空。她一時控制不住「噗通」一聲摔在了地上。

花顏的爹比夏緣快了一步，但被那大力彈了回來，只撕扯下了花灼衣角的一片布料，人也「噗通」一聲，砸到了地上。

花顏的娘同時驚駭地喊了一聲，奔過去，一手去扶花顏爹，一手去扶夏緣。

眾人齊齊湧上前，天不絕，花家暗衛，但都於事無補，轉眼間，雲遲和花灼已消失在了原地。

花顏爹和夏緣雖然被摔了一下，但都摔的不重，由花顏娘扶起來，也沒受重傷，但是夏緣嚇的白了臉，一把拽住花顏娘的衣袖：「夫人，怎麼辦？」

花顏娘也不知道怎麼辦，拍了拍她的手，轉頭看向花家祖父，喊了一聲：「公爹！」

花家祖父一直沒動，站在遠處，靜觀了這一幕，見眾人亂作一團，他神色倒是十分淡定，見眾人看來，他捋著鬍子道：「方才那一刻，太子殿下與灼兒成功了，禁地乍現，將他們一起捲了進去，算上顏丫頭，如今他們三人都進了禁地。」

「他們會不會有事兒？」夏緣立即問。

花家祖父道：「他們三人都是得雲族傳承之人，禁地裡有歷代先祖的靈力，按理說，應該有益無害。不過四百年前，顏丫頭對禁地做了什麼，我們也不知道，若是禁地因她下了禁制，也不好說有何害處，要看他們的造化。」

夏緣點頭，定了定神，小聲說：「有太子殿下和花灼進去，總好過花顏一人在裡面。」

「正是這個理，我們等著吧！」花家祖父讚賞地看了夏緣一眼。

天不絕揉了揉眼睛，唏噓道：「太玄奧了，我只眨眼的功夫，若非大家都在，還以為是我眼花了。」

花顏父親道：「雲族靈術傳承，一代不如一代，受俗世濁氣太深。」話落，他歎了口氣，「怕是千百年後，會斷了傳承，也說不定。」

花家祖父看了他一眼，說：「物轉星移，天道自有運數，若是到斷了傳承那一日，也是運數。」

花顏父親點點頭，不再多言。

雲遲和花灼只覺得進入了一個漩渦，四周光影轉換，讓他們頭昏眼花睜不開眼睛，雲遲早先吐了一口血，更是受不住這般，哪怕他死命地強撐著自己，但還是不多時便暈厥了過去。

花灼仗著一身靈力，死死地睜著眼睛，但刺目的光亮讓他終究還是沒敢抗爭，於是，他又閉上眼睛，卻打開感官靈識，細細地感受。

強大的吸力速度極快，似引著他們在穿梭，大約一盞茶，忽然他感覺身體驟轉直下，他知道大約怕是要到了，於是，他猛地與雲遲轉換了個方位，就在他剛轉換過來的一瞬間，果然身子落地「砰」地一聲，他後背落在了地上，將他的五臟六腑幾乎要摔出來，他終於承受不住，也大口地吐了一口血。

花灼眼前一黑，暗想著若非為了妹妹，就讓雲遲摔死好了，他何必代他受過？

這一聲極響，驟轉直下的力道太大，也震醒了雲遲。

雲遲睜開眼睛，便覺得身前一熱，他眼前光影晃了晃，才看清，花灼躺在地上，護住了他，而他身前的熱度是花灼噴出的鮮血。

他面色一變，當即起身，身子晃了晃，頭目暈眩了片刻，也顧不得看周遭情形，立即扶住花灼：「你怎樣？」

花灼咬牙切齒，用袖子擦了擦嘴角的血，看著雲遲，吐出一句話：「死不了。」

雲遲抿唇，放開他，拱手深施一禮：「多謝大舅兄。」

花灼白了他一眼，有些沒好氣，心想著就連妹妹和夏緣他都沒這樣救過，他支撐著站起身，剛站起，又倒回了地上，伸手捂住了心口。

雲遲看著他：「快盤膝打坐調息。」

花灼不說話，先看向四周，只見他們落腳的地方是一處山脊上，地上都是厚厚的冰，怪不得他摔下來時如此疼，是因為摔在了冰凌上。

山脊光禿禿的，入眼處，除了冰還是冰，別無他物。

他移開眼睛，看向別處，入目所及，四野皆是山巒，空無一草一木，也空無一人，連塊怪石巨石都不見，更看不到花顏的影子。

花灼皺緊了眉，想要再站起，又「嘶」地一聲，疼的倒了下去。

雲遲在花灼看四周的同時，自然也看到了，他也皺緊了眉頭，雖為沒見到花顏而心中焦慮，但看著花灼為了救他摔傷的模樣，只能壓下心急，再次開口：「快盤膝而坐療傷，不可大意，否則這裡寒氣徹骨，不消片刻你就會受不住的。」

花灼也知道自己傷的有些重，點點頭，當即盤膝而坐。

雲遲站在花灼身旁，他除了早先動用靈力以血引施展開靈術受了些輕傷，胸腹有些不適外，因為花灼護著，倒沒受更重的傷，他見花灼盤膝而坐，他則打量四周。

這一處，沒有任何標記，似是一處綿延的冰山。

這樣的地方，以南楚來說，應該是在南楚的極北方，也就是北地的最北邊，那裡有一座玉雪山，常年冰雪不化，山脊結的冰像是晶瑩剔透的玉，因此得名玉雪山。

難道他們是被弄到了玉雪山頂？

雲遲心中疑惑，從臨安的雲霧山到北地的玉雪山，騎快馬也要半個月的日程，而他早先因受不住氣血上沖暈厥了過去，不知道暈厥了多久。

他收回視線，看向花灼。

花灼的頭頂溢出輕輕淡淡的煙霧，以靈術為自身療傷，讓他面色透著一絲清透的白，他的周身乍然變暖，但即便如此，他身下的冰卻未曾因為周遭的暖而融化半分。

雲遲看著，若有所思。

在花灼療傷時，雲遲不敢離開，站在一旁為他護法。

半個時辰後，花灼收了功，面色好了很多，緩緩地站起身，他似也發現了什麼，低頭看向腳下他剛剛坐著的地方。

他坐下時什麼樣，如今還什麼樣，冰厚厚的，晶瑩剔透，他跺了跺腳，連個腳印都沒落下。

他低頭看了片刻，抬起眼，對雲遲問：「你怎麼看？」

雲遲立即道：「早先我以為這裡是玉雪山頂，因為我不知道自己昏厥了多久，但如今看這冰絲毫不化，這冰雪雖寒徹骨，但似也不傷人，你在療傷時，我也未運功禦寒，卻並未覺得被凍僵，只是冷了些罷了，所以，這裡應該不是玉雪山頂。」

花灼點頭：「嗯，你只昏迷了不過盞茶時分罷了，從臨安的雲霧山到北地的玉雪山，哪怕是神仙，也不能在盞茶之間飛過去，所以，肯定不是玉雪山。」

雲遲道：「這裡怕是以靈術造出的幻境，肉眼所見之處，如玉雪山的模樣，但實則，一切皆虛幻。」

花灼頷首：「我也這麼想。」話落，他也負手而立，看著四周，「只是怎樣才能破除這幻境？你有什麼想法？」

雲遲抿唇：「你運功療傷時，我已思索過了，我既然能以血引打開禁制之門，想必，也能以血引解除這裡的幻術。」

花灼挑了挑眉：「你可還行？」

「行。」雲遲肯定地點頭。

花灼頷首：「那便開始吧！我還如早先一般相助你。」

雲遲看著他：「你的身體……」

「無礙，你能行我就能行。」花灼斷然道。

雲遲點頭，不再多言，盤膝而坐，以食指血引啟動開靈術，花灼重新坐在他身後相助他。

這一次，二人都多多少少有傷，不如早先一次順利，但似乎卻比早先一次容易，就在雲遲的血引破開了一個小光暈時，四周霎時物轉星移，在二人的面前變了。

二人心中大喜，一起收了力，齊齊地從地上站了起來。

只見眼前哪裡還有什麼千里冰封，綿延的冰山？有的是綿延的青山，雲漫漫，霧濛濛，小橋流水，青山翠色，奇花異草，風景如畫。

山漫疊疊，翠柳含煙，有一棟樓宇，立在山巔處，有幾隻鶴鳥孔雀，悠閒立在溪水邊。

沒見到花顏的影子，似也沒有人煙。

雲遲和花灼對看一眼，便向著山巔處的那一棟樓宇而去。

二人腳步很快，不過幾個起落，便來到了那棟樓宇前。

樓宇前大殿的門敞開著，一隻白狐趴臥在門檻前，似在睡覺，聽到腳步聲，白狐猛地睜開眼睛，見到了雲遲和花灼，圓溜溜的眼睛似也不懼怕，陌生地打量著二人。

雲遲和花灼停住了腳步，看著這隻通體雪白的白狐，都想到了那個傳說。

雲族傳承了數千年甚至萬年的不止是代代嫡系子孫的靈術，還有一物，就是靈狐。靈狐所在的地方，就是雲族的起源地雲山。

若是這裡就是雲山，那麼，這空空四野，寂寥蕩蕩的地方，讓人莫名地感受到一個得天厚愛的族地，它的沒落荒涼和淒清。

哪怕這裡空靈之氣充沛，哪怕這裡春風拂面鳥語花香四季風景如畫。

但是奈何，如今，只一隻小靈狐守著而已，並不見什麼人煙人氣。

就在二人看著靈狐不約而同地想了很多時，靈狐忽然站起身，圍著二人嗅了起來。

二人站著沒動，任它來來回回地嗅了兩回。

靈狐嗅過了之後，十分有靈性地探身子轉回頭向屋裡瞅了一眼，然後，用爪子撓了撓雲遲的靴子，然後眼睛滴溜溜地轉，那模樣，似是在說，你快進去。

雲遲意會，抬步就跨進了門。

這處樓宇是一處宮殿，裡面十分的空闊，入眼處，擺放了許多牌位，一眼所見，是雲族的歷代先祖靈位，這些牌位，似串聯成了一線，雲絲霧繞地纏向了一處。

雲遲順著這些絲線看向一處，這一看，頓時快步奔了過去。

只見，那一處放著一張吊床，這張吊床是以玉石而做，花顏躺在上面，輕輕盈盈的霧線纏繞著她，她閉著眼睛，靜靜地躺著，面色安然。

雲遲來到近前，剛要伸手去碰花顏，一縷霧線瞬間飄來，不客氣地打開了他的手，然後，又轉了方向，飄向花顏身體。

雲遲的手一痛，看著那縷霧線與花顏，慢慢地撤回了手。

即便他沒來過雲山聖地，沒來過雲族聖殿，也知道，這些霧氣代表著什麼，如今這情形代表著什麼。

這床，是暖玉床，這霧線，是歷代先祖們臨終留下的靈力，如今花顏是在這裡療傷。

他心中落下了一塊大石，不再前進一步，只靜靜地看著花顏移不開視線。

白狐許可了雲遲進去後，便歪著頭看著花灼，花灼見雲遲進去，他倒也沒急，便立在原地，看著白狐。

一人一狐對看了好一會兒，白狐忽然撓撓腦袋，小身子一躍，竄進了花灼的懷裡。

花灼伸手接住了他，微笑地開口：「你也算是我的祖宗了。」

小狐狸似聽懂了，呲了呲牙。

花灼摸摸它的腦袋，抱著它邁進了門。

裡面的情形一覽無餘。

花灼來到雲遲身邊，看到了躺在吊床上的花顏，面色不再蒼白，如冰雪般的剔透，雖也不見紅潤，但睡態安然。

花灼也鬆了一口氣，放下了心，對雲遲道：「早先她如一座冰山，若是釋放出冰雪，怕是能封了整個雲霧山，就如我們早先在幻境所見一樣。如今看她這樣，是不會被冰凍住了，只是看不出何時能醒來。」

雲遲道：「多久我也等。」

「自然。」花灼點頭，「妹妹在這裡，平安無恙，我們自然要等她醒來，也不急著出去，只是大約沒辦法往外送消息，你我是進的來，怕是找不到出去的門，估計要讓祖父、父母、夏緣著急幾日了。」

雲遲點頭：「能進來已不容易，出去的話，怕是需要花顏醒來了。畢竟這裡是她封了的。你運功療傷時，我便試探了，沒有辦法傳信。」

花灼低頭看著懷中的小狐狸，似乎很久沒讓人抱了，它在他懷裡左蹭蹭右蹭蹭，貪戀溫暖的不亦樂乎，他又拍拍它的頭，問：「可有辦法往外面送信？」

小狐狸已在花灼懷裡，找到了個舒服的姿勢讓他抱著，聞言抬起頭，瞪向吊床上的花顏，搖搖腦袋。它的意思不言而喻，花顏不醒來，誰都出不出，能進來就是開了天恩了，似乎它都沒料到還有人能進得來。

花灼也不洩氣，抱著小狐狸往外走：「走！帶我出去轉轉，祖宗們的地方，我好奇的很。」

小狐狸將腦袋埋起來，嗚嗚兩聲，似乎在說，我要睡覺，這裡有什麼可轉的？

花灼也不理它的反抗，只顧抱著它往外走。

雲遲勉強將視線從花顏身上移開了，也看到了花灼懷裡的小東西，他心情從見到花顏後便輕鬆了起來，也忍不住彎了嘴角。

一人一狐出了大殿。

雲遲回轉身，看著花顏，他對雲山之地的好奇抵不過他對花顏的思念和一路上的擔驚受怕，早先在禁地外，他不敢想像，若是這一輩子都再也見不到花顏，生死不能埋骨在一起，他會如何，大概上天入地也找不到她時，會瘋掉。

花灼抱著小狐狸出了大殿後，立在大殿的門前，看著山巔下的雲山。

一層輕輕薄薄的雲霧籠罩著的雲山，如煙似雲又似霞，山巒層疊，風煙翠幕，風景如畫。輕輕柔柔的風拂過，捲起花灼衣袍一角，他嗅到風裡似乎都帶著空靈之氣。

他低頭看懷裡的小狐狸，埋著腦袋，已十分香甜地窩在他懷裡睡了過去。他緩步沿著山中青石鋪就的小路，漫無目的地隨處轉悠。

這片雲山之地，已空曠了怕是上千年。

物轉星移，不變的大約是這雲山的景色，年復一年，變的是塵世的朝代更替，子孫代代。

花灼轉悠了一圈，來到了溪水旁，坐在了一塊山石上，溪水內，各種魚，看著肥又鮮美。

他坐著看了一會兒，忽然伸手拍醒小狐狸：「小祖宗，這魚能吃嗎？」

小狐狸睡的正香，被花灼拍醒，頓時想對他齜牙咧嘴，但聽他稱呼它為小祖宗，似乎恍然地想起了自己的輩分，不該跟一個小輩計較，於是，他小腦袋點了一下頭，又埋進了花灼懷裡。

花灼自從禁地顯現花顏失蹤後已兩日夜沒吃飯，如今見小狐狸點頭，他豈能放過，所以，隨手將小狐狸放下，伸手就入淺淺的溪水裡撈了一條魚上來。

小狐狸不滿意，蹲起身子瞪著花灼。

「我餓著呢，先吃飽了再抱你。」花灼一手撈著魚，一手伸手入懷摸火石，同時對小狐狸問，

「要不要吃烤魚？」

小狐狸頓時明亮了一雙狐狸眼，連連點頭，看那模樣，就差手舞足蹈了，跟早先花灼打擾它睡覺一副不滿要瞪眼的模樣完全不同。

「吃的話，去給我拾乾柴。」花灼看了一眼四周，指使小狐狸。

小狐狸倒也痛快，「嗖」地一下子就跑沒影了。

花灼失笑，拿出貼身的匕首，對肥美的魚開膛破肚，然後，又對著清水洗乾淨，雲山的魚，似也有靈性，見到有兄弟成了花灼的美餐，頓時都嚇跑了，遠離他十丈遠。

不多時，小狐狸就叼了乾柴回來，它一趟叼不了幾根，在花灼搖頭說「不夠」時，又痛快地跑遠了去叼。

就這樣，來來回回好幾趟，總算是叼夠了花灼需要的乾柴，然後，它便眼珠子都不眨一下地等著花灼烤魚。

花灼慢悠悠地架起了火，又找了些草藥碾碎成汁，淋在魚上。不多時，香味就飄了出來。

小狐狸迫不及待地舔著嘴，看那模樣，饞的很，但也知道沒烤好，只能等著。

花灼瞧著它有趣，覺得這一條魚大約不夠吃，於是又起身，拿了一根乾柴，甩手而出，從十丈遠的水裡扎了一條魚，他揚手一招，輕輕薄薄的吸力將那扎到的魚吸到了手裡。

身處靈山，處處皆漂浮著靈力，所以，在雲山外用靈力分外費勁，但到了這裡，似乎輕易容易的很。

小狐狸見了，又不停地點頭，手舞足蹈起來，十分歡喜，顯然，它也知道一條魚不夠和花灼瓜分。

花灼也算是孝敬小祖宗，在第一條魚烤好後，直接都給了小狐狸，自己烤第二條魚。

小狐狸愛乾淨，花灼用乾淨的葉子墊在烤好的魚上，小狐狸知道一整條魚都是它的後，一改心急，慢條斯理地吃著，津津有味。

山清水秀的地方，魚便格外的肥美香甜，鮮嫩可口。

花灼烤好另一條魚後，也慢條斯理地吃著。

一人一狐狸，在這時候，竟相處的十分和諧。

兩條肥美的魚吃完後，花灼掏出帕子擦了擦嘴，問小狐狸：「你說，要不要再烤一條？」

小狐狸搖搖頭，打了個飽嗝，示意它飽了，吃不動了，不吃了。

花灼彎了彎嘴角，這麼有靈性的小東西，真是讓人喜歡，難為它獨自一個在這裡活了這麼久，笑道：「太子殿下還沒吃東西呢，為了我妹妹著想，不能餓著他不是？」

小狐狸這一回似懂非懂，迷迷糊糊地點了點頭。

花灼又抓了一條魚，慢悠悠地烤了，然後用乾淨的葉子裹了，帶回去給雲遲。

小狐狸吃飽了，似十分懂得消食，亦步亦趨地跟在花灼身後，學著他慢悠悠地走著。

一人一狐回到殿內，雲遲已找了個地方坐下，等著花顏醒來。

聽到動靜，雲遲轉過頭，看了一眼花灼手裡拿著的烤魚，笑道：「老遠就聞到香味了。」

花灼看了一眼躺著一動不動的花顏，將烤魚遞給雲遲：「趁熱吃。」

雲遲也看了一眼花顏，點點頭，說了句「多謝」，便慢慢地吃了起來。他這一路上確實沒怎麼吃東西，如今雖也不是十分餓，但他知道，等著花顏醒來，需要力氣，他不能在她沒醒來前，耗光了所有力氣。

在大殿雲絲霧線的繚繞中，滿殿的魚香。

花灼在雲遲吃魚時，一直注意著花顏，但雲遲將魚慢悠悠地吃完了，花顏也沒絲毫動靜，他收回視線，想著她要醒來怕是還早了去了。

小狐狸消食後，不找花灼抱了，竄進了雲遲的懷裡。

雲遲也不抗拒，伸手接了它，小狐狸蹭了蹭，心下滿意，很快就埋頭睡了過去。

花灼找了個舒適的位置坐下，對雲遲道：「累了只管睡，她醒來自會看到我們，喊醒我們，更何況，她怕是一日兩日也醒不了。」

雲遲點頭：「好。」

花灼閉上眼睛睡了。

雲遲抱著小狐狸也慢慢地閉上了眼睛。

一日的時間便一晃而過。

轉日，朝陽透過殿門射進大殿，七彩的霞光將大殿照的如夢如幻。

雲遲醒來，先去看花顏，見她依舊靜靜地躺著，纏繞在她身上的霧絲較昨日少了些，這大殿內的霧氣似也稀薄了些，可見都被花顏吸收了。

他轉頭去看花灼，不知花灼什麼時候已不在大殿了，而小狐狸也早醒了，脫離了他的懷抱，懶洋洋地躺在門口沐浴七彩霞光。

雲遲覺得這大約就是吸收天地靈氣，它能延年益壽想必便得益於這樣。

雲遲睡的有點兒久，身子有些僵麻，適應了一會兒後，緩緩地站起身，來到了門口，放眼望去，不見花灼的影子，他對小狐狸問：「花灼呢？」

小狐狸滴溜溜地轉了轉眼珠，站起身，用爪子撓了撓他衣袍的袍角，然後離開了殿門。

雲遲意會，它的意思是讓他跟它走！他本來只是問問，如今見小狐狸要帶他去，便也不拒絕，抬步跟在了小狐狸身後。

小狐狸帶著雲遲轉過了兩座山巒，來到了一處山峰處，這一處山峰，有一處洞口，洞口有一面山石的石碑，石碑上寫著兩句話：

「登雲天，問蒼穹，天道可平天下事？入鬼門，祭蒼生，緣法可行世間路？然，不然。」

便是這樣的一句話，說有頭也有頭，說有尾也有尾，但言不盡，語未終。

雲遲站著洞門前，看著石碑上的話，思索著。

小狐狸已到洞門口，見他站著不動，轉回身，撓他靴子面，催促他。

雲遲笑道：「等等。」

小狐狸停下了動作。

雲遲又站了片刻，若有所思地說：「妙啊！」

小狐狸歪著頭瞅著他。

雲遲低頭看著小狐狸，對它問：「你可知這是何人題的話？」

小狐狸「唔」了一聲，趴在了地上，用爪子扒了扒地上的土，眼神似一下子十分傷感。

雲遲輕聲道：「據說雲族有一位先祖，想問鼎天下，後來卻為了天下蒼生袖手天下了，著實可敬。」

小狐狸抬起頭，嗚嗚了兩聲。

雲遲又輕聲說：「雲家的人，以蒼生為念，以為問鼎天下，就可使得天下安平，四海河清，誠如南楚皇室，殊不知，天下安平何其難？四海河清又何其難？」

小狐狸蹲下身子，翹著尾巴，眨巴著眼睛看著雲遲。

雲遲收回視線，對它道：「走吧！帶我進去。」

小狐狸立即站起身，帶著雲遲進了山洞。

山洞有一面石門，但此時是開著的，雲遲掃了一眼，看到了開啟石門的機關，進了山洞內，四壁都是壁畫，壁畫上刻畫的是武學功法。

花灼立在洞中，正看的入神癡迷，連雲遲和小狐狸進來，都沒看過來一眼。

雲遲掃了一眼壁畫上的武學功法，與他如今修習的功法依稀有些相似，但更為精妙。他明白，這才是雲族真真正正的傳承。

他看了片刻，便也入了迷。

小狐狸見二人都認真地看壁畫上的功法，歪著頭瞅了二人一會兒，便轉身出了山洞，又回到了大殿門口，躺下身子，懶洋洋地曬起了日色霞光。

大殿內，花顏依舊靜靜地躺著。

外面的天色換了三個晝夜後，雲遲和花灼都沒從那處山洞中出來。

這一日，清早，迎著日色朝陽的霞光射進內殿，殿中微薄幾乎不可見的霧絲驟然停住，倏地撤回了牌位，不再圍著花顏纏繞時，躺在吊床上的花顏忽然睜開了眼睛。

躺在門口的小狐狸似有所感「嗖」地起身，竄進了大殿內。

花顏剛睜開眼睛，便看到一道白影竄上了吊床，竄到了她的腿上。她腿一沉，凝神一看，見是隻通體雪白的小狐狸，她頓時笑了。

她慢慢地坐起身，伸出手，摸了摸小狐狸的腦袋，剛醒來，嗓音有些低啞：「四百年不見，你還是這個模樣。」

小狐狸歡喜地看著花顏，猛地撲進了她的懷裡。

花顏身子依舊發軟，但渾身的痠疼已消失，只感覺身體說不出的舒適卻軟綿沒力氣，她也顧不得探查自己體內如今的情況，伸手接住了小狐狸的小身子。

小狐狸在花顏的懷裡不同於蹭花灼和雲遲那一下兩下，而是一個勁兒地蹭，似乎這樣能表達它激動歡喜的心情。

花顏抱著小狐狸，眼中沉澱了歲月的微光，她能理解小狐狸此時的心情，跨越了四百年，她又回來了雲山，有多少人，一生只一世，過了百年，便塵土皆無，而她卻陰差陽錯地有了兩世。

她一下下的摸著小狐狸的腦袋，微微地笑了起來。

活著，真的是挺好的。

小狐狸蹭夠了，抬起腦袋，滿眼控訴地看著花顏。

花顏抱起它，如把玩玩具一樣，忽然將它扔向上方，然後，在它落下時又將它接住，小狐狸一雙眼睛都亮了，似喜歡極了，再不見了控訴之色。

花顏沒多少力氣，將它拋的不高，連續地拋了兩下，她手臂就軟了，無奈地放下它說：「我如今沒多少力氣，等我有力氣了，再拋你玩好不好？」

小狐狸點點頭，窩在花顏的懷裡不出來。

花顏抱著它跳下了吊床，走到一排的牌位前，依次地對每個牌位從頭到尾一一叩了三個頭。

若沒有來這裡，沒有先祖們臨終的靈力療傷，她如今想必已經是一個死人了，即便不死，怕是也隨著她體內的冰寒之氣冰封了。

在鳳凰木下，他哥哥說的話，她有那麼點兒微薄的意識，是聽的見的。

叩完了頭，花顏站起身，抱著小狐狸出了殿門。

殿外，朝陽明媚，霞光照耀整個大殿，在門口處，形成七彩的顏色，將整個雲山也照的如仙境一般，美輪美奐。

花顏抱著小狐狸在門口沐浴了片刻霞光，看向四周，沒見到雲遲和花灼的身影，對小狐狸問：「我夫君和我哥哥呢？」

小狐狸眼神看向遠處的那一座山峰，示意給花顏。

花顏意會，笑著問：「他們進去幾日了？」

小狐狸伸出爪子比劃了一下。

「三日，還不夠久，就先不打擾他們了。」花顏說著，抱著小狐狸向小溪邊走去：「我想烤魚吃，走，咱們吃魚去，四百年沒人烤魚，想必溪水邊的魚都快成精了。」

小狐狸頓時歡喜地直點頭，它想吃花顏烤的魚，花灼烤的魚雖然也好吃，但沒有花顏烤的魚好吃。

一人一狐來到溪水旁，小狐狸不用花顏吩咐，便去拾乾柴，花顏則選了又大又肥美的魚抓了兩條來烤。不多時，溪水邊便架上了火，須臾，烤魚的香味飄出了溪水邊。

花顏一邊翻弄著烤魚，一邊與小狐狸說話：「當年我是沒辦法才封了禁地，使得你沒辦法出去玩，真是對不住。雲舒那個混蛋實在是可恨，我不覺得我哪裡招惹了他，偏偏讓他生出了執念，對我情深一片，不過到如今，我倒也該謝謝他，若是沒他，我也不至於重活了一世。」

小狐狸「唔」了一聲又一聲，小小不滿的眼神雖有，但似乎也懂了花顏的無奈，接受了她的道歉。

花顏抽空看了它一眼，笑著說：「能夠活著再見到你真好是不是?你在這禁地也寂寞，要不要跟我出去玩？」

小狐狸立即點頭，它喜歡玩，不想獨自待在這裡了。除了溪水裡的魚，天上飛的鳥雀，沒一個人，沒人與它說話，它一年又一年的悶死了。

花顏見它直點頭，笑著說：「好，那就這麼說定了，我走時，帶上你。」

小狐狸頓時手舞足蹈，歡喜不已，一雙狐狸眼亮晶晶的，十分漂亮。

烤魚好了，花顏給小狐狸一條，自己吃一條，她剛吃兩口，便感覺到身後一股風飄來，熟悉的清冽的鳳凰木的氣息，她彎了彎嘴角，慢慢地放下了捧著的魚，回轉身。

這時，雲遲已來到了花顏身後，一臉驚喜地看著坐在溪水旁的花顏。

明媚的陽光下，溪水蕩著清澈的波紋折射出清冷的微光，陽光落下的金色和霞色籠罩在花顏的周身，她明明還是那個人兒，卻似又有很大的不同。

歲月沉澱的輕柔，時光飛逝也化不去的輕揚，陽光也擋不住的明麗，眼神流轉著靜好的溫柔，眉心不再似籠罩著雲霧。

她似被洗禮了一般，周身都透著融了陽光的氣息。

雲遲停住腳步，定定地看著花顏。

花顏笑了笑，站起身，站在了雲遲面前，伸手在他眼前晃了晃，又捏了捏他的臉，然後笑吟吟地歪著頭看著他：「怎麼?幾日不見，不認識我了?」

雲遲眼珠子隨著花顏的動作轉了轉，驚醒，一把將她拽進了懷裡，緊緊地抱住，頭貼著她脖頸，嗅到她的髮香，低啞地喊了一聲：「花顏！」

「嗯。」花顏點頭。

雲遲又喊了一聲：「花顏。」

「嗯。」花顏再應聲。

「花顏！」雲遲又喊，「花顏，花顏，花顏……」

花顏心中注滿水流，暖暖的，軟軟的，如春風化雨般，一點點滋潤了她的心田，有沉重的情，有酸澀的意，有化不開的柔情，有捨不得的害怕失去以至於恐慌的等等情緒，都是來自抱著她的這個人。

她一句句地回應他回答他：「雲遲，我在，我在，我在……」

她原以為，四百年前的人才是割捨不去的，刻在骨子裡靈魂裡的。可……眼前之人，才是真正的讓她割捨不去的，刻在心尖上挖不除的。四百年前的陰差陽錯，只是為了讓她今生遇到他。

許久，雲遲平復了歡喜激湧的情緒，低頭看著花顏，想要吻她，但掃了一眼一旁津津有味地一邊吃著魚一邊看著他和花顏抱在一起的小狐狸，便打消了念頭，只用手微微用力地揉了揉花顏的頭。

花顏那一瞬間懂了雲遲的心思，抿著嘴瞅著他笑。

雲遲看著她明豔的笑容，眼中碎了溫柔，低聲問：「可全好了？我來了之後本打算一直陪著你醒來，沒想到被小祖宗帶去了那座山洞裡，一時入了神，感知到你醒來，才驚醒地趕來。」

花顏道：「我還沒探查。」

「現在就探查一番。」雲遲鬆開她，低聲催促。

花顏點頭，退出雲遲的懷抱，擇了早先坐著的地方，盤膝而坐，試著感知身體，發現，她身體已被修復，再不是乾涸一片如焦土，奇經八脈也已復原，只不過，脈息綿軟而孱弱，這也是導致她覺得氣勁不足的原因。

她試著調動靈力，發現一絲也沒有，本源內空空的，經脈各處也沒有，她又試著調動內力，發現也一樣，除了感知似比以前進益了一倍，她凝神之下能聽到遠處花灼在洞府中演戲壁畫上的招式外，其餘的，靈力無，內力無。

她又試了兩回，依舊依然，於是，她放棄，睜開眼睛，對上雲遲期待的眼神，她笑了笑，語氣輕鬆地說：「除了感知外，與常人無異，活著真好。」

對於花顏來說，這的確是最好的結果了。

第一百一十四章　以命承江山之重

這一次，她不僅修復了虧損的身體沒性命之憂，雖然，靈力全無，內力也無，但也有一個最大的收穫，增強了她的識海，擴大了一倍不止。

所以，還是一件值得高興的事兒。

雲遲看著花顏的笑，她由內而外透著輕鬆，讓他的心也跟著輕鬆輕快，他蹲下身，握緊她的手：「早先大舅兄與我說你當日能冰寒千里的樣子，我便一陣後怕，如今你身體與常人無異已是最大的福祉，做人不能太貪心，你身子好了，我就知足了。」

花顏微笑：「嗯，我也知足，這已經是雲山的列祖列宗厚愛我了。」

雲遲點頭：「稍後我要去叩幾個頭。」

花顏笑看著他：「太子殿下是真命天子，上跪天地，下跪父母，跪拜祖宗也是應該，但要看為什麼而跪，你為了個女人而跪，列祖列宗會不會打你？罵你沒出息？」

雲遲淺笑：「應該不會，那日來時，我見你躺在吊床上，想要去碰你，便被打了，分毫沒客氣。可見在列祖列宗的心裡，你比我受喜愛。」

花顏眨了眨眼睛，輕笑，對他道：「四百年前，我從出生後，祖父就將我帶進了禁地，我每個月在這裡待的日子比在花家待的日子要多的多，幾乎是在這裡長到了十四歲。」

雲遲一怔，看著花顏。

花顏對他笑著道：「那時，我偷懶，不想自己修習進益，就每日琢磨著從列祖列宗們的牌位裡奪靈氣，所以，整日圍著牌位轉，但明明都是作古的人了，只剩下最後的刻入牌位的微薄的靈力，偏偏就是無論我怎麼想法子想要，就是不給我。若非不能大逆不道，我當時恨不得把他們一把火燒了。」

雲遲驚訝，隨即啞然失笑，想著那時候的花顏，俏皮、靈動、活潑，她的性子是天生的，但想必後來踏出禁地，踏出臨安，進入東宮皇宮，磨平了很多很多。

花顏又道：「可惜，我不明白祖父一片苦心，但是太倔強，後來又不顧祖父反對，一意孤行，飛蛾撲火，糟蹋了祖父一片心，以至於，後來莫可奈何，無奈之下，也將這一處禁地封了隱匿了，讓雲舒沒法子找到。」

雲遲握著她的手緊了緊，見花顏說起這些的時候，語氣依舊輕鬆，沒多少傷感之色，他終於明白了她對比以前，哪裡有了不同，她是真的放下了。

他輕聲道：「過去的事情就過去了，別再想了。」

「嗯。」花顏伸手入懷，拿出那一條紅綢，遞給他，「大婚時，就用它來繫同心結。」

雲遲伸手接過，笑容蔓開：「好。」

二人正說著話，身後又有一陣風飄來，是花灼的氣息。

花顏抬眼看去，雲遲也轉過身，只見青影從遠處的山峰處下來，轉眼就到了近前，正是花灼。

花灼演習完最後一式，衝出了洞府，身法很快，轉眼就來到了溪水邊，他停住身形，先上上下下將花顏打量了一遍，對她道：「我給你把把脈。」

花顏對他伸出手，腦中想著的是他的哥哥為了她險些與她同葬在雲霧山被冰封。有這樣的哥哥，她是多少輩子修來的。

花灼蹲下身，伸手給花顏把脈，花顏的脈象雖有些弱，但卻十分平和，他把了片刻，放下手，對她道：「與常人無異了，不説靈力，就是內力都沒了。」

花顏點頭：「感知比以前強了一倍不止。」

花灼訝異，頷首，一屁股坐下，對她鬆了口氣道：「總歸是好事兒，沒丟了命。」

花顏笑起來：「是啊！能留著命氣哥哥，真是好極了。」

花灼瞪了她一眼：「人剛好了，皮緊了。」

花顏對他俏皮地吐了吐舌頭。

花灼看著她鮮活的模樣，終是忍不住露出笑意，對她問：「你如今沒靈力，如何能開啟禁地，我們必須趕緊出去，已經進來幾日了，家裡人怕是急白了頭。」

花顏立即接話：「是啊！嫂子怕是哭瞎了眼睛。」話落，她拿起放在一旁的烤魚，用手掰了分成三份，一份給花灼，一份給雲遲，一份自己拿了吃，邊吃邊説，「我是沒法子用靈力解了這禁地的禁制了，但你們既然能進的來，也能出去。」話落，想起來了什麼，問，「咦？你們是怎麼進來的？」

雲遲將他以血引在花灼的幫助下開啟了禁地之門之事説了。

花顏聽罷，頓時恍然大悟地懂了，笑著道：「你我血脈相融，是這個理了。」

她説的臉不紅氣不喘。

花灼哼了一聲。

雲遲微笑：「這是我能想到的唯一進來的法子，沒想到真的管用。」

花顏點頭：「只你一人能管用，換做一人，都不管用。」話落，看著花灼，「哥哥想必也是費了不少力氣，借助太子殿下進來的。」

「嗯。」花灼不得不承認，當時他死扣著雲遲，才能跟著他一起進來。

「進來用開靈術，出去用破雲術，不過以我血引為鑰匙就好，我的血引想必你們會輕易些。」花顏說話間，吃完了手裡的烤魚，蹲在溪水邊洗了洗手，還沒等她將手擦乾，小狐狸就一個蹦跳竄進了她懷裡。

花顏失笑：「丟不下你。」

雲遲看著花顏懷裡的小狐狸，明白它這是也要跟出去，他看了一眼這裡，雖然風景如畫，但到底因為長久沒有人煙而冷清，這是隔絕在塵世的一處世外桃源，一片祥和，但雲家的子孫代代，反而更嚮往俗世裡的煙火氣。

這被擱置的久了，成了禁地。

花灼對於小狐狸要跟出去也沒意見，這個小東西實在討人喜歡，孤孤單單地在這裡守著無數歲月，也難為它了，他問花顏：「準備好了嗎？」

花顏點頭，看向雲遲。

雲遲立即道：「你們在這裡等我，我去叩幾個頭。」說完，轉身去了那處殿宇。

花灼看了雲遲一眼，也虔誠地跟了去。

花顏抱著小狐狸立在溪水邊，看著二人一前一後進了那處大殿，想著這一處禁地，她如今沒有能力解了自己設下的禁制，將來若是有朝一日，她恢復能力，屆時要問問哥哥的意見。

雲山的禁地也許這麼封著也好，至少不會沾染了濁世的東西，不會破壞分毫。

不多時，雲遲和花灼一同出來，花顏咬破了食指，對雲遲示意，雲遲當即啟動破雲術，他雖得傳承的靈力微薄，但在那處山洞中受益匪淺，比來時深厚了許多，再加上是花顏的血引，這一回，不需花灼相助，偌大的漩渦便捲著三人一狐，離開了禁地。

時間很短，短到睜眼閉眼瞬息之間。

花顏抱緊了小狐狸，雲遲護住了花顏，花灼護法，他在那處山洞得益更多，所以，輕而易舉地便回到了禁地現世的地方，也就是花顏消失的原地。

「砰」地一聲響，三人驟然落下，砸到了地上。

雲遲和花灼兩人同時以背著地，花顏和她懷中的小狐狸沒有摔倒一丁半點兒。

三人突然出現，驚醒了正焦急等待的眾人。

夏緣當即大喜，幾乎喜極而泣，喊了一聲：「他們……他們出來了！」

眾人自然也聽到了看到了，齊齊地快步圍上了三人，每個人的臉上都露出驚喜之色。花家祖父歎了句：「總算出來了！」

花顏有一瞬間的眩暈，但很快就定下了神，看到花家一眾人，連太祖母也在，頓時露出了笑意。

花家太祖母和祖母聽聞雲遲和花灼一起消失了，在家裡也坐不住了，與祖母一起也來了雲霧山，已在雲霧山等了三日。

因太祖母來了雲霧山，不知要等多久花顏三人才能出來，花家人生怕太祖母年歲大了受不住，在原地搭了帳篷，以供太祖母和眾人休息。

太祖母身子骨硬朗，等了三日，也不見疲憊，如今見花顏等三人出來，高興的連連說：「出來就好，平安就好。」

「顏丫頭，快過來，讓太祖母看看你。」太祖母對花顏招手。

花顏抱著小狐狸笑著走到了太祖母面前。

太祖母看著花顏，同時也看到了她懷裡抱著的小白狐，頓時「哎呦」了一聲，笑呵呵地說：「這小東西好漂亮。」

小白狐歪著頭瞅著太祖母，模樣十分乖巧討喜。

花家祖父走過來，驚訝地說：「這是傳說中的靈狐？」

「嗯。」花顏點頭，「它一直在禁地被困著，如今我正巧把它帶出來透透氣。」

花家祖父眼中泛起了淚花，對小白狐拱手見了一禮：「沒想到我們雲族之寶，還存於世，真是可喜可賀。」

小白狐頓時呲牙對著花顏祖父似在笑，它活的久，自然當得起花家祖父一禮。

太祖母笑呵呵地摸了摸小白狐，然後又摸了摸花顏的腦袋，對她道：「嚇死個人，如今進了禁地一趟，得列祖列宗庇佑，可好全了？」

花顏笑著將她身體如今的情況說了。

太祖母點頭：「人吶！不能太貪心，列祖列宗們在天有靈，保了你一條命，已是福祉，你能活著哪怕成為了一個尋常人，也是極好的，不能因此不開心。」

「太祖母說的是，我也這麼覺得，能活著，我已開心了。」花顏笑著點頭。

天不絕這時走上前，對花顏一臉好奇：「那一日你可嚇死我了，來，我給你把把脈。」

花顏一手抱著小狐狸，將另外一隻手遞給了天不絕。

天不絕伸手給花顏把脈，片刻後，又換了另外一隻手，過了一會兒，他撤回手，驚奇又好奇地說：「如此短短時間，你乾涸枯焦的身體竟然復原了。是怎麼復原的？花灼的靈力不是都沒辦法進入你的身體嗎？禁地裡有什麼寶貝幫助了你？」

花顏笑著收回手，見眾人都豎起耳朵靜聽著，便也不隱瞞，將如何復原的經過簡單說了。

太祖母聽花顏說完，對眾人道：「顏丫頭能回來，是列祖列宗臨終靈力護佑厚愛，我們花家所有人，當叩頭謝過祖宗們。」

眾人齊齊點頭。

於是，太祖母帶頭，花家祖父、祖母、花顏父母、花家一眾人等，齊齊地跪在了地上，對天叩了三個響頭。

小忠子與東宮的十二雲衛也齊齊跪地，跟著花家人一起，同樣叩了三個響頭。

夏緣則多磕了好幾個。

花灼見花家人都站起身，夏緣還在磕，他好笑地一把將她拉了起來：「好了，在牌位前，我已替你磕過了，不必磕了。」

夏緣看著花灼，紅著眼眶說：「以後每年的逢年過節，我都要來叩頭。」

花灼點頭：「好，我陪著你。」

夏緣露出笑意。

花顏回轉身，看著夏緣，逗趣地說：「當時在禁地內，我還以為回來會看到一個哭瞎了的嫂子呢，如今看來有出息了。」

夏緣頓時笑了，梗著脖子道：「我才不哭呢，免得被你笑話！」

祖母笑呵呵地說：「夏緣這一回堅強的很，雖也心急擔憂的要命，但不止自己沒哭，還一直對我們說，你肯定沒事兒，你們很快就會出來的。她每日說著，幾日就過去了，我們還以為要再等幾日，這不，這麼快被她給念叨出來了。」

花顏聞言不由笑了。

夏緣也笑了。

花家祖父對花顏問：「禁地內可還好？為何依舊沒顯現？」

花顏道：「禁地內一切都好，還是以前的樣子，當年我封隱了禁地，如今我靈力全失，也沒辦法解開四百年前的禁制，我們之所以能出來，是靠了雲遲以我的血引用了破雲術。」

花家祖父明白了，點頭道：「封隱著也好，不讓俗世的汙濁打擾列祖列宗。」話落，對太祖母道，「顏丫頭三人既然平安出來，我們下山吧！」

「嗯，走吧！下山吧！」太祖母點頭。

於是，眾人下了雲霧山。

途經那一株鳳凰木時，摔碎在地上的長明燈依舊在，沒有人收拾，雲遲看了一眼，腳步頓了一下，便目光溫柔地看向花顏。

花顏連看也沒看一眼，對雲遲笑了笑，問：「我們哪日起程不耽誤大婚吉日？」

雲遲計算了一下說：「三日後起程吧！」

他想著花家人一定很想她在家多待幾日，但是三日的確是極限了，不能再多了。

花顏笑著點頭：「好。」

雲遲又詢問花灼：「大舅兄以為如何？」

「嗯。」花灼也不難為雲遲，「花家這邊我早先已交給花離和花容準備了，至於沿途的部署安排，你我今日回府仔細商量一番，儘快布置下去，三日也足夠了。」
雲遲微笑，拱手：「多謝大舅兄。」
花灼領了雲遲的謝，對於雲遲，以前他和花顏一樣，也十分嫌棄他的身分。如今一樁樁一件件事兒，但凡有眼睛的人都能看得出他對花顏的在乎，到如今，即便是他吹毛求疵，也對雲遲說不出什麼不滿了。
下了山，眾人上了船。
花顏如今身體好了，重獲新生，不想去船艙裡悶著，便抱著小狐狸，挽著雲遲的手臂，立在船頭，看湖水兩岸的青山雲黛，看湖光山色。
冬日裡的臨安，兩岸有花開著，湖水霧濛濛，水氣濛濛，別有一番清冷的美。
采青捧了一件厚披風，眼裡是歡喜之色，小聲說：「太子妃，湖水涼寒，披一件披風吧！」
雲遲先花顏一步回轉身，從采青的手裡接過披風，展開給花顏披在了身上。
花顏笑著看了采青一眼：「幾日不見你，都瘦的不成人形了，等回了東宮，我要告訴方嬤嬤讓廚房好好做些補品，給你養回來。跟在我身邊的人，不美哪行？」
雲遲看了一眼采青，笑道：「太子妃說的對。」
采青見雲遲都表了態了，頓時屈膝，笑著說：「奴婢先謝過殿下，謝過太子妃，只要太子妃好好的，奴婢一定能養回來。」
花顏微笑：「嗯，我好好的，不敢不好好的。」話落，斜睨了雲遲一眼。
雲遲微笑，花顏就是他的命，她若好，他必好，她若不好，他也不可能好。
夏緣本來有許多話想對花顏說，但被花灼給扣住了手，對她壓低聲音說：「在禁地我演習壁畫上的武功心法，一連幾日未合眼，乏得很，陪我進倉裡休息一會兒，妹妹與太子殿下很有興致的在賞風景，你就別過去了。她不需要你陪，你還是陪我吧！」

夏緣見雲遲興致勃勃的陪著花顏賞景，便聽了花灼的話，陪著他進了船艙裡。

一行人回到臨安花家已午時，花家已備好了宴席，慶祝花顏身體大好，同時給即將大婚的雲遲和花顏賀喜。

花顏抱著小狐狸坐在雲遲身旁，她身子好了，看到美酒便饞了起來，她懷裡的小狐狸更是一副眼饞的模樣，於是，花顏吩咐人在她旁邊給小狐狸設了個座位，也給它擺放了碗碟酒壺酒盞。

小狐狸十分歡喜，在椅子上手舞足蹈了一會兒，又抱著酒壺打了兩個滾，它十分有本事，即便抱著酒壺打滾，也沒灑出一滴酒。

花顏給他夾了隻雞腿，同時，雲遲給花顏夾了一顆肉丸子，被小狐狸瞧見了，它不吃雞腿，眼巴巴地看著花顏碟子裡的肉丸子。

花顏失笑。

雲遲勾了勾嘴角，也夾了一個肉丸子給小狐狸，小狐狸頓時笑眯了眼睛。

雲遲看著小狐狸得趣，忍不住笑出聲。

花顏端起酒盞喝了一口，也心情愉悅極了。

這一頓飯，因花顏平安，已無性命之憂，所有人都吃的盡興。

花顏喝了不少，她本就有酒量，不見醉意，雲遲有些酒量，卻自然及不上花顏，待散席後，雲遲已有些醉了。

於是，出了宴席後，她便吩咐小忠子，笑吟吟地說：「扶著你家殿下點兒，別讓他栽了。」

小忠子打量雲遲，似也知道殿下怕是有些醉了，連忙伸手去扶他。

雲遲卻不讓小忠子扶，而是伸手握住了花顏的手，緊緊地握住，不鬆開。

小忠子撤回手，看向花顏。

花顏對小忠子擺擺手，笑著拉著雲遲往花顏苑走，她在床上馬車上躺了多日，如今能雙腳慢悠悠地走路，覺得幸福極了。

尤其是今日有月，臨安的冬日不冷，所以，月下慢悠悠地散步回花顏苑，月色下，雲遲和花顏的影子拉的很長，有一種悠悠的靜好之感。

小狐狸跟在二人身後，它吃多了，喝的比花顏還多，似也有些醉了，走路的爪子看起來輕飄飄的，一雙眼睛也有了些醉色，在夜色下，看著憨態可掬，漂亮極了。

小忠子和采青都覺得這小狐狸真是神奇，亦步亦趨地跟在小狐狸身後。

走到半路，從出了宴席後一直沒開口的雲遲忽然低聲對花顏說：「我今日聽天不絕說你我大婚後，似乎可以很快就要孩子的，因為你體內如今沒有寒氣了，不再宮寒。」

花顏眨了眨眼睛，忽然貼近雲遲，低聲說：「那今晚要不要就開始？」

雲遲目光倏地一亮，停住了腳步，看著花顏。

花顏也看著雲遲，月色下他容可照人，光風霽月，月光灑下清華，落滿了他一身，丰姿傾世。

她彎了眉眼，笑著又問：「如何啊太子殿下？」

這一聲，嬌嬌軟軟，低低喃喃，似請似邀。

雲遲微微地探了探身子，對她低啞地問：「可以嗎？」

花顏笑著點頭：「自然。」

雲遲目光中如落滿了日月星河，須臾，他拉住了她，反客為主，快步走向花顏苑，比早先走的快多了。

花顏低低輕笑，隨著雲遲加快了腳步。

小忠子和采青對看一眼，小忠子立即悄聲說：「你跟著，我趕前頭回去吩咐廚房燒水讓兩位主子沐浴。」

采青一把拽住他：「你傻了？太子妃的花顏苑裡有溫泉池，用不著燒水的。」

小忠子一拍腦門：「是哦，那準備什麼？」

采青紅著臉小聲說：「吩咐小廚房，明日一早熬些補湯吧！」

小忠子煞有其事地點點頭：「你說得對。」話落，他高興地悄聲說，「有了小殿下可就好了，咱們東宮就熱鬧了。」

采青點點頭，也悄聲說：「殿下大婚後，皇上就要退位讓殿下登基了，屆時，殿下是不是該搬離東宮，住去皇宮了？」

小忠子腳步一頓，也模棱兩可地說：「大約是吧！在東宮住了十年，真有些捨不得啊！」

采青也道：「對比皇宮，還是東宮景色好，不過也沒法子，自古帝王都是要住皇宮的。」

小忠子頷首。

二人說著話，一路跟著雲遲和花顏進了花顏苑。

二人雖落後的遠了些，花顏如今雖沒了靈力武功，與常人無異，但因感知強大，所以，還是將二人的話聽了個清楚。

她笑著看了雲遲一眼，猜想他應該也聽到了小忠子和采青的話，她壓低聲音說：「若是對比東宮和皇宮，我還是寧願住在東宮，東宮不止景色比皇宮好，一草一木，皆有愛。」

雲遲的母后和姨母對雲遲的愛，體現在了東宮的每一處，使得東宮給人一種賞心悅目之感，住著也舒適至極。

雲遲微笑：「若是你不想搬去皇宮，那我們就一直住在東宮。」

花顏挑眉：「皇上會同意嗎？」

雲遲笑道：「讓父皇多做兩年皇帝就是了，等著我們孩子長大，將來將東宮騰給他，你我再搬去皇宮。」

花顏失笑：「皇上早就恨不得將皇位甩手給你，若是聽你這麼說，估計不會樂意。」

雲遲笑道：「父皇會樂意的，不必我勸服，他若是知道你有了身孕，不宜挪動，便會準了。」

花顏大樂，伸手掐了雲遲一把，嗔怪道：「八字還沒一撇呢，你倒是先算計上了。」話落，湊在他耳邊小聲道，「那太子殿下要努力啊！」

雲遲眸光一暗，低低地「嗯」了一聲。

二人說著話，進了花顏苑。

回到正屋，雲遲轉身先解了花顏的披風，然後二話不說，便拉著她開啟了溫泉池的暗門，進了溫泉池內。

花顏依著他，想著今日雲遲的酒還是喝的少了些，沒有中秋那日多，那日出了宮門，他就栽倒在馬車上了，今日還能說說話，還能做些什麼。

關上暗門，室內夜明珠透著微微光芒，溫泉池裡霧氣濛濛，十分的暖。

雲遲低低一笑，帶著醉意的眼眸碎了星光，低啞地說：「花顏，你也想我了是不是？」

花顏「嗯」了一聲，很是沒羞沒臊的誠實，解衣服嫌棄自己的手笨，乾脆用了些力氣，給撕了。

而雲遲指尖輕輕一劃，衣裳便紛紛落地。

花顏讚歎：「這麼好的本事，可惜我如今沒有了。」

她如今沒靈氣沒力氣，到底是不太方便了，馬上就顯現出來了。

雲遲低笑說：「以後都不用你動手，我來。」

花顏也笑了：「嗯，你來。」

春風一度。

雲遲抱著花顏出了暗室後，花顏已睡了過去，雲遲伸手點她眉心：「下次再不能任由你胡鬧了。」

花顏「唔」了一聲，似是還沒睡的太實，聽見了，蹭了蹭雲遲的手，十分沒力氣，眼睛睏的睜不開。

雲遲將她擺正了個舒服的位置，給她掖了掖被角，伸手拍了拍她，無奈又滿足地笑：「睡吧！」

花顏繼續睡了過去。

雲遲卻無睏意，在花顏身邊陪著看了她一會兒，見她睡的沉了，他披衣起身，穿戴妥當，出了房門。

小忠子跟隨了雲遲多年，就知道太子殿下今日不會這麼早睡，畢竟他還有很多事情沒做。於是，他見雲遲出來，立即問：「殿下？您可有吩咐？」

雲遲對他問：「去看看隔壁大舅兄歇下了沒有？若是沒歇下，告訴他，我過去與他商議事情。」

小忠子應了一聲，立即跑出了房門，去了花灼的院子。

不多時，小忠子跑了回來，對雲遲道：「回殿下，花灼公子還沒歇下，說是等著您呢。」

雲遲聞言披了一件薄披風，出了花顏苑。

花顏睡到深夜時，忽然被渴醒了，她喊了一聲「雲遲」，身邊沒人應答，她又喊了一聲，等了一會兒，身邊依舊沒人應答，她覺得不對勁，一下子徹底醒了，睜開了眼睛。

今夜有月色，室內有月光透進來，她偏頭瞅向身邊，身邊沒人，她伸手摸了摸被褥，被褥是涼的，十分平整，顯然雲遲根本就沒睡下。

她坐起身，披衣起床，想下地，身子卻發軟，於是試探地喊了一聲：「采青！」

采青自雲遲去了花灼軒後，一直未見他回來，便沒敢歇下，就守在外間，如今聽到花顏喊，立馬應了一聲：「太子妃，奴婢在。」話落，趕緊推開門進了屋，走到桌前掌了燈。

花顏看著采青問：「雲遲呢？他沒歇下？」

采青搖頭：「太子殿下在您歇下後去了花灼軒，找花灼公子商量事情去了，還沒回來。」

花顏點頭，那統領從北地到神醫谷一路損兵折將，定然不甘心不會善罷甘休，勢必要在大婚沿途殺了她，哥哥和雲遲自然要部署一番。

她對采青說：「給我倒杯水。」

采青連忙給花顏倒了一杯水。

花顏喝了一杯水後，對采青說：「去歇著吧！太子殿下和我哥哥怕是會商談一夜，你別守著了，我喝了水再睡下，應該也沒什麼需要了。」

采青點點頭，熄了燈，對花顏道：「奴婢就歇在外間的長榻上，您有需要隨時喊奴婢。」

花顏點頭：「好。」

采青關上房門退了出去。

花顏重新躺下，蓋上被子，不多時又睡了過去。

果然如花顏猜測，雲遲與花灼還真是商量了足足一夜，事無巨細，在天亮時分才商議妥當。

雲遲出了花灼軒，回到花顏苑時，天剛泛白，采青見雲遲回來了，連忙見禮。

雲遲在門口拂了拂身上的寒氣，對采青壓低聲音問：「太子妃半夜可醒來過？」

采青立即回話：「醒來一次，問了殿下您，喝了一杯水，又睡下了。」

雲遲點點頭，推開門，緩步進了屋。

花顏依舊在睡著，雲遲挑開紗幔看了一眼，解了外衣，輕手輕腳地上了床挨著花顏身邊躺下。

他剛躺下，花顏似有所覺，眼睛不睜，整個人卻往他懷裡鑽，手臂環抱住他的腰，小聲咕噥：

「剛回來？幾時了？」

雲遲伸手摟住她，低聲溫柔地說：「嗯！吵醒你了？天剛見白，還早，繼續睡吧！」

花顏點頭：「唔，是還早，還好睏，我還可以陪你睡到晌午。」

雲遲微笑，閉上眼睛：「好。」

清早，天空下起了雨，細如牛毛的細雨輕飄飄的落下，有細微的連續的雨聲，天色微微昏暗，十分適合睡個回籠覺。
於是，花顏在細雨聲中又睡了過去。
再次醒來，果然已經晌午。
外面的雨依舊下著，半日的時間，也只是在不平整的青石磚上下出了個小水坑。
花顏睜開眼睛，雲遲已醒了，卻依舊陪著她躺在床上。
「有睡足了嗎？什麼時候醒的？」花顏伸出手臂摟住雲遲脖子，懶洋洋地問。
雲遲笑著捏了捏她的臉，睡足了的人兒臉色紅潤，美麗極了，他溫聲說：「睡夠了，剛醒不久。」
花顏「唔」了一聲，「小狐狸呢？」
雲遲笑道：「清早我回來時，它在院子裡的鞦韆架上盪鞦韆呢，自己玩的不亦樂乎。我回來之後不久下起了雨，它大約又找地方躲著雨玩去了。」
花顏輕笑：「等我們有了孩子，它可以陪孩子一起玩。」
雲遲點頭：「小狐狸十分聰明有靈性。」
「自然，它是靈狐。」花顏笑起來，「這麼多年，它早就將雲山玩遍了，玩膩了，如今出來了，且有的玩呢。」
雲遲笑問：「起吧？太祖母讓人來傳話，說你在家的日子不多了，讓我們去她那裡用午膳。」
花顏點頭，湊起腦袋在雲遲的眉心輕吻了一下：「好。」
雲遲愉悅地笑出聲，也吻了吻花顏眉心，扶著她起了床。
二人穿戴收拾妥當，一起出了內室。

小忠子手裡捧了兩把傘，采青手裡捧了兩件披風，見二人出來，連忙見禮。

雲遲幫花顏披上披風，又隨手披上自己的，從小忠子手裡接過一把傘撐起，握著花顏的手出了房門。

倆人剛踏出房門，一道白影「嗖」地竄到了花顏面前，眼看就要撲進花顏的懷裡，被雲遲抬手一把撈住。小狐狸被雲遲撈住，用漂亮的狐狸眼瞪著雲遲。

雲遲失笑：「你淋了雨，仔細讓她著涼，我給你烘乾了，再讓她抱就是了。」

小狐狸「唔」了一聲，似後知後覺，乖乖地點了點頭。

雲遲抬手，摸了摸它的頭，又為它捋了捋皮毛，轉眼間，它身上就乾了，便將它遞給花顏。

花顏伸手接過，將小狐狸抱在懷裡，笑著說：「你是不是知道我要去太祖母那裡吃好吃的？所以不在外面玩耍了？」

小狐狸「唔」了一聲，眼神亮極了。

花顏失笑，敲了敲它的腦袋：「饞東西。」

小狐狸抬眼瞪著她，似乎在說沒大沒小。

花顏伸手蓋上了它的眼睛，對著雲遲笑問：「昨日你與哥哥商量了一夜，可都商議妥當了？」

「嗯。」雲遲點頭，「商議妥當了，已部署了下去。」

花顏頷首，又問：「京城呢？可有消息傳來？可有人趁機作亂？」

雲遲道：「京城大雪，陸之凌與蘇子斬聯手把控了京城，重兵防護，就算有人想趁機作亂，也無縫可鑽。」

花顏點頭，望向天空：「今年京城遇到了幾十年難遇的大雪，可見上天預警，京城大寒。」

話落，她收回視線笑問：「哥哥當時沒讓人告訴你，你是怎麼知道在大雪封山前提前出京的？是子斬告訴你的？」

雲遲笑著點頭：「是他。」

花顏笑道：「可見他聰明至極！在花家時，書房裡的那些書他沒白讀，短短時間，就學了不少。若是他從小就長在花家，可了不得了，我和哥哥怕是都要甘拜下風。」

雲遲吃味地說：「不說他了，他如今越來越像你，氣人的很。」

花顏抿著嘴笑：「我也不想說他，在北地時，他每天盯著我不准做這不准做那，煩死個人，跟個老婆婆似的，我當時恨不得將他踢回京城。」

雲遲心裡的那麼丁點兒吃味頓時煙消雲散，想起花顏曾經在書信中咬牙切齒地恨不得蘇子斬不出現在她面前，心情瞬間愉悅起來。

二人一路說著話，進了太祖母的院子。

太祖母院子的廳堂十分大，為著就是太祖母年歲大了，腿腳不便利，鮮少去子孫住處，都是子孫們過來陪她，地方自然要足夠容得下花家的一眾人等。

雲遲和花顏來時，裡面已坐齊了花家的人。

在花家，只要進了家門，便沒那麼多規矩，眾人打了招呼後，都依次地坐下。席間說說笑笑，也沒有食不言寢不語的規矩，熱熱鬧鬧地用了午膳。

用過午膳後，花灼對雲遲道：「那日你我皆觀摩演習了壁畫上的武功，出去切磋一番各自的領會？」

雲遲聞言沒立即答應，偏頭看向花顏。

花灼輕哼：「看她做什麼？你們馬上就要大婚了，有你看個夠的時候！她就留在這裡陪太祖母和長輩們說話。」

花顏對於壁畫上的武功她上輩子看了十四年，早就印在了腦海裡，曾經在北地她教給蘇子斬攔截雲遲前往北地用的武功劍術便是出自那裡。

她笑著瞪了花灼一眼：「你們昨夜商量部署了一夜，不累嗎？再說，你也要跟我去京城的，還怕沒有時間切磋？」

花灼道：「不累，你別捨不得放人，如今你好了，我還跟著你去京城做什麼？不去了。」

花顏想想也是，難保背後之人不會對臨安下手，只有雲遲和她在京城，哥哥在臨安坐鎮，從北到南把控千里之地才安全，她笑著點頭：「好，那你們去吧！我就留在這裡陪太祖母和長輩們。」

她話音剛落，小狐狸知道她不去湊熱鬧，立馬從她懷裡鑽出來，跳進了雲遲懷裡。

雲遲失笑，抱著它起身，隨著花灼出了房門。

雲遲和花灼出了房門後，花顏身子往旁邊一倒，懶洋洋地躺在了太祖母懷裡。

太祖母呵呵一笑，用手點了點花顏額頭：「你這個小東西，有多久沒當孩子似的在我懷裡膩著了？你自己說。」

花顏笑嘻嘻地仰著臉看著太祖母，撒嬌：「自從太后懿旨賜婚，被我拒了懿旨，將小太監趕回京城，太子殿下親自來臨安送懿旨後吧！我那時候不是全副心思都在對付他讓他悔婚上嗎？哪裡還有時間這般膩著太祖母？」

太祖母氣笑：「你還有理了？那時候，你是跟家裡人鬧彆扭，恨不得跑出去一輩子不回來了呢。你說是不是？」

花顏嘟起嘴，也笑了：「誰讓雲遲來了後，您見了他，風向就變了，非要讓我答應呢！」

太祖母瞧著她，慈愛地道：「如今結果還不是一樣？你也沒逃出人家手掌心。」

花顏無言，伸手揉眉心，開始耍賴：「我都要出嫁了，您還拿這事兒糗我。」

太祖母大樂，輕輕地拍了拍她的臉，問：「你可知道你哥哥為何將太子殿下拉出去切磋比試，將你留下來陪我們？」

花灼眨了眨眼睛，笑著問：「哥哥是有什麼話想讓您告訴我？」

太祖母點頭，逗她：「你聰明，不如猜猜，你哥哥想讓我告訴你什麼？」

花顏想了想，從小到大，哥哥有什麼不好對她直言的？恐怕沒有。

她搖搖頭：「想不出來，您就別賣關子了。」

太祖母又笑著捏了捏她，道：「你哥哥想讓我告訴你，江山重，重不過你與雲遲的命。」

花顏一怔，看著太祖母。

太祖母收起了笑，對花顏歎道：「傻丫頭。」

花顏回過神，對太祖母問：「哥哥直接告訴我就好了，為什麼要讓您告訴我呢？」

「我告訴你，才有分量，你才能聽。」太祖母看著花顏：「你哥哥今日午膳前，趕著你們沒到時提前來了，跟我說了這麼一句話，讓我一定鄭重地告訴你。」

花顏點了點頭，輕聲說：「太祖母，我知道了。」

「你不知道。」太祖母搖搖頭，「你嘴上雖應了，但是一旦當事情臨頭時，你還是會不惜以生命來承受江山之重。你哥哥瞭解你，我，你祖父母，你父母，還有花家的所有人都瞭解你。」

花顏一時沒了話。

太祖母又歎息一聲，對她道：「你大約不知道四百年前的一件事兒，你哥哥是嫡子，在他知道後，便堅決地不准許讓你知道曉，如今我覺得告訴你也無妨。」

花顏看著太祖母，有些訝異，四百年前有什麼事兒是她不知道的？

太祖母道：「四百年前，花家的先祖，也就是你的祖父，是準備好了一切，打開臨安大門後，派了花家所有人前往京城救懷玉帝和你的。但是，沒想到，你們兩人都一心求死。」

花顏還真不知道這件事情，聞言一時怔忡。

太祖母道：「四百年前，懷玉帝隨著後樑江山滅亡了，你也隨著他隕落了，四百年後，你雖然又回到了花家，但一直將上輩子的記憶刻在靈魂裡放不下，成了你的魔障。」

花顏不說話。

太祖母又道：「懷玉帝看重後樑江山，殫精竭慮，但終究挽回不了，所以，心灰意冷，拱手山河給太祖爺。而你，重兒女情，因他重江山，你也為他的重江山而重江山。原也沒錯，你有情有義，這是我們花家人的風骨。」

花顏抬起眼，看進太祖母的眼睛，靜靜聽著她說話。

太祖母又道：「四百年前你祖父在你死後不久，就抑鬱而終了。因他覺得是他害了你，從小不該將你保護的太好，臨終遺言是讓我們後繼子孫都不必太信奉天命，不要因卜算而失去了活著的灑脫和自由。」

花顏忽地坐起身，伸手握住了太祖母的手，輕聲問：「太祖母，您說……您說在我死去後不久，祖父也抑鬱而終？」

「不錯。」太祖母眼中閃過不忍心，道，「這也是你哥哥一直不告訴你的原由。怕你本就有癔症魔障，背負了後樑的江山之重，愧對後樑，若是再告訴你祖父因你而死，怕你更承受不住，後果不堪設想，所以，一直瞞著你。」

花顏手有些抖，身子也微微輕顫，說不出話來。

太祖母伸出一隻手抱住她的身子，用力地拍了拍她：「所以，花顏！就算你哥哥今日不與我說這話，太祖母也要在你出嫁前告訴你，你的命很珍貴，你是我們臨安花家的寶貝疙瘩，你一旦出事兒，是會要了我們所有人的命的。上輩子是，這輩子亦是，所以，不要再輕易為了江山而捨棄性命了。」

花顏靠進太祖母的懷裡，一時心神大震。

太祖母又道：「四百年前，後樑滅亡，有太祖爺接手，如今，就算南楚滅亡，也會有人接手，自古以來，邪不勝正，江山代代更替，總會有人撐起一代江山。南楚也不會千秋萬代，若太子殿下不是愛你之深，不是在你危急關頭對你感同身受，不惜為了你捨性命闖蠱王宮，不惜陪你去碧落九泉，愛你重過江山，今日太祖母大約也不會對你說這話。雲遲與懷玉不同，你萬不要再走四百年前的舊路了。」

花顏閉了閉眼，將頭枕在太祖母的肩頭，沒吭聲。

太祖母又道：「他雖志向高遠，想要熔爐百煉這個天下，這很不錯，但也要有命在，你護了你自己的命，就是護了他的命，你護了他的命，才能陪著他幫助他完成他的志向。別說五千百姓，就是五萬百姓，若是用你的命來換，你也不准不能去救。這雖不善良，但對比千千萬萬的百姓來說，對比南楚江山有雲遲護著也許能再安居樂業百年的子民來說，孰輕孰重？孰小孰大？你聰明，不需要太祖母再多說了吧？」

花顏眼中泛起淚花，沉沉的又重重地點了點頭，聲音哽咽：「太祖母，我懂了。」這一回，她是真的懂了，真的聽進去了。

她不知道四百年前因她的死而害了祖父，也許還害了花家愛她的其他人。如今，她知道了。

太祖母拍拍她，慈愛地寬慰道：「過去的事情已過去了，不可追，也追悔莫及，如今，你要學會珍惜自己這條命，也算是珍惜太子殿下的命，替他真正的珍惜南楚江山，珍惜了我們花家愛你的人的命。」

花顏連連點頭，輕聲說：「太祖母，我明白，我會的，我……再也不敢不珍惜了。」

太祖母知道她是真正地記到了心裡，微微地鬆了一口氣，以前不敢告訴她，是她的心結一直是栓死的，沒打開。如今，她在雲霧山的鳳凰木下摔碎了長明燈，打開了心結，放下過去，一切向前看，在她大婚前，告知她這件事兒，是最好的時候。

花顏又靜靜地靠在太祖母懷裡待了一會兒，平靜了心情後，她退出太祖母的懷抱，對她說：「我去藏書閣一趟。」

「嗯，去吧！我也歇會兒，與你說這一番話，我也累了。」太祖母擺擺手。

花顏站起身，出了太祖母的院子。

第一百一十五章　迎親入京城

夏緣在門外跟上花顏，對她小聲問：「花顏，你沒事兒吧？」

「沒事兒。」花顏偏頭瞅了她一眼，伸手捏了捏她的臉，笑說，「瘦得臉上都沒肉了，捏著手感都不好了。你可要快快養回來，否則哥哥抱著你硌的他不舒服，他會默默地嫌棄你的。」

夏緣臉一紅，瞪眼，氣嘟嘟地說：「白擔心你了，你竟然拿我打趣，你個混蛋，我還不是因為你瘦成這樣子的？你比我更瘦，太子殿下抱著你更不舒服，他也會默默嫌棄你的。」

花顏失笑，歪頭瞅著她感慨：「哎，嫂子跟了哥哥後，變得越發的厲害了，竟然不受我欺負了，會以牙還牙了！」

夏緣氣笑，伸手輕輕地掐了她一把，說：「我陪你去藏書閣吧！」

花顏笑著點頭：「好。」

於是，夏緣挽了花顏，二人共撐一把傘，出了太祖母的院子，向藏書閣走去。

藏書閣裡，塵封著花顏不能碰觸的東西。比如，懷玉帝的《社稷論策》，比如他的半幅畫卷，比如花顏塵封的琴棋書畫字帖。

這裡是她這一輩子不見光的地方，遮天蔽日，遮住了光，也遮住了她自己。

她曾經有幾年隔三差五便在裡面不服輸地彈琴昏睡，醒來再繼續，反覆地折磨過自己，琴弦上，有著未曾拭去的血痕。

後來是哥哥將她拉了回來，嚴令塵封了這裡，她才走出去。

花顏撐著傘，看著眼前被煙雨洗禮得潔淨無一絲塵土的碧瓦紅牆，清聲喊：「來人。」

有人應聲現身：「少主。」

花顏微笑，對他吩咐：「讓人將那些蔓藤枝條都砍了，尤其是遮擋窗子的地方，將這書房露出來。」

「是。」那人乾脆應聲。

花顏偏頭看了夏緣一眼，對她笑著說：「我這間藏書閣就送給小侄子了，等他記事，就讓他在這裡讀書吧！」

夏緣睜大眼睛，看著花顏，看著看著臉就紅了起來，瞪著她：「我與花灼還沒大婚呢，你的侄子還早呢！」

花顏揶揄地看著她：「別以為我不知道，你眉梢微散，柳葉含春，哥哥已碰過你了吧？」

夏緣臉騰地如火燒，一下子紅的滴血，她瞪著花顏一會兒，須臾，羞惱地背轉過了身子，羞憤地說：「花顏，你還是不是女人？你當我臉皮與你一樣厚嗎？這話你也跟我說。」

花顏大樂，見她跑出了傘外，她撐著傘走了兩步，將她罩在傘下，看著她從臉紅到脖子，如火燒雲，滿身霞色，她捏了捏她的臉，笑吟吟地說：「這裡只你我二人，又沒有別人，你與我在一起那麼多年，臉皮合該練厚了才是，怎麼還能這麼薄呢？」

夏緣紅著臉不說話。

花顏好笑：「你的臉皮還不及雲遲呢！我可聽說當日他當著長輩們的面說出我們已圓房的事兒來。你瞧瞧你，還遮遮掩掩著藏著，以為誰看不出來呢！」

夏緣轉過身，羞臊地跺腳：「花顏，你還說。」

花顏見她似乎真要找個地縫鑽進去，或者說撒腿就跑不想理她了，她壓下心中的好笑，心下滿足地想著總算又找到了可以欺負她的地方了。還是欺負她，看著她羞惱跳腳，這時候的夏緣靈動漂亮的不像話，尤其是一雙眼睛，瞪大惱了時，美極了，最讓人心情愉悅。

她想著，她哥哥與她應該是一樣的惡劣，都喜歡挖掘夏緣這一雙眼睛的潛質。

「好啦，好啦，我不說了，總之你記住了，我的這間藏書閣，給小侄子了。」

夏緣輕輕哼了一聲，如蚊子一般，算是點了頭表示知道了。

二人推開門，進了藏書閣，裡面窗明几淨，書籍羅列的完整，沒有一處有灰塵。

花顏訝異了一下，問夏緣：「誰收拾的這麼乾淨？」她還以為如早先一般滿是厚厚的塵土，凌亂不堪呢。

夏緣道：「是子斬公子，你離開花家進京後，這一處書房他待過，每日便在這裡看書，都是他自己動手給收拾的。」

花顏微笑：「他愛乾淨，一定是受不了這裡滿是塵土。」

夏緣看了她一眼，見她面上笑著，神色如常，心結解開了，再不見一絲沉鬱，她也跟著歡喜輕鬆起來，笑著說：「花灼給了他一間書房，他說不必，就暫用你這間就好。我想他大約不是受不了這裡滿是塵土，而是想幫你把心裡的灰塵都清掃出去。」

花顏笑著說：「在北地時，我恨不得將他踹回京城，如今看來，以後還是要對他好點兒，否則他的好酒，我若是再得罪他，該喝不到了。」

夏緣抿著嘴樂。

花顏先是走到了暗格處，從裡面拿出了那半張畫卷，對夏緣說：「讓人拿個火盆來。」

夏緣看著她：「你要做什麼？」

「既往事已了，有些東西就燒了吧！」花顏道。

夏緣點點頭，轉身去吩咐人拿火盆來。

花顏拿出了那卷《社稷論策》，這《社稷論策》雖好，但也是太子懷玉在少年時所書，針對的是後樑江山。

普天下，也只這一卷。

曾經，她陪著他深夜觀摩探討，每一句話每一個字都記在了心裡深處，閉著眼睛都能默讀下來。

夏緣也蹲下身，看著她手裡的《社稷論策》，小聲說：「這卷書，花灼當時看到，都覺得懷玉帝驚才豔豔，少年時寫出這樣的《社稷論策》，十分難得，尤其是他做太子時的真跡手稿，這怕是當世僅存了，燒了怕是花灼都覺得可惜，糟蹋古寶。」

花顏聞言手一頓，將手裡的《社稷論策》毫不猶豫地塞給了夏緣：「既然嫂子替哥哥心疼，那這卷書就交給你送給他吧！」

夏緣一怔：「你不是要燒了？」

花顏無所謂地說：「我是想燒了，但想想，懷玉也不欠我什麼，我何必連他費心血寫出的驚世策論給燒了了無痕跡呢？只需要將他從我心裡剔除就是了。」

夏緣聞言接過了《社稷論策》，點頭：「那好，我就替花灼收了，他喜歡的緊，早先若非因你的心魔，你一直塵封著，他不敢給你動，不然，早就從你手裡搶走了。」

花顏好笑。

這時，外面有人送來了火盆，夏緣連忙收了《社稷論策》起身將火盆拿了進來，擺放在了地上，又拿出了火石，遞給花顏。

花顏打開火石，點著了那半卷畫卷，看著火苗一點點從底部燃燒起來，她慢慢地扔進了火盆裡，同時對夏緣道：「我昔日的那些字帖呢？都拿來，一併燒了。」

夏緣搖頭：「都被子斬公子收起來了，不知收去了哪裡。」

花顏笑了笑：「那就罷了，給他吧！」話落，站起了身。

夏緣也跟著站起了身。

花顏走到桌前，看著擺放在案桌上的古琴，已被擦乾淨了血跡，十分的潔淨，想必是蘇子斬的手筆，他是真真正正地讓這裡乾淨無一塵，也只有他，敢動她的東西，毫不客氣地罵醒她。

她坐下身，伸手撥動琴弦，一曲「高山流水」，從指間流動滑出。

夏緣立在花顏身旁，依舊緊張地盯著她，生怕她奏不完一曲就嘔血昏迷不醒。

就在夏緣從頭到尾的緊張中，花顏奏完了一曲完整的《高山流水》，長久不能碰琴，她也未見生疏，卻依舊流暢，意境悠遠。

琴聲飄出了藏書閣的書房，飄蕩在花家各方各院的各個角落，花家因花顏已許久不聞琴音，如今聽到琴聲，都紛紛停下了手中的活計。

花灼和雲遲在琴聲響起時，對看一眼，同時打住了切磋，撤回了劍，雲遲當先向琴聲飄出的方向快步走去，花灼看著雲遲急匆匆的背影，也快步跟了上去。

花顏的一曲《高山流水》彈完，二人也來到了藏書閣外。

花灼心底一鬆。

雲遲心底似也跟著敞亮愉悅了。

花顏透過窗子，看到了雲遲，剛要罷手的指尖一轉，一曲《鳳求凰》，流出她指尖。

雲遲腳步頓住，負手而立，面上瞬間有了笑意，眉眼也含了笑意。

花灼輕哼了一聲，卻也沒說話，沒闖進去，與雲遲一起站在外面聽著。

一曲彈罷，花顏又指尖一轉，這一次，是明快歡喜的小調，聽著似曲非曲，似調非調，從江南到塞北，各地的風土人情在她指尖俏皮的跳躍下，不多時，不成曲調的曲調竟然在她的轉換間被彈了個遍。

雲遲聽著，似乎看到了這些年，她由南到北，遊歷天下各處，聽過無數小曲，喝過無數花酒，那時不能碰觸琴簫曲樂這些東西，想必雖歡笑著，心底卻一片荒涼的荒蕪。

如今，她放下了，解了心結，能碰了，這時，就是一個頑皮俏皮的孩子，想彈個夠。

花灼嗤笑一聲：「笨丫頭！明明還是一個孩子，便想急著生孩子。」

雲遲偏頭瞅了花灼一眼，眼裡含著對花顏寵溺的笑：「她很喜歡孩子，我們會儘快生一個，如今我們大婚大舅兄既然不去京城了，待孩子出生，你去喝酒吧！」

花灼白了雲遲一眼：「這還用說，你也笨的很。」

雲遲失笑。

夏緣見花顏一連彈了兩首曲子都無恙，便放下心來。

如今見她又調皮地彈起南北小調來，她忍不住抿著嘴樂，這些小調，她陪著花顏遊歷的那些年，可是聽的太多了，難得她聰明，雖以前不能彈奏，但都記在了心裡。

她向窗外看了一眼，見雲遲和花灼立在外面，天空正下著細雨，她轉身走到門口，打開了房門，小聲說：「太子殿下，花灼，你們可進來？」

雲遲點頭，抬步進了書房。

花灼則站著沒動，對夏緣說：「拿一把傘出來，我累了，你陪我回院子裡歇著。」

夏緣向裡面看了一眼，花顏還在彈著，指尖靈動，眉梢眼角帶著笑意，雲遲邁進門，已走到了她身邊坐下，有太子殿下來了，花顏這裡自然不需要她陪著了。

她對花灼點點頭，拿了一把傘，出了藏書閣。

花灼接過她手中的傘，油紙傘罩住他和夏緣，他隨手握了夏緣的手，向花灼軒走去。

夏緣被花灼握著手，還是多少有些不好意思，臉微微紅，心裡卻透過他手心溫潤的熱度泛起死死的甜意，想起花顏點破了她時說的話，她臉又是一陣陣熱潮。

「怎麼了？」花灼偏頭瞅了夏緣一眼，「共撐一傘而已，害羞什麼？」

夏緣低咳一聲，小聲說：「不是因為這個，是花顏。」

「嗯？她怎麼了？又欺負你了？」花灼看著夏緣。

夏緣有些不敢看花灼，小聲說：「她說，在她走後要將她那間藏書閣送給小侄子。」

花灼失笑：「她這個姑姑倒是大方，這也值得你害羞？」

夏緣跺腳，瞪著花灼：「不是，是她……她知道了。」

花灼本就聰明，聞言恍然，輕哼了一聲：「她倒是眼睛毒辣。」話落，看到夏緣嬌羞懊惱的模樣，也有些好笑，又覺得她這時候一雙眼睛美麗極了，這副模樣，更是讓他心蕩神怡。

他一把將她拽進了懷裡抱住，低頭看著她，笑著說：「知道便知道了，我們是父母之命媒妁之言，名正言順，有什麼可羞臊的？」

夏緣無語地瞪著花灼，伸手輕捶他，將臉埋在他心口：「我才沒你臉皮厚，也沒她臉皮厚……」

她話沒說完，花灼的吻已落下，封住了她後面的話。

夏緣抗爭了一下，奈何她在花灼的手裡從來就反抗不過，哪怕氣惱極了小貓爪子伸出去撓他的時候，也撓的他不疼不癢，她心怦怦跳地只能任他抱在懷裡吻，氣喘的空隙小聲說：「這裡……白天……你……」

斷斷續續，更添嬌媚。

花灼雖自小修身養性，但如今可不是清心寡慾的人，他乾脆將傘一扔，攔腰將夏緣抱起，比早先的腳步快了很多地走回花灼軒。

花顏彈了個盡興，罷了手，歪頭看著身邊的雲遲笑吟吟地問：「怎樣？好聽嗎？」

雲遲微笑，眸光碎了星光的溫柔：「好聽，我便知道你一定琴藝高絕。」

花顏笑著說：「四百年前，在雲山，我悶的時候，就拿琴棋書畫解悶，我彈琴時，雲山溪水裡的魚兒都一個個跳的歡悅，於是，我在彈完一曲後，就將它們跳躍的情景用筆墨畫下來，然後再題詞幾句。更悶的時候，就自己與自己對弈。」

雲遲伸手摸摸她的頭：「若我是你祖父，一定捨不得將你每日關在雲山。」

花顏笑：「祖父也是為了我好，祖母早逝，他多數時候是陪我住在雲山的，只有少數時候才會出去。」

雲遲點點頭。

花顏靠在他懷裡，低聲說：「我今日有些難受，原來上一輩子祖父和花家人進京去救過我，只是我一心求死，後來祖父也沒法子，在我死後不久，也抑鬱而終了。」

雲遲伸手抱緊她：「逝者已矣，已過了四百年，別難過了。」

「是啊！再難過也於事無補。」花顏點頭，「今日太祖母與我說了一番話令我醍醐灌頂，覺得自己很多事情，大約都是想錯了，做錯了。」

雲遲低頭看著她：「太祖母與你說了什麼話？」

雲遲輕聲將太祖母與她說的話對雲遲說了一遍。

雲遲聽罷，頷首道：「太祖母說的對。」話落，他低頭將下巴枕在她肩上，緩緩道，「花顏，我的確不能沒有你，雖然你常說堂堂太子這般兒女情長沒出息，我覺得也是，但是，我寧願沒出息，也不想失去你，否則一生孤苦，不如隨你去死，至於南楚江山，全看運數罷了。」

花顏伸手摸了摸雲遲的臉，忍不住笑了，軟軟地說：「我就喜歡沒出息的你。」話落，又道，「是我糊塗一根筋，哥哥罵的對，我以後會改的。」

雲遲想說你不用改也很好，但想到她說的改是指以後珍惜生命，不隨意為誰而涉險，他覺得論這一點來說，還是改的好。於是，他點了點頭。

花顏問：「你會彈琴吧？」

雲遲頷首：「會。」

花顏立即從他懷裡出來，對他道：「你剛剛聽了我的一曲《鳳求凰》，如今還回來。」

雲遲失笑，眸中含著笑意：「好。」話落，他起身，坐去了琴案前。

花顏趴在桌子上，雙手托腮，看著雲遲。

他不端坐在朝堂上時，就是一個錦袍玉帶的公子，豐儀出眾，周身如落滿月光。

一曲《鳳求凰》從他如玉的手指下流瀉而出，竟與她的琴技不相上下。
花顏想起已逝的皇后愛琴，武威侯夫人愛蕭，這《鳳求凰》若是琴簫合奏……
於是，她起身，走到一處博古架旁，拿下了一把玉簫，輕輕地用帕子拭了拭，放在了唇邊，掐著雲遲的節奏，融入了他的琴曲之中。
雲遲偏頭向花顏瞅來。
花顏身子懶洋洋地如貴公子一般地倚著博古架，看著他，眸光滿是柔情笑意。
雲遲也露出笑意，二人溫柔而視。
一曲合奏完，雲遲撤回撫琴的手，花顏放下手裡的玉簫，不約而同地笑了。
小狐狸這時溼答答地從外面走進來，抖了抖狐狸毛，抖出了一地水漬，花顏看著它，又向外看了一眼，這才發現這麼短短時間，外面的雨下得比早先大了些。
小狐狸瞅了二人一眼，絲毫沒有打擾了一對鴛鴦的自覺，而是走到雲遲的面前，撓了撓腦袋，瞅著他。
雲遲明白它的意思，揮手給他拂乾了身上溼淋淋的毛。
小狐狸高興了，立即撲進了花顏的懷裡。
花顏將它接住，對雲遲問：「累不累？回院子裡歇著？」
雲遲點頭，站起身：「是有些累了，大舅兄的悟性比我好，他有兩招悟的精透，我今日沒是他對手，差一招。走吧！」
花顏笑著問：「是哪兩招？」
雲遲聞言隨手比劃了一下。

花顏見了，笑著道：「哥哥使壞，他這裡隱含用了靈術，你靈術不及他高深，想必對招時沒發現。」

雲遲失笑：「原來如此，怪不得。」

花顏道：「我小時候，就用這招欺負他，如今他這是報復在你身上了呢。」

雲遲好笑：「身為你夫君，我只能受著了，若是不讓大舅兄贏了我，他怕是不准許我娶走你。」

花顏笑出聲。

雲遲撐了傘拉著花顏走出房門，走沒多遠，便看到了地上落著的傘，雲遲看了一眼，若有所思，花顏不客氣地取笑：「這是哥哥扔的傘吧？定然是抱著嫂子回去欺負人了。青天白日的，他也真是夠可以的。」

雲遲眸光動了動，偏頭湊近她，低聲問：「昨夜，可累到你了？」

花顏看著雲遲的眼神，裡面有燈火隱約在跳躍，她甩手扔了小狐狸，上前一步，伸手摟住雲遲脖子，臉皮厚地笑著軟聲說：「太子殿下，我走不動了。」

小狐狸被甩到了地上，不滿地瞪著花顏，「嗚嗚」了兩聲。

花顏不理小狐狸，只是看著雲遲。

雲遲啞然失笑，對身後吩咐：「小忠子，去拿雨披來。」

小忠子應是，一溜煙跑了。

花顏笑說：「我不用雨披的。」

雲遲笑看著她：「你身子雖好了，但沒力氣弱的很，還是不要因為胡鬧而染了風寒了。等小忠子拿來雨披，給你披上，我抱你回去。」

花顏見他一本正經地教訓她不准胡鬧，她只能作罷，笑著點頭：「好吧！我的太子殿下，聽你的。」

小忠子很快就拿來了雨披，雲遲扔了雨傘，伸手接過，給花顏披裹上，將她攔腰抱起，快步向花顏苑走去。

小忠子和采青對看一眼，一人撿起一把落在地上的傘，快步跟了回去。

小狐狸氣的不行，對著雲遲和花顏的背影齜牙咧嘴了一會兒，跳上了小忠子的背。

小忠子嚇了一跳，「哎呦」了一聲，看清是小狐狸，立即嘴角抽了抽，「我的小祖宗哎，你怎麼跳到了咱家的身上？」

采青抿著嘴直樂：「小忠子公公，看不出來嗎？它是讓你背呢！」

小忠子聞言瞅了瞅小狐狸，見它兩隻爪子死死地扣著他肩膀，一副趕緊背著大爺回去的模樣，他任命地點頭，這個小東西，可這是一隻真真正正的小祖宗，連太子殿下和太子妃都親手抱著的，如今讓他背，是他的榮幸，他敢不背嗎？

不但要背，還要歡天喜地的背著。

於是，他頓時笑呵呵地伸手往後一放，樂顛顛地說：「您可趴好了啊！咱家走路不穩當，可別摔了小祖宗您。」

小狐狸當沒聽見，腦袋趴在小忠子的背上，閉上了眼睛。

小忠子吸了吸鼻子，對采青瞪眼：「還不趕緊給小祖宗撐著傘，太子殿下剛給它烘乾了皮毛，若是淋濕了，一會兒還要煩勞殿下動手。」

采青想想也對，連忙給小忠子和小狐狸撐起了傘。

於是，二人一狐，一路走向花顏苑，成了一道風景。

雲遲抱著花顏回到了花顏苑後，解了披風，將她從頭到腳打量了一遍，見沒淋著，他鬆了一口氣，將花顏放到了床上，自己解了被淋了些許濕的外衣。

花顏躺在床上，在他解了外衣後，對他伸出手，抱住了他胳膊。

雲遲低頭看著她，眸光瑩潤，用微低的聲音說：「不准胡鬧，你的身體不好，要節制。」

花顏無奈地看著雲遲，她還沒說什麼呢，他怎麼就將她堵回來了，只能鬆了手，又氣又笑地說：「總是節制，孩子從哪裡來？」

雲遲失笑，伸手點了點她眉心：「我們大婚後，每日在一起，機會多的是。你如今尚還虛弱，不准纏我，免得我克制不住。」

花顏無言，攤攤手：「好吧！聽你的，聽你的。」

雲遲微笑：「我請天不絕過來給你把把脈？」

「不用了吧！昨日都把過脈了。」花顏嘟起嘴，「這樣的天氣，最適合的不是把脈，是做些風花雪月的事兒。」

雲遲氣笑：「不准挑逗我，我還是不放心你的身體。」

花顏癟了癟嘴：「好吧！」

雲遲對外吩咐：「小忠子，去請天不絕來給太子妃把脈。」

小忠子背著小狐狸剛邁進門檻，便聽到了太子殿下的吩咐，他立馬應是，動了動手臂，小聲對背後說：「小祖宗哎，快下來吧！到家了。」

小狐狸已睡著了，自然不會應答他。

采青小聲說：「它大約是玩累了，睡著了，你將它放去榻上就行。」

小忠子扭頭一瞅，可不是嘛，果然睡著了，他連忙小心翼翼地將小狐狸放去了榻上，然後，扭頭就往外跑，去請天不絕。

采青瞅著小狐狸睡的香，暗暗地想著將來小殿下大約也是如小狐狸這般可愛的，她不由得期待起來。

天不絕見小忠子來請，聽聞雲遲要他去給花顏把脈，他頓時緊張地問：「又出什麼事兒了？那丫頭身體又不好了？」

小忠子呸呸了兩聲：「沒有沒有，是殿下不放心，請您過去給太子妃診脈。」

天不絕鬆了一口氣，口中說道：「有什麼好診的？不是沒事兒了嗎？太子殿下過於擔心了。」，話雖然這樣說，但他還是抬腳穿鞋，拿了藥箱拿了傘，匆匆跟著小忠子去了花顏苑。

花顏坐在床上，雲遲坐在床邊，二人有一搭沒一搭地說著話，等著天不絕來。

天不絕很快就來了，給雲遲見了禮，然後看了一眼花顏氣色，立即說：「我看太子殿下多慮了，她這氣色看起來就好的很。」

雲遲溫聲道：「還是把把脈吧！」

天不絕點頭，給花顏把脈，那一日，她從雲山禁地出來，他雖給她也把過脈，但到底不太仔細，如今有了時間，便細細的慢慢地給花顏把脈。

片刻後，他捋著鬍子道：「這身體雖無力虛弱了些，但脈象一切都正常，與常人無異，如今看不出有什麼毛病。」

雲遲又問：「那魂咒呢？」

天不絕尋思著說：「這魂咒我可把不出來。」話落，看向花顏，「你對於魂咒，可有什麼感覺？」

花顏搖頭：「我如今靈力全失，武功也全失，雖感知遠些，但總體來說就是一個普通人，對於魂咒自然也沒有什麼感覺。」

天不絕道：「這樣說來，不知道魂咒在禁地時被解了沒有？」

花顏想說大體是沒有的，畢竟，魂咒無解，若如此簡單的靠先輩們仙逝前存的靈力就給解了，那也就不是魂咒了。如今她一切都好，這話不想說出來破壞心情，也不想讓雲遲擔心。

「不知道呢？我如今能彈琴了，能作畫了，也能對弈下棋了。大概沒什麼事兒了吧！」

天不絕聽花顏這樣一說，便明白了，畢竟他認識花顏多年，也算了解她的脾性。便也不多說，點點頭：「總歸如今你身體這般無恙是好事兒。」

「是呢！」花顏點頭。

雲遲聰明，焉有不明白之理？但見花顏如此說，也明白她是不想他擔心，便也不點破，笑著道：「過兩日，神醫也隨迎親隊伍去東宮吧！」

天不絕點頭，如今花顏身體雖安平了，但也難保以後一直安平下去，他自然是要跟著迎親的隊伍去東宮的，五年內，他大約都是要住在東宮的。

雲遲見他答應的痛快，笑了笑，對他道：「煩勞神醫了！」

天不絕提著藥箱出了內室。

外間畫堂內，小狐狸在長榻上呼呼大睡，十分香甜。

天不絕瞧了小狐狸一眼，眼睛冒光地說：「據說靈狐的血解百毒，不知是否當真如此？」

小狐狸本睡得香，聞言忽然睜開了眼睛，騰地從榻上站起，對著天不絕露出凶狠的凶相。

天不絕嚇了一跳，驚道：「果然有靈性。」

小忠子立馬走了過來，擋在天不絕和小狐狸中間「哎呦」地說，「神醫，你可別打這小祖宗的主意，它厲害著呢，若是傷了你，可就不好了。」

天不絕雖然很想試驗一番靈狐的血是不是真如傳說中的解百毒，但也知道這小東西極厲害，輕易不會讓人放血，更何況，它是雲族至寶，他若是強行給它放血，估計花顏能找他拼命。

他點點頭，乾笑一聲：「我就說說而已。」

小狐狸嘴裡發出類似「哼哼」的聲音，又臥倒回榻上，閉上眼睛，呼呼睡去。

天不絕轉身提著藥箱走了。

小忠子抹了抹額頭的汗，對采青說：「這小祖宗和這神醫估計都是要跟著咱們去東宮的，以後，咱們都得盯著點兒，別出了岔子。」

采青點點頭。

室內，花顏自然知道了堂屋外的動靜，她笑了笑，對雲遲道：「歇一會兒吧！」

雲遲自然也聽到了動靜，點點頭，隨著花顏一起躺去了床上。

三日的時間一晃而過。

這一日，便來到了雲遲迎親隊伍歸京，花顏離開花家的前一夜。

這一夜，安十六和安十七帶著北地的暗衛們快馬兼程地趕回到了花家。

埋在山裡的兵器、糧倉都已被挖了出來，兵器沒有損失多少，糧倉損失了些，但也收獲頗多。他們將那些東西留一半在北地，另一半則通過花家的暗線，運往京城交給陸之凌。

對於這個安排，是早先與雲遲書信請示過的。

第二日清早，出發前，花灼帶著花顏去了花家祠堂，拜別了花家列祖列宗的牌位，然後，便在太祖母等一眾長輩們不捨的目光中，坐上了馬車。

花家一眾長輩與花灼都留在了花家，不去京城參加二人大婚，花灼將安十六、安十七以及花家的一批暗衛給了花顏，隨她進京入東宮。

一行人送出城外十里，才止住腳步，車簾落下時，花顏控制不住地濕了眼眶。

四百年前，花靜愛上太子懷玉，自逐家門，以南陽王府小姐的身分入的東宮，自然大婚之日也是從南陽王府出嫁的。

記憶太遙遠，但花顏依舊記得，那一日，她是頗有些緊張忐忑的。

如今，花顏愛上太子雲遲，正大光明地從花家由太子雲遲親自不遠千里迎親入京城。花家一眾長輩們送出城外十里，每走一步路，每離臨安城遠一步，花顏心中不捨的情緒便越發漲一分。心中酸酸的，有了那種從今以後，她雖還是花家人，但離家已遠了的感覺。

以前，她雖隔三差五不著家，有時候一遊歷就是大半年不歸家，但家到底是家，從未有這般情緒。如今這種情緒充斥著她，讓她心口酸疼揪扯，想要大哭。

於是，在落下簾幕後，她也壓制不住自己，便哭了起來。

雲遲與花顏同坐一輛馬車，對於她的情緒波動，他一直都有注意，如今見她哭了，他幾乎不曾見過花顏哭，頓時有些心慌，伸手抱住她：「花顏，你難受是不是？你……你別哭了，等我們大婚後，你想回來隨時可回來……」

花顏不理雲遲，被他抱著，眼淚更是不受控制地往外流，他的話沒勸住，反而使得她哭的更凶了。

雲遲一時間手足無措，伸手為她拭去眼角的淚，可是越拭越多，讓他心疼的不行，不知道該怎麼哄她，憋了一會兒，說：「花顏，是我不好，是我不對，你打我吧！」

花顏哭的凶，聞言一雙淚眼瞪著他：「你哪裡不好了？哪裡不對了？我打你做什麼？」

雲遲見她搭腔說話，終於心下踏實了些，立即說：「若非我非要娶你，你也不至於離開花家，自然是我不好，是我不對，你打我也應該。」

花顏的眼睛被淚糊住，厚厚地糊了一層，隱約地看到雲遲臉上著急心疼的表情，她吸了吸鼻子，一把抱住他：「我才不打你，我就是想哭，你讓我好好哭不行嗎？」

雲遲身子一頓，伸手抱緊了她：「好，你哭，我讓你哭……」說著，連忙哄她，又補充了一句，「但……別哭的太狠了，好不好？你哭的太狠，我會心疼。」

花顏「嗯」了一聲，便趴在他懷裡哭了起來。

不止是今生出嫁的眼淚，還有上輩子打落牙齒和血吞，沒哭出的眼淚，似乎都在這一刻釋放了出來。

雲遲心疼地看著花顏，他似乎能夠感同身受花顏此時的感情，前世今生，她承受了太多太多。便是這樣一副單薄的身體，清瘦的肩膀，纖細的人兒，她承載了一代江山的落幕衰亡，也承載了又一代江山的荊棘之路。

雲遲不再勸花顏，讓她哭個夠。

花顏的哭聲不小，自然是驚動了車外的人，安十六和安十七嚇了一跳，對看一眼，還是不放心，齊齊地來到車前，試探地喊了一聲：「少主？」

花顏不吭聲，盡情地哭著。

雲遲溫聲道：「沒事，她捨不得離家，想哭而已。」

安十六和安十七聞言不說話了，退離了車前。少主對臨安花家的親情，他們二人都能體會。

花家人以花灼為首，目送著迎親隊伍漸漸遠離，慢慢成了遠遠的一道影子。

太祖母拭了拭眼角的淚，對眾人道：「行了，都回家吧！再捨不得，咱們家的姑娘也是要嫁人的，不能留在家裡一輩子。」

祖母也拭著淚道：「可顏丫頭不同，她嫁的是東宮，雖然太子殿下待她極好，她也不是那等會受委屈的人，但到底是一入宮牆深似海，想要再如以前一般想回家就回家，便不成了。」

花顏的娘也點頭，拭著淚道：「我好像聽到小丫頭哭了，她從小就有主見，我這個當娘的沒教她什麼，一轉眼她就要嫁人了，我還如做夢一般……」

夏緣接過話，她已紅腫了眼睛：「我也好像聽到花顏哭了。」

花灼接過話：「妹妹的確是哭了，我聽到馬車中傳出了她的哭聲。」

他這般一開口，幾個婦人們更是又紛紛拭淚。

花家祖父歎了口氣：「小丫頭重情重義，她哭就哭吧！她兩輩子心裡裝的東西太多，一直壓著自己，哭出來也是好事兒。」

花顏父親點點頭，眼眶也有些發紅：「女兒家婚嫁離家，本就是要哭才吉祥。」

花灼抿唇，又看了一會兒，沉聲道：「太祖母，我們都回去吧！她如今貴為太子妃，以後便是母儀天下，路是她選的，我們花家也跟著她選了，那麼從今以後，便要與她一起擔著。從今日起，封閉臨安大門，直到妹妹大婚事落。」

太祖母點頭，欣慰地說：「好！咱們花家，就是你做主，你說如何，就如何。」

花灼不再多言，花家一行人折返，進了臨安城。

花家人進城後，花灼便下令，封了臨安城。

他已與雲遲商議妥當，迎親隊伍從臨安到京城這一路的部署安排，所以，接下來，他一定要盯緊了，不能出一絲一毫差錯。

告別花家人後，馬車行出五里，花顏足足哭了五里後，才漸漸地止住了淚。

見她止住淚，雲遲明顯地鬆了一口氣，看著她哭得腫起的雙眼，心疼的無以復加，用帕子輕輕地幫她擦了擦，才道：「恨不得代你哭。」

花顏哭夠了，低落的情緒也散了個差不多，聞言忍不住笑了，嗔了他一眼：「你堂堂太子，若是真哭，豈不是惹人笑話？」

雲遲見她笑了，心裡頓時放寬了心，長舒一口氣：「被人笑話，也好過你在我懷裡哭，我一丁點的辦法都沒有。」話落，他看著自己胸前濕了一大片衣襟，冬日裡穿的厚厚的幾層衣服，已都濕透了，他無奈地道，「你說你，怎麼這麼多眼淚？」

花顏素來臉皮厚，在雲遲懷裡哭成了這副難看的樣子，倒也不會覺得不好意思，看了一眼他的衣服，對外面說：「小忠子，給你家殿下拿一套乾淨的衣服來。」

小忠子一直坐在車廂外，聽聞裡面止了哭聲，他也偷偷地鬆了一口氣，如今聽到花顏吩咐，連忙應了一聲，跳下車去後面的車裡拿了一套雲遲的衣服來。

衣服從外面遞進來，有些涼。

花顏放在手裡搓了搓，又放在暖爐邊暖了暖，才伸手解雲遲被他哭的糟蹋了的外衣：「我幫你換。」

「不敢勞駕太子妃，我自己來吧！」雲遲連忙自己動手。

花顏挑眉，她哭腫的一雙眼睛，被淚水洗過後，連雲遲都覺得似乎明亮許多。

雲遲微笑歎道：「我知你哭的淚了，趕緊躺下身歇一會兒吧！衣服我自己來換就好了。」

花顏還真是有些累了，見雲遲堅持，便也不再管他，懶洋洋地躺在車上，閉上了眼睛。

雲遲瞅著花顏，對外吩咐：「可有消腫的冰袋？取來。」

小忠子立即苦下臉，小聲說：「殿下！沒有啊！沒有準備！」誰能想到太子妃會哭啊？她那樣的人，整日裡笑著，對誰都笑吟吟的，就連對他個小太監，都溫聲細語淺淺含笑的，誰知道一旦哭起來，哭的這麼凶，真是能夠水淹三軍。

雲遲皺眉，想了想，道：「去問問天不絕，他是神醫，定有辦法。」

小忠子一聽也是啊！一拍自己腦門，想著他怎麼這麼笨呢？果然殿下比他聰明多了。他連忙應了一聲是，去找天不絕了。

天不絕在後面的馬車裡，聽聞了小忠子說要消腫的冰袋，便二話不說，探出手給了小忠子一個冰袋，他是大夫，藥箱裡該有的東西自然都有。

小忠子頓時對天不絕千恩萬謝，連忙捧了冰袋回了馬車給雲遲。

雲遲短短時間已換好了衣服，接過小忠子遞來的冰袋，在手裡掂了掂。

花顏睜開眼睛，對他伸手：「給我。」

雲遲搖頭：「這冰袋很涼，仔細涼了你，我來。」話落，他輕輕地將冰袋敷在了花顏哭的紅腫的眼睛上。

花顏感覺眼睛舒服了些，透過眼縫，看到雲遲認真地給她敷著冰袋，她扯開嘴角，小聲說：「雲遲，你對我真好，你怎麼這麼好呢。」

雲遲聞言失笑，看著花顏，心中柔情深情夾雜在一起。他對她輕輕地緩緩道：「敷個冰袋而已，算什麼好？再說，我怎麼能對你不好呢？你可是我千辛萬苦求來的太子妃，我只惟恐對你還不夠好。」

「已經夠好了，很好了！我只怕你慣壞了我，將我養懶了，變成四體不勤五穀不分。」

雲遲微笑：「那樣也好，免得你耗費心神，損傷身體。」

花顏抿著嘴笑。

半個時辰後，花顏的眼睛消了腫，雲遲放下冰袋，將她抱在懷裡：「昨夜你與大舅兄在書房下了一夜的棋，未曾歇著，如今定然乏了，睡吧！」

花顏點頭，窩在雲遲懷裡，閉上了眼睛。

小時候，她不能碰琴棋畫，便將收來的好琴好棋好畫都一股腦地送給哥哥，給他解悶。那時候，哥哥不耐煩學，她便高傲地仰著下巴說，若是他不學，等有朝一日她能碰這些東西了，他想比過她，都不是對手。

哥哥小時候總被她欺負，她會很多東西能吊打他，所以，他心中不忿，想著總有一日要找回當哥哥的威嚴來，便把好些不喜歡的也都學了。

這麼多年，一年一年下來，哥哥聰明絕頂，有些東西，學的比她前世還好。所以，昨日，她能碰棋後，二人誰也不服輸，便下了一夜的棋。雲遲自然在旁邊觀了一夜的棋。花顏不多時就睡著了。

雲遲雖也一夜未合眼，卻沒多少睏意，便陪在花顏身邊看著她，他來迎親的時候，一路心急如焚，如今在迎親回去的路上，看著她完好地待在自己的身邊，方才覺得踏實滿足。

他正看著，一道白影從外面「嗖」地鑽進了馬車。

雲遲雖只看到了一個影子，快如閃電，幾乎讓他都看不清，便知道是小狐狸，他笑道：「你這速度，就算是本宮，若是拔劍，怕是也傷不了你。」

小狐狸本來在上了車後要往花顏懷裡鑽著去睡覺，聽到雲遲的話，動作一頓「唔」了一聲，一雙眼睛得意地看著雲遲，尾巴也同時跟著翹了翹。

雲遲失笑，伸手拍拍它的頭，囑咐道：「你是小祖宗，雖本事厲害，但是京城不比臨安，暗中多險惡，若是出去外面玩，還是要小心為上，知道嗎？」

小狐狸眼珠子滴溜溜地轉了一圈，似是懂了，點了點頭，然後，鑽進了花顏懷裡，縮成了一圈，閉上眼睛睡了。

雲遲看著一人一狐，睡覺姿勢都差不多一樣，捲縮著身子，有些好笑，他幾乎可以想像到，小狐狸這般熟練的模樣，想必四百年前，花顏在禁地時，沒少這樣和小狐狸挨著睡覺。畢竟禁地寂寞，她沒多少好玩的東西，她祖父出禁地時，她也就與小狐狸為伴玩耍了。

雲遲看了一會兒，也挨著花顏閉上了眼睛。

禮部的迎親儀仗與十萬兵馬，陣仗擺的十足，一路浩浩蕩蕩。從臨安到京城，沿途錦紅鋪路，便成了一條鋪滿喜慶的錦繡路。

太子殿下親臨到臨安迎親，這樣的聲勢浩大，自然震驚天下，百姓們早有聽聞，所以，沿途所過之處，百姓們紛紛湊熱鬧觀看太子迎親儀駕。

第二日，花顏醒來，挑開車簾，看向外面，不由「呀」了一聲。

「怎麼了？」雲遲立即問。

花顏回頭瞅了他一眼，道：「千里錦紅鋪路？」

雲遲鬆了一口氣，微笑：「原來你說的是這個。」話落，他點頭，「嗯，你出了臨安後，先是哭，後是睡了一日夜，自然沒注意看到外面。」

花顏蹙眉：「浪費。」

雲遲伸手抱住他：「本宮一生只娶你一個太子妃，浪費也只這一次。」話落，他笑著道，「不過也不算浪費，沿途所走過之處的紅綢，已被百姓們分走了。」

「百姓們拿了紅綢做什麼？」花顏問。

雲遲搖頭：「必有用處吧？」

花顏問向外面：「小忠子？你可知道？」

小忠子在車外立即搭腔：「回太子妃，奴才問了，百姓們有的收回去供著，有的說給小孩子縫製衣服，有的說是留著娶媳婦沾沾太子殿下和太子妃的喜氣，總之，各有用途，五花八門，聽的奴才都大開眼界。」
花顏不由的笑了：「這倒也還真不算是浪費了。」
雲遲頷首：「所以，禮部有官員稟告，我便讓他們不必干涉，由的百姓們拿走就是了。」
花顏笑起來：「我看到好像沿途還灑了糖果了？怪不得後面有許多人跟著。」
「嗯。」雲遲點頭，「百姓們不能白對我們說恭喜祝福的話，理當有賞。」
花顏抿著嘴笑。
雲遲見她笑了，心情也跟著好，笑道：「我們大婚，父皇已下旨，在大婚當日，普天同慶，只要不是十惡不赦的死罪之人，便都可赦免罪。那一日，會大赦天下。」
花顏點頭：「哥哥與你都布置妥當了，卻絲毫不與我透露，這一路上，可查出那統領會在哪裡動手了？」
雲遲收了笑道：「我們大婚，不宜染血，我與大舅兄的意思是，從臨安到京城，控防千里，不給背後之人半絲機會，待我們大婚後，慢慢清算，不急一時。」
花顏看著他：「我還以為你與哥哥會藉由我們大婚，引出那統領，將背後之人一網打盡呢。」
雲遲搖頭：「我不想你再受一絲傷，背後之人有多少勢力目前尚不可知，俗話說，知己知彼，方能百戰百勝。如今重兵把守京城，我們在京城千里拉的戰線太長，每一處的布防，看著堅固，實則是有些薄弱，畢竟兵力人力有限。若是當真引出來，魚死網破，得不償失，如今，引，不如震懾和控制防備，讓背後之人不敢動手，我們沿途這一路在暗中徹查想動手之人到底是誰，獲取對方身分和動靜才是目的。」
花顏恍然，如今確實不宜，震懾和控防不失良策。她也不想在大婚時見血，殺聲震天，到底不吉利，她還是想順順利利進京，順順利利與雲遲大婚。
至於那統領和背後之人，隱藏了最少幾十年，甚至梅花印衛隱藏了四百年，想要除去，也不能急於一時，還是要慢慢徹查。
背後之人上次在北地和神醫谷吃了那麼大的虧，如今一定也已籌謀策劃好要殺了她和雲遲，破壞大婚，所以，一定會在暗中有所動作和動靜，但一旦看到沿途千里沒有一絲空隙的布防，或者，雲遲與他哥哥再多幾處故布疑陣的話，背後之人既然已在北地和神醫谷吃虧的厲害，估計當真不敢輕舉妄動。
只要不是那統領想要搭了自己的命破釜沉舟也要殺了她和雲遲的話，在得知了哥哥和雲遲的布置後，怕是都會撤退，另尋機會。
但只要他有所動作，便會正中雲遲和哥哥的下懷，可以趁機盯著有異動的人。
那麼，順藤摸瓜的話，總會能查到些蛛絲馬跡。
這樣一來，大婚之後，雲遲再慢慢查，慢慢找機會收拾就是了。
所以，這一場部署，目的就是要讓那統領知難而退。
花顏尋思半晌，看著雲遲：「那統領喪盡天良，是個狠角色，若是不知難而退呢？」
雲遲道：「我們所做的一切安排和部署，都是讓他知難而退，若是他不知難而退而是破釜沉舟的話……」他頓了頓，眸光涼寒，「東宮護衛和花家暗衛會傾全力相護，你我的大婚，怕是要踩著堆積成山的屍骨了。」
花顏抿唇：「那統領是個瘋子。」
雲遲道：「瘋子也惜命，除非，他不拿自己的命當回事兒。不管他是不是背後之人，還是主要首腦，只要他不是背後之人手裡的一把劍，而是一個對江山有野心的人，那麼，我與大舅兄的計謀，就會成功。我們賭，他是一個對江山有野心的人。」

「何以見得？」花顏問。

雲遲道：「就拿他在北地掌管地下城和一應狠辣的行事來看。他若非對江山沒有野心，斷然不會覺得你阻礙了他的路，對你恨的牙癢癢，想在神醫谷埋伏殺你而後快。」

花顏覺得雲遲說得有理，那統領顯然是一個對江山有十分野心的人。

梅花印衛聽從他的吩咐，梅花印衛首領為了保護他乾脆地自刎而死。雖不知他是不是背後的首腦人物，即便不是，那麼，也一定是與首腦人物有著十分緊密之關係的人。

背後之人是藏在京城還是藏在天下哪個角落，只能在大婚後慢慢地抽絲剝繭地查了。

雲遲伸手拍拍花顏：「別擔心。」

花顏微笑：「我自然不擔心，自古邪不壓正。」

雲遲低笑。

花顏伸手揉了揉小狐狸的皮毛，有些用力，但是小狐狸呼呼睡著，半絲不醒，彷彿花顏揉的不是它。

花顏低頭看著小狐狸，忽然說：「若是讓小東西跟蹤的話，也許……」

她話說了一半，又猛地打住：「算了，本是靈狐，沾染了塵世的勾心鬥角爾虞我詐陰謀詭計，它也會折壽的，還是好好活著吧！它活著，雲山就活著，代代傳承！」

小狐狸「唔」了一聲，動了動小身子，爪子伸出扒拉開花顏的手，更是往花顏懷裡縮了縮，似乎才後知後覺地反抗她打擾它睡覺。

花顏順勢撤回手，笑了笑。

雲遲十分贊同：「靈寵就是靈寵，我若是無能，守不住南楚江山，利用小祖宗出馬的話，也會遭天譴的。」

花顏「撲哧」一下樂了。

二人說著話，馬車慢悠悠地走著，外面熱熱鬧鬧，喜慶之聲透過車廂簾幕傳進了馬車裡，人潮中，盡是太子殿下和太子妃終成連理的好話。

第一百一十六章　他比較面善？

雲遲迎親的隊伍聲勢浩大，確實如花顏所料，他與花灼沿途故布了幾處疑陣。

閆軍師每日都派人打探消息，隨著雲遲出臨安，消息更是一波一波地傳來，每一回消息，都是雲遲走到了哪裡，明裡暗裡有什麼布防。

閆軍師焦急地等了三天消息，都是如此，他忍不住去找統領。

統領正在自己與自己對弈，在他身邊，跪著一個妙齡美貌女子給他捶腿，他臉上戴著銀質的面具，露在面具外的一雙眸子如黑霧一般，看著棋盤，眼裡的黑霧掩飾不住他眼底的殺氣。

閆軍師來到門口，恭敬地喊了一聲：「統領。」

「進來。」統領聲音冷厲。

閆軍師邁步進門，看了那女子一眼，揮手：「你出去。」

那女子低眉順目地站起身，恭敬地給閆軍師一拜，默不作聲地出了房門，將門從外面關上。

統領盯著期盼，沉冷地道：「說。」

閆軍師躊躇地說：「從臨安到京城，千里之遙，各處布置都十分嚴密，可以說天衣無縫，一連三日，我們的人都得回同樣的消息，這樣一路到京城，恐怕都是如此。」

統領轉過頭，看著閆軍師，眸如利劍：「所以？」

閆軍師深吸一口氣：「所以，東宮與臨安花家聯手，控防千里，若是我們強行動手的話，怕是所有人都會折進去。」

「嗯？」統領冷笑，「怕了？」

閆軍師搖頭：「不是怕，而是，布防的太密切了，京中有陸之凌、蘇子斬、重兵五十萬布防，臨安有花灼，他並沒有隨花顏進京，鎮守臨安，從雲遲接了花顏出了臨安後，他下令封了臨安城。而京城到臨安這千里，皆被東宮暗衛和臨安花家暗衛所控，而雲遲又帶有十萬兵馬，且所過城鎮，都提前安排布防了重兵，城與城可隨時呼應營救。一旦我們動手，傾巢而出的話，恐怕也沒有多少勝算。」

統領瞇起眼睛，眼眸冷厲：「也就是說，沒有機會？」

閆軍師道：「除非，我們破釜沉舟。」

統領盯著他問：「怎麼個破釜沉舟法？」

閆軍師道：「以命換命。」

統領忽然哈哈大笑，揮手一把掀翻了棋盤，寒風席捲，瞬間暴怒道：「以命換命，我死了，豈不是便宜了某人？」話落，他咬牙切齒地說，「做夢！」

閆軍師看著統領：「除非，不動手，以後再找機會。」

統領一拍案桌：「難道就這麼便宜他們了？」話落，他狠毒地道，「花顏怎麼沒死？這個女人一條賤命夠能折騰，果然是臨安花家的人。」

閆軍師不說話，暗想著如今不便宜也沒辦法，花家的實力，不愧了隱藏了千年。雲遲和花灼的布防沒藏著掖著，明明白白地擺在那裡，一旦他們動手，決計沒有好果子吃。

統領不再說話，負手而立看著窗外，不大的院落，幾株枯樹，一口天井，透過四尺見方的天，他似乎看到了天外雲遲迎親隊伍的喜慶和熱鬧。

他猛地揮手，一陣疾風竄出，瞬間劈到了那幾株枯木上，須臾，那幾株枯木晃了晃，轟然倒地，發出了很大的聲響。

閆軍師一驚，看著統領：「您……仔細傷了手……」

統領望著窗外，身上的寒意肆虐：「雲遲和花灼，好生厲害。」

閆軍師忽然覺得不妙，看著統領：「您的意思是……」

統領怒道：「傳我命令，將所有探子的聯絡斷了，所有安排的人都撤退，取消所有行動，再擇時聽我召喚。」

閆軍師震驚：「這才三日，也許再盯幾日會有哪裡出漏洞也說不定。」

統領回轉身，森然地道：「愚蠢！再讓人盯幾日，你我的藏身之地都能被翻出來。你還不明白嗎？雲遲和花灼的目的就在此，明則布防，暗著探查。如了他們的意，才是輸了。」

閆軍師大駭，頓時心裡掀起了驚濤駭浪，連忙拱手，後怕地說：「幸好統領您識破了，否則後果不堪設想。」

統領陰森地一笑：「他們當我愚蠢嗎？笑話！」話落，擺手，「去吩咐。已被察覺的，斷不了的，斬了。」

「是。」閆軍師果斷領命，立即匆匆去了。

統領看著閆軍師離開，隨手關上了窗子，拿起桌子上的茶壺，將水倒在了案桌上，頓時，好好的案桌一灘水漬，他便在水漬中寫了兩個字。

「花顏。」

寫完之後，他又用力地揮手，水漬隨著花顏的名字，消失於無形。

三日後，雲遲收到了雲影稟告：「太子殿下，背後之人收手了。」

雲遲正在馬車中與花顏下棋，聞言手一頓，微微挑眉，有幾分訝異：「這麼快？」

雲影垂手應是：「本來我們盯上的人，都被斷了尾，消失的消失，死的死，十分乾脆。」

雲遲瞇起眼睛，對花顏道：「看來我與大舅兄的計謀被人識破了。」

花顏聞言也挑眉，想起在北地與那統領打交道幾次險些遭了他毒手，她不意外地說：「那統領十分聰明，可見你說的對，被識破之後，他沒打算與你破釜沉舟魚死網破，斬斷探查，銷聲匿跡，顯然是為了以後等待機會了。」

雲遲掂著手中的棋子：「如此足智多謀，是本宮小看他了，這樣也好，我們求的就是個順利大婚。」

花顏點頭：「如此聰明，斷和收皆乾脆，我們大婚後要想查他出來也不容易。」

雲遲對外問：「便沒有拿住一人？」

雲影慚愧地說：「殿下恕罪，我等都沒想到對方如此快收手且斬斷探子，這三日，剛查出那幾人有異動，本想再等等動手，誰知道……」

雲遲一歎：「也不怪你們。」

雲影垂下頭。

花顏也道：「的確不怪，若非他智謀過人且滅絕人性地狠辣異常，也不會如此難對付。」

雲遲擺手：「下去吧！對方雖撤退了，但沿途依舊不可鬆懈，吩咐下去，一切照常進行。」

雲影應是，退了下去。

雲遲落下簾幕，看著花顏：「普天下，如此聰明果斷連我與大舅兄如此計謀也能識破，我還真想不出是哪個有名有號的人。」

花顏也想不出，有名號的，與雲遲並列，四大公子，智謀無雙的人物，便是陸之凌、蘇子斬、安書離。他們都是智慧過人，文武雙全，德才兼備。

他們的名號自然是響噹噹的。

若說他們背後有謀國之心，這三人還真有不了。

在西南，陸之凌與安書離都立了大功，沒有他們，雲遲不會那麼快收復西南。在北地，蘇子斬立了大功，沒有蘇子斬，北地也不會那麼快肅清，一窩端。

除了他們，其餘有名號的人，還真沒聽說過如他們一般聰明絕頂智慧無雙。

天下有名號的人不多，沒名沒號的人多如過江之鯽。

花顏歎了口氣：「我哥哥以前也沒名號，若非因為我，他從東宮手裡劫了太后的悔婚懿旨，也不會被天下皆知。所以，有名號的反而不可怕，天下矚目，沒名號的才可怕。」

雲遲點頭，含笑道：「是啊！五年前，川河谷水患，我查賑災之人，查到你身上時，震驚震撼不已。天下閨中女子叫的上名號的人極多，反而是你，名不見經傳。」

花顏也笑了：「所以，芸芸眾生，千萬之數，想要找那個隱匿在人群裡的人，還真不好找，不著急，他如今撤退了，早晚還會動手的。」

雲遲點頭：「只要他惦記著南楚江山，就會找機會再出手。」

迎親的隊伍走了七日，這一日，來到了京城的地界。

京城幾十年難得一遇的大雪果然下得極大，道路上的雪雖被鏟平了，能夠通車馬，但道路兩旁的雪幾乎堆成了山巒，茫茫四野，放眼望去，天地間一片冰雪之色。

小忠子在外唏噓：「老天爺哎，奴才出生至今也沒見過這麼大的雪，還是下在京城。」

采青在外接話：「這雪下的實在太大了，這雪花還飄著呢，但願殿下和太子妃大婚之日時，這雪已停了。」

小忠子立即說：「這麼零星的雪花，估計下不起來了。」話落，問，「不知敬國公府安排好了沒有？給太子妃的暖閣裡燒了地龍沒有？可得派人提前去知會一聲，咱們比預計提前了半日抵達京城呢。」

采青聞言點頭，小聲說：「你問問殿下的意思？距離大婚還有三日，不知殿下是否讓太子妃先住去國公府還是回東宮？」

小忠子立即瞪著她：「你怎不問？殿下和太子妃如今在睡覺呢，讓我這時候打擾，不是討人厭嗎？」

采青理直氣壯地說：「你是侍候殿下的人，自然該你問。」

小忠子一噎沒了話。

雲遲和花顏其實已經醒了，聽到了外面的說話，花顏扯動嘴角，好笑不已。

雲遲當真思索起來。

片刻後，小忠子終於小聲在外透過車廂簾幕問：「殿下，已到京城地界了，提前了半日，是否派人給敬國公府先送個信？」

雲遲「嗯」了一聲，對花顏問，「先回東宮？」

花顏搖頭：「不要，先去敬國公府。」

雲遲蹙眉：「還有三日呢，你住在敬國公府，我又不能住去，著實不放心。」

花顏失笑：「有什麼不放心的？三日而已？難道你不相信敬國公府？」

雲遲抱住她：「一日也不想見不著你。」

花顏伸手點他眉心：「出息。」話落，對他道，「你迎親回城，天下矚目，這時候，自然要守些規矩，不能遭人非議。我住去敬國公府，也算是從娘家出嫁，合乎規矩，免得麻煩，最好不過。你若是捨不得我，白日去坐就是了。」

雲遲歎了口氣：「好吧！」話落，對外吩咐，「小忠子，派人快馬傳話回京，讓敬國公府準備，就說提前半日，太子妃下榻敬國公府，屋中的地龍燒的暖一些，太子妃畏寒。」

「是。」小忠子連忙應聲，想著敬國公府真是得了天大的殊榮啊，花家無人進京，敬國公府就代表了太子妃的娘家，一朝榮華鼎盛，估計會被人踏破門檻。

陸之凌早兩日便收到了花灼的書信，花灼言花顏到京大婚前的一切事宜，煩勞敬國公府了。自己人，不說客氣話，三言兩語便將花顏託付給了敬國公府。

陸之凌自然高興，自從八拜結交後，他拿花顏當親妹妹看，這些日子，雲遲前往臨安迎親，他帶兵駐守京城，日夜不敢好眠，嚴密防守，又同時清掃大雪處理城外受了災的災民，雖有蘇子斬一起，但還是將他累了個夠嗆。

敬國公這些天倒是見了陸之凌幾面，但都是在外公幹時，父子二人，同朝為官，見面談的無非是國事兒，敬國公看著如今的陸之凌，再沒了以前吊兒郎當的模樣，實在讓他老懷甚慰，頂著一眾朝臣們嫉妒的眼神，他雖是個不愛顯擺的硬漢，還是忍不住咧著嘴角見人就笑。

敬國公夫人這些天卻只見了陸之凌一面，因為陸之凌只回了一趟家，吃了一頓飯，其餘的時候，不是與蘇子斬在一起商議事情，留在武威侯府公子宅院，就是帶著人巡城。

敬國公夫人提了幾次，說著孩子太辛苦了之類的，被敬國公瞪眼給說了兩回，無非是大丈夫建功立業，他不胡鬧，累點兒苦點兒怕啥，不讓他夫人婦人之心慈母多敗兒。

敬國公夫人無奈，難得說不過敬國公，只能閉了嘴。

這一日，陸之凌攥著花灼的書信卻是罕見地回了國公府，看門的人揉了好幾下眼睛才認出是自家公子，連忙打開了門，撒丫子跑裡面去稟告國公和夫人了。

陸之凌邁著大步不比門童跑的慢，門童前腳稟告完，後腳陸之凌便踏進了正院。

這日正是清早，敬國公與夫人剛起床不久。

敬國公一聽，頓時說：「難得這小子出息了，回府走正門了，不翻牆了。」

敬國公夫人睨了敬國公一眼，她比敬國公想兒子，聞言連忙匆匆地迎了出去，敬國公在她身後喊了一句「外面冷，披一件披風。」，她都不曾理會。

敬國公夫人剛走到院子，便見到了已來到院門口的陸之凌。

陸之凌見她娘匆匆迎出來，穿的單薄，快走了兩步，來到她近前，解了自己的披風給她披上，嗔怪道：「娘，您一把年紀了，怎麼一點兒也不穩重？著什麼急？兒子又跑不了，您在屋子裡等著就是了。」

敬國公夫人身上一暖，頓時又是感動又笑罵：「你個臭小子，你還怪我不穩重著急？你說說你，你回京多久了？回府幾次？你這大清早的突然回來了，我能不著急嗎？」

陸之凌咧嘴一笑，扶著敬國公夫人往屋裡走：「有大好事兒，回屋說。」

敬國公夫人一聽，連忙問：「什麼大好事兒？趕緊說！你還不知道你娘我是個急脾氣嗎？」

陸之凌卻故意賣關子：「總之是好事兒，我先藏著樂一會兒。」

敬國公夫人又笑罵：「怪不得你爹罵你是混帳東西，果然是個混帳東西。」

陸之凌從小被敬國公罵到大，也被他的棍棒招呼到大，除了身上的皮厚，臉皮也厚，所以，他自然不將敬國公夫人帶笑的笑罵當回事兒，扶著她進了屋。

屋中，敬國公坐在椅子上，端著茶在喝，顯得一副很不著急見兒子的樣子，但一雙盯著母子二人進門的眼睛還是出賣了他，同時他在猜想，這臭小子大清早的回來，必定有事兒，不知道有什麼事兒，是好事兒還是壞事兒？

敬國公夫人邁進門後看了裝模作樣的敬國公一眼，笑罵：「老東西，你還坐得住？你兒子說有大好事兒！」

敬國公立即問：「什麼大好事兒？太子殿下回京了？」

陸之凌鬆開扶著敬國公夫人的手，不急著回答他爹，對他娘道：「娘，我餓了，還沒吃早飯呢。」

敬國公夫人一聽，立即對外吩咐：「快！去廚房吩咐，做些公子愛吃的飯菜來。」

有人應是，立即去了。

陸之凌坐去了椅子上，對著伸長脖子的敬國公說：「餓著沒力氣說。」

「臭小子，跟你老子賣關子是不是？你快說，否則我打斷你的腿。」敬國公瞪眼。

陸之凌翻了個白眼：「你早就打不過我了，別虛張聲勢了。」

敬國公一噎。

敬國公夫人氣笑了，一巴掌對著陸之凌腦袋招呼了過來，著著實實地打了他一下：「再賣關子，我就餓著你。」

陸之凌對於他爹出手敢躲，對於他娘出手還真不敢躲，因為他娘會親自下廚做好吃的。於是，他捂著腦袋無奈地說：「花灼來信，妹妹進京，住敬國公府，從國公府出嫁。」

「果然是大好事兒。」敬國公夫人聞言大樂。

敬國公也頓時笑了，撫掌一連說了三個「好」字。

花顏從敬國公府出嫁，這是真真正正將敬國公府當作了娘家。

敬國公和夫人只陸之凌一個兒子，沒有女兒，平生引為憾事，如今有了個女兒，雖相處不多，但著實喜歡得很，如今聽聞從敬國公府出嫁，真是高興的不知如何是好。

相比於敬國公與夫人喜不自勝，陸之凌反而看起來穩重的多。

敬國公搓著手問：「還有幾日進京？這信中可說了？」

陸之凌看著他爹那高興樣兒，很想鄙視，不過到底是他老子，還是痛快地將花灼的書信遞給了他：「你自己看。」

敬國公連忙接過花灼的書信。

花灼的書信言簡意賅，只說了妹妹進京一切都交給敬國公府了，說了大概的日子。敬國公算了算這信落款的日子，又推算了一番路程，說：「還有七八日。」話落，又對夫人道，「趕緊準備著吧！太子妃身子不好，一切撿好的用，千萬別委屈了。」

敬國公夫人也湊近看完了信，直點頭：「這還用說，咱們府雖好東西不及東宮，但還是有拿的出手的東西的，定不會委屈了太子妃。」

陸之凌聽著二人你一言我一語地安排，也不插話，慢悠悠地喝著茶。

不多時，廚房端來了飯菜。

陸之凌餓了，連忙拿起筷子，忙活著吃了起來。

敬國公夫人這才注意到他：「哎呦，你慢點兒，這怎麼像是餓了三天似的？這些天在外面沒吃飯？」

陸之凌嘴裡有東西，含糊地說：「忙的時候隨便吃一口，哪裡有府裡的廚子合口味。」話落，又補充說，「想娘親自下廚做的菜了。」

敬國公夫人立即說：「你今日若是不出去了，晌午我就下廚給你做。」

陸之凌連忙點頭：「不出去了。」

敬國公插話說：「你要安排太子妃的住處，還要打點一應所用，雖還有七八日，但時間也不是多充裕，你還有空下廚？」

敬國公夫人一聽也對，立即對陸之凌說：「等你妹妹進府，我再下廚吧！」

陸之凌失笑，他爹就不說了，和著對比花顏，在他娘面前，他這轉眼成草了?!

這一日，敬國公府熱火朝天地收拾起來。

京中這一場大雪，下的大，街道上除了巡邏的士兵，沒多少人走動。京中各大府邸，自從雲遲出京去迎親，也都分外的安靜，朝野上下，有陸之凌、蘇子斬把控，有趙宰輔、安陽王、敬國公等大臣輔助，各種事宜都井然有序，十分安平。

皇帝這些日子一直在帝正殿養病，如雲遲在京一般，反而沒操多少心。

但正因為平靜，京中誰家但有風吹草動，滿京城很快就皆知了。

敬國公府的動靜很快就被大家所知了，眾人這才恍然想起，花家在京城沒府宅，花家人也不會進京，而花顏與陸之凌八拜結交，又認了敬國公與夫人做義父母之後，敬國公府算是太子妃的半個娘家。

如今，太子妃進京後下榻敬國公府，從敬國公府出嫁，由敬國公府操持太子妃在京中出嫁的一切事宜，這哪裡是半個娘家？這分明是當作了真正的娘家。

一時間，京中各大府邸有羨慕的，有嫉妒的，紛紛也跟著敬國公府的熱鬧而似乎熱鬧了起來。

宮裡的太后聽聞後，還特意的命人將敬國公夫人叫進宮，問她可缺什麼？若是缺什麼，就從宮中取。這是太后喜歡上花顏後，看重她的一個態度。

敬國公夫人心下也高興，連連說不缺，府中東西都撿好的用的，等太子妃進府，若是有哪裡不合心意，她再對太后開口。

其實她心中清楚，花顏性子好，是個不會挑剔的女兒家，看她行止做派就能看得出來，所以，除了她會撿好的給她用不會讓她委屈了外，她自己怕是什麼也不會挑。

太后也算了解花顏幾分性子，笑著點點頭，還是撿著自己的心意，挑選了些東西，賞了敬國公夫人，同時囑咐敬國公夫人，一定不要客氣，國公府與皇室，自此也算是親戚了，別礙著面子，該說什麼就說什麼。

敬國公夫人連連點頭，謝了恩，領了賞。

這邊，太后召見了敬國公夫人，那邊皇上就召見了敬國公。

皇上與敬國公說話直接得多，直接就給了敬國公府一大批賞賜。

敬國公是個硬漢鐵漢，也不含糊，跪地謝恩，痛快地接了。一個是給兒媳婦兒用的，自然賞好的，一個是給自家女兒用的，自然不會推脫。

東西雖是給花顏用的，但是賞，卻是走敬國公府明面上的帳，所以，敬國公和夫人踏出宮門後，消息不脛而走，京中一時人人眼紅敬國公府的榮華富貴。

敬國公和夫人踏出宮門，回到國公府，關上府門，對看了一眼，都從對方的眼中看出了這可真是天上掉下來的富貴。

敬國公感慨道：「幸好我們國公府只那一個混帳小子，人丁簡單，這般潑天的富貴我們才承接的來。否則啊！給一個天大的富貴，也接不住。」

敬國公夫人明白敬國公的意思，人丁簡單有人丁簡單的好，不會從門牆內生出蠅營狗苟的事情爬出門牆外，惹了禍，人丁簡單好拘束。她接話道：「我今日會再敲打府中人一番，切莫生事兒。」

敬國公點頭：「夫人說的是，誰生事，你只管叫人打斷了腿。」

敬國公夫人好笑：「多少年了，你只會這一招，成日裡叫嚷著打斷凌兒的腿，若不是因為兒子，我們哪裡會多個女兒？如今還要謝你有個好兒子。」

敬國公哼了一聲，面子有些掛不住：「混帳東西，從小到大，沒能打斷他的腿便宜他了。」

二人說著話，進了府門。

陸之凌這幾日往府中跑的勤快了些，甚至，隔兩日回府中睡一晚，他這個做哥哥的，與花顏接觸的多，也算了解她幾分喜好，也幫著府中做了個參謀。

敬國公夫人面對陸之凌靠譜的模樣，連連對敬國公感慨：「凌兒真是長大了，有個大人的樣了，我看他這個當哥哥的，倒是真盡心，我看著都高興，以前哪裡想到我兒子有朝一日會是這樣？若是以前，他定是吊兒郎當地做個瞧熱鬧的甩手掌櫃，才不會理會府裡的事兒。」

敬國公也老懷甚慰：「嗯，不錯，有長進了！待太子殿下和太子妃大婚後，你就趕緊給他相看人家，趕緊娶個媳婦兒回來，他會更穩重。」

敬國公夫人聽到這話，立即悄聲對敬國公說：「七公主喜歡咱們凌兒，不是一日兩日了。但凌兒回京，她似乎還沒鬧著找上他，我也沒聽宮中傳出什麼風聲，你說，這麼久沒見，七公主可是放下凌兒了？若是放不下，咱們也不好給凌兒公然相看人家吧？畢竟事關皇室的顏面。」

敬國公聞言點點頭：「這倒是個事兒。」話落，他蹙眉道，「咱們國公府，靠的是軍功立府，站穩這京城，如今因為太子妃，也成了皇親國戚，但若是再尚公主，這親上加親，未免太張揚了些，凌兒不喜歡七公主最好，女兒是女兒，公主是兒媳，到底不一樣。」

敬國公夫人點頭：「凌兒以前不喜歡，如今他回來，我還沒顧上問他，也不知七公主那裡是個什麼心思。」

「這事兒先擱著，不急。」敬國公擺手，「把當下的事情先做好再說。」

敬國公夫人點頭：「我曉得，我哪裡還不知道孰輕孰重？眼前的事兒自然是大事兒。」

在忙碌中七日一晃而過。

這一日，陸之凌在巡城，收到了雲遲派人送來的信，迎親隊伍半日後進京，花顏進京後，直接入住敬國公府。

他收到消息，連忙對報信的人說：「告訴太子殿下，就說我知道了，國公府已準備妥當了，就等著太子殿下和太子妃進京了。」

報信的人連忙又折出京向雲遲回話。

陸之凌連忙回了國公府，對敬國公和敬國公夫人傳遞了消息。

這一日，敬國公府上下翹首盼望，終於在晌午後，盼到了太子迎親隊伍進城。

太子殿下的迎親隊伍浩浩蕩蕩地進了城，京城的百姓都出來觀看，不止街道兩旁擠滿了人，街道兩旁的茶樓酒肆裡同樣坐滿了觀看熱鬧的人。

有許多百姓們沒見過太子妃，都想見一見，聽聞太子殿下迎親的隊伍從臨安城一路出來沿途鋪設千里錦紅，滿灑糖果，京城的百姓們也想沾染喜氣和福氣，便都等著太子殿下的車駕。

果然，太子殿下車駕進京後，錦紅鋪地，糖果銅錢如雪花般地灑，京城的百姓們一時間歡呼聲不絕於耳。

唯一可惜的是，太子殿下的車駕車簾未掀起，沒看到太子妃的容顏。

太子的車駕在熱鬧聲中一路到了敬國公府，敬國公府早已經敞開大門，敬國公、敬國公夫人、陸之凌帶著府中一眾人早已等候迎接。

馬車剛停住，敬國公府一眾人跪倒在地叩拜：「恭迎太子殿下，恭迎太子妃！」

雲遲先下了馬車，對見禮的敬國公、敬國公夫人、陸之凌以及府中眾人看了一眼，入眼望去，敬國公府門庭乾淨，人人衣著光鮮，顯然是收拾準備了許久，他笑了笑，擺手，溫聲道：「免禮。」話落，對車中伸出手。

花顏將手放在了雲遲的手上，由他拉著，輕輕下了馬車。

雲遲一身尋常的錦繡袍子，花顏一身往常慣常穿的碧綠衣裙，二人反而看起來沒有敬國公府的一個奴僕穿的光鮮，倒也對比出敬國公府對花顏入住敬國公府的重視。

但二人周身雖素雅，卻容色盛華，光可照人，無論是敬國公，還是敬國公夫人，這時候，看著面前這一對璧人，都忍不住齊齊地感歎，普天之下，怕是還真就沒有這般般配的一對了。

尤其是敬國公夫人，看著雲遲，還真有常人說的丈母娘看女婿，越看自家女兒嫁對了人的感覺。

「義父，義母，大哥。」花顏依次喊人，笑意盈盈。

敬國公和夫人連忙歡喜地答應了。

陸之凌卻不同於二人，他是清楚地在北地親眼見過花顏是何糟糕模樣的，那時候說真的，把他心疼死了。如今看她完好地站在這裡，他上前一步，將她上上下下打量了一遍，問：「當真好了？」

花顏笑著點頭：「嗯，好了，放心吧！」

陸之凌大鬆了一口氣，暢快地笑道：「好了就好，你好了，你大婚之日，我喝酒也能喝的暢快。蘇子斬可說了，你們大婚之日，他提供醉紅顏呢。」

花顏聞言輕笑：「他捨得拿出自己釀的酒了？我們大婚之日，用酒可不少呢，怕是會把他酒窖的酒都喝光了。」

「給別人他捨不得，給……」陸之凌想說給你自然捨得，但餘光瞥見雲遲，連忙打住改了口，笑著說，「給太子殿下大婚用自然捨得的。」

雲遲心裡哼了一聲，閑閑地瞥了陸之凌一眼，沒說話。

陸之凌摸摸鼻子，低咳了一聲：「走吧！進去吧！你長途奔波，想必累了，用過飯菜，趕緊歇著。」話落，問雲遲，「太子殿下是進府一起用膳？還是回東宮？」

雲遲乾脆地說：「進府，本宮也餓了。」

陸之凌點頭，看了他娘一眼。

敬國公夫人立即意會，連忙吩咐身邊人：「快去廚房吩咐，立即做菜，不得耽誤。」

身邊人應是，立即匆匆去了。

於是，敬國公府的人簇擁著雲遲、花顏進了國公府。

待敬國公府的大門關上，外面伸長脖子的人沒了熱鬧看，都三三兩兩地聚在一起說著羨慕國公府的話，有些靠近的人依稀看到了太子妃的模樣，都說太子妃長得跟天仙一般，傾國傾城，與太子殿下真是般配云云。

禮部的人跟隨太子殿下這一趟差辦的算是十分順利，進了京城後，都鬆了一口氣，去衙門裡打了個卯，便被人圍住，詢問在臨安與這一路上的事宜。

禮部的人都說，臨安真是一個好地方，人傑地靈，花家的人也極好，半絲沒難為，禮部的人去了住的好，吃的好，沒有虛頭巴腦的死客套，總之待的舒服，這一趟差辦的最是順暢。

說起臨安的風土人情，更是讚不絕口，似乎恨不得待在臨安不回來了。

說起花家人，沒有一個說不好的，說起太子妃，也沒一個人說不好。

總之，這一趟臨安之行，真是處處好。

聽的一眾詢問的人也跟著對臨安心神嚮往起來。

京城熱鬧，敬國公府更是熱鬧。

雲遲和花顏被迎進了敬國公府後，花顏注意到敬國公府處處明窗淨几，乾淨無一塵，哪怕天空依舊依稀地飄著零星的雪花，但敬國公府有人隨時打掃，地面上也看不到多少雪漬。

敬國公府除了敬國公、夫人、陸之凌外，便是一眾僕從，人丁太簡單，好處就是，一行人進了府內，進了廳堂後，關起門來，多了花顏雲遲，便也只五個人而已。

花顏進了敬國公府，便真當成了自己家，於是，她進了廳堂後，一下子便懶散了下來，侍女給她端了熱茶，她便捧了熱茶偎在敬國公夫人身邊，靠著敬國公夫人的身子，一邊喝著熱茶，一邊與她含笑說著話。

敬國公夫人沒有女兒，如今花顏依偎在她身邊，讓她心窩子都快化了，笑的幾乎合不攏嘴，問了她喜好，又說了給她院子屋子裡的安排，問她合不合心意，若是稍後住進去，不合心意就直說出來，改了就是。

她說了不少話，花顏一句：「義母安排自然都是最好的，其實不必這麼興師動眾，我是住在自己家裡，以舒服為主就是了。」，敬國公夫人高興地點頭，暗想著果然沒看錯，她就是這個好侍候的性子。

雲遲雖在敬國公面前坐的端正，但話語卻隨意很多，與敬國公和陸之凌說著話，無非是京城自他走後的情形，都發生了什麼事兒，偶爾會看花顏一眼，眉眼也跟著她笑吟吟的臉微微含笑。

幾人說了一會兒話，廚房的飯菜便依次地端了上來。

花顏也的確餓了，聞著飯菜的香味，便覺得十分有食慾。

關起門來的敬國公府與臨安花家倒是有些地方相同，吃飯的時候沒有食不言寢不語的規矩。所以，一頓飯偶爾你一言我一語，隨意溫馨熱熱鬧鬧。

用過飯，敬國公夫人怕花顏累，對她說：「對比你上次來京，真是瘦了太多，你住在府裡這幾日，我每日都下廚給你做好吃的，能補回來幾分是幾分。」

花顏笑著點頭：「東宮與家裡離的近，以後隔三差五我就來蹭吃的，您可別煩我。」

「自然不會，巴不得你每日都來呢！」敬國公夫人笑起來。

「我看你也累了，歇著去吧！」陸之凌對花顏說完，看向雲遲，微微揚眉，「太子殿下是在府中跟妹妹歇一會兒，還是回東宮？」

雲遲自然捨不得跟花顏分開，就等著陸之凌這句話呢，於是，他點頭：「本宮也累了，歇一會兒再回東宮。」

陸之凌心裡翻了個白眼，想著真沒看出你累來，精神頭看起來很好嘛！他站起身：「走！我帶你們過去，妹妹的院子就安置在我院落旁邊。」話落，又說，「爹娘就不必跟過去了。」

敬國公夫人其實本想送花顏過去的，如今見陸之凌帶路，雲遲又先留了下來，笑著點頭：「好，你帶路過去吧！」

於是，陸之凌帶路，領著雲遲和花顏去了花顏安置的住處。

對於花顏入住敬國公府，敬國公府的一切布置安排當真是用盡了心思，一眼就能看出來。尤其是花顏下榻入住的院落，更是應有盡有，一切布置精緻華貴。

陸之凌領著花顏和雲遲走往住處這一路，詢問花顏身體是怎麼治好的？花顏也沒隱瞞，對陸之凌簡略地說了經過。

陸之凌聽聞雲山禁地，好奇不已：「原來這世上當真有雲山這樣的地方，我還以為只是傳說。」

花顏笑了笑：「不是傳說。」

陸之凌唏噓：「雲山之地不能讓外人踏入吧？」

花顏笑著點頭「嗯」了一聲。

陸之凌撓撓腦袋，感到有些遺憾地沒能有機會去一觀。

三人一路說著話，進了花顏安置的院子，陸之凌介紹了院子，領著二人進了屋，知道花顏累了，也不多留，讓二人休息，便出了房門。

他剛邁出門檻，一道白影「嗖」地從他身邊竄進了屋，他反射性地應變隨手一抓，卻是沒抓著，愣了一下，也轉身跟進了屋，同時喝問，「什麼東西進了屋？」

按理說，以他的武功，不該撈一把什麼也沒抓到才是，這速度真是快的不可思議。

花顏剛要進內室，小狐狸竄進屋，撲進了她懷裡，她伸手接過，聽到陸之凌的喝聲，笑著轉過身，對他說：「大哥，是小狐狸，無礙。」

陸之凌也看清了花顏懷裡的小狐狸，通體雪白的皮毛，無一絲雜色，分外漂亮，尤其是一雙眼睛，被花顏抱在懷裡，好奇地打量他，滴溜溜的，他頓時笑了：「哪來的小狐狸？真漂亮！」

花顏笑道：「是從雲山帶出來的，是雲族的靈寵靈狐。」

陸之凌猛地睜大了眼睛，驚訝：「怪不得看起來似乎與尋常的狐狸不同。」

花顏微笑，雲族靈寵，自然是不同的。

陸之凌對於雲山興趣，可惜，去不了，如今突然竄出個雲山的靈寵，他自然不想放過，十分想要研究一下，於是，對花顏伸出手：「來，給我玩玩。」

他剛要去抓，小狐狸「嗖」地一下子又竄去了雲遲的懷裡。

從正院的廳堂來到這院子的一路，雲遲沒怎麼說話，都是陸之凌與花顏說話，他這個大哥當的有模有樣，顯然對於妹妹的關心勝過對他這個太子的關心。

如今，陸之淩見小狐狸竄到了雲遲的懷裡，終於看向雲遲：「咦？他聽得懂我說話？它是不想讓我玩？」

雲遲瞥了陸之淩一眼：「這位是個小祖宗，不是你能隨便玩的，小心他的爪子撓你，只要它撓了你，你的傷口很難好。」

陸之淩看著小狐狸可愛，搓了搓手：「這麼好玩的……小祖宗？」

花顏給陸之淩解釋：「雲族的靈寵，活了數千年，自然是位小祖宗。」

陸之淩睜大眼睛，看著小狐狸：「那……我不敢玩了，我抱抱總成了吧？」

雲遲摸著小狐狸的皮毛：「你想抱，也得它樂意，顯然，他不樂意。」

陸之淩自然也看出了小狐狸的不樂意，他有些不甘心，數千年的雲族靈寵，他想摸摸抱抱體驗看看是什麼感覺。他覺得求教雲遲這傢伙估計很難告訴他，於是，他轉頭問花顏：「我怎麼樣它才讓我抱？」

花顏微笑，對小狐狸說：「小東西，他是陸之淩，我大哥，讓他抱抱你唄。」

小狐狸將頭一扭，往雲遲的懷裡一埋，耳朵也被埋了起來，意思不言而喻，裝作沒聽見，很傲嬌地不想給陸之淩抱。

陸之淩愕然，這個小東西，奇了！它若是這樣，他越想跟它說話跟它玩抱它，於是，他悄聲問花顏：「妹妹，有什麼法子嗎？」

花顏笑著說：「簡單，你跟它說你帶它去玩，國公府有許多好玩的東西，有許多好吃的東西，它說不準動了心給你抱跟你走。」

陸之淩頓時樂了，立即說：「國公府玩的東西多了，我小時候最愛玩，各種好玩的東西收藏了不知道多少，你要不要跟我去？還有，我娘做的東西最好吃了，你若是跟我去，我讓她親自下廚，給你做好吃的……」

他話未說完，小狐狸從雲遲的懷裡鑽了出來，跳進了陸之凌懷裡。

陸之凌頓時伸手接住了它，高興了一瞬，又對花顏擔憂地說：「這傢伙這麼好哄，會不會被壞人哄走了啊？」

花顏笑著對他擺手：「不會，我剛剛不是跟它介紹你了嗎？它聰明，分得清好人壞人。」

陸之凌頓時開心了，抱著小狐狸摸著它的毛，大踏步往外走：「那你們歇著，我帶它去玩。」說完，人就出了房門。

花顏好笑，看向雲遲：「雖然我們大婚之期還有三日，你還有許多事情要做呢，當真要跟我一起在這裡歇著？」

「歇一會兒。」雲遲握了花顏的手，拉著她進了屋，同時道，「那些事情不急。」

花顏點頭，笑著由了他。

內室一應擺設都十分精緻，素雅華貴，處處皆顯露用心，真是無一處可挑剔。

雲遲隨意地掃了一眼，笑道：「敬國公夫人辛苦了。」

花顏含笑點頭：「看這布置，以後這院落就給我留著了。」話落，她開玩笑地說，「以後你若是欺負了我，惹我生了氣，我就回國公府，回來娘家住。」

雲遲失笑：「那我只能厚著臉皮追來賠不是了。」

花顏笑出聲。

小忠子在外小聲打斷二人的話：「殿下，給太子妃沐浴的水燒好了，您是跟著一起在這裡沐浴，還是回東宮沐浴？」

「一起吧！」雲遲道。

小忠子應了一聲，立即去了。

花顏笑著看了他一眼，伸手點點雲遲胸口，揶揄地看著他：「太子殿下，一起沐浴的話，你不會是有什麼想法啊？」

雲遲伸手將她抱在懷裡，低頭吻了吻她，湊在她耳邊，帶著三分笑意地說：「晚上不好住在這裡，我先陪陪你。」

花顏低笑了一聲。

不多時，小忠子帶著人抬來了兩大桶水，送去了屏風後。

雲遲與花顏雖一起沐浴，但到底是在敬國公府，玩笑歸玩笑，未曾胡鬧作一團，乖覺地各自沐浴完，雲遲陪著花顏躺在了床上。

花顏確實睏乏了，與雲遲說了幾句話後，便睡著了。

雲遲陪著花顏躺了半個時辰。

半個時辰後，小忠子在外小聲說：「殿下，宮裡來人，問您可安頓好了太子妃？若是安頓好了，皇上讓您進宮呢。」

雲遲看了一眼天色，就知道他父皇等不及了，皇祖母估計也坐不住了，於是，他應了一聲，起身，穿戴妥當，出了房門。

采青守在外面，見雲遲出來，對他見禮，不等雲遲交代，便先表態：「殿下放心，奴婢一定好好照看太子妃。」

雲遲頷首，十分滿意：「她若有事情，就派人知會本宮。」

采青應是。

雲遲出了院子，離開了國公府，前往皇宮。

宮裡的皇帝從晌午便開始盼著，可是盼到了快傍晚，也沒見到雲遲的人影，只看到了五皇子獨自進了宮。

五皇子這一趟北地和臨安之行歷練成長了不少，皇帝見了他後，雖覺得還是以前那個兒子，卻較之他離京前，改變的不是一丁半點，身上隱隱有了些沉穩氣度和能夠獨當一面的影子了。

他覺得欣慰，詢問了他在北地的事情，早先，他從雲遲的隻言片語中，也瞭解了北地發生的事兒，但是不如五皇子一直跟在花顏身邊，如今聽他細細娓娓道來，他才真正地瞭解到了北地曾經的波濤洶湧硝煙瀰漫，以及凶險。

他雖也知道花顏為了南楚江山，在北地承受了不少，但也不知道花顏當真是做到了誰也不及的地步。北地能保下來，有如今的安平和太平，花顏付出了太多，險些丟了命。

五皇子的言談話語裡皆是對花顏的敬重和敬佩，如今想起來北地的過往，至今雖過去月餘，但依舊覺得驚心。

皇帝連連點頭，父子二人敘話半日，仍不見雲遲進宮，皇帝詢問五皇子雲遲近來的安排，五皇子也不甚清楚，只說四哥與花顏的哥哥一起安排的，回京這一路，十分安平，皇帝見再問不出什麼，擺手讓五皇子去歇著，眼見天色已晚，才派人去敬國公府喊雲遲。

雲遲倒也沒磨蹭，很快就進了皇宮。

皇帝見了雲遲，見他氣色極好，唇角帶著笑，眉眼溫和，在這寒冷的冬日，頗有些春風拂面，比他從北地回京那幾日看起來好多了，處處透著人逢喜事精神爽。

雲遲給皇帝見禮後，坐下身。

皇帝看著他挑眉，見他如此面色，心情也跟著輕鬆起來，對他笑問：「都安頓好了？朕聽說太子妃身子好了？敬國公府可安置得妥當？她可住得習慣？」

雲遲頷首，笑道：「安頓好了，花顏身子也好了，敬國公府打點得極妥當，花顏自然是住得習慣的，她的性子，哪裡都能待的舒適。」

皇帝笑著點頭：「那就好。朕聽聞回京一切順利，背後之人竟然沒作亂？」

雲遲將他與花灼的安排說了，然後又提了顯然那統領識破了他與花灼的計謀，短時間便斬斷了探子，隱的悄無蹤跡收了手。

皇帝聞言收了笑：「何人如此聰明果斷？是個人物。」

雲遲道：「自然是個人物，否則也不會如此棘手了，集花家和東宮之力至今沒查出人來。」

皇帝升起怒意：「南楚江山四百年，後樑的梅花印衛存世於今，如今我們方才察覺，四百年前啊！真是可怕！」

雲遲不置可否：「也沒什麼可怕的，父皇放心，待我大婚後，慢慢查，就不信，浮不出水面。等我抽出手來，普天下鋪開網，就不信網不住牛鬼蛇神。」

皇帝怒氣稍散：「好，你大婚後，朕立即傳位給你，這天下就是你的，你看著動手。」

雲遲抬眼看著皇帝，他清楚父皇早就想退了，但是花顏喜歡東宮，不想來皇宮，若是登基不進皇宮入住，有違祖制，強硬的話，朝廷裡少不得有人以此興風作浪，要費一番功夫，他沒那個功夫折騰這個。

於是，他溫聲道：「恐怕還要辛苦父皇在位支撐幾年。」

皇帝一怔，皺眉，臉色不好的說：「不是早先說好的嗎？為何又改了主意？難道你不想要皇位了？」

雲遲笑了笑：「東宮是母后和姨母的心血，父皇也費心頗多，兒臣和太子妃捨不得離開東宮，所以，打算要在東宮住幾年。父皇您還年輕，兒臣不急著接替皇位，大婚後，兒臣要做的事情是先剷除陰謀汙穢，肅清天下，登基先緩緩。」

皇帝聞言明白了，瞪眼：「囉嗦這麼多，說白了，是不是花顏那丫頭不想來皇宮住？」

雲遲微笑：「她喜歡東宮，也覺得父皇還年輕，不急一時。」

皇帝道：「皇宮哪裡差於東宮了？」

雲遲笑道：「大約是她住東宮習慣了。父皇厚愛我們，便先安穩地坐著金椅吧！有您在上，兒臣有些事情也能由您罩著施展開拳腳。」

皇帝哼了一聲：「胡說！你有什麼事情是需要朕罩著的？自你監國起，朕便沒規制過你。」

雲遲淡淡道：「有的，有父皇在一日，兒臣就是太子，太子只是儲君，不是君。君有許多難為不為之事，為君者，不能行差就錯一步，但為儲君者，便不同。皇后也不同於太子妃。」話落，他抿唇，「兒臣不想花顏再出現例如在北地犧牲自己救百姓為兒臣博賢名為南楚江山搏社稷之事了。」

皇帝似懂非懂：「說明白點兒。」

雲遲看著皇帝的眼睛，慢聲道：「說明白點兒就是，兒臣哪怕負了天下，也是儲君所為，不是南楚一國之君所為，載入南楚歷代儲君錄，也不會載入帝王錄。」

皇帝騰地站起身，怒道：「一派胡言！混帳！」

雲遲端坐著不動：「父皇息怒，您一把年紀，怎麼還如此沉不住氣？兒臣是說如果。兒臣出生就背負南楚江山社稷，自然不會輕易捨棄，但背後之人實在厲害，兒臣將來若是做出些什麼不得已的舉錯，儲君背負，總比帝王背負要好。太子可以荒唐，但皇帝荒唐，便是亡國之兆。」

皇帝伸手指著雲遲，身子發顫，手指尖發顫，過了一會兒，慢慢地止住，半晌沒說話。

雲遲看著皇帝，自古以來，有幾個皇帝在壯年時巴不得太子繼位？有幾個皇帝不貪戀權勢，恨不得將江山甩手？他知道他父皇一直盼著他大婚後接手皇位，施展拳腳，他退居太上皇，可是，花顏不喜歡皇宮，習慣了東宮，他自然依她。

更何況，上頭有皇帝頂著，皇帝一心向著太子，儲君的確自由太多。

皇帝沉默半晌，最終，無奈地歎了口氣：「也罷！聽你的，朕這個無能之君便再坐二年。」

「多謝父皇。」雲遲淡笑。

此話畢，父子二人又說起了大婚事宜，敘話半個時辰後，雲遲出了帝正殿，不等太后派人來請，便去了甯和宮。

太后見了雲遲，也直高興地說：「阿彌陀佛，總算一切順利，哀家早先還一直擔心，今日你迎親回來，哀家才將心放進了肚子裡。」

雲遲微笑：「是一切順利，讓皇祖母擔心了。」

太后又詢問花顏身體，如今如何模樣？可大好了？

雲遲一一答了，言很好，大婚在即，她就不進宮了，待大婚後，再進宮拜見。

太后笑著點頭，連聲說讓花顏歇著。

雲遲在太后處坐了兩盞茶，出了甯和宮，天色已黑，他踏出宮門後，往敬國公府方向瞅了一眼，揉了揉眉心，忍住再去敬國公府的衝動，回了東宮。

東宮上下早已經收拾布置裝點一新，尤其是他的鳳凰東苑，入目處，一派喜慶。雖還有三日大婚，但已早早地布置了起來。

雲遲先是去了東苑轉了一圈，福管家跟著亦步亦趨，在他轉了一圈後連忙問：「殿下，您看，可還滿意？哪裡還需要更改布置？」

雲遲搖頭：「不必了，很好。」

福管家笑著說：「太后前兩日來，指點了一二。幸虧有她老人家在，否則奴才們怕是會有所疏漏。」

雲遲淡笑：「辛苦皇祖母了。」話落，出了鳳凰東宮，吩咐，「去武威侯府傳個話，本宮不去武威侯府見他了，讓蘇子斬過來一趟。」

福管家立即問：「方才有幾個府邸的人來問殿下可抽得出空見幾位大人？既然您請蘇大人來，那其餘人先都推了？」

「嗯，先推了，明日再見。」雲遲擺手。

福管家應了一聲是：「奴才這就派人去請。」

蘇子斬這些日子也是十分忙碌，短短時間，他便牢牢地將戶部抓在了手中，京城在他上任後，遇到了幾十年難得一遇的雪災，他依照與雲遲離京前商議好的對策，做了預防的同時，又雷厲風行且有效地利用戶部施行了賑災。

同時，又配合陸之凌，密切地掌控京城的防守，且暗中沒放棄盯著京城動靜徹查背後之人。

如今雲遲平安順利地迎花顏回京，路上沒出現動亂，他心裡也鬆了一口氣。

忙完了手頭的事兒，他當即去了敬國公府見花顏。

他去時，那時雲遲剛走不久，花顏依舊睡著。

那時，陸之凌與小狐狸正玩的不亦樂乎，小狐狸正在玩滾輪木，滾輪木是陸之凌小時候自己發明玩的，他從小就是個愛玩的性子，玩的東西頗多，小狐狸踩在滾輪木，玩的高興。

陸之凌見蘇子斬來了，對他笑著招手：「喂，你快來看，這小狐狸真有靈性，它是……」

陸之凌的話還沒說完，小狐狸忽然偏頭瞅了蘇子斬一眼，紅衣的公子，美如畫，它眼睛一亮，「嗖」地撲向了他懷裡。

蘇子斬自然看清楚小狐狸是怎麼玩滾輪木的，見小狐狸撲來，他一怔，倒也沒躲閃，伸手接住了它。

陸之凌睜大了眼睛「操」了一聲，「這小東西也太給你面子了吧？你知道我是怎麼哄著它騙著它才讓我抱著出來玩的嗎？怎麼你剛來，它就讓你抱？這待遇也太不同了。」

他吃醋的可以，瞪著蘇子斬懷裡的小狐狸：「難道你在臨安花家時見過這小東西？」

蘇子斬伸手摸摸懷裡的小狐狸，小狐狸「唔」了一聲，蹭了蹭他，很親昵。

蘇子斬看著陸之凌嫉妒的臉，忍不住笑了：「不曾見過，大約……我比較面善？」

陸之凌又「操」了一聲，難道他看起來面目可憎？混蛋！

陸之凌上下打量蘇子斬，論容貌，論氣度，他沒覺得自己比他差了，他也是個拿得出手的，怎麼就被小狐狸給比得一個天上一個地下了？他鬱悶不已。

蘇子斬對於在他懷裡親昵蹭他的小狐狸，微笑，問：「哪裡來的？」

陸之凌翻了個白眼，沒好氣地說：「它見了你就往你懷裡鑽，你竟然不知道？」

蘇子斬搖搖頭，笑看著他：「你氣什麼？你眼緣差也怨不得我。」

陸之凌一噎，氣了個半死，咬牙道：「是被妹妹從雲山帶出來的雲族靈寵。」

蘇子斬恍然，伸手摸了摸小狐狸，它在他懷裡十分乖順可愛，他眉眼含笑：「原來是雲族靈寵，怪不得如此漂亮通人性。」話落，低下頭，對它問，「花顏呢？」

小狐狸「唔」了一聲，捲了捲尾巴，將頭埋在蘇子斬的懷裡，閉上了眼睛，發出呼呼聲，然後，它又睜開眼睛，滴溜溜地看著蘇子斬。

蘇子斬笑出聲：「原來她在睡覺，想必這一路奔波，累的很了。」話落，又問，「她可還好？」

小狐狸又「唔」了一聲，點了點頭。

蘇子斬明白了，花顏很好，他表揚小狐狸：「你真聰明。」

小狐狸頓時翹起了尾巴，被誇了，得意又高興。

陸之凌嫉妒地湊過來，瞪著蘇子斬和小狐狸：「這小東西，你既然也沒見過它，它為什麼跟你這麼親？別跟我說眼緣這種東西，小爺我覺得我比你討人喜歡。」

蘇子斬斜眼瞟了陸之凌一眼，沒說話。

陸之凌又繼續說：「難道因為花顏？就算你們知己之交，但她還是我妹妹呢，論愛屋及烏，咱們倆該一般上下才是。太不公平了。」

蘇子斬不理他，低頭問小狐狸：「要不要跟我走？」

小狐狸「唔」了一聲，歡喜地點頭，眼睛都是亮的。

蘇子斬微笑，抱著小狐狸轉身就走。

陸之凌有些傻眼，蘇子斬這麼容易就將小狐狸帶走了？他也沒哄它吧？也沒說有好玩的吧？只說了一句跟他走就跟著走了？這若是他的寵物，這般被蘇子斬拐走，他一準掐死它。他氣結：「喂，你剛來，就這麼走了？不見妹妹了？」

「讓她歇著吧！她一路舟車勞頓，睡起來怕是要到明早上去了。我明日再來。」蘇子斬頭也不回地走了。

陸之凌氣呼呼地揮手，對小狐狸罵：「臭狐狸，你就跟著他去吧！我把好玩的東西都收起來，等你回來別找我。」

小狐狸絲毫不受威脅，不拿陸之凌的話當回事兒，窩在蘇子斬的懷裡，十分高興地跟著他走了。

陸之凌看著一人一狐走遠，又爆了兩句粗口，氣的找他娘去了。

敬國公夫人正在廚房下廚給小狐狸做好吃的，見陸之凌氣哼哼地來找他，納悶地問：「呦，這是怎麼了？臉色這麼難看？」

陸之凌氣道：「別給它做了，那沒良心的小東西跟著蘇子斬走了，你做了，它也不吃了。」

敬國公夫人一怔，問：「子斬來了？什麼時候？」

「剛剛，來了又走了，還拐走了小狐狸。」陸之凌鬱卒。

敬國公夫人笑著說：「沒關係，我反正也是閒著，做了等你妹妹醒了給她吃。」

陸之凌倚著門框猶自憤憤不平：「我就納悶了，我沒有蘇子斬好看嗎？沒有他討喜嗎？那小東西竟然就這麼扔下了我跟他走了，可恨。」

敬國公夫人大樂：「你瞧瞧你，跟被人搶了媳婦兒似的，一張怨婦臉。」

陸之凌瞪眼：「您還是不是我親娘？有您這麼諷刺兒子的嗎？」

「依我看啊！子斬就是比你討喜。」敬國公夫人笑著說，「我就是沒有閨女，若是有閨女，也要上趕著嫁給他。」

陸之凌大翻白眼：「您怎麼不說他怎麼就沒投胎到您肚子裡是您兒子呢？若是那樣的話，娘我恭喜您，他打一輩子光棍，您都抱不上孫子。」

敬國公夫人氣笑：「那你呢？你什麼給我娶個媳婦兒回來？」這回，她總算是抓住了陸之凌，盯著他問，「你與七公主的事兒，你到底……」

陸之凌真是氣的忘了這樁事了，暗叫不妙，又同時暗罵了自己一句蠢，不等他娘說完，他轉身就撒丫子溜了。

敬國公夫人氣的罵：「混帳東西，每回一提這事兒就跑，還想討人喜歡？依我看，七公主喜歡你才瞎了眼了。小狐狸眼神好，不喜歡你就對了。」

蘇子斬出了敬國公府後，回了武威侯府的公子宅院。

牧禾看著蘇子斬懷裡抱著的小狐狸，驚訝地說：「公子，您不是去了敬國公府嗎？怎麼帶了一隻小狐狸回來?」
他猜想著，短短時間，他應該沒跟陸世子去狩獵吧?要狩獵時間也不夠啊?!
蘇子斬「嗯」了一聲，對他吩咐，「去把好玩的東西都找出來，讓廚房做幾個拿手的菜。」
牧禾愣了一下：「什麼好玩的東西?」
蘇子斬瞥了他一眼：「就是小孩子玩的東西，有多少找多少。」
牧禾更驚了，小心翼翼地看著蘇子斬的臉色問：「公子，您是用來做什麼?」
蘇子斬低頭看了小狐狸一眼，心情很好地說：「給我懷裡這個小東西玩。」
牧禾驚呆了，半天沒回過神來，愣愣地想著小狐狸玩小孩子的玩具?那這到底是狐狸還是孩子啊?!
蘇子斬當然不會解答他，抱著小狐狸逕自進了屋。
牧禾呆了半晌，連忙依照蘇子斬的交代去了。
不多時，牧禾帶著人抬來了兩大箱子玩具，放在了屋子正當中的地上，他問蘇子斬：「公子，打開嗎?」
「嗯。」蘇子斬點頭，「都打開，擺出來。」
牧禾連忙照做。
不多時，玩具堆了一地。
蘇子斬拍拍懷裡的小狐狸：「你看看你喜歡什麼玩什麼。」
小狐狸眼珠子滴溜溜地轉著，早已經在跟蘇子斬回來時將周圍的環境掃了一遍，如今聽了蘇子斬的話，從他懷裡跳出來，興奮地撲向了滿滿一地的玩具。

蘇子斬則坐在椅子上，瞧著小狐狸研究玩具。

小狐狸真的很聰明，爪子很靈活，玩具到了它手裡，比聰明的小孩子玩的都好。

牧禾看的目瞪口呆，十分驚歎地說：「公子，它好厲害。」

蘇子斬嘴角微勾：「自然。」

牧禾很好奇：「公子，它是哪裡來的？」

蘇子斬不想讓人知道它是從雲山出來的，哪怕是他身邊的牧禾，他淡淡道：「跟隨太子妃從臨安來的，是臨安花家一直養著玩的小東西。」

牧禾頓時對花顏十分佩服，想著太子妃連養個寵物都不一般，竟然如此聰明，他悄悄地看了蘇子斬一眼，雖然公子心情很好，但事關太子妃，他也不敢再多問。

不多時，廚房做了七八樣拿手菜端了上來。

聞到了一陣飯香，小狐狸頓時不玩了，眼珠子滴溜溜地盯著門口，然後，等著人端著盤子將菜擺在了案桌上，它將小腦袋轉向蘇子斬。

蘇子斬輕笑：「去吃吧！」

小狐狸立馬跳到了椅子上，規規矩矩地蹲在桌子前。

牧禾這時愣了，看向蘇子斬詢問：「公子？不是您餓了？」

蘇子斬搖頭：「給它吃。」

牧禾看著小狐狸，想說這小祖宗喂，您可夠尊貴的了，他也覺得好玩，於是，連忙上前在小狐狸面前擺了碗碟，之後給它布菜。

小狐狸這時無異於一個優雅的貴族，慢條斯理地吃著飯菜，享受著牧禾的伺候。

蘇子斬喝著茶，坐在一旁看著它，心情愉悅。

小忠子親自跑來傳話，太子殿下請子斬公子去一趟時，透過門縫，看到了小狐狸，驚訝地睜大了眼睛，想著這小祖宗怎麼跑來了這裡蹭吃蹭喝了？子斬公子的飯是那麼好吃的嗎？不過，他到底是雲遲身邊的人，哪怕看著小狐狸，也沒敢問蘇子斬。

蘇子斬聞言，頷首，慢聲道：「我知道了，你回太子殿下，我一會兒就過去。」

小忠子應是，匆匆走了。

蘇子斬等著小狐狸吃完，看著它似心滿意足地舔了舔嘴角，微笑地對它問：「我去東宮走一趟，你是跟我去，還是留在這裡？」

小狐狸「唔」了一聲，吃飽喝足了，似乎想睡覺，它睏倦地打了個哈欠。

蘇子斬站起身：「還是跟著我去吧！你吃得太多，需要消食。」

小狐狸似乎想了想，覺得這話有理，於是，跳下了椅子，跟在蘇子斬身後，出了他的院落。

牧禾暗歎：「好通靈性的小狐狸啊！」

於是，蘇子斬破天荒地沒坐車，也沒騎馬，武威侯府距離東宮本就不遠，所以，一人一狐徒步走路前去東宮。

此時，天早已黑透，有依稀月光，蘇子斬來到東宮，東宮守門人見到他，立即請了他進去，當看到他身後跟著的小狐狸，愣了一下，暗想著好漂亮的小白狐，倒也沒攔阻。

雲遲在書房批閱奏摺，聽到小忠子稟告時說小狐狸在蘇子斬處蹭吃蹭喝，他「嗯」了一聲，表示知道了，翻看奏摺的眼皮都沒抬一下。

又有人提前稟告子斬公子來了，雲遲又「嗯」了一聲。

福管家迎上蘇子斬，見了禮，便看到了他身後的小狐狸，也訝異了一下，暗想著聽聞殿下和太子妃養了一隻小白狐，難道是這隻？怎麼沒跟著太子妃，反而跟著子斬公子了？

福管家畢竟對小狐狸不太瞭解，壓下疑惑，領著蘇子斬去了雲遲的書房。

來到門口，福管家打開房門，蘇子斬還沒進去，小狐狸「嗖」地一下子竄進了裡面，跳上了雲遲的案桌上，京城的地面有雪，它一路跟著蘇子斬走來，腳上自然沾了雪，在雲遲的奏摺上踩了兩個腳印。

雲遲抬起頭，用筆敲它：「調皮！」

小狐狸頓時在案桌上手舞足蹈起來，然後，身子又在案桌上打了個滾。

案桌上都是奏摺，霎時被它弄的有些髒亂。

但是雲遲並不介意，十分的縱容，待它滾了幾滾後，對它笑著說：「行了，去別處玩吧！」

小狐狸歡快地跳下了案桌，聽話地去別處玩了。

第一百一十七章 闖關迎親

蘇子斬倚著門，看著雲遲縱容小狐狸的一幕，見他打發了小狐狸對他抬眼看來時，他嗤笑：「看來一趟臨安之行，你也收獲了不少？內力似乎高了不少。」

雲遲挑眉看著他：「怎麼？又想與我比試？」

「沒工夫。」蘇子斬走過來，坐下身，看著案桌上一團糟的奏摺道。

雲遲合上奏摺，對他詢問戶部事宜，蘇子斬懶洋洋地將他離京後，對戶部的一應所為說了。同時也說了他離京後，一切如常，十分平靜，他片刻沒放鬆地盯著，也沒查出京中背後有一絲半點兒的異動，讓他幾乎懷疑，背後之人也許被他們料錯了，根本就不在京城。

雲遲點頭，又搖頭，也將沿途布置與花灼的籌謀被人識破果斷斬斷撤退之事說了，話落，對他道：「京中必有關鍵的人，只是我們還沒發現罷了。」

蘇子斬頷首：「也許。如今打算怎麼辦？」

雲遲道：「固守京城，做最好的安排，既然對方沿途沒動手，就休要破壞本宮的大婚。」

蘇子斬不置可否：「你只管安心大婚，京城安穩，交給我與陸之凌就是了。」

雲遲淡笑：「本宮正是這個意思，多謝了。」話落，又補充，「也多謝你的酒。」

蘇子斬輕哼了一聲：「我是看我娘與花顏的面子。」

雲遲看著他：「不管誰的面子，都要多謝。」提起蘇子斬的娘，雲遲想起了花顏從天不絕口中聽到的陳年舊事，花顏那時瞞了蘇子斬，如今他想了想，覺得這時候，也許有必要告訴蘇子斬了。

於是，他對蘇子斬道，「有一件事兒，你也許要知道一下。」

蘇子斬本來覺得二人該說的話該瞭解的事兒都說完了，他也打算回府了，聞言又坐穩了身子，挑眉：「什麼事兒？」話落，他十分聰明敏感，瞇起眼睛問，「事關我娘？」

武威侯夫人死在東宮，始終是一個結，是雲遲的結，也是蘇子斬的結。

雲遲點頭：「嗯，事關姨母的舊事兒。」話落，將他從花顏口中知道的，與蘇子斬說了。

蘇子斬聽著聽著，臉色果然十分不好起來，看著雲遲：「天不絕說的？」

雲遲也不瞞他：「在北地時，花顏大約怕你多想，想見面與你說，如今正巧提起了姨母，便由我告訴你好了。」

蘇子斬臉色難看，不再說話。

雲遲給他親自倒了一盞茶，也不再說話。

當年，武威侯夫人喜歡天不絕，後來嫁了武威侯，武威侯又在她猝死在東宮後不久，娶了蘇子斬的青梅竹馬柳芙香，而梅府，當年又是扮演了什麼角色？

無論是梅府的梅疏毓，還是梅疏延，如今都得雲遲重用，一個鎮守西南境地，手握軍權，一個轄管北地要道兆原縣，握著北地通京城的命脈。

雲遲是相信梅疏延與梅疏毓的，才敢用，但是對於梅府，他卻也抱著疑惑。

這件事兒，他思索再三，覺得還是要告訴蘇子斬，無論是梅府，還是武威侯府，他也許能窺探出些什麼。

蘇子斬沉默片刻，忽然抬起頭，盯著雲遲：「你懷疑我父親？」

自從五年前他娘猝死在東宮，武威侯短短時間娶柳芙香，蘇子斬就沒管武威侯再喊過父親。

但到底血濃於水，所以，老子就是老子，這時，他還是喊父親的。

雲遲歎了口氣：「本宮只是有些疑惑罷了，總覺得侯爺與姨母的事情有疑點，倒沒有懷疑侯爺，只是，有些事情，還是要瞭解一下。畢竟，侯爺在朝中這些年也是手握重權，官同趙宰輔、安陽王、敬國公。」

蘇子斬道：「他這些年，一直沒放棄追查我娘的死因。」

雲遲點頭：「這本宮知道。」話落，補充，「尤其是也沒有放棄給你尋醫問藥，對你也是煞費苦心。」

蘇子斬又沉默片刻，道：「你告訴我這個，想讓我做什麼？」

雲遲搖頭：「你提起姨母，恰巧我也想起此事，覺得不該瞞你，告訴你一聲。另外，本宮是太子，有些事情當面去問，怕會引起猜疑，動盪朝局，不如你問查，便不是國事兒，是私事了。」

蘇子斬聰明，懂了，雲遲身為太子儲君，一舉一動，都關係江山社稷。事關梅府，武威侯，自然不能輕易查問，但若是他，自然不同。

他點點頭，臉色有些沉暗地站起身：「好，我記下了。如今當務之急，大婚著緊，既然你不希望大婚出差錯，那麼就等大婚後再說吧！」

雲遲頷首：「嗯。」

蘇子斬不再逗留，披上披風，對小狐狸問：「是留在東宮，還是跟我走？」

小狐狸本來抱著書架子玩，聞言扭頭看過來，瞅瞅雲遲，又瞅瞅蘇子斬，似乎誰都捨不得，那小眼神，有些掙扎。

雲遲倒是先笑了，擺手：「跟著他去吧！東宮裡近來忙的很，沒人照顧你。」

小狐狸點點頭，跟上了蘇子斬，一人一狐出了東宮。

雲遲在蘇子斬離開後，又召見了東宮幕僚，這一忙，就已到深夜。

雲遲出了書房後，看向敬國公府方向，對身旁喊：「小忠子。」

「殿下。」小忠子連忙應聲。

雲遲看著敬國公府的方向問，問：「自我走後，太子妃可醒過？還是一直在睡？」

小忠子立即說：「奴才知道殿下放不下太子妃，早先派人去敬國公府問過了，采青說太子妃從殿下走後一直在睡著，晚飯也沒吃，睡的很沉，怕是明日早上才會醒來也說不定。」

雲遲點點頭，揉揉眉心：「去西苑。」

小忠子連忙應是。

雲遲進了西苑，躺去了花顏早先來東宮時住的房間，可是躺下後，輾轉反側，怎麼也睡不著，於是，他乾脆起身，又穿戴妥當，出了房門。

他出了房門後，沒驚動小忠子，而是直接翻牆出了東宮。

雲影跟在雲遲身後，不解地問：「殿下，您要去哪裡？」

要知道，太子殿下很少翻牆。

雲遲頭也不回地說：「去敬國公府。」

雲影懂了，不再多言。

敬國公府距離東宮本就不太遠，雲遲出了東宮後，很快就來到了敬國公府，已是深夜，自然不能驚動敬國公府一眾人等，於是，雲遲照樣翻牆進了敬國公府。

因太子妃入住敬國公府，敬國公府的府兵今日的巡邏加強了三倍，幾乎是三步一崗五步一哨。

不過雲遲武功高，自然輕而易舉地避開了府兵的崗哨，來到了花顏的院落外。

花顏院落的牆外，站著一個人，正是陸之凌，他披著厚厚的狐裘披風，見到雲遲，倏地一樂：

「我就知道殿下今夜會爬我敬國公府的牆。」

雲遲輕飄飄地瞟了陸之凌一眼：「你不睡覺，守在本宮的太子妃的牆外做什麼？」

「守株待兔，等著殿下爬牆。」陸之凌臉不紅心不跳地說，「我就想看看，殿下今晚來不來?!」

雲遲面容平靜，沒有被陸之凌抓住的尷尬：「你既然看到了，就回去吧！」

陸之凌翻了個白眼：「妹妹一直在睡著，殿下這般進去，冷風冷氣，仔細讓她著涼。不如跟我去小酌一杯，給你暖暖身子……」

「不去。」雲遲果斷地拒絕，抬步往裡走，「本宮想見她了。」

陸之凌嘖嘖了一聲，眼看著雲遲進了院子，他搓了搓手，又笑了：「不枉我守株待兔等了這麼久，我就猜的沒錯，果然不論多晚都來了。」話落，他嘀咕，「這是有多放不下？」

說完，他打了個哈欠，轉身回了自己的院子。

雲遲來到門口，動靜雖輕淺，但采青在外間守著花顏，本就淺眠，她也隱約地覺得太子殿下怕是今晚會來，畢竟殿下放不下太子妃，如今聽到動靜，她立即爬起來，迎了出去：「殿下。」

雲遲「嗯」了一聲，問，「太子妃一直睡著沒醒來？晚膳也沒吃？」

采青點頭：「奴婢見太子妃睡的沉，沒敢打擾。」

雲遲頷首，對她擺擺手，采青退了下去，雲遲在外間停駐了一會兒，拂了拂衣袖，待身上的寒氣散了，才推開裡屋的門，挑開門簾，走了進去。

屋中，帷幔落著，外面透進來些許月光，他隱約地能看到花顏躺在裡面，睡的果然很沉，能聽到她綿長均勻的呼吸聲。

雲遲用兩指挑開簾子看了一眼，因屋中地龍燒的熱，花顏蓋了半截薄被，他目力極好，能看到花顏的臉似乎睡的紅撲撲的。

他慢慢地放下帷幔，解了外衣，脫了靴子，輕手輕腳地上了床。

他動作放的很輕，乍然上床，沒敢立即將花顏摟到懷裡，怕吵醒她，而是微微隔著些距離。

但花顏似乎有感覺，忽然就醒了，從被子裡伸出手臂，摸向雲遲，聲音軟軟的問：「多晚了？怎麼還跑過來？」

雲遲心下一歎，握住她的手，低聲問：「吵醒你了？」

「沒有，是我自己忽然覺得你來了。」花顏說著，掀開被子，蓋在雲遲身上，自己的身子也跟著挪到了他身邊，窩進他懷裡，問，「幾時了？」

「子時了。」雲遲道。

花顏「嗯」了一聲，將頭枕在他胳膊上，「忙的這麼晚，累了吧？」不等雲遲接話，她伸手拍拍他的臉，軟聲說，「乖，趕緊睡吧！」

雲遲低笑：「哄小孩子呢。」

花顏也笑了聲：「嗯。」

雲遲點頭，伸手拍拍她：「睡吧！」

夜深人靜，身邊有深愛的人，勝過萬千的言語，倆人相互依偎很快都睡著了。

雲遲既然已回京，自然是要上朝的，於是，天還未亮，他便醒了。

待他要輕輕地抽出胳膊，花顏便也緊隨著醒了，對他綻開笑臉：「太子殿下，早啊！」

雲遲心情也驟然極好，笑意濃濃：「太子妃，早！」

花顏伸了個懶腰，然後抱住他，對他問：「昨夜翻牆過來的？」

「嗯。」雲遲點頭。

花顏眨了眨眼睛：「我大哥有沒有在牆外堵你？」

雲遲挑眉看著她。

花顏好笑：「我猜他一定知道你晚上必來，必定會在牆外堵你，是他能幹得出來的事兒。」

雲遲聞言也忍不住笑了：「本宮看他有點兒閒。」

花顏鬆開抱著他的手：「你既然是偷偷翻牆來的，就不留你用膳了，你回東宮用吧！」

雲遲也不想花顏住在敬國公府三日，讓敬國公和夫人覺得他連三日都忍不住半夜偷偷翻牆溜來，實在有損他太子殿下的面子，於是，痛快地點頭，低頭吻了吻花顏唇角，對她道：「沒有你在，我睡不著，今晚還來。」

「嗯。」花顏好笑地對他擺手。

雲遲穿戴妥當，出了房門。

陸之凌掐著時辰來到了牆外，果然見雲遲從裡面出來，他嘿地笑了，對雲遲挑高眉梢：「太子殿下，留下用膳唄。」

雲遲看了他一眼：「跟本宮去上朝。」

陸之凌臉一垮，立即說：「我不用上朝吧！我還要去巡城……」

他話沒說完，雲遲輕飄飄地問：「還想喝喜酒嗎？」

陸之凌立馬改口，哈哈地說：「上朝嘛，金鑾殿，我還沒進去過，去啊！」

雲遲不再說話，翻牆走了。

陸之凌在雲遲的背後大翻白眼，然後，轉身進了花顏的院子，對裡面問：「妹妹，醒了嗎？大哥來陪你用早膳了。」

花顏感知靈敏，自然聽到了外面的話，在裡面抿著嘴笑，好笑地應聲：「我起來了，大哥在畫堂等我一會兒，我收拾一下。」

陸之凌點頭，應了一聲，進了畫堂。

采青進屋幫花顏收拾，梳洗換衣，不多時，就好了。

花顏睡了半日一夜，總算睡了個飽，身心舒坦，她收拾妥當，來到畫堂，便見陸之凌捧著熱茶喝，見她出來，看了一眼，立即說：「嗯，果然今日歇過來了，臉色比昨日好多了，我本來還擔心你住在這府裡睡不好，看來多慮了。」

花顏笑吟吟地說：「睡的好極了，義母很會安置，一切都隨心舒服，睡的自然好。」

陸之凌笑：「我娘總算有了用武之地，自然盡心盡力了，你不知道，她一直遺憾沒個女兒給她整日拾掇著養，如今你來了，自然是卯著勁兒的對你。」

花顏笑著說：「是我的福氣。」

「我娘還覺得是她的福氣呢。」陸之凌給花顏倒了一盞茶，「她本來要今日一早過來陪你用早膳，昨日被我給勸住了。」

花顏點點頭：「天色還早，讓義母多歇一會兒是對的。」

二人說著話，廚房裡送來了早膳，還帶著幾碟糕點。

花顏最喜歡吃糕點，見糕點做的精緻，頓時說：「這糕點做的真漂亮。」話落，她捏了一塊咬了一口，「唔，好吃。」
陸之淩笑著說：「這是我娘昨日親手給你做的。」
花顏連連說好吃，沒想到敬國公夫人做糕點的手藝這麼好。
陸之淩想起昨日她娘本來也要給小狐狸做一份糕點的，但那沒良心的小東西跟著蘇子斬走了，他想起這事就來氣，立即氣憤地跟花顏把蘇子斬和小狐狸罵了個遍。
花顏吃糕點的手一頓，也有些驚訝：「小狐狸第一次見子斬，就十分親昵？」
陸之淩肯定地點了點頭。
小狐狸自從下了雲山，只親昵三個人，雲遲、花灼、花顏。
哪怕是在花家，花家的一眾人等，包括太祖母，小狐狸也不是剛見一面就十分親昵親近的，誰要抱它，那得需要哄，就跟陸之淩一樣，拿好吃的好玩的把它哄走。
可是據陸之淩描述，蘇子斬剛一出現，小狐狸就扔下了陸之淩，跟他走了。
花顏也很意外，她看著陸之淩憤憤不平的氣的直罵的臉，若有所思。
「你說，這是怎麼回事兒？」陸之淩問花顏，同時告訴她，「蘇子斬說他合小狐狸的眼緣，難道我就面目可憎？」
花顏「撲哧」一下子樂了，「大哥自然不是面目可憎，別聽他胡說八道。」
陸之淩見花顏向著他，心裡頓時舒服了些：「果然還是妹妹向著我。」話落，不甘心地說，「不知道他哪裡好了？」
花顏想了想說：「投緣吧？」
陸之淩哼哼一聲，他也只能接受這個答案。

二人一邊吃著飯，一邊又閒聊了幾句，眼見時候差不多了，陸之凌放下筷子，一抹嘴說：「我得趕緊走了，太子殿下讓我上早朝，一想到要面對那幫子老東西，我就覺得煩，科考也過了，那些新人還沒安置呢，什麼時候才能頂替上，給朝堂上換換血啊！哎！」

花顏笑著說：「新舊換血，需要個過程，別急，總會有那一日，雲遲如今不是還沒騰出手來嗎？」

「也是。」陸之凌點頭，雲遲有多忙，江山有多重，他自然知道。

「快走吧！」花顏對他擺手，同時對采青吩咐，「給大哥拿個手爐捧著，外面好像有點兒冷。」

采青應是，立即拿了個手爐給陸之凌。

陸之凌本來覺得一個大老爺們拿什麼手爐啊！但這是妹妹給他的，是關心他的，他自然美滋滋地接了，捧著手爐，萬分高興的走了，就連小狐狸跟著蘇子斬走惹他的不快以及要上朝面對那幫子老臣的煩悶感也消失了。

花顏在陸之凌走了之後，又思索起小狐狸親近蘇子斬的事兒來，想了一會兒，她懶得再想，便起身，對采青說：「我再睡個回籠覺，若是義母派人來問我午膳，就說我午時陪她一起用。」

采青驚訝，小心翼翼地問：「太子妃，您還沒睡夠嗎？」

「嗯。」花顏點頭，「還有些倦，想睡。」

采青立即說：「那您就睡吧！」話落，又問，「要不要，讓神醫過來給您診診脈您再睡？」

花顏笑著擺手：「不用，我因為早先在北地元氣大傷，在雲山雖撿了一命，但身體到底乏力，沒大事兒。」

采青放下心，點點頭。

花顏回了屋，和衣躺去了床上，不多時果然睡了。

天亮之後，敬國公夫人派人來問花顏起了嗎，采青連忙將花顏交代的話回覆敬國公夫人。

敬國公夫人聽聞花顏與陸之淩吃了早膳又睡了，對身邊的人笑著說：「淩兒有了妹妹後，還真是有個當大哥的樣子。」話落，又有些憂心地說，「太子妃身子怕是還沒好俐落，否則即便再舟車勞頓，也不至於如此乏累的睡了半日一夜如今又睡。」

身邊人點點頭。

敬國公夫人道：「我這便去廚房，她既然愛吃我做的糕點，我就再去做些。」

敬國公夫人說話辦事素來乾脆，說完話後，又進了廚房。

雲遲今日在早朝上，心情明顯很好，文武百官們都感覺出來了，太子殿下大婚在即，整個人都顯得春風滿面，極好說話。當然，京城安平，朝野上下，誰也不會沒事找事兒地給即將大婚的太子殿下上眼藥。

於是，很順利地下了早朝。

下了早朝後，雲遲去了議事殿，叫上了陸之淩和蘇子斬。

百官們在下朝後，私語著陸世子與蘇尚書真是太受太子殿下器重了，他們羡慕不來。一個個感慨，人老了，朝堂上將來是小一輩的天下了，又紛紛地想著自家的兒子子侄，早晚有朝一日要立於朝堂，但明明是同輩，怕是騎馬也趕不上陸世子和蘇尚書，畢竟這兩個少年俊傑，明明年輕的很，但行事卻一個比一個狡猾老辣。
從這一段時間雲遲離京去臨安迎親，將京城交給他們，他們的行事滴水不漏便能窺見一斑。
最讓人羨慕的是武威侯與敬國公。
京城有什麼消息，只要不是特意的瞞著，都會被傳的人人皆知。據說太子妃從臨安帶來了一隻豢養的小白狐，蘇尚書昨日去敬國公府拜見太子妃，雖說前腳進，後腳出，將那隻小白狐帶走回了武威侯府的公子院落。
這說明了什麼？
文武百官們很快舉一反三，最顯然的是太子妃與蘇尚書交情好。所以，也就是說，無論是蘇子斬還是陸之凌，都緊靠著東宮，敬國公府是半個娘家，武威侯府與東宮有著姻親，如今更是也不差。
兩大府邸，怕是再興盛個百年也不在話下。
晌午，花顏睡醒後，便去了敬國公夫人的院落。
同時，眼看著到了晌午，陸之凌在議事殿坐不住了，起身就要走。
雲遲抬眼看他：「去哪裡？」
陸之凌道：「陪我妹妹吃飯。」
雲遲無言地瞅了他一會兒，也站起身：「本宮也去。」
陸之凌翻了個白眼，看向蘇子斬，對他問：「你去不去？」
「不去，我回府去陪小狐狸吃飯。」蘇子斬果斷地拒絕。
陸之凌新鮮地看著蘇子斬「呦呵」了一聲，「能耐啊！如今在你心裡，我妹妹還不及小狐狸有分量了。」

他話落，雲遲拎起奏摺砸在了他身上，漫不經心地說：「用不著他有分量，那是本宮的太子妃，他最好分毫都別惦記。」

陸之凌咳嗽了一聲，想想也是。

蘇子斬當沒聽見，扭頭先走了。

陸之凌帶著雲遲回了敬國公府，因為雲遲，陸之凌難得地派了小廝提前回府跟他娘打了個招呼。國公夫人一聽，高興了，暗想太子殿下這是放心不下太子妃呢，她自然不知道昨夜雲遲爬牆今早才走。於是，連忙對人說：「去問問國公爺回來用膳不？」

有人應是，立即去了。

敬國公夫人說完之後，又吩咐廚房加了幾個菜，然後笑著對花顏說：「太子殿下來的正好，一會兒正好問問殿下，關於大婚之日，在國公府的細節人手安排可妥當？」

花顏笑著說：「義母安排就好了。」

敬國公夫人定定的看著她：「你是個什麼都能隨意的性子，別的也就罷了，但這是大婚，必須每一件事兒都要精密，不能出錯，關係你和太子殿下一輩子的幸福美滿。」

花顏說不過，笑著點頭：「義母說的是，聽您的。」

敬國公夫人笑起來：「你這孩子，忒好說話了，也忒好了，怪不得早先太后不喜歡你，如今對你上心的不行，昨日就派人來問了一次，今日又派人來問了一次，生怕你在府內住的不好吃的不好影響大婚。」

花顏抿著嘴笑：「太后不知道，我在府內住的舒服極了，都不想嫁去東宮了。」

敬國公夫人大樂：「這可不行，就算我同意，太子殿下也不同意。」

二人說著話，雲遲和陸之凌回了府，敬國公聽聞雲遲進了敬國公府，自然也連忙回來陪著。

這一頓飯，自然又是吃的熱鬧。

飯後，敬國公夫人拿出列好的單子給雲遲看，關於花顏大婚之日梳頭綰髮啊一應用物還要符合皇家規制等等，畢竟禮部的安排不會詳細到方方面面，有些事情是需要敬國公府內來操持的。

雲遲認真地看了單子，單子十分詳細，敬國公夫人簡直太細心用心，雲遲看罷之後，沒什麼意見，微笑著遞還給敬國公夫人，說一切按照單子辦就好。

敬國公夫人樂呵呵地應了。

雲遲沒坐多久，便離開了敬國公府，陸之凌也還有事兒，跟著一起離開了。

花顏陪著敬國公夫人說了半日話，晚上又跟著一起用了飯，才回了住處。

這一日晚，雲遲忙完了事兒，自然翻牆來陪花顏。

一晃兩日而過，第三日時，也就是大婚前的頭一晚，陸之凌堵著雲遲，說什麼也不讓他再翻牆了，理由很簡單，大婚前的一晚，雲遲不能再見花顏，吉利。

陸之凌本來還以為會多費些口舌，沒想到雲遲倒是聽了他的話，二話不說，折回了東宮，反而留陸之凌愣了半晌才反應過來。

陸之凌攔住了雲遲，在雲遲走後，想了想，進了花顏的院子。

采青聽到動靜迎了出來，以為還是太子殿下來了，沒想到見到的人是陸之凌，連忙見禮：「陸世子。」

陸之凌點頭，問：「妹妹睡了嗎？」

采青點點頭。

陸之凌想了想說：「太子殿下今晚不會過來了，若是半夜妹妹醒了問起，你就告訴她一聲，大婚前一夜，新婚人不得相見，是規矩。」

采青立即應是。

陸之凌轉身走了。

花顏並沒有睡太著，自然聽到了外面的話，在采青進了屋後，對她喊：「采青。」

「太子妃。」采青趕緊應聲，「您醒了？陸世子告知奴婢，殿下今日不來了，說……」

花顏點頭「嗯」了一聲，打斷她的話，「我聽到大哥說的話了，你去睡吧！」

采青點點頭，走了兩步，又想起一事，小聲說：「國公夫人早先來傳過話，說您明日不必太早起，辰時後起就行，畢竟明日一日都很累，怕您起得太早了，身子撐不住，您歇夠了才好，殿下也是這個意思。」

「好。」花顏頷首。

采青不再多言，去了外間榻上歇著。

花顏又繼續睡去。

一夜好眠。

第二日清早，早早的，天還未亮，花顏就醒了，她挑開帷幔，看了一眼天色，想著今日他和雲遲要大婚了呢，心情愉悅地扯了扯嘴角，對著天剛露白的窗外看了一眼，轉身又睡了個回籠覺。

花顏雖可以睡個懶覺，但東宮和敬國公府的人卻早早都起了。

敬國公夫人一早就帶著人有條不紊地安排著今日什麼人負責什麼活計，雖已演練數遍，但她還是不放心，趁著趕早，又加強練習了一遍，不想臨時出什麼岔子。

陸之凌則早早就出城巡城去了，今日大喜，他也不准許城中出什麼么蛾子。

蘇子斬在天亮後，則早早就帶著小狐狸來了敬國公府，敬國公府的人見了他，連忙將人請了進來。

今日自然是免了朝，敬國公也在府內，聽聞守門人稟告蘇子斬來了，敬國公愣了愣，脫口問：「子斬這麼早來做什麼？找凌兒？」

敬國公夫人不像敬國公那般粗糙，心思細膩，連忙對管家吩咐：「趕緊將子斬公子請進來。」

管家連忙去了。

敬國公夫人對敬國公道：「他怕是來見太子妃的，自從那日來見，太子妃睡著，他便沒再來，今日早早來了。他與太子妃交情深厚。」

敬國公恍然：「噢，我似乎聽說有這麼回事兒，子斬的寒症就是托了太子妃的福，天不絕給治好的。」

敬國公夫人推他：「你也沒什麼事兒，去前廳陪著見人吧！我也忙完了，去太子妃的院子看看她可是起來了。」

敬國公點點頭，收拾妥當，去見蘇子斬。

蘇子斬抱著小狐狸進了敬國公府，由管家領著來到前廳，敬國公見了他笑著拍拍肩膀：「子斬來啦？可用過早膳了？」

蘇子斬也不客氣：「沒用，過來陪花顏用。」

他沒喊太子妃。

敬國公懂了，笑著說：「嗯，好，剛剛夫人也說了一起用早膳，走，我陪你去見太子妃。」

蘇子斬點點頭：「多謝國公爺。」

敬國公看到了他懷裡的小狐狸，那一日，小狐狸是在花顏進了敬國公府後進了敬國公府，敬國公沒見著它，此時一見，讚歎：「好漂亮機靈的小白狐。」

小白狐扭頭瞅了敬國公兩眼，又睏乏地窩進了蘇子斬的懷裡。

敬國公陪著蘇子斬來到了花顏下榻的院子，只見敬國公夫人已到了，正在外間畫堂裡等著。

敬國公夫人見到蘇子斬，先注意到他今日難得沒穿紅衣，而是避開了今日的日子，穿了一身繡青花的錦繡袍子，素青溫華，端的是公子如玉。她眸光微動，暗暗讚歎了聲，彷彿又看到了五年前德修善養的溫良公子。

蘇子斬與敬國公夫人見禮，敬國公夫人笑著與他說話。

三人落坐，幾句話後，蘇子斬問采青：「她還沒起？也不怕誤了時辰。」

「是我讓她多睡一會兒的，一切人員都已準備好，都是練習過無數次，手腳俐落的。否則這一天從早到晚，我怕她身子骨受不住。」敬國公夫人連忙接過話。

采青暗暗提氣，每次面對子斬公子，她大氣都不敢提，小聲回道：「太子妃已醒了，在沐浴呢，不用奴婢侍候。」

蘇子斬瞥了采青一眼：「她昨日可睡得好？」

采青連忙點頭：「這兩日太子妃都睡得好。」

蘇子斬吩咐：「去將天不絕請來，給她把脈。告訴天不絕，讓他今日跟著車輦。」。

采青應是，立即去了。

敬國公和夫人見蘇子斬這般指使太子妃的婢女，十分順手，而且東宮的人竟然如此聽他的話，都暗暗想著，果然交情深厚。

不多時，花顏從裡面沐浴完了出來，頭髮沒絞乾，滴著水。

蘇子斬蹙眉：「沒絞乾頭髮，怎麼就出來了？」

花顏瞟了他一眼，將手中的帕子遞給敬國公夫人，話語隨意：「我沒力氣了，你把采青指使走，沒人幫我。」話落，對敬國公夫人笑，似撒嬌般地說，「義母幫我。」

敬國公夫人帶著婢女了，但是花顏偏偏將帕子給了敬國公夫人。

敬國公夫人頓時笑的合不攏嘴，花顏這個女兒真是處處合她心意，不嬌柔扭捏，行事隨心所欲落落大氣，明明白白乾乾脆脆，討喜得很，這種侍候嬌嬌軟軟的女兒的小事兒，有小棉襖依偎著她撒嬌，她最樂意幹，最是高興。

敬國公夫人拿著帕子，給花顏絞乾頭髮，手下動作溫柔，同時笑著說：「這頭髮真柔順，今日梳頭時，要雲鬢高綰，指不定會有多美。」

花顏笑著靠在她懷裡，笑著說：「義母的頭髮也好，一根華髮都不見。」

「得益於你上次送來神醫配的藥丸，果然管用。」敬國公夫人笑著說，「神醫不愧是神醫。」

花顏笑吟吟的：「那回頭我再威脅他多配點兒。」

正說著，天不絕來了。

天不絕進了屋，敬國公夫人也給花顏絞乾了頭髮，放下了帕子，天不絕瞅見了蘇子斬，腳步一頓，對他打量了一眼，先蹙眉對準他：「我給你開的藥方，你是不是沒按時好好吃藥？」

蘇子斬看到他，就想起了雲遲對他說的話，他娘年少時慕艾的人，他實在想不出這個老頭子年輕時是個風骨出眾的公子，他心思到底沒表現出來，輕哼了一聲，一如既往對他：「吃了。」

天不絕斜眼道：「少糊弄我老頭子，你若是吃了，不可能眉心都隱隱暗沉，這麼長時間，還是氣血虛弱的樣子。」

蘇子斬改口：「忙的時候，偶爾忘記了一兩回。」

天不絕冷哼一聲：「我先給小丫頭把脈，等會兒找你算帳。」

蘇子斬閉了嘴。

花顏趴在桌子上，沒骨頭一般地將手伸給天不絕，看著蘇子斬幸災樂禍：「他再不聽話，不乖乖吃藥，你給他開最苦的藥。」

天不絕一個抽冷子，掃向花顏。

花顏不怕他，動了動手腕：「不吃藥的孩子不乖，你活該，就得下狠手整治。」

天不絕伸手拍她：「你老實點兒，你這副身子，與他半斤八兩，都氣虛體虛的很，也得喝藥。」話落，惡狠狠地說，「最苦的那種，一個也別跑。」

花顏頓時一噎。

蘇子斬臉色沒了冷色，難得贊同天不絕：「說的對。」

敬國公和夫人對看一眼，都稀罕的很。

天不絕給花顏把完脈，說：「沒事兒，一會兒裝著一瓶藥，保准讓你撐一天不累。」說完，扔給了花顏一瓶藥，然後給蘇子斬把脈。

蘇子斬乖覺地伸出手，同時瞅著天不絕，眼眸底下，不知道想些什麼。

花顏敏銳地注意到了，不過也沒多事兒說話。

天不絕給蘇子斬把完脈，大筆一揮，重新給他開了一張藥方，扔給他，凶巴巴地說：「按時吃藥，否則，不管你了。」

蘇子斬接了藥方，瞅了一眼，所謂久病成醫，果然見有幾味苦死人的藥，不過他也沒說什麼，將藥方塞進了懷裡。

花顏和敬國公、敬國公夫人、蘇子斬、天不絕，以及巡了一圈城趕回來的陸之凌一起用了早飯。

用過早飯後，蘇子斬對敬國公夫人問：「安排攔門的人了嗎？」

敬國公夫人一愣：「攔……攔門？」

要攔太子殿下？誰敢攔？她還真沒想過，自然就沒安排了。雖然攔門是大婚的習俗，但這不包括皇子王孫啊，尤其還是一國儲君太子。

蘇子斬一看敬國公夫人的臉色就明白了，看向陸之凌：「你也沒想過攔門嗎？」

陸之凌一拍後腦勺：「我竟忘了。」

蘇子斬給了他一個笨蛋的眼神：「你還能想著什麼？讓他順順利利的將人從敬國公府接走？暗中的鬼祟也就罷了，自然要攔著，但這敬國公府的門……可沒那麼容易進。」

「說的是。」陸之凌此時來了精神，與蘇子斬一拍即合：「你說的對，該攔。暗中的東西要攔，太子殿下嘛，自然也要攔，娶媳婦兒哪是那麼容易的？不能讓他太輕易了。」

敬國公夫人看著二人：「這……不太好吧？」

敬國公也搭腔：「凌兒，子斬，你們不得胡鬧。」

「沒胡鬧。」陸之凌自然不聽他爹娘的，對蘇子斬問，「你說，該怎麼攔？」

「文攔、武攔，催妝詩，一樣都不能少了，民間大婚怎麼辦，就怎麼攔。」蘇子斬慢悠悠地說，「今日一早安書離也回來了，一會兒派個人去將他請來，還有花家的人，雖然花灼沒來，但安十六和安十七不都來了嗎？還有，今年新科的才子，都在京等著官職吧！有不少有能耐的，也都喊來！」

陸之凌聞言咋舌：「這……也太聲勢浩大了吧？」

蘇子斬斜眼瞅著他：「不聲勢浩大能對得起他的身分？」

陸之凌哈哈大笑，一拍大腿：「也是。」話落，對外面吩咐，「來人，快去給我請人，將安書離、今科的才子們，都給我請來。要快！告訴他們，不來不行，不來就是得罪我了。」

外面有人應是，立即去了。

敬國公一拍案桌，瞪眼：「胡鬧，不合規制。」

「爹，什麼是規制？您就老實待著吧！在敬國公府，我妹妹就是規制。」陸之凌說著話，對裡面喊，「妹妹，你同不同意？」

他剛想說不同意也得同意，裡面傳來花顏笑吟吟的聲音：「聽大哥的。」

陸之凌心裡頓時美滋滋的，對他老子揚了揚下巴，意思是，你看吧！我這妹妹聽我的，你們怕太子，她可不怕。

敬國公一噎，太子妃都同意，他自然沒話了。

敬國公夫人笑起來：「我倒是忘記了，屋子裡的人比你們兩個臭小子還是個愛玩的，她自然是同意的。」

「就是嘛！妹妹大婚，她一輩子也就這一次，自然也想熱鬧的。」陸之凌高興，對蘇子斬問，

「快想想，太子殿下厲害著呢，他能過五關斬六將，咱們雖然人多勢眾，但也不能不防備著被他打個落花流水。」

蘇子斬點頭。

於是，二人坐著商量起如何給雲遲設攔門檻，如何設九九八十一關，讓他一關一關的過。

敬國公一個糙漢子，聽的二人歪歪腸子都是壞主意，直冒冷汗，暗想著怪不得這些年蘇子斬與陸之凌交情深厚，原來他看錯了蘇子斬，這孩子心眼子怎麼跟陸之凌這混帳小子一樣彎？

這邊，二人商量著關卡，那邊敬國公夫人帶著人侍候花顏梳妝。

雖然距離晚上的吉時還早，但是太子身為儲君，不是接了親拜了堂就完事兒了，是要告天告慰先祖祭天地宗廟的。

這時間，自然要留出來。

太子殿下大婚，京城的百姓們早就盼著這一日了。

大清早，就有百姓們陸陸續續地守在街道上，等著看熱鬧，等著領喜錢。

這一日，皇帝昭告天下，大赦天下，只要不是罪大惡極，都放出牢獄。太子又下儲君令，減免賦稅三年，東宮擺流水席七日，南楚上下頓時一片歡呼。

陸之凌派出的人一個時辰後都回來了，請來了一大幫子人，不過，陸之凌見了後，沒見到安書離，發現還比預計的人少了些，今科才子們，可不止這麼點兒。

牧禾也跟著去請了人，回來對蘇子斬稟告：「公子，東宮那裡得了信，在我們去請人時，也去請了人。有一半人，被東宮給搶走了。」

「嗯？」蘇子斬揚眉，嗤笑，「太子殿下還有空派人搶人？東宮的人看來還挺閒啊！」

牧禾冒汗地說：「太子殿下昨日從皇宮借了不少人。」

「安書離被東宮給請走了？」陸之凌瞪眼，「這個安書離！」

牧禾立即說：「書離公子進京後，徑直就奔東宮去了，根本就沒回安陽王府，太子殿下見了人，順勢就將人扣在東宮了。」

陸之凌頓時後悔不已：「太子殿下大婚之日，他就算回來了，急著去東宮做什麼啊！川河谷水患他是立了大功，也沒必要今日急匆匆地去請功吧！這也不符合他安書離的性子啊？」

蘇子斬則是若有所思：「據說川河谷水患在半個月前就完事兒了，從川河谷到京城，不過七八日的路程，他卻走了半個月，想必又有什麼要緊事兒。」

陸之凌忽然覺得牙疼：「早知道我就到城門口攔著截住他，先將他劫來這裡了。有他被太子殿下扣著幫他，新科才子們又被他搶去了一半，這一仗不好贏啊！」

敬國公夫人出來狠拍了陸之凌一巴掌，氣笑：「你還真不讓太子殿下娶走人了？你若是真攔住了人，看你妹妹不跟你急。」

陸之凌聞言不止牙疼了，腦瓜子也疼，頓時齜牙咧嘴：「娘，您輕點兒，我是您兒子。」

「河溝子裡撿的兒子，不是親的。」敬國公夫人丟下一句話，又去忙了。

陸之凌大翻白眼，對蘇子斬問：「怎麼辦？如今是兩方旗鼓相當啊！」

蘇子斬哼了一聲，對牧禾吩咐：「去告訴鳳娘一聲，給我派幾個人來了。」

牧禾立即應是，去了。

陸之凌大為高興，也不牙疼頭疼了，拍著蘇子斬，哥倆好地說：「還是你厲害，你那些人，三教九流可都蓋全了，才子們就怕秀才遇到兵。」話落，他哈哈大笑，「我看太子殿下還有什麼招，加了你的人，我們就勝一籌了。」

蘇子斬也勾起了嘴角。

采青探頭向外瞅了一眼，回到內室，在十全嬤嬤給花顏絞面，巧手宮女給花顏梳妝中，貼在她耳邊小聲說：「太子妃，您得幫幫殿下，子斬公子那些場子上的人，都是頂厲害的，奴婢怕殿下那裡沒人應付，畢竟三教九流的人物都邪性不好惹……」

花顏好笑地瞥了采青一眼：「一邊是我夫君，一邊是我大哥，你是讓我幫著夫君拆我大哥的臺？」

采青看著花顏，無語了一會兒，膽子大地小聲說：「殿下丟面子，您與殿下夫妻一體，不是也跟著丟面子嗎？」

花顏頓時樂了，東宮的人忠心耿耿，這采青不愧是雲遲千挑萬選放在她身邊的人，忠心耿耿的不行：「你家殿下也許自己有人呢，也許根本就不用我幫，你豈不是瞎操心了？」

采青垮著臉，小聲說：「京城地界，三教九流的人物，都被子斬公子收買了。殿下與子斬公子不同，殿下是太子儲君，是立身朝堂，身兼天下的，自然不會與那些人物多接觸。奴婢敢保證，殿下應付起這些人來，恐怕極吃力，會落於下乘的。」

花顏笑著不說話。

采青小聲勸道：「殿下這一年很累的，都沒怎麼歇著，為了大婚，更是費盡辛苦……」

花顏擺手，無奈地笑：「好啦好啦，我幫他就是了。就算我大哥和子斬知道了，我也嫁給雲遲了，幫夫君，天經地義嘛！是不是？」

采青頓時破涕為笑，高興地連連點頭：「是是是，您是殿下的太子妃，理應最心疼殿下，最向著殿下。」

花顏伸手從袖中給她一塊令牌，笑著說：「你把這塊令牌給十六，我遊歷天下時，認識了些人，他們來京參加我大婚喝喜酒，讓他們去東宮喝。」

采青接過令牌，有些猶豫：「陸世子和子斬公子也請了十六公子攔殿下。」

花顏笑著說：「你只管交給十六。他攔是他攔，與我的命令無關。」

采青頓時高興了，立即點頭，趕緊去了。

安十六收到采青送來的令牌，他看著令牌，無語了好一陣。

采青緊張地看著安十六，小心翼翼地開口：「十六公子，您會遵照太子妃的意思照做吧？」

安十六將令牌在手中掂了掂，點頭：「自然，我敢不遵照嗎？少主心疼太子殿下，暗中偷偷摸摸地幫著太子殿下，還沒嫁人，胳膊肘就往外拐了。我只是在想，若是被陸世子和子斬公子知道，估計得氣死。」

采青見安十六照做，放下了心口的一塊大石，小聲說：「不管嫁沒嫁殿下，太子妃什麼時候都是向著殿下的。您不讓陸世子和子斬公子知道不就好了？」

安十六「嘁」了一聲，「如今能瞞住，等迎親的車輦一來，闖關的人一對上，陸世子和子斬公子又不是傻子，能瞞得住嗎？」

采青想想也是，但還是道：「那也不能不幫殿下，若是太過胡鬧，誤了吉時，影響太子殿下和太子妃大婚怎麼辦？」

安十六好笑：「其實你多慮了，子斬公子和陸世子頂多刁難太子殿下一番罷了，真要攔住，也攔不久，總歸不會誤了吉時的。陸之凌和子斬公子根本就不是胡鬧的人。」

采青立即說：「那也不行，即便如此，殿下也不能失了顏面。」

安十六「哎呦」了一聲，敬佩道，「不愧是東宮的人，處處向著東宮。」

采青再三確定：「您一定會照做吧？那趕緊去吧！免得殿下那裡急。」

安十六頷首，擺擺手：「行，你趕緊回去吧！我這就去安排。」

采青見安十六真去做，放心下來，回去了。

安十六自然不能自己出去，畢竟他如今是在敬國公府的人，被蘇子斬和陸之凌列入了攔門的人，安十七也不能出去，是被盯著的，於是，他喊來了一名花家不起眼的暗衛，將令牌遞給他，吩咐了下去。

那暗衛應是，拿著令牌，悄無聲息地出了敬國公府。

安十七翹著二郎腿，一邊喝著茶一邊嘿嘿地笑：「古往今來，太子迎親，怕是也沒一個遇到這陣仗。今日可真是要熱鬧了。」

安十六瞥了他一眼：「熱鬧好，你不就是愛湊熱鬧嗎？」

安十七挑眉：「難道你不愛？」

安十六搓搓手：「愛得緊。」話落，對他說，「有多少本事使多少本事，一會兒不必手下留情。少主都這麼幫太子殿下了，若是他再被攔住，那也怨不得誰。畢竟咱們花家的女兒可不是這麼好娶的。」

安十七哈哈大笑：「十六哥說的對，我正有此意。既打破規制，便玩個暢快。」

滿京城的人，甚至為了觀看這一場大婚而湧入京城的人，今日都在盯著太子府和敬國公府的動靜，所以，在聽聞敬國公府設了攔門，東宮和敬國公府將所有的有才之士都給分成了兩股擂臺戰時，滿京城都轟動了。

有年老的御史台的大臣氣的鬍子抖啊抖的，半天才吐出一口氣：「胡鬧！」

太子殿下大婚，自古以來是有規制的，如今如尋常百姓般設嫁娶的玩法，可不就是胡鬧嗎？可是，敬國公府有陸之凌和蘇子斬，那倆人如今就這麼辦，誰也不敢衝去敬國公府跑到他們面前說不行，如今那倆小爺可是手握重兵，誰敢得罪？

而東宮，太子殿下顯然也是縱容的，沒放話說不准，反而打破了規制，同樣請了陪同迎親的大批人，準備闖關迎親，滿朝文武，就算有頗有微詞的老臣，誰敢站出來說不？

太子都答應了，誰再叨叨阻攔說不行，那就是給太子殿下找不痛快。

今日太子殿下大婚，天大地大，大婚的太子殿下最大，除了敬國公府的蘇子斬和陸之凌，沒誰敢給他找不痛快。

於是，事情就這麼定了下來，滿京城的人都在紛紛談論，空前熱鬧。

鳳娘很快就找了一批人，送去了敬國公府給蘇子斬。

這一舉動，可急壞了東宮的幕僚們。

有人說：「子斬公子的賭場裡、青樓裡，畫舫裡、酒樓裡養的那些人都是上不得檯面的，那些人，怎麼能……哎呀，可不能讓子斬公子亂來。」

有人說：「子斬公子請那些人進國公府攔門，既然能進去，怕是太子妃也同意了的。若這時候說不，太子妃那裡……豈不是拂了面子？」

兩廂都有理，一時間，東宮的幕僚們不知道該怎麼辦了。

雲遲倒是鎮定，面上無波無瀾，有條不紊地聽著幕僚們七嘴八舌。

小忠子也急的如熱鍋裡的螞蚱，對雲遲問：「殿下，您可否也能請來些人？」

有人立即說：「殿下哪裡有那些三教九流的人物？殿下這些年兢兢業業監國理政，又不同於子斬公子……」

福管家立在一旁，聽了會兒，見雲遲不急不慌也不表態，小心翼翼地問：「殿下，您有何對策？敬國公府設了關卡，東宮的迎親隊伍怕是要提前去一個時辰，以防因耽擱誤了吉時。」

此話一出，眾人都齊齊一靜，等著雲遲。

雲遲淺淺一笑：「不急，等著吧！」

眾人都愣住，等著什麼？

有人忍不住問：「難道殿下真有人來相助？可是三教九流的人物進這東宮……」

「只要身分不是惡人，這普天之下的百姓，都是本宮的子民。」雲遲嗓音溫涼，眉目低沉，「你們也都給本宮記住了，三教九流也是南楚的子民，是本宮的子民。」

那人當即請罪：「殿下恕罪，是臣愚昧。」

雲遲擺手：「起來吧！」

小忠子跳腳：「哎呀，殿下，您就別賣關子了。」

眾人不像是小忠子是雲遲身邊的貼身侍候之人，不敢說這話，都看著雲遲。

雲遲掃了一圈，籠著袖口淺笑解惑：「本宮沒有這些人，但是本宮的太子妃有，她是不會看著本宮被難為的。」

眾人聞言齊齊地睜大了眼睛，太子妃幫太子殿下？太子妃哪裡來的人？不，不對，太子妃賭技冠絕天下，據說沒懿旨賜婚許給殿下前，常年在天下間遊歷，那自然認識許多人。

得，若是太子妃幫忙，那這事兒還真給解決了！眾人都齊齊地鬆了一口氣。

小忠子更是高興得直樂，笑嘻嘻地說：「奴才這就去敬國公府找太子妃。」

「不用找，等著。」雲遲擺手，制止住小忠子，「她就算幫本宮，也不得張揚，一會兒自會有人來。」

小忠子一拍腦門，覺得自己笨死了，連忙點頭。

安書離緊趕慢趕，總算是趕著雲遲大婚前回到了京城，他本來覺得手頭上的事情要緊，所以，進了城後，見時辰還早，連衣服都沒換，一身風塵地進了東宮。

他站在東宮的宮門前還想著，交完差事兒後再回府換衣服梳洗風塵，來東宮喝喜酒。但他沒想到，與雲遲交了差事兒後，雲遲便將他扣在了東宮。

所以，他只能留在東宮，派人去安陽王府拿了衣袍送來，在東宮沐浴換衣用飯，等著陪雲遲去敬國公府接親。

敬國公府和東宮的熱鬧，自然驚動了皇宮，皇帝一早穿了嶄新的龍袍，去甯和宮給太后請安，母子倆準備吉時快要到時一起前往東宮觀禮。可是還沒起駕，便聽到了這番熱鬧，面面相覷。

皇帝皺眉：「怎麼鬧起來了？陸之凌那個皮猴子出的主意？還是蘇子斬那小子故意難為？朕就知道這兩個傢伙不省心。」

太后倒是樂呵呵的：「年輕人愛玩愛樂愛熱鬧，由著他們去吧！」

皇帝憂心：「祖宗的禮法規制一改，朕就怕他們鬧起來沒個度，耽誤吉時。」

太后笑著道：「不會的，都長大了，有分寸。」話落，對皇帝道，「你若是不放心，咱們這就去東宮等著，也免得乾坐在東宮等消息。」

「成。」皇帝十分乾脆地站起身。

於是，母子二人的車駕很快就出了皇宮。

第一百一十八章　十里紅妝，美滿良緣

天色還早，距離吉時還早，但耐不住想瞧熱鬧的人，大街上人擠人，熱鬧聲幾乎沖上雲霄。

皇帝喜歡這一派熱鬧和樂的盛況，讓他覺得，這天下還是太平昌盛的。

皇帝和太后到了東宮，在太監高聲的唱喏聲中，被福管家帶著人迎了進去。

皇帝進了東宮後，詢問一番，也瞭解了敬國公府都進了些什麼人攔門，聽說有不少三教九流人物，他也擔心不已，畢竟天下之大，臥虎藏龍之輩太多，蘇子斬的生意遍布京城一帶，這些年，收攏了不少能人。在聽小忠子悄聲說花顏會幫雲遲後，總算也展了顏，連說了三個好字，放下了心。

太后知道後，更喜歡花顏了，一心一意對雲遲好，她一百個喜歡。

雲遲沐浴換衣穿戴等一應打點收拾時，小忠子便倚著門框翹首盼望，不停地吩咐人去門口打探可有人來，等到雲遲都收拾完，準備起程時，依舊沒見著人影，小忠子急了。

小忠子終於忍不住急聲問：「殿下，不會是您料錯了吧？都到這時候了，還沒來人，可馬上就要出發去敬國公府了。」

雲遲很是篤定：「不會。」

小忠子試探地問：「那……再等等？」

「不必等了，吩咐所有人起程。」雲遲下令。

小忠子「哎」了一聲，連忙將雲遲的命令傳達下去。

安書離等人早已在花廳等候，這麼多年輕公子們陪著太子接親也都是第一遭，都十分的興奮，也隱隱忐忑擔心怕到時候給太子殿下丟面子。

安書離倒是十分坦然，笑著對眾人道：「以所學盡力應對就是，殿下大婚，論的是熱鬧，不論輸贏。」

眾人聞言都定了神，看著安書離一身光鮮的錦衣華服，容姿秀色，翩翩風采，都暗暗心折。想著不愧是太子殿下每逢遇到大事兒就十分信任的書離公子。南境有他，立了大功，川河谷堤壩，造福千秋萬代，他又立了大功回來。待太子殿下大婚後，他若是入朝，官職一定不會差於陸世子與子斬公子。

雲遲一身大紅華服踏出房門後，天上的陽光落在他身上，似乎都被閃了眼睛躲了那麼一下。

雲遲慣常穿的除了太子冕服外，就是天青色錦袍，從來不見他穿大紅色，如今這大婚的日子，他一身大紅的吉服，真真是奪了天地日月之色，就連皇帝和太后見了都愣了好一會兒。

太后笑呵呵慈愛地抹了抹眼角的淚：「哀家盼了這麼久，孫兒終於大婚了，真是讓人高興。」

皇帝也連連點頭，想說若是皇后還活著就好了，她能看到兒子長大了大婚了，可是這話他說不出來，不想破壞雲遲此時心中的喜慶，只擺手：「快去吧！早些去，別耽擱了。」

雲遲知道皇帝要說什麼，微笑著點了點頭，在眾人簇擁下，出了東宮。

就在雲遲踏出宮門的同一時間，敬國公府得了信，花家和敬國公府雙重籌備的嫁妝一抬又一抬地抬出了敬國公府。

自古以來，太子大婚，規制最多不過一二百抬的嫁妝。但是太子殿下前往臨安求親時就打破了祖宗的規制，置備了五百抬求親禮。如今，花家備了一千抬的嫁妝，而敬國公府備了兩百抬的嫁妝。

足足有一千二百抬的嫁妝，圍城要走上一圈。

從第一抬的嫁妝抬出來，堆金砌玉，奇珍異寶，琳琅滿目，源源不斷的嫁妝，如流水一般，由清一色的士兵抬出敬國公府，第一抬繞城一圈到了東宮，後面一大批還沒出敬國公府。

百姓們裡三層外三層圍著，沿街讓出一條寬敞的道來，嫁妝晃的觀看熱鬧的人眼睛都要閃瞎了，歡呼聲驚歎聲不絕於耳。

京中各大府邸的家眷們有錢的包了酒樓，坐在臨窗的位置，由上往下觀看，更是看得清楚，整個京城，入目都是喜慶的紅，鑼鼓嗩吶聲聲，前所未有的熱鬧。

早先雲遲五百抬的聘禮，多少人覺得太子打破規制，如今一千抬的嫁妝，實在是……向天下昭告了臨安花家的底蘊。

就拿敬國公府來說，兩百抬嫁妝，也是前所未有的嫁女兒。

這樣的嫁妝陣仗，震驚了整個京城，就連得了消息的皇帝和太后都驚得夠嗆，其餘人更是驚掉了下巴。

一處酒樓上，七公主與趙清溪還有其它幾個府邸的小姐們聚在一起觀看。

七公主臉紅撲撲的，羨慕地說：「四哥娶妻，真是前所未有，我真羨慕四哥和四嫂。」

眾小姐們都不說話，心裡也都是實打實地羨慕。以往，不止趙清溪，多少人想嫁入東宮，做不上太子妃，也要做個太子側妃或者良睇哪怕侍妾也行。但雲遲非花顏不娶，鬧的天下皆知時，便都漸漸地被打消了心思。

若說這普天之下，有不羨慕花顏的人，實在是少，嫉妒她的人，更是多了去。

但從今日起，多少人再也嫉妒不來了，餘下的只剩滿滿的羨慕。

趙清溪心下想著，就算有朝一日她嫁人，怕是一百抬的嫁妝趙府也湊不出來，畢竟她爹算計安書離，那一件事兒致使趙府大傷元氣，趙府三代累積都用來修葺川河谷堤壩了。

不過她心下雖羨慕花顏，但也覺得趙府算是做了一件好事兒。讓太子殿下從中調停這件事兒，趙府照辦了，也讓太子殿下自此信任趙府，讓她能抬起些頭來，否則，她怕是一輩子窩在趙府也不敢出來，甚至京城也不敢待了。

「四哥去敬國公府迎親了，我要去看，喂，你們去不去？」七公主問眾小姐。

眾小姐對看一眼，雖然都想去，但是都有些猶豫，想必此時敬國公府人滿為患，畢竟大家小姐湊熱鬧這種事兒，不合規矩，不由的都看向趙清溪。

七公主也看向趙清溪：「趙姐姐，你要不要去？」

趙清溪是京中閨中女子的代表，舉手投足，都處處是大家閨秀的溫婉做派，一直以來，被譽為閨中女子典範。哪怕如今的趙府不是以前的趙府了，但也沒多少人小看趙清溪。

尤其是，曾經人人都以為太子殿下會選她為妃，就連趙清溪自己也以為。如今眼看著太子殿下大婚，都猜想著她怕是心裡不舒服，不想去的。

趙清溪見大家都看向她，笑著說：「去吧！我也想看看這千載難逢的熱鬧。」

這話說出來，溫婉如微風，輕輕淺淺，誰也聽不出來她心中半絲不快，反而是笑意盈盈。

七公主見她真去，立即伸手挽住她：「那就走吧！」

一眾閨閣小姐們下了樓，前往敬國公府。

七公主走著，悄聲問趙清溪，小聲的只有她倆能聽見：「趙姐姐，我能問你一件事兒嗎？」

「問吧！」趙清溪點頭。

七公主小心翼翼地問：「你是怎麼將我四哥放下的？」

趙清溪微笑，沒半點兒不快，輕聲說：「無望絕望，也就放下了。」

七公主聞言垮下臉：「陸之凌從來沒給我半絲希望，多少年了，我也放不下他。」

趙清溪笑著說：「你與我不一樣，太子殿下選了太子妃，早已言明東宮除了太子妃不再進一人。陸世子至今未娶妻，也沒聽說他中意哪個女子，你目前還不至於無望絕望，放不下也正常。」

「是這樣嗎？」七公主低下頭說，「我曾經寫信讓四嫂問過他，可是他沒回信，隻言片語也沒有。如今他回來了，都好一陣子了，我也不敢去找他問。」

趙清溪想了想說：「以前的陸世子與如今的陸世子不同，我聽我父親說，無論是子斬公子，還是陸世子，變化都極大。待太子殿下大婚後，你不妨問問，得一句準話，好的壞的，心下都踏實。」

「嗯，你說的是對的。」七公主重重地點了一下頭。

一行人來到敬國公府，果然敬國公府已聚了太多人。

這時，雲遲的車輦迎親隊伍也已來到。

七公主看著騎在馬上的雲遲，大紅吉服，端坐在馬上，容姿盛華，連她這個妹妹都覺得四哥今日真是風華絕代。

七公主喊了一聲：「四哥！」

雲遲偏頭看來，眼眸掃過七公主趙清溪等人，微微一笑，說了句讓七公主趙清溪等所有人都意外的話：「你們來的正好，本宮正缺人，趙小姐才華出眾，幫本宮個忙，也煩勞做個迎親客。」

趙清溪呆了呆，看著雲遲身後浩浩蕩蕩的迎親客，忽然忍不住好笑，但還是痛快地答應：「太子殿下看得起，清溪自當相助太子殿下順利迎娶太子妃。」

七公主自然向著雲遲，所以，在雲遲開口，趙清溪答應，一眾小姐們都加入了太子殿下身後，浩浩蕩蕩的迎親客的隊伍裡。

安書離見了趙清溪，也尋常平靜淺淡含笑地拱手喊了一聲：「趙小姐。」

「書離公子。」趙清溪還禮，溫婉淺笑，落落大方，端莊有禮。

由此，兩府的恩怨就由二人這裡一筆勾銷了。

小忠子看著敬國公府關得緊緊的大門，他小聲對雲遲說：「殿下，至今沒看到太子妃相助殿下的人啊？」

出了東宮沒見著人，出了東宮這一路，還沒見著人，如今已來到了敬國公府，還沒見著人。他急死了，覺得殿下怕是料錯了，太子妃向著娘家人，不相幫了?!

雲遲卻是四平八穩地坐著，聞言看了小忠子一眼，大喜的日子又到底是身邊人，他不忍地說：「本宮都不急，你急什麼？」

小忠子癟著嘴，俗話說太子不急小太監急，說的就是他，他無言地看著雲遲。

雲遲對身後笑著開口：「本宮有勞諸位有能之士相助，請現身吧！」

他一開口，在人群外看熱鬧的人裡零零散散陸陸續續地走出了些人，這些人，有老有少，有衣著光鮮的公子哥，有江湖打扮的俠客，有尋常開茶館的老翁，還有看起來端茶倒水的店小二，亦有普通尋常的女子。

良莠不齊，各式各樣的人。

「拜見太子殿下！」足足有幾十人，來到雲遲馬前，一下子就壯大了雲遲的隊伍。

小忠子睜大眼睛看著，暗想著還是殿下聰明，原來這些人就隱藏在瞧熱鬧的人群裡。

雲遲翻身下馬，先承了這些人的禮，然後，又以太子之尊，拱手一禮：「多謝諸位！待隨本宮迎親後，都去東宮喝喜酒。」

眾人一陣嘻嘻哈哈，說本來就是來喝喜酒，沒想到還能出手順便幫太子殿下一個忙，真是新鮮，也不拘謹，大大咧咧地應下。

在與眾人見過後，雲遲親手上前去敲敬國公府的門。

敬國公府裡面早已經設好了重重關卡，仰仗著敬國公府面積大，蘇子斬和陸之凌糾集的人多，一共設了九九八十一關。

花顏聽到時，都咋舌不已，她已穿戴好了鳳冠霞帔，畫了如畫妝容，走出來後，手裡拿著蓋頭對蘇子斬和陸之凌瞪眼，一雙水眸，杏眼圓瞪，這時候才顯出了對二人的不滿。

蘇子斬漫不經心地坐著喝著茶，淺淺淡淡地瞥了花顏一眼，慢條斯理地說：「堂堂太子，執掌天下，他若是沒本事，也是他的錯。」

花顏哼了一聲：「你可真不怕他在朝堂上給你穿小鞋是不是？」

蘇子斬莞爾一笑：「我是你的娘家人，不是有你護著嗎？他還能把我趕出朝堂？」

花顏頓時沒了話，扭頭不再看他，而是看向陸之凌。

陸之凌咳嗽一聲，安撫道：「好妹妹，你生什麼氣？剛剛子斬還跟我說，說你一定向著雲遲，私下暗中幫他，吃不了虧。你胳膊肘往外拐我們都沒說你，你還對我們瞪眼，你真不對啊！」

這回輪到花顏無言，她沒想到蘇子斬把她看個透透的，她吸了吸鼻子，徹底閉嘴了。

陸之凌瞅著她直樂：「我的小姑奶奶，你這副模樣，可真是美貌冠絕天下，等你踏出這房門，還是把蓋頭蓋好，直到進了東宮，都別露臉了，否則，你們大婚後，這京城多少人瞧了你該不想娶媳婦了。」

花顏也忍不住笑了，又瞪了陸之凌一眼：「你就哄我開心吧！反正，我告訴你們，不能太過難為太子殿下，否則，我跟你們沒完。」說完，她扭頭又回了屋。

陸之凌撇嘴，一陣「哎呀呀」，「果然女兒家外向，怎麼對她好，她都胳膊肘往外面拐。」

蘇子斬見怪不怪，對陸之凌說：「別聽她的，她心疼雲遲，心都偏了，不想想雲遲是誰，是那麼好欺負的嗎？交代下去，讓所有人，有多少本事使多少，別忘了雲遲文武登峰造極的名聲是怎麼來的？今日我們手下留情，他把我們打個稀里嘩啦，他是有面子了，我們豈不是沒面子？」

「也對啊！小爺也是要臉面的人。」陸之凌一拍大腿，「行，我這就去交代。」

采青在屋裡也提了一把心，見花顏回屋，對她小聲問：「奴才出去看看？有進展報給您？」

花顏想了想，笑著擺手：「你自去看熱鬧吧！不用報給我。」

采青一愣：「那您不好奇嗎？」

花顏微笑：「我好奇自有辦法。」

采青立即說：「那奴婢還是陪著您吧！」

這時，敬國公夫人從外面走來，對花顏說：「太子殿下已經到了，親自開始叫門了，凌兒和子斬這兩個混帳小子，派了兩人手裡最親近的暗衛，將門攔的死，東宮的暗衛出動了，闖門呢，哎呦，打起來了。」

花顏見敬國公夫人著急，笑著拉著她的手拍了拍：「義母別急，沒事兒，他們都是有分寸的，點到為止，傷不了人，今日大喜，更不會見血，您就放心吧！」

敬國公夫人點頭：「我是怕耽誤吉時，設了這麼多關卡，這得闖多久？」

花顏淺笑：「我大哥和子斬人多，太子殿下帶來的人也不少，一個時辰，總夠了。」

敬國公夫人笑起來，喜上眉梢地說：「我聽外面人說七公主和趙府小姐等人來看熱鬧，被太子殿下給請進迎親客裡面了。」

花顏訝然失笑：「趙小姐才冠京城，吟詩作賦定不再話下，有她相助，不輸男兒。」

「這可真是讓人聽著好笑，據說趙小姐答應的很痛快。」敬國公夫人笑道，「以後估計沒人嚼趙府小姐的舌根子了。」

花顏笑道：「待我大婚後，給她選一門好親事兒。」

敬國公夫人拍拍她的手，小聲說：「先想著給你大哥娶妻，他不聽我的，總會聽你的。」

花顏大樂：「行，義母放心，我記著這事兒了，定讓大哥給您娶一個稱心如意的兒媳婦兒回來。」

敬國公夫人聞言笑開了花。

敬國公夫人本來要陪著花顏一起等，但花顏悄聲對她說：「我想上房頂去瞧熱鬧，義母也去前面看熱鬧吧！」

敬國公夫人即便是個開明人，還是給嚇了個夠嗆，對她說：「哎呦，大婚哪有新娘子上房的？都是在房裡等著的。」

花顏笑吟吟地說：「規制都打破了幾重了，這麼一點兒小事兒，也不算什麼啦！」

敬國公夫人看著她笑吟吟的臉，知道她性子喜好玩，拘著她在房裡坐著自然也坐不住，於是，無奈地說：「我去找人搬梯子？」

反正上的是敬國公府的房頂，不是東宮的房頂，就由了她吧！

花顏搖頭：「不用，大哥不是在外面嗎？反正他是要背我出門口的，就讓他帶我上房頂瞧熱鬧吧！他與子斬設的關卡，肯定會將自己留在最後面攔著。」

敬國公夫人點頭：「也行！」

於是，花顏又重新出了屋，看著陸之凌，還沒説話，那眼神讓陸之凌秒懂，立即站起身：「走！大哥背你上房頂，小菜一碟。」

花顏點頭。

於是，陸之凌帶著花顏上了房頂，蘇子斬也隨後上了房頂，采青也陪著上了房頂。眾人眼睜睜地看著新娘子裹了厚厚的披風，把鳳冠霞帔的紅色給遮得嚴嚴實實，跑房頂上瞧前面的熱鬧去了。

花顏入住的這一處院子，地勢極好，各房各院甚至大門口的動靜都能看得清清楚楚。

她身下墊了厚厚的墊子，手裡抱著手爐，裹了厚厚的披風，渾身暖洋洋的。

采青看著門口打的激烈，人影紛飛，刀光劍影，她一時看不出勝負，悄聲拽了拽花顏衣角，小聲問：「太子妃，您猜，會打到什麼時候？」

花顏瞧了兩眼，笑著説：「這就結束了，東宮不止有十二雲衛，還有太祖暗衛，即便是集結子斬的十三星魂，大哥的近身暗衛，都不是對手。」

她話落，果然，東宮勝，大門開了。

采青十分佩服花顏眼神毒辣，她説結束，頃刻間便結束了。

陸之凌和蘇子斬齊哼了一聲，太祖暗衛早已經歸順了花顏，如今花顏是明擺著早就給了雲遲幫他的忙。這事兒她早先竟然半絲風聲都沒透，顯然是早就料準蘇子斬和陸之凌會難為雲遲。

蘇子斬偏頭瞅花顏，眼神那叫一個涼，忍不住罵她：「沒良心的。」

陸之凌點點頭，附和：「嗯，就是個沒良心的。」

花顏氣笑，揚起下巴：「你們難為的人是我的夫君，欺負他就是欺負我，我豈能讓你們得逞？」話落，又放出了話，「等著你們大婚那一日，我也讓你們嘗嘗雲遲今日嘗過的阻礙。」

蘇子斬輕哼一聲：「下輩子吧！」

陸之凌碰碰蘇子斬胳膊：「什麼意思？」

「就是你聽到的意思。」蘇子斬眼神輕飄，房頂涼風拂過，他衣袂輕揚。

陸之凌偏頭對花顏說：「完蛋了，他為了躲避你的欺負，這一輩子要打光棍了。」

花顏心中忽然升起一絲惆悵，是關於那些過往的，不過也只是一瞬，風過無痕，她笑吟吟地說：「蘇子斬，打光棍多沒意思，等我生個女兒，就嫁你了。」

陸之凌頓時驚恐了：「喂，你怎麼不說生一個嫁給我？」

花顏笑嘻嘻地說：「你是我哥哥嘛！嫁你亂輩分！」

陸之凌點點頭：「也是。可是等你生了女兒，等她長大，蘇子斬都老了啊?!」

花顏眨眨眼睛：「我哪裡管那麼多，我只想讓他管我喊丈母娘。」

陸之凌更驚恐了，驚呆地看著花顏。

蘇子斬瞬間黑了臉，吐出一字句：「做夢。」

花顏抱著手爐哈哈大笑起來，銀鈴般的笑聲伴著寒風，看著蘇子斬黑了的臉色，讓她在蘇子斬這裡挽回了一局，一時間心情大好，玩笑道：「我今年就生，我女兒長到十五你也才三十四，也還好，不算老……」

「你閉嘴吧！信不信我將你扔下去喂狗。」蘇子斬警告地看著花顏。

陸之凌咳嗽一聲又一聲，對花顏說：「你若是惹急了他，他將你扔下去喂狗，我可攔不住。」

花顏笑夠了，也不敢惹急了蘇子斬，誰叫她現在半絲武功力氣也無呢？閉了嘴。

采青在一旁聽的也是驚悚，女兒還沒出生，就想當人丈母娘，暗暗想著，這話一定不能告訴殿下，否則他保不准先將太子妃喂狗……

說說笑笑中，雲遲已帶著人闖了十關。

花顏遠遠看著雲遲一身大紅吉服，比東宮的那一株鳳凰木盛開時還要豔華，說他舉世無雙，怕是天下無人會反駁。

她一時看的有些癡然，喃喃地說：「雲遲真好看啊！」

蘇子斬面無表情，當沒聽到。

陸之凌又是撇嘴又是翻白眼，但也沒反駁，畢竟雲遲是真好看。

前方庭院，如兩軍對壘，雲遲閒庭信步地走過一關又一關，跟在他身後的迎親客負責解答題。答出題來後，大家轟然叫好，雲遲含笑說一個「賞」字，小忠子便趕緊送上賞錢。

花顏瞧著，忽然轉頭對蘇子斬說：「你也不是胡鬧，你是為了給朝廷擇才選能吧？這樣的日子，無論是守關的人，還是攻克關卡的人，都會全力以赴，不會藏著掖著，今日這九九八十一關下來，朝廷這些新科才子們，或者各大世家參與進來的才子公子們，什麼脾性，什麼能耐本事，可都在太子殿下面前過了眼了。待大婚後，他如何用，可就得心應手了。」

蘇子斬哼了一聲：「你別跟我說話，我不想跟你說話。」

花顏一噎，眼皮翻了翻，吐槽他：「你個小氣鬼。」

蘇子斬不理她，又當沒聽見。

陸之凌「呦呵」了一聲，又用胳膊肘撞蘇子斬，「早先我也沒回過味來，後來漸漸地發現不對勁，才懂了你的心思。你說你怎麼就這麼聰明吶，你這傢伙可真比我適合在朝堂上混。」

蘇子斬也不理陸之凌，當沒聽見，看著前方。

陸之凌也不以為意，轉向花顏，苦哈哈地說：「待你大婚一過，怕是會有人彈劾我倆胡鬧。御史台那幫子老傢伙，可不見得有妹妹你聰明，一個個又蠢又笨。到時候，你可得護著我們倆，我們倆這都是為了社稷，才如此苦心。」

花顏好笑：「太子殿下聰明，早已猜到，用不著我護著你們。再說，如今你們的身分地位，誰敢彈劾你們？不是找死嗎？別裝了。」

陸之凌撇撇嘴，看著前方說：「我的意思是，那些傢伙都有賞，我們倆的賞呢？誰給？太子殿下肯定不給。」

花顏失笑，從袖子裡摸了摸，摸了半天，摸出了兩枚銅錢，給一人一枚：「喏，你們的，太子妃的賞。」

蘇子斬扭頭看花顏，陸之凌也瞪著她，就一枚銅錢，打發誰呢？

花顏瞅著二人，揚眉：「不要？那沒有了。」話落，就要收回。

兩隻手齊齊伸了過來，不等她收回，就奪走了，一人一枚，乾脆俐落地揣進了自己懷裡。

采青在一旁瞧著，暗暗直樂。

說話間，前方又過了十多關，熱鬧聲一波又一波。

陸之淩搓著手說：「我都忍不住想要下場了。」

蘇子斬不動如山：「等著，一會兒你把十八般武藝都露出來。」

陸之淩瞧著雲遲，對蘇子斬說：「咱們倆一起，會不會以多欺少啊？不太厚道吧？傳出去，讓人笑話。」

蘇子斬瞥他：「那你自己來。」

「我打不過他。」陸之淩認慫。

蘇子斬哼笑了一聲：「那你就不要覺得以多欺少勝之不武。」

陸之淩沒了話。

花顏在一旁聽著，忽然覺得不對味，她認真地數了數人頭，忽然奇怪地說：「咦？不對啊！不是說八十一關嗎？你們倆若是一起上，那才八十關，誰是最後一關？」

「你啊！」陸之淩大樂，「我的好妹妹，你還不知道吧！最後一關，自然是你。」

花顏杏眼圓瞪：「我若是出歪門邪道的難題，他怕不是我對手。」

「那你就正好不用嫁了。」陸之淩得意地說，「國公府養你一輩子。」

花顏笑出聲，白了他一眼：「國公府養不起我。」

陸之淩摸摸下巴，琢磨了琢磨：「還真是。」

采青這時小聲開口：「怎麼將十六公子安排的這麼早？他已難住了殿下那邊好幾個人了。」

花顏轉過頭去看，果然安十六不知出了什麼題，雲遲這邊已敗下陣來四五個人。她雙手托腮說：「十六和十七是跟我與哥哥一起長大的，他的題一定刁鑽的很。」

采青立即說：「奴婢去問問？」

「不想跟你主子一起被喂狗，就老實待著。」蘇子斬眼神瞥向采青。

采青一個哆嗦，不敢說話了，而是偷偷看向花顏。

花顏微笑，伸手拍拍采青的腦袋，又捏捏她的臉，柔聲哄道：「采青乖啊！不要小看你家太子殿下。你小看了他，就是給他丟人。」

采青頓時慚愧地低下了頭：「是，奴婢知錯了。」

這邊，雲遲穩如泰山，負手而立，瞧著安十六打敗了一個又一個，也不急不慌。對比雲遲，他身後的迎親客們不敢輕易上了，怕敗的越多，越給太子殿下丟人。

在一陣熱鬧聲中，從人群的最後方走出來兩個人，兩人來到，齊齊道了聲佛號「阿彌陀佛」。

眾人一看，正是半壁山清水寺的住持方丈和德遠大師。

花顏見到二人也驚訝了一下，隨即笑開：「真有他的，出家人也被他請來參與紅塵事了。」

采青小聲說：「奴婢忘了，奴婢聽小忠子提過，自從兩位大師幫著殿下隱瞞去北地之日起，就一直就住在了東宮。想必，兩位大師未曾回去，也被殿下給請了來了。」

花顏點點頭：「這回十六不是對手了。」

果然，在花顏說完這話沒多久，住持方丈答了題，安十六聳聳肩，笑著對住持方丈拱拱手，又對雲遲拱手說了句什麼，笑著讓開了攔著的路。

接下來，敬國公府這邊是安十七、程子笑以及鳳娘送來的人攔人。雲遲那邊是五皇子、夏澤、趙清溪、德遠大師等人破關。

陸之凌看著夏澤牙疼：「這小屁孩不是屬於娘家人嗎？怎麼跑去東宮了？」

花顏抿著嘴笑：「他本來就是進了東宮的人。」

無論是安十七、程子笑，還是鳳娘送來的人，亦或者五皇子、夏澤，哪怕是趙清溪、德遠大師，以及花顏為雲遲暗中請的幫手，每一關，每個人，都真是竭盡全力地應對。

趙清溪的才華品貌在一眾閨閣小姐們中是十分扎眼的，如今，久負盛名下，這位趙府小姐，才真正地顯露了本事在人前，讓人見識到了她的才華。

花顏笑著說：「南楚沒有女子為官，否則，趙小姐有宰輔之才。」

陸之凌吸了口冷氣，拍拍花顏肩膀：「我們南楚大好男兒多的是，就不要讓女子為官了。否則，朝堂上以後還能談政治嗎？怕是都談風花雪月了。」

花顏瞪了陸之凌一眼：「大哥是看不起女子？」

陸之凌連忙做了個告饒的手勢：「好妹妹，你快饒了我吧！我就說說，女子不為官，是古今朝制，冒然改不得。如今時局已夠不穩當的了，更改的再多的話，天下怕是得動盪，你若是有此想法，也得平了四海天下後再提。」

這話倒是有理，花顏點點頭：「大哥說的是。」

陸之凌看向前方熱鬧的場中，已輪到夏澤，他牙根疼地說：「這小子已打敗了咱們這邊幾個人了？小小年紀，厲害啊！不愧是花灼的小舅子。」

花顏大樂，這話說的。

「咦？安書離呢？怎麼沒見他了？」陸之凌忽然又問。

花顏笑著說：「被義父拉走了，大約是喝茶去了。」

陸之凌不解：「我爹拉他喝茶做什麼？是想拖住安書離？策反他幫我們？」

「別想了，安書離是雲遲手裡的一張好牌，他才不會早用了。」花顏好笑，「喝茶就是純喝茶。」

陸之凌咂巴嘴：「我也渴了，走吧！你也坐了許久了，別著涼，下去吧！」

花顏搖頭，津津有味地瞧著：「不要。」

「最多不過兩盞茶，太子殿下就會來到這處院子外，難道你想讓所有人都看見太子妃爬房頂？」蘇子斬揚眉。

花顏「唔」了一聲，「好吧！」

於是，幾人下了房頂。

敬國公夫人在下面等著，見花顏已下來，連忙遞給她一盞熱茶：「外面是不是很冷？快喝口茶暖暖，時辰差不多了，一會兒你得規規矩矩坐好了等著，不能再出去了。」

花顏乖覺地點點頭：「聽義母的。」

陸之凌和蘇子斬喝了兩盞茶後，外面牧禾來稟告：「公子，世子，太子殿下已到屋外了。」

蘇子斬應了一聲，站起身，瞅了陸之凌一眼，陸之凌連忙放下茶盞，跟了出去。

敬國公夫人這時招呼嬤嬤婢女們：「快！扶太子妃回房，給太子妃重新補妝收拾一下，動作快點兒。」

十全嬤嬤們和婢女們一窩蜂湧上前，花顏想看一眼外面，卻知道身為新娘子的她這時沒法跑出去，只能示意采青：「你去看看。」

采青點點頭，連忙跑了出去。

花顏由人扶著回了房，早先在房頂上，風吹亂了髮髻，又重新的綰髮，鳳冠又重新戴好，大紅嫁衣壓出了褶皺，又重新撫平，因喝了茶水掉了口脂，重新地塗抹過。

重新收拾好後，十全嬤嬤們圍著花顏又說了一籮筐的吉祥話。

花顏聽的歡喜，嘴角溢出濃濃的笑意，眉梢眼角都染了陽光和霞色。

敬國公夫人看著花顏，朱釵雲鬢，鳳冠霞光，金珠連綴，宮花玉簪，這樣的盛裝打扮，讓她豔如牡丹，勝嬌桃花，她忍不住讚歎地說：「咱們太子妃真真是舉世無雙的人兒，美極了，太子殿下好福氣。」

花顏抿著嘴笑，想起雲遲今日一身大婚吉服的模樣，輕聲說：「是我好福氣。」

敬國公夫人笑開：「是是是，剛剛我也見了，太子殿下冠絕天下，再挑不出第二個來，太子妃也好福氣。」

采青從外面跑回來，氣喘吁吁地說：「陸世子和子斬公子與書離公子和一名年輕的不識得的公子打起來了。」

「嗯？」花顏一怔，「太子殿下沒出手？那年輕不識得的公子是何人？」

采青搖頭：「奴婢也沒見過，是一個看起來很俊俏的公子。」

「我看看。」花顏起身走到窗邊，只見院門口人影紛飛，打的難解難分，陸之凌、蘇子斬、安書離外，果然還有一個人。這人花顏瞧了一會兒，才瞧清楚他的臉，頓時笑了。

「太子妃，您認識？」采青小聲問。

花顏笑著點頭：「他是隱門的人。」

采青立即說：「那不是您十三姐夫所在的隱門？」

「正是。」花顏道，「他是我十三姐夫的弟弟肖逸，一心癡迷武學，從不下隱山，我也只見過他一面，沒想到被請了來，看來太子殿下真是早就做了準備。」話落，她笑起來，「定然是他不知用什麼法子說通了我哥哥，讓我哥哥從中相助了。」

采青立即說：「他……武功很厲害嗎？」

「自然。」花顏笑著眨了眨眼睛，「當年，我闖進隱門，險些被他殺了。」

采青頓時驚駭，花顏的武功她自然知道，她試探地問：「這麼說，陸世子和子斬公子聯手，也不是書離公子和那年輕公子的對手了？」

「嗯。」花顏讓開了窗前，「隱門出手，招招是殺招，子斬和大哥不想今日我大吉的日子見血，哪怕武功聯手能制衡他與安書離，但有所顧忌，就會落於下乘。而癡迷武學的肖逸才不管今日是不是大喜，所以，我大哥和子斬必輸。」

采青歡喜地說：「幸好不是殿下出手，否則髒了吉服就不好看了。」

花顏慢悠悠地說：「他不是還有最後一關嗎？今日他娶媳婦兒，不出手怎麼行？」

采青一噎：「您不會難為殿下吧？」

花顏俏皮地一笑：「說不準，我就要難為難為你家殿下。」

采青臉一垮，隨即又很快就笑了：「您捨不得的。」

敬國公夫人笑著讓人拿來蓋頭，對花顏說：「快！蓋上！蓋上！太子殿下快進來了。」

花顏伸手擋住蓋頭，對敬國公夫人笑著說：「義母，先不急著蓋頭，給我拿十把扇子來，讓雲遲給我做十首催妝詩，否則，就過不了我這關。」

她話落，外面響起雲遲的聲音，溫潤輕柔，如珠玉落盤，笑著說：「聽本宮的太子妃的。」

敬國公夫人一愣「哎」了一聲，連忙吩咐人拿了十把寓意極好的團扇來。由十個婢女紛紛地打著摺扇一排排地遮在了花顏面前，十把團扇，隔成了一座扇子山，遮住了花顏的容顏。

雲遲停頓了一會兒，邁進門檻，淺淺含笑，潤如春風：「國色天香豔，何必團扇遮？春風桃花面，不及一花顏。」

花顏抿著嘴笑。

外面有人起哄，是陸之凌的聲音：「哎呦，原來太子殿下會做催妝詩啊！還以為你一路找迎親客代勞到底呢！」

他輸了比試，心下罵雲遲不知道從哪裡請了這麼個厲害的傢伙，武功太狠了。

雲遲不理會陸之凌，他還差三步就走到了花顏面前，心情極好，做了一首催妝詩後，等著花顏表態。

第十名婢女看向團扇後的花顏。

花顏笑著點點頭。

第十名婢女撤掉了團扇，退去了一旁。

雲遲清潤的聲音又響起，含著笑意：「素來不喜妝，無需粉黛染，雲紅織錦色，原為大婚裁。」

陸之凌「嗟」了一聲，似乎又牙疼了。

花顏輕笑，對第九名婢女揮揮手。

第九名婢女移開了團扇，笑著退去了一旁。

雲遲又繼續：「山巒一重重，鑰匙一把把，不見娘子面，君郎急匆匆。」

「哈哈哈哈……」

陸之凌哈哈大笑，外面的人也轟然而笑，有人喊太子殿下這是急了，有人不敢取笑憋得臉通紅，就連敬國公夫人都拿帕子捂著嘴，笑著說：「這孩子！」，外面又一下子熱鬧了起來。

花顏也忍不住笑出聲，故意繃起臉：「好好作詩。」
雲遲笑著盯著第八名婢女。
第八名婢女嚇的手抖，被雲遲盯著，不敢不躲開，也顧不得請示花顏了，移開了團扇，躲去了一旁。
雲遲含笑正了神色，繼續道：「萬丈青雲山，晚來天欲暖，紅燭照歸路，可否把家還？」
花顏故意咳嗽了一聲：「勉強。」
第七名婢女立即拿開團扇，退去了一旁。
雲遲笑著又繼續：「早起催妝來，且為路行難，重山疊錦帳，只盼夜鴛鴦。」
花顏臉一紅。
「哎呦呦，聽不下去了，聽不下去了，大家快捂耳朵，裡面那個人是太子殿下嗎？我好懷疑啊！」陸之凌又怪聲怪語地大笑著叫嚷起來。
「聽不下去你滾一邊去。」敬國公夫人走出去笑著給了故意捂耳朵的陸之凌一巴掌。
眾人又笑鬧了一番。
第六名婢女看著花顏的神色，悄悄地拿了團扇，退去了一旁。
雲遲又繼續：「流霞洗浣紗，寒夜催更涼，天階成紅鳶，難過溫柔鄉。」
花顏抬起眼皮，故意地說：「不行，重做一首。」
第五名婢女本來要拿走團扇，聞言不敢拿了，自然更不敢看雲遲。
雲遲低笑：「紅粉胭脂遲，鳳冠貴佳人，東宮燭火明，天地只一重。」
花顏笑著點頭。

第五名婢女立即拿走了團扇，笑著退去了一旁。
外面大約是敬國公夫人出去了，不讓陸之凌鬧了，所以，陸之凌沒聲音傳來。
雲遲又繼續，笑意溫柔：「知卿時慕卿，五年入夢裡，錦紅畫顏色，只為一朝開。」
花顏點頭。
第四名婢女立即拿走了團扇，笑著退去了一旁。
雲遲看著只剩下的三面團扇，目光越發溫柔，聲音也低柔下來：「千年修此緣，恨不早識卿，所幸天厚意，共此生無盡。」
花顏微笑點頭。
第三名婢女立即拿走了團扇，笑著退去了一旁。
雲遲清潤的聲音繼續：「鸞鳳下高樓，寒冬春來早，東宮掃鳳塌，西窗等卿眠。」
第二名婢女不等花顏點頭，笑著拿了團扇，俐落地退去了一旁。
花顏瞧了一眼，笑著沒說話，默許了。
雲遲此時已站在了花顏面前，負手而立，面對最後一重團扇，看著團扇上的牡丹花卉不移開，笑意輕柔：「鸞鳳百年約，菱花鏡妝臺，生生相許意，畫眉待君來。」
第一名婢女看向花顏，花顏對她含笑點頭，那婢女立即移開了團扇。
團扇被拿走，面前再無遮掩，雲遲第一眼便看到了花顏。沒蓋紅蓋頭的她，端端正正地坐在椅子上，鳳冠霞帔加身，一團錦繡顏色，雲鬢花顏，當真是天香國色。別說十首催妝詩，就是萬首催妝詩，他也心甘情願。
花顏素來是一身素雅的裝扮，雲遲還是第一次見到這般大紅盛裝的人兒，不由得移不開眼睛，一時間看得癡了。

花顏也看著雲遲，淺淺含笑，早先在房頂上距離得遠，她只看到他一身大紅吉服風華絕代，氣度雍容，卻看不清他顏色，如今距離近了，看的清楚，心口砰砰砰地跳了起來，終於在這時，體會到了遲來的大婚的緊張感。

她腦中只有一個聲音，她真的要嫁給雲遲了呢！

要嫁給雲遲了呢！

濃濃的歡喜的情緒，忽然滿滿地溢到了心口，讓她在一瞬間，眼眶微紅。

雲遲看著花顏，清楚地看到她紅了眼眶，似下一刻就要哭了，他連忙蹲下身，握住她的手，輕輕柔聲哄：「是不是我做的催妝詩不好？惹你哭了？那我重做好不好？」

花顏吸著鼻子，儘量不讓眼淚落下來，掙開他的手，伸手輕輕捶他：「誰敢說你做的催妝詩不好？我第一個跟誰沒完，我才沒哭呢，我是心中歡喜。」

雲遲低笑，重新握住她的手，笑意溫柔：「是嗎？我做的催妝詩你覺得好？」

花顏點頭：「嗯，我愛聽。」

雲遲笑容蔓開：「那與我回家好不好？你若是想聽，我每日都給你做十首。」

花顏破涕而笑，水眸嗔他，繃起臉說：「你難道想每日都大婚一次？」

雲遲見她笑了，心中歡喜，伸手點她眉心，寵溺地說：「若每日與我大婚的那個人都是你，也無妨。」

「想的美！」花顏也學他的樣子點他眉心，「鳳冠沉著呢，我才不要每日戴著壓脖子。」

雲遲抬眼看著她頭上的鳳冠，金光閃閃，的確沉的很，他心疼地伸手為她捏了捏脖子，緩緩站起身：「忍一日吧！我抱你上車輦？」

花顏跟著站起身，搖頭淺笑：「你又破壞規矩，不要你抱。」話落，對外面喊，「大哥，進來背我。」

陸之凌一直在門外被敬國公夫人看管著，他娘的手自從捂住他的嘴後就沒離開，直到雲遲做完了所有催妝詩，敬國公夫人才放過他兒子。

陸之凌氣的對他娘乾瞪眼，也拿他娘沒辦法。這時聽到花顏喊，對他娘沒好氣地說：「您再攔啊！您再攔我，就是破壞規矩。」

敬國公夫人氣笑，伸手推了他一把：「快點！臭小子，背穩點兒，別讓你妹妹也嫌棄你。」

陸之凌嘴上哼了一聲，麻溜地進了裡屋。

雲遲見陸之凌進來，輕輕地掃了他一眼，清清潤潤，溫溫和和：「大舅兄，辛苦了。」

陸之凌翻了個白眼，來到花顏面前，蹲下身，拍拍自己後背：「妹妹上來，你放心，摔著我也摔不著你。」

花顏笑著摟住陸之凌脖子，爬上了他的背。

陸之凌故意「哎呦」了一聲，「這鳳冠霞帔真沉。」

花顏附和：「就是沉。」

采青連忙上前：「太子妃，您的蓋頭，此時要出門了，總要蓋上。」

花顏點頭：「嗯，蓋上吧！」

采青剛要給花顏蓋上，雲遲伸手接過，輕輕地蓋在了花顏的頭上。

眼前一紅，視線驟然被擋住，花顏頓時笑了，這蓋頭由他蓋上，再由他挑開，就如她這一生，他蓋了章，烙了印，冠他之姓，屬他之名，她這一輩子都是他的。

真好！

「太子殿下先請！」十全嬤嬤在一旁喊。

雲遲頭前出了房間，陸之凌穩穩地背著花顏在雲遲身後邁出了門檻。一眾人說著吉祥話，熱熱鬧鬧地簇擁著出了房門。

雖不是親生的女兒，但有了義父義母身分的敬國公和夫人還是在陸之凌背著花顏出門後，齊齊地紅了眼眶。

陸之凌背著花顏穩穩當當地一步一步地走著，腳下踩著大紅的地毯紅綢，他整個人只覺得輕飄飄的輕，又沉甸甸的重。

他想說些什麼，但直到走出一大段路，才開口：「我這個半路的哥哥，要感謝花灼兄，給我這個機會，本來應該他來親自背你。」

花顏心中酸酸澀澀，也是一樣的輕飄飄，一樣的沉甸甸，她腦袋貼著陸之凌的後背，小聲說：「哥哥最受不住送我出嫁，若是他來京城，估計怕在這一日忍不住抓了我打道回臨安了。如今大約他在感謝有大哥你呢，代他受罪了。」

陸之凌聞言忍不住樂了：「你說你這個人，怎麼說話就這麼好聽呢！明明我搶了花灼的活還有點兒愧疚，被你這麼一說，我這愧疚就沒影了，成了他要謝我了。」

花顏也忍不住笑：「本來就是，我也沒說錯。」

「嗯，就當你說的是對的。」陸之凌心下徹底輕鬆起來，一步又一步，背著花顏走的穩當，打開了話匣子，他也沒負擔了，囑咐說，「妹妹，無論什麼時候，有大哥在，敬國公府就是你的家。

哪怕你想在這天下間橫著走，大哥也在你身後幫著你。」

花顏笑著點頭：「嗯，多謝大哥。」話落，她話音一轉，故意地說，「不過，你也要趕緊大婚啊！你大婚後，給我生個小侄子，否則，我生了寶寶沒有伴……」

「打住。」陸之凌不等花顏說完，打斷他，氣咻咻地說，「你什麼時候成了我娘的說客了？再說這個，我把你扔出去了啊！」

花顏受了陸之凌威脅，乖乖住了嘴。

陸之凌又輕哼：「看來以後沒事兒我還是不能讓你回敬國公府了，有我娘一個就夠了，再加上個你，我可受不住。」

花顏又氣又笑，無語了一會兒，乾脆不再理他。

雲遲忽然回頭瞅了陸之凌一眼，目光掃到人群裡湊熱鬧滿臉含笑的七公主，收回視線。

從花顏住的院落到敬國公府大門口，這一條路說遠不遠，說近不近，但哪怕陸之凌故意慢了步子壓著，還是走到了大門口。

到了大門口後，陸之凌看著前面已停了腳步，回頭的雲遲，捨不得地說了一句話：「以前我爹打我，我翻牆跑出去，還需要好半天呢，怎麼今日覺得這路這麼短？」

花顏笑了笑：「大哥是捨不得我。」

「嗯，捨不得。」陸之凌背著花顏不給雲遲，對雲遲吊兒郎當地說，「妹夫，再做兩首催妝詩唄，否則，我就將妹妹背回去了。」

雲遲氣笑，挑眉看著陸之凌：「故意找事兒？」

陸之凌揚了揚下巴：「就是沒聽夠你的催妝詩而已。」

花顏輕笑。

雲遲見花顏笑了，揉揉眉心，也忍不住好笑，兩首催妝詩也不算什麼刁難，只是放大了陸之凌對妹妹的不捨而已，他清了清嗓子，道：「春山不遮豔雲色，紅妝難掩相思腸，花紅月夜良宵好，只待鸞帳一夢嘗。」

「牙酸。再來。」陸之凌笑著鼓了鼓腮幫子，若非背著花顏，他估計要使勁揉自己的臉。

雲遲也不臉紅，慢條斯理地道：「何處仙子下凡來？落入人間帝王家，重重宮錦紅顏色，三生春水洗心折。」

「嗯，將人給你。」陸之凌直起身，將後背上的花顏打了個圈，遞給雲遲，十分痛快，兩人交替接手時，陸之凌盯著雲遲的眼睛又鄭重地說了一句，「人是你千辛萬苦求來的，此生你若負她，不說別人，我陸之凌三尺青峰也定不饒你。」

這話說的聲音大且擲地有聲鏗鏘有力，人群中，倒吸了一大片涼氣。

雲遲接過花顏，也鄭重地看著陸之凌的眼睛道：「雲遲此生，定不負花顏。若有相負，生生世世……」

花顏猛地伸手捂住了雲遲的嘴，惱怒道：「亂發什麼誓，我信你，別大婚的日子惹我不高興。」

雲遲心下一歎，又低低一笑：「好，聽太子妃的，不說，記在心裡就是了。」話落，他抱著花顏，將她放去了車輦上。

花顏穩穩當當地被雲遲放在了車輦上，車輦是帝王出行所用的玉輦，皇帝特下旨恩准太子大婚儀仗用玉輦迎親，四周掛了紅綢和紅紗帳，風吹來，紅綢和紅紗帳輕輕飄蕩，柔軟的輕揚，將四方天地都染成了喜慶的紅色。

雲遲放下花顏後，探身說：「我也陪你坐？」
花顏嗔了他一眼：「不用，你是新郎官，又不是新娘子，坐什麼車？」
雲遲低低地笑了起來，心情愉悅地笑了一會兒，點頭：「好，你若是累，先將鳳冠取下，一會兒繞城後，我再幫你戴上。」
花顏點頭，對他擺手。
雲遲落下了紅紗帳，轉身對敬國公和夫人一拜，二人連忙還禮，侍從牽來馬，他翻身上馬，聲音清越：「多謝諸位今日陪著本宮辛勞，都請前往東宮觀禮喝喜酒。」
眾人歡呼，齊齊喊「太子殿下千歲」，霎時，又熱鬧成一團。
雲遲調轉馬頭，車輦跟在他身後，浩浩蕩蕩，繞城前往東宮。

第一百一十九章　洞房花燭夜

敬國公夫人看著人群走遠，捏著帕子擦眼角，敬國公一個糙漢子，也紅了眼眶。陸之凌更不必說，盯著迎親隊伍走遠，好半晌還覺得背上背著人，一動不動。

「走吧！咱們跟去東宮喝喜酒。」不知是誰嚷嚷了一聲。

陸之凌被震醒，回轉頭，便看到蘇子斬抱著小狐狸靜靜地立在門口，安書離與他一同站著，他拋開了心底滿滿的不捨之情，上上下下打量安書離，倏地笑了：「可以啊！太子大婚當日趕了回來，你倒是及時。」

安書離自從離京，晝夜盯著川河谷的堤壩之事，總算是在大雪來臨前完成了工程，人自然也瘦了不止一圈。雖然還是翩翩風采清潤的公子，但經歷了風雨打磨後的他，似有了些煙火氣。

他微笑，看著陸之凌說：「緊趕慢趕，太子殿下大婚，我不能不回來湊這熱鬧。」

陸之凌哼了一聲，走到他身邊，胳膊搭在他肩上，不滿地說：「你剛回來，就往東宮跑做什麼？若沒有你，今日我們還不至於敗的這麼慘。還有那個誰，那小子叫什麼？你從哪弄來的人，武功那麼厲害？」

安書離歎了口氣，似乎早就料準陸之凌在這裡等著他找碴呢！他無奈地說：「我有一樁要緊的事兒，有一個要緊的人，進城後自然要交給太子殿下，哪裡知道進去後出不來被扣在東宮了，你們又沒有早些與我通消息。」話落，又說，「那位仁兄我也不認識，是太子殿下請來的人，武功的確很高。」

陸之凌翻白眼：「誰知道你今日回來？」話落，他分外好奇地問，「什麼要緊的事兒和人？能說不？」

安書離搖頭：「不可說，等太子殿下處置吧！」

陸之凌點頭，人都送去東宮了，顯然是事關國事，估計是密事，既然安書離此時不說，他也就不問了，轉頭對蘇子斬問：「喂，子斬，你可知道那小子是什麼人？武功怎麼那麼厲害？」

蘇子斬從長街盡頭收回視線，淺淡地說：「隱門的人。」

陸之凌睜大了眼睛：「就是傳說中的隱山隱門？」

「嗯。」蘇子斬頷首。

「操！怪不得那麼厲害！東宮何時與江湖門派有莫大的交情了？」陸之凌訝異地道。

蘇子斬不說話，給了他一個笨蛋的眼神。

這眼神刺激了陸之凌，他瞬間福至心靈地懂了，一拍大腿，恨鐵不成鋼地說：「又是我妹妹，她可真是……真是……」他真是了半天，對花顏可說不出半句狠話，憋了半晌，才道，「真是向著他。」

蘇子斬哼了一聲。

陸之凌歎了口氣，拍拍蘇子斬肩膀：「走吧！我們也去東宮喝喜酒去，你的醉紅顏總算沒藏到糟蹋，今日我們不將他灌醉了，不是……」

他正說著，敬國公夫人朝著他頭上給了他一巴掌，打斷他的話，繃著臉說：「今日太子殿下和你妹妹大喜，你去了東宮，也不能胡鬧將人灌醉了，壞了好事兒。」

陸之凌無語，瞪著他娘，敬國公夫人更是瞪著他，不一會兒，陸之凌敗下陣來：「好好好，洞房花燭夜嘛，我知道了。」

敬國公夫人這才罵了句「臭小子」，放過了他。

安書離在一旁看的好笑，想著他回京後還沒回府，若不是太子殿下大婚扣了他做迎親客，她娘估計也早就坐不住派人來催他回府了。

東宮擺設了宴席，又設了流水席，敬國公府不宴請賓客擺宴席，所以，雲遲迎親一走，賓客們都跟著去了東宮，敬國公府一下子靜了下來。

陸之凌跟著蘇子斬和安書離走了兩步，回頭對他爹娘問：「你們不去東宮？」

敬國公擺手：「不去了，你們去吧！年紀大了，受不住熱鬧。」

敬國公夫人也擺手：「你妹妹雖在府中只住了三日，但她今日這般被接走，娘心裡還是酸酸的，不去了，你去吧！別太胡鬧。」

陸之凌也能理解他爹娘，雖然花顏是義女，但敬國公府把她當作了親女兒，這般操辦了一場婚禮，就跟把女兒送了人一樣，年紀大了，沒他看的開，自然不想再去東宮了。

他此時分外能理解花灼和花家人為何不來京了，雖也有鎮守臨安的心思，但更多的，怕是捨不得吧！誠如花顏所說，花灼若是來，背他出門那一關便過不了。

安書離早注意到了蘇子斬懷裡的小白狐，此時才笑著說：「這小白狐真漂亮。」

小白狐歪著頭打量安書離，很是坦然地承了他的誇獎。

蘇子斬瞥了安書離一眼，理所當然地說了一句：「謝謝！」

陸之凌卻不幹了：「蘇子斬，你要臉嗎？這小白狐又不是你的，你謝什麼？」

蘇子斬淡淡道：「就是我的。」

陸之淩大翻白眼，對小狐狸問：「喂，小東西，你不是我妹妹的嗎？你說，你是誰的？」

小狐狸「唔」了一聲，躲進了蘇子斬的懷裡，給了陸之淩一個狐狸尾巴。

陸之淩氣的一噎。

蘇子斬卻勾起了嘴角，一時間，心情大好。

陸之淩氣的笑罵：「你們倆都不是個東西。」

蘇子斬當沒聽見。

安書離在一旁看著好笑，他見蘇子斬心情不差，也不多說什麼，只想著世事多變，誰能想到以前的蘇子斬哪會如今日這般？這一輩子，誰是誰的劫數，誰又是誰的救贖，還真說不準。

花顏對於大婚，還是很虔誠的，所以，哪怕她覺得脖子壓的沉，沉沉的鳳冠快把她脖子壓斷了，她還是沒解下來。

她端坐在車輦內，偶爾有風吹來，捲起四周的紅紗帳，掀起她紅蓋頭的一角，她能清楚地看到走在前面騎在馬上一身大紅吉服的雲遲。

這一刻，兩旁街道人聲鼎沸，入眼一片錦紅，她的耳裡聽的是百姓們談論太子殿下何其的風華絕代，談論太子妃一千兩百抬的嫁妝何其盛況，談論敬國公府陸之淩和蘇子斬設的攔門關卡，談論太子殿下今日如何帶著迎親客過關斬將。

這些聲音入耳，卻沒入心，她的心裡只住了一個人，眼裡看到的也是那一個人。

四百年前如何，她已不記得想不起了，她心裡烙印下的，只有今日堂堂太子，為她做了十三首催妝詩。

他生來就被封為儲君，皇上和太后自小對他作為南楚江山未來的帝王培養，他學的是制衡術，習的是帝王謀，心中裝的自然該是江山天下社稷朝綱，詩情畫意那些風花雪月之事，對他來說合該是不存在的，哪怕是太后和皇上，也不曾想他有一日迎親要做催妝詩的吧？

他是太子殿下，迎親只需遵循皇室的古禮規制就行，可今日他卻是為了她打破這規制。她心中盛滿濃濃的喜悅和情意，這般情緒，似感染給了走在前面騎在馬上的雲遲。

行了一段路後，雲遲忽然回頭，看向花顏。

恰逢風吹起，蓋頭捲起一角，雲遲一眼便看到了淚流滿面的花顏。他心下一驚，陡然棄了馬，飛身上了馬車。

兩旁街道的百姓們譁然地驚呼了一聲。

雲遲上了車輦後，坐在了花顏身邊，伸手一把抱住了她，心疼地低聲問：「怎麼哭了？」

花顏伸手一摸臉，才發現自己已淚流滿面，她微微愣然了一瞬，便抹淨了眼淚，撲進他懷裡，微微哽咽地說：「雲遲，上窮碧落下黃泉，生死不負是不是？」

雲遲心一瞬間揪扯的疼，為花顏，他抱緊她，鄭重地點頭：「是。」

花顏不敢緊攥他衣襟，怕給他攥出褶皺，也不敢再落淚，怕弄髒他大紅吉服，她微微退開些，隔著蓋頭對他說：「是我沒出息，生怕是做夢。」

雲遲伸手去揭花顏蓋頭，被花顏按住手：「我不哭了，你別揭了，這蓋頭一旦蓋上，要拜堂後才能揭開呢。」

雲遲點頭，住了手，低聲一句一句說：「花顏，雲遲定不負你，上窮碧落下黃泉，生死不負。」

花顏心下忽然很踏實，輕輕地「嗯」了一聲。

上窮碧落下黃泉，生死不負。

這話雲遲說，她信。

花顏兩世所求，便是一心人，上天入地，碧落九泉，生死相隨的一心人。

她脾氣執拗，認準一件事兒便是一個人一根筋到底，撞了南牆也不回頭。她飛蛾撲火般的熱情，太子懷玉給不了她，帝王懷玉也給不了她，但同樣身為太子的雲遲與她有著同樣的執拗執著和一根筋的熱情，他能給她也給了她。

她似乎找到了這一世上天厚愛她的意義。

上窮碧落下黃泉，生死不負。

這是彼此最重的誓言了。

花顏靠在雲遲的懷裡，聽著外面熱熱鬧鬧喜慶的聲音，雲遲靜靜地陪著她，輕輕地拍著她的後背，透過大紅吉服，鳳冠霞帔，一團花團錦繡的人兒的脆弱和嬌弱也只有他才看的見。

她是他的，一生，生生。

過了好一會，花顏平靜了心情，伸手推雲遲，悶悶地說：「我的妝一定哭花了，怎麼辦？」

雲遲低笑：「你蓋著蓋頭，我不揭開，沒人能看得見。」

花顏又悶聲說：「你看見哭花了妝的新娘子更不美了，我也不想被你看見不美的我。」

雲遲肩膀微微抖動，又低笑：「在我眼裡，你怎樣都是美的。」話落，湊在她耳邊，低柔地說，「梨花帶雨最美，尤其是我將你在鸞帳內欺負哭了時……」

花顏頓時羞惱，伸手捶他：「雲遲，你混蛋！」

雲遲任她捶，她武功盡失後，沒什麼力氣，拳頭捶在他身上，如落了雨點，一點兒也不重。他伸手握住她的手，搓了搓，又揉了揉，笑著柔聲說：「嗯，是我混蛋，要不然，今夜你欺負我？我哭給你看？」

花顏「撲哧」一下子笑出聲，改拳為掌，對他說，「一言為定。」

雲遲笑意濃濃地與她擊掌：「好，一言為定。」

二人說著話，迎親的隊伍來到了祭天台，告慰先祖祭天地宗廟，這是太子大婚必須遵循的規制。

車輦停下，有禮部的官員在外面請示：「太子殿下，到了。」

雲遲應了一聲。

有人上前來攙扶花顏，雲遲擺擺手，自己扶著花顏下了車輦。

「要走一段路。」雲遲低聲道。

花顏點頭：「走的動，放心吧！」

雲遲不再說話，握著花顏的手，牽引著她，一步一步登上祭天台。

告慰先祖祭天地宗廟，焚香對天地跪拜，花顏蓋著蓋頭，一步步跟著雲遲，她雖未學習太子妃宮儀，卻做的分毫沒出錯，讓禮部的官員們都暗暗驚訝。

是誰說太子妃沒有規矩的？

半個時辰後，一應事畢，雲遲又帶著花顏上了車輦，這一次，花顏沒讓他再上車陪著。

於是，雲遲騎馬，帶著迎親隊伍，折返回東宮。

太子妃的嫁妝還流水般地往東宮裡抬，清一色的士兵們進進出出東宮。

老遠有人喊：「太子殿下接太子妃回宮了！快放鞭炮！」

喊聲落，鞭炮劈里啪啦地響起，嗩吶聲聲也跟著揚起歡快喜慶的調子。

來到東宮門口，雲遲翻身下馬，有人呈遞上弓箭，雲遲擺擺手，免了踢轎門，下馬威，轉身走到車輦前，伸手去抱花顏下車輦。

花顏卻是不同意了，躲開雲遲的手，笑吟吟地說：「按規矩來。」

雲遲瞧著她，大紅鸞鳳鴛鴦蓋頭遮住了她的臉，看不到她的表情，但聽聲音，也能聽出歡喜和興奮，他好笑地說：「不想給你下馬威。」

「不行。」花顏故意繃起臉，「我就想要，以前看人家迎親娶新娘子，做了全套，可好玩了。如今輪到我自己了，你怎麼能不讓我體會一番？」

雲遲啞然失笑，無奈地點頭，撤回手，站直身子：「好，聽太子妃的。」

「殿下踢輦。」禮官唱喏。

雲遲意思意思地踢了一腳。

禮官又唱喏：「殿下射箭。」

雲遲拿起弓箭，虛虛地射了三箭。

「太子妃下車輦。」禮官高聲喊。

雲遲轉身去扶花顏，含笑問：「這回能下車輦了？」

花顏點頭，笑著將手交到了雲遲的手裡。

雲遲扶著花顏下了車輦後，東宮門口早已經擺了馬鞍和火盆，雲遲低聲提醒著花顏，邁過馬鞍，又邁過火盆，然後帶著她走向早已經布置好的禮堂。

東宮早已經賓客雲集，皇帝和太后也早已坐在了禮堂的高堂處等候。有人報太子殿下迎太子妃回宮了，皇帝大喜，高興地大手一揮：「迎親客辛苦，都有賞。」

百官親眷們一時間響起恭賀皇上恭賀太子殿下的聲音。

雲遲帶著花顏來到了禮堂時，恰恰時辰正好。

皇帝正襟危坐，看面色十分開懷，太后端坐著，笑得慈祥和善，紫金緞面的袍子穿在身上，不止喜慶，人看著也精神，顯然心情同樣很好。

禮官唱喏：「吉時已到！」

有人遞來紅綢花團，雲遲這才鬆開了花顏的手，將紅綢的一端遞給她，自己攥了另一端，在堂前站定。

「一拜天地！」

「二拜皇上太后！」

「夫妻對拜！」

「禮成！」

隨著禮官一聲聲高喊，雲遲和花顏一拜二拜三拜，在禮官喊禮成的那一刻，花顏心中似有什麼綻開，她分辨了好一會兒，才覺得，一定是鳳凰花開的聲音。

一切順利，不止皇帝太后鬆了一口氣，文武百官也齊齊鬆了一口氣。

兜兜轉轉，太子殿下總算是順利地迎娶了太子妃，多少人都知道，這一日，有多麼不容易。

禮官與十全嬤嬤們簇擁著二人送往鳳凰東苑。

走了兩步後，花顏小聲說：「雲遲，我走不動了，這鳳冠實在是太沉了。」

雲遲低笑，丟了紅綢，攔腰將花顏抱起。

隨著二人被送入洞房，前方皇帝大笑著說：「擺宴席！今日太子大喜，眾位愛卿與朕不醉不歸可好？」

眾人自然齊聲說好，又說了一籮筐的恭賀詞。

太后精神頭也十足：「哀家今日也要喝一杯。」

霎時，宮女們端著一盤盤的佳餚送上宴席，小太監們搬著一壇壇酒送上桌。酒罈的塞子打開，醉紅顏的酒香霎時溢滿整個東宮。

傳言子斬公子將酒窖裡藏了多年的好酒都送來了東宮，京城中不少人還不信，如今親眼所見，才真正地信了，聞到醉紅顏的酒香，紛紛稱讚：「好酒！」

雲遲抱著花顏進了鳳凰東苑，又收了一籮筐的吉祥話，雲遲心情好，連說了三個賞字。

此時，天色已黑，鳳凰東苑內，大紅燈籠高掛，房間內，入目是一片喜慶的紅。紅燭紅帳紅毯，就連水晶簾都被光映出紅色。

雲遲將花顏抱到了床上，床上鋪陳著大紅的龍鳳喜被。

有人遞來秤桿，雲遲拿在手裡，看著面前坐著的人兒，此時此刻，她才是真真正正地屬於他的人了，心中是滿滿的要溢出來的歡喜。

他看著，微微暗啞地喊了一聲：「花顏？」

「嗯。」花顏點頭，她能感覺到雲遲的情緒，因為，她與他是一樣的。

雲遲聽見花顏應聲，慢慢的，伸出秤桿，挑開了花顏的紅蓋頭。

眼前遮擋的蓋頭被挑開，花顏抬眼，與雲遲四目相對，都在彼此的眼中看到了對方的影子。

花顏癡然地看了雲遲一會兒，小聲說：「雲遲，你真好看。」

雲遲低笑，上前一步，將她輕輕地抱住：「不及你好看。」

花顏也忍不住笑了，軟軟地依偎著他，嘟囔：「鳳冠好沉。」

「我幫你取掉。」雲遲伸手，慢慢地為花顏取下了鳳冠，一頭青絲也順著雲遲的手指，隨之散落。

花顏頓時覺得腦袋輕鬆了不少，脖子也能直起來了，她抓著雲遲的手，軟軟地問：「你是不是要出去敬酒？」

「不想去。」雲遲隨手放下鳳冠。

花顏伸手推他：「你快去，我折騰一天了，要收拾一下。」話落，見雲遲不動，又笑著補充了一句，「早去早回嘛！」

雲遲這才動了，放開了她，笑著低頭吻了吻她唇角，說：「好，我早去早回。」話落，轉身，對方嬤嬤采青吩咐：「侍候太子妃。」

方嬤嬤采青連忙應是，都是一臉的歡喜。

雲遲不再耽擱，快步出了房門。

隨著雲遲走出，方嬤嬤擺手，東宮侍候的人立即麻溜地動了起來，幫花顏脫了身上的大紅嫁衣，解下朱釵環佩，侍候她沐浴換衣。

半個時辰後，花顏收拾妥當，換了輕軟的紅色衣裙，出了屏風後，一身清爽。

采青小聲問花顏：「奴婢幫您捶捶肩？鬆鬆筋骨？」

花顏點頭，坐在了椅子上，戴了一天沉重的鳳冠，穿了一天厚重的大婚嫁衣，她的確渾身累。

采青立在椅子後，幫花顏輕輕捶捏肩膀，力道不輕不重，十分適中。

方嬤嬤立在一旁笑著說：「殿下怕是還需要些時候回來，奴婢給您先端些飯菜來，您墊墊肚子？」

花顏笑著搖頭：「他說很快回來，就一定會很快回來，我等他。」

方嬤嬤頷首。

采青給花顏捶捏了一陣，花顏身子輕鬆了些，對立在一旁的方嬤嬤問：「咦？沒有人鬧洞房嗎？」

方嬤嬤連忙笑著說：「回太子妃，白天在敬國公府鬧的厲害，如今晚上了，沒人敢再鬧殿下的洞房。」

花顏不由得樂了：「也是。」

她示意采青住手，起身道：「我去床上躺一會兒。」

方嬤嬤連忙點頭。

花顏剛走了兩步，便聽到外面有腳步聲傳來，熟悉的腳步聲，花顏不用看，也知道雲遲回來了。她失笑道：「比我想像的還要快，我還以為，總還要再過一會兒。」

今日東宮有多少賓客，她不用親眼所見，也是知道的，雲遲這麼快就回來了，估計也只是陪皇上太后以及朝中幾位重臣意思意思地喝了兩杯而已。

方嬤嬤立即迎了出去。

東宮侍候的人見雲遲這麼快回來，齊齊見禮：「殿下！」

雲遲擺擺手，快步邁進了門檻，隔著珠簾，便看到了花顏立在屋中，正歪著頭含笑向他看來，一身水紅的錦綢衣裙，在大紅的喜房內，明豔不可方物，他腳步頓了頓，不等侍候的人打簾子，便自己抬手挑開了簾子，進了屋，轉眼就到了花顏面前。

花顏好笑地看著他，伸手戳了戳他心口：「醉紅顏那麼好的酒，怎麼沒多喝兩盞？」

雲遲低頭含笑看著她，溫聲道：「回來陪你喝。」

花顏抿著嘴笑，對他仰著臉問：「去沐浴？我等你。」

雲遲點頭，想抱花顏，又覺得自己如今從外面進來一身寒氣，便撤回手作罷，去了屏風後。

花顏轉身躺去了床上，身下厚厚的龍鳳喜被，躺在上面軟軟的，十分舒適。

侍候的人送來水，雲遲習慣不用人侍候，逕自去沐浴。

花顏聽著屏風後的水聲，忍了忍，才沒從床上爬起來跑去屏風後觀美人沐浴。

雲遲沐浴完，對花顏輕聲喊：「花顏？」

「嗯？」花顏應了一聲，坐起身，「是要衣裳嗎？」

「嗯。」雲遲點頭。

小忠子立即捧來疊好的衣服遞給花顏，花顏拿了衣服，去了屏風後。

雲遲見她進來，跨出浴桶，將手裡的毛巾遞給她，柔聲說：「你幫我。」

花顏將衣服掛在一旁的衣架上，小聲嘟囔：「你這樣子喊我進來，是想我們兩個都餓著肚子滾去床上到深夜嗎？」

雲遲低笑，伸手揉了揉她腦袋：「我還把持得住。」

花顏想說我把持不住啊，不過到底沒說出來，輕輕慢慢地幫雲遲擦了身子，又將衣服拿起來，幫他穿戴。
雲遲的衣服與花顏身上的衣服一樣，水紅的錦綢，輕輕軟軟。
穿戴妥當後，花顏鬆了一口氣：「好了。」
雲遲低頭，將她一把拽進了懷裡，吻住了她。
花顏從進了房間後，本就心思歪了，此時更是禁不住雲遲這般逗弄，身子很快就軟了。
雲遲卻沒失去理智，不多時便放開了她，看著她氤氳的眉眼，如畫一般，他輕輕勾指描繪了一番，將她打橫抱著出了屏風後。
花顏拽著雲遲衣襟，試探地喃喃問：「要不，咱們不吃飯了？」
雲遲輕笑，搖頭，低頭咬她耳朵：「夜還長著呢，急什麼？」
花顏臉紅，對比雲遲，大婚裡急著入洞房的似乎真是她這個新娘子，她低咳了一聲，小聲嘟囔：「美色惑人，怨不得我。」
雲遲笑出聲。
回到房中，雲遲將花顏放到了椅子上，吩咐方嬤嬤：「擺膳吧！」
方嬤嬤點頭，對宮女吩咐了一句，有人立即端上來了一碟餃子。
花顏眨眨眼睛。
方嬤嬤將餃子遞給雲遲，笑著說：「這碟是要殿下餵太子妃吃的。」
雲遲意會，接過碟子，拿起筷子，夾了餃子餵花顏。
花顏張口咬了一口，就想吐出來，頓時苦了臉看雲遲。
方嬤嬤在一旁笑的開心，連聲問：「太子妃，生不生？」

花顏點頭：「生。」

方嬤嬤大喜：「恭喜殿下，恭喜太子妃，早生貴子。」

花顏艱難地吞下餃子，一把奪過雲遲手裡的筷子，夾了個餃子遞給雲遲，笑吟吟地說：「一個人可生不出來。」

雲遲張口吞下餃子，含笑看著花顏：「嗯，太子妃說的對，我們一起生。」

方嬤嬤呆了呆，又笑著說著恭喜的吉祥話。

一碟餃子撤下，方嬤嬤擺手，宮女們魚貫而入，端了飯菜進屋。

小忠子抱了一壇醉紅顏，放到了案桌上，打開酒罈，倒了兩盞酒。

方嬤嬤在一旁笑著說：「殿下和太子妃要喝合巹酒，喝了合巹酒，自此夫妻和睦，幸福百年。」

雲遲點頭，溫柔含笑看著花顏，二人執起酒盞，把臂相交，喝了合歡酒，成了合巹禮。

接下來，方嬤嬤帶著人魚貫而出，關上了房門。

雲遲放下酒盞，對著花顏笑。

花顏忍了忍，沒忍住，伸手捏了捏雲遲的臉，笑吟吟地說：「笑成了花一樣，讓我都不想吃飯了，只想吃了你。」

雲遲低低地笑，任她捏了又揉，臉變形，依舊笑著，輕輕淺淺地說：「花顏，我很開心娶到你，真的很開心。」

花顏抿著嘴笑，握了他的手，十指相纏，笑意盈盈：「雲遲，我能嫁給你，也很開心，真的很開心。」

從懿旨賜婚，到今日大婚，她懊惱過，抗拒過，激烈地反抗過，無所不用其極地挑戰過，也逃避過，掙扎過，不捨過，果斷過，但最終，還是他，拉著她，拽著她，強硬地拖著她，一步步，將他自己，刻進了她的眼裡心裡骨頭裡靈魂裡。

她從來不敢覺得自己有哪裡好，值得雲遲如此對她，但因為有了他深愛，也不敢覺得自己哪裡不好，因為她若不好，豈不是說雲遲眼光不好？

但一路走到今日，她覺得，她是幸福的且幸運的，這幸福和幸運都是雲遲給她的。

這世上，也只有雲遲，能撬開她冰封沉冷滿是灰塵的心，給她灑下一地的陽光，將她從困頓自己的牢籠裡拽出來。

她再生在花家，不算新生，而遇到雲遲，才算真正的新生。

「用飯吧！」雲遲拿起筷子，夾了菜，卻是送到了花顏的嘴邊。

花顏點頭，吃了他餵的菜，也反夾了菜餵他。

紅燭花影，一對新人，外面是冬日裡清寒的風，屋內卻是兩顆心比燒了的地龍還要熱燙。

二人這一頓飯用了半個時辰，直到花顏擺手說：「吃不下了，不吃了，雲遲，你再餵我，我就成豬了。」雲遲才笑著放下了筷子。

花顏懶洋洋地靠在椅子上，拍著肚子說：「吃太多了，沒法上床睡覺了！都怪你？」

雲遲低笑：「你若是不累，我們出去走走消消食？」

花顏嗔了他一眼，水眸微瞪：「我們如今是洞房花燭夜哎，你有聽說過洞房花燭夜的晚上，新郎和新娘子不在屋中聯絡感情，跑出去瞎晃悠的嗎？」

雲遲低笑，試探地問：「那就在屋中走一走，消消食？」

「好吧！」花顏點頭，沒辦法，吃的太多了，不能不消食，躺去床上也睡不下。

雲遲握著花顏的手起身，二人便在屋中走動，走了兩圈後，花顏問：「明日上早朝嗎？」

「不上，休朝三日。」雲遲搖頭，「父皇和皇祖母也說了，明日不用進宮，讓我們三日後再進宮敬茶。」

花顏轉身，摟著雲遲的脖子笑，眉梢輕挑：「也就是說，你要與我廝混三日？」

雲遲摟住花顏的腰，也笑，糾正說：「合法廝混。」

皇帝到底身子骨不好，太后也年歲大了，於是，在雲遲回東苑不久後，二人便起駕回宮歇著了。

皇帝和太后離開後，東宮的賓客們才放開拘束，推杯換盞，真正地熱鬧起來。

老一輩的只有敬國公沒來，其餘人趙宰輔、安陽王、武威侯都在，年輕一輩的蘇子斬、陸之凌、安書離以及新科的才子們，趁機彼此熟悉。

陸之凌嘴上雖說著今夜一定要喝飽，但也沒敢喝多，畢竟太子殿下雖然順利大婚了，京城目前來說也十分安穩，沒有人作亂，但也保不准有人夜裡搞動作。

蘇子斬亦是，他這一生所求的，無非是花顏安好，只要她好，他便好了。所以，他也沒喝多，與陸之凌一樣，彼此心照不宣地清醒著。

相反他身邊的小狐狸見了好酒，卻足足喝了一壇，喝的很興奮，兩隻爪子勾著案桌的一角盪鞦韆，狐狸尾巴一翹一翹的，看著討人喜歡的很。

安書離卻是多喝了些，畢竟，他如今剛交了差事兒，也沒什麼事。
陸之凌問安書離：「兄弟，打算好了嗎？入朝嗎？」
安書離挑眉，反問：「我若是說沒打算入朝，你覺得太子殿下能同意放過我？」
陸之凌哈哈大笑：「也就是說你已經做好準備了？」
安書離笑了笑，看了蘇子斬一眼：「算是吧！兄弟幾個都入朝了，跟著太子殿下，大有可為，我若是不上進，不說太子殿下，我爹娘也饒不了我。」
陸之凌拍拍他肩膀，端起酒盞：「兄弟，恭喜你想通。」
安書離與他輕碰，笑著一飲而盡。
七公主這時走了過來，喊：「陸之凌！」
陸之凌身子一僵，第一反應就是想逃，但他又生生地忍住了，暗想著大約是逃習慣了？他以前逃可以，那時年少，不經考慮，如今畢竟成長了，這裡滿堂賓客，他若是就這麼跑了，七公主面子薄，估計一輩子也抬不起頭來。
於是，他慢慢地轉過頭，看著七公主，細揚眉梢，似笑非笑：「七公主好啊！」
七公主本來以為陸之凌不會搭理她，或者跟每一次一樣聽到她聲音就跑，沒想到如今他反而回頭與她說話，她一時間看著他，有些呆。
陸之凌從來沒好好地打量過七公主，以前在他眼裡，小姑娘愛哭又煩人，不知道怎麼就喜歡他了，追著他要跟他好，他最是受不住，所以，她追的厲害，他也躲的厲害。
如今他坐在酒桌前，滿堂賓客人群裡，看著面前的七公主，發現，這姑娘雖擔著個公主的身分，但似乎也沒有那麼嬌氣，也許是因為她，這麼多年，被人看慣了笑話，所以，反而打磨得更坦然了。面對他，雖也有羞澀，但一雙眼睛裡，更多的是堅定的問個答案的破釜沉舟。

他暗暗地想著，她所求的不過是一個答案罷了，給了她吧！

七公主呆了一會兒，心下有了些情緒，她是個藏不住心事兒的小姑娘，轉眼就浮現在了明面上，俏著臉看著陸之淩，在他的打量中，她提著心，鼓起勇氣說：「我有話要跟你說。」

陸之淩眨了眨眼睛，對比七公主的緊張，他渾慣了，坦然的很，但還是笑著問：「好啊！你是在這裡說，還是找個地方說？」

賓客們察覺到這裡的動靜，漸漸地靜下來，看過來。

這麼多年，七公主喜歡陸之淩，無人不知，無人不曉，趁著熱鬧的酒意，看熱鬧的人居多，但也有人憐惜七公主，覺得陸之淩這紈褲不懂風月，換做別人，早就高高興興收美人入懷了。

不過想想，七公主的身分，自古以來，駙馬不握重兵，陸之淩不想尚公主，也情有可原，畢竟是敬國公府，一直靠的是軍功立穩朝廷。

七公主看著陸之淩的眼睛，想說找個地方說，但四周忽然太靜了，又是如此夜裡，難免不被別人胡亂猜想，所以，她穩住心神，想著若是四嫂，一定不會如她這般沒出息，她深吸了一口氣，道：「就在這裡說。」

陸之淩有些訝異，左右看了一眼，賓客們都津津有味的瞧著熱鬧，他笑了笑，伸手推了一把蘇子斬：「讓個位置，怎麼能讓公主站著？」

蘇子斬瞥了陸之淩一眼，到底沒說什麼，往旁邊挪出了個位置。

陸之淩拍拍蘇子斬挪出的位置，對七公主笑道：「來，坐下說。」

七公主有些受寵若驚，又有些拿不住陸之淩的心思，她頓了一會兒，慢慢地搖頭：「我就一句話，說完我就走，不……不坐了。」
陸之凌聞言也不強求，頜首：「好，那你說吧！」
七公主又深吸了兩口氣：「陸之凌，我想嫁給你，你……你娶不娶我？」
此言一出，滿堂譁然。
陸之凌也呆了呆，他本來以為七公主會如每次一樣問你喜歡不喜歡我，沒想到，如今直接上升到娶不娶了？他摸了摸鼻子，忽然有些後悔沒拉著她找個背著人的地方說了。
七公主盯著陸之凌的眼睛，話語出口，她整個人忽然輕鬆了，她想，陸之凌若是搖頭，過了今日，她就真放下了，不過估計滿朝富貴子弟也沒人敢娶她了，畢竟，大庭廣眾之下，她這樣公然地問一個男子，實在不妥當，丟皇室的臉面，講規矩的人家，都不敢娶她的。
陸之凌腦中想著怎麼回答她，所以，呆的有點兒久。
蘇子斬這時似笑非笑地說：「有花堪折直須折，莫待無花空折枝。陸之凌，福氣來了，便收著吧！別過後後悔，沒人賣後悔藥！」
陸之凌激靈打了個寒顫，扭頭看蘇子斬。
蘇子斬的容顏在半明半暗的光影裡，有著喝了醉紅顏薰染的酒意和淒涼。
陸之凌忽然明白了他的意思，掩唇咳嗽了一聲，小聲嘟囔：「婚姻大事啊！豈能兒戲？」
七公主一直盯著陸之凌，陸之凌這一句話雖小，但她還是聽清楚了，她想著，多少年了，她也該死心的，不喜歡一個人，怎麼強求，也強求不來。於是，她咬唇道：「我知道了。」話落，她轉身就走。
陸之凌「唉？」了一聲，看著七公主的背影，忽然說：「我說什麼了？」

蘇子靳輕哼了一聲：「說什麼你自己清楚。」

陸之凌撓撓頭，掙扎了片刻，忽然起身，動作十分快，轉眼間，便追上了沒走幾步的七公主，一把拽住了她的胳膊：「你等等。」

七公主腳步一頓，轉回身，看著陸之凌，紅了眼睛，故意凶巴巴地說：「你不想娶我，還過來拽我做什麼？」

陸之凌尷尬了一瞬，不過他素來臉皮厚，看著她，試探地說：「打個商量好不好？」

七公主不解：「什麼商量？」

陸之凌又咳嗽了一聲：「今日我喝的有點兒多，不敢輕易答覆你，明日，不，三日後，你……你……」他想說你再找我，話到嘴邊，又改口，咬牙道：「三日後我找你，給你答覆。」

七公主的心如過山車，忽高忽低，好一會兒沒說話。

陸之凌看著她問：「行不行？」

七公主有些懷疑地看著他：「四哥和四嫂大婚後，你不會立即又要離開去西南境地吧？你這是又在逃避，以緩兵之計躲我？」

陸之凌頭疼地搖頭，暗想著小姑娘連緩兵之計都說出來了，又氣又笑：「不是，你說娶，實在是……太慎重了，我得想清楚。」話落，他試圖解釋，「婚姻大事，的確需要慎重，我……我不知道我能不能對你好，一旦應了你，就要對你負責，敬國公府就沒有出過不負責任的男人，那個……我若是做不到，寧可不答應你。」

七公主心裡酸酸甜甜的，一時間，情緒滿滿，紅著眼眶輕聲說：「陸之凌，我沒看錯你。」

陸之凌眸光又動了動，好不容易轉了一圈：「那你同意？」

七公主點頭，將胳膊從他手裡抽出來，一字一句地說：「我喜歡了你這麼多年，不差三日，我等你答覆我。」說完，轉身走了。

她走的很乾脆，腳步很快，轉眼就沒了影。

陸之凌立在原地，愣了一會兒神，忽然笑了一下，轉過身，又坐回了桌前。

有人起哄：「陸世子，乾一杯唄！」

陸之凌一拍案桌：「倒酒！」

有侍從倒了酒。

陸之凌痛快地乾了一杯。

有人叫好，有人羨慕，老一輩的人覺得陸之凌長大了，處理事情沒那麼混帳了。同輩的少年們覺得若論春風得意，除了今日娶親的太子殿下，估計就屬這位敬國公府的陸世子了。本來是太子妃的義兄，又得七公主喜歡，雖然敬國公府不稀罕駙馬，但別人稀罕啊！

前方熱熱鬧鬧，傳到了後方的鳳凰東苑。

雲遲陪著花顏在屋中走了小半個時辰，花顏才懶洋洋地摟著雲遲的脖子，小聲說：「不走了，上床歇了吧！」

雲遲點點頭。

花顏剛躺下，驚呼：「哎呀！」

「嗯？」雲遲低頭看著她。

花顏苦著臉揉身下：「床上好像有東西，硌的慌。」

雲遲聞言想起了什麼，立即將花顏抱了起來，果然見到床上散落著花生、桂圓、紅棗、栗子等，他不由得笑了。

花顏自然也看到了，也有些想笑：「早先有被子鋪著，我躺到上面，沒察覺出來，如今你掀了被子，才露了出來。」話落，她道，「讓人進來收拾了吧！」

雲遲搖頭，衣袖一揮，將床上的東西都拂到了地上。

……

也許大婚之夜，洞房花燭，本就賦予人生邁入嶄新階段的不同定義，兩人今日才是真正的得了圓滿。

夜深人靜，前方喧囂已歇。

天方見白時，雲遲心疼不已，吩咐人送了水，輕手輕腳地幫她清洗乾淨，抱著她回到了床上。全程，花顏睡的沉，什麼也不知道了。

雲遲自責不已，生怕出了事端，他的自制力在她面前，從來就克制不住，潰不成軍，他到底沒忍住，對外面吩咐：「小忠子，去請天不絕來。」

小忠子迷迷糊糊地驚嚇了一跳，連忙應是，匆匆去了。

不多時，天不絕提著藥箱匆匆而來，他也喝了不少酒，走路一步三晃，聽雲遲宣他，不敢耽擱，一路上冷風吹著，到了鳳凰東苑時，酒已醒了大半。

小忠子在外氣喘吁吁地回稟：「殿下，神醫來了。」

「進來。」雲遲已穿了紅色軟綢的袍子，立在床前。

天不絕提著藥箱邁進門檻，便見屋中花燭還未燃盡，大紅的床帳帷幔，紅毯鋪設，處處透著大婚的喜慶。他這才想起來，二人原是新婚之夜啊！

雲遲見了天不絕，讓開了床前，對他立即道：「趕緊給她把脈。」

天不絕放下藥箱，看了眼花顏，見她昏睡的無知無覺，他伸手給她把脈，片刻後，對雲遲瞪眼。

雲遲立即提著心問：「她如何？」

天不絕撤回手，臉色不好地說：「胡鬧！」

雲遲也顧不得沒面子，只看著他，承認錯誤：「是胡鬧了些，都怪本宮。」

天不絕沒好氣地說：「她本就身子虛弱，體力虛乏，這般胡鬧，是不想要命了嗎？」

雲遲拱手：「煩勞了！她可有大礙？」

「死不了。」天不絕見雲遲臉色發白，又看了一眼床上睡的昏昏沉沉的花顏，他瞭解花顏的脾性，這麼長時間，也知道雲遲有多在意花顏，今日這事兒，多半與花顏關係更大。他擺擺手，「罷了，我給她開一副藥方，趕緊讓人煎了，喂她喝下，否則，三日她都醒不過來。」

雲遲道謝，十分誠摯：「多謝。」

天不絕又氣笑了，以一個長輩的身分道：「以後別什麼都寵慣著她，否則有你受罪的。」

雲遲扶額點頭，別的事情不敢說，以後帳內之事，他還真要克制把持住，不能與她一起胡鬧了。

天不絕開了一張藥方，遞給了小忠子，便提著藥箱走了。

小忠子拿著藥方，連忙吩咐人去煎了。

室內安靜下來，雲遲坐在床前，手指描繪花顏眉眼，然後，握了她的手，倚在床邊等著藥煎好送來。

半個時辰後，小忠子端了藥碗進來：「殿下，藥煎好了。」

「給我，你去吧！」雲遲接過藥碗。

小忠子點點頭，退了下去，悄悄關上了房門。

雲遲試了試藥，待藥溫涼了，他也不喊醒，喂她喝了藥，湯藥苦，喝了兩口後，花顏便皺起了眉頭，小臉皺成了苦瓜，卻醒不過來。

雲遲看著好笑又心疼，但還是狠心將一碗藥都喂進了她嘴裡，放下藥碗，又給她喂了兩口水，才用帕子為她擦了擦唇瓣，輕輕拍她皺緊眉頭的小臉，柔聲說：「已喝完了，不再喝了，睡吧！」

花顏這才眉目舒展開。

雲遲看了一眼天色，脫了外衣，上了床，落下帷幔，這才擁著花顏睡下。

東宮的人隨著雲遲歇下，也才漸漸地歇下。

這一夜，無論是陸之凌，還是蘇子斬，以及東宮的護衛和暗衛們，都沒敢對於京城有一絲一毫的鬆懈。

第二日天亮，一夜過去，陸之凌才敢回了國公府睡下，蘇子斬也才敢闔眼歇下。

第二日，百姓們依舊對前一日太子大婚的盛況津津樂道，對於太子妃的嫁妝羨慕稱讚，太子殿下做的催妝詩流傳到了民間，少年公子才子們的答題，也紛紛流傳到了市井巷陌，趙清溪實打實的才華也被人們紛紛稱讚。

相比與外面的熱鬧，東宮卻十分安靜。

晌午時分，雲遲醒來，見花顏依舊睡的沉，但較昨日晚，養回了幾分氣色，臉色紅撲撲的，如水蜜桃一般，總算是放下心來。

他再無睏意，起了床。

小忠子聽到動靜，小聲在外問：「殿下，您起了嗎？可吩咐廚房將午膳送來？」

雲遲「嗯」了一聲，看了花顏一眼，不知要睡到什麼時候，他想了想，吩咐：「本宮去書房，午膳擺在書房吧！」

小忠子應是，連忙對廚房吩咐了下去。

雲遲梳洗穿戴妥當後，又倚回床邊看了花顏一會兒，才出了房門。

東宮的人見雲遲出來，紛紛見禮道喜。

雲遲心情不錯地說了句：「所有人，都有賞。」

以福管家方嬤嬤為首，一眾人等，齊齊謝恩。

雲遲對方嬤嬤吩咐：「本宮去書房，太子妃醒來後派人知會本宮。」話落，又補充，「吩咐廚房做些溫補的湯品，待她醒來喝。」

方嬤嬤應是。

雲遲邁出了房門。

第一百二十章 至死不渝的愛

今日天氣晴好，豔陽高照，冬日裡的風似乎都暖了，大紅的燈籠高掛，紅綢等物依舊如昨日一般布置，整個東宮依舊喜慶得很。

雲遲站在門口看了一會兒，腳步輕快地緩步走向書房。

小忠子跟在雲遲後面，想著殿下穿紅衣也是極好看的。

雲遲來到書房，清聲喊：「雲影。」

「殿下。」雲影應聲現身。

雲遲負手而立，站於桌前，看著案桌上的卷宗，問：「安書離送來的那個人可審出來了隻言片語？」

雲影垂手，搖頭：「殿下恕罪，那人還未吐口。」

雲遲瞇起眼睛：「再審。」

「是！」雲影應聲。

雲遲擺手，雲影退了下去，雲遲沉思片刻，對小忠子吩咐：「去武威侯府，喊蘇子斬過來。」

「是。」小忠子立即去了。

福管家在外小心翼翼地問：「殿下，午膳可要此時端來？」

雲遲想了想，道：「等蘇子斬來，本宮與他一起用午膳。」

福管家應是。

小忠子匆匆出了東宮，到了武威侯府，來到府門口，正遇到了要出門的武威侯，小忠子連忙見禮。

武威侯微笑詢問：「公公不在府中侍候太子殿下，怎麼來了侯府？」

小忠子笑著道：「殿下有要事請子斬公子前往東宮一趟，特意吩咐奴才來請。」

武威侯聞言歎道：「太子殿下大婚，本該休息，卻依然為國事操勞，實在辛苦。」話落，擺手，「子斬今晨才睡下，不知此時醒了沒有，既然殿下有要事兒找他，您快去喊他吧！」

小忠子點點頭，辭別了武威侯，去了蘇子斬的院落。

蘇子斬一夜未睡，清晨才睡下，剛醒不久，牧禾正在詢問他可否用午膳，便聽聞小忠子來了，他擺擺手，讓人將小忠子叫到面前問話。

小忠子見了蘇子斬，比對武威侯恭敬：「殿下請您過去一趟，如今殿下正在書房等著您。」

蘇子斬揚眉：「他今日不好生歇著，又出了何事兒？」

小忠子搖頭：「一定是頂重要的事兒。」

「太子妃呢？」蘇子斬問。

小忠子立即說：「太子妃還在睡著，未曾醒來，殿下也還沒用午膳。」

蘇子斬頷首，雲遲沒用午膳，醒來便去了書房，且喊他過去，可見是緊要的事兒。他披上披風，道：「我這便隨你去。」

小忠子連忙打了個千兒。

小狐狸聽聞蘇子斬要去東宮，立即跳進了他的懷裡，一人一狐，出了房門。

走到門口，遇到了柳芙香，柳芙香走在前面，她身後的婢女挎了個籃子，籃子裡放著幾碟吃食，她見到小忠子與蘇子斬，先是愣了一下，然後試探地問：「公子要出門？」
蘇子斬淡淡地看了她一眼，腳步不停，沒說話。
柳芙香習慣了蘇子斬的冷臉，也不覺得難堪，跟了兩步說：「公子是要去東宮？」
蘇子斬當沒聽見，依舊沒答話。
柳芙香咬唇：「公子昨日喝了不少酒，我命人做了些公子愛吃的……」
蘇子斬忽然停住腳步，轉身冷冷地看著柳芙香：「繼夫人已嫁給我父親多年了，還想從我身上得到什麼？我勸你死了這條心吧！」
柳芙香面色一白。
蘇子斬不再理會她，回身快步向府外走去。
小忠子都覺得這一刻蘇子斬身上的寒氣能冰凍三尺，似乎又回到了以前子斬公子未解寒症時的模樣。他暗想著，這繼夫人也真是，腦子被驢踢了，都成了子斬公子的繼母了，還想著勾搭子斬公子回頭嗎？做白日夢呢。
柳芙香眼看著蘇子斬離開，直到身影不見，她忽然蹲下身，抱著手臂哭了。
蘇子斬很快就到了東宮，因柳芙香那一樁事兒，直到他進了東宮依舊寒著臉。
雲遲見到蘇子斬時，微微揚了揚眉：「怎麼了？誰惹你了？」
蘇子斬自然不答，隨手解了披風，小忠子連忙接過，他一屁股坐在了椅子上，開門見山地問：「找我來做什麼？」
雲遲道：「先用午膳，用了午膳再說。」
蘇子斬不置可否，點了點頭。

福管家立即帶著人端來午膳，擺在了書房裡，知道蘇子斬要來，有幾樣他愛吃的菜。

二人都不是沒話找話的性子，所以，一頓飯簡單用過後，蘇子斬喝著茶，等著雲遲開口。

雲遲也不拐外抹角，對他道：「有一個人，我大約需要你來審。」

「哦？」蘇子斬揚眉，倒是意外了一下，「堂堂太子殿下，手下能人無數，審個人也找我？你覺得我太閒了？」

雲遲看著他道：「這人不同尋常，是安書離從外面帶回來的，與那背後之人有牽扯的嫌疑人，應是梅花印衛中的一員。既是暗衛，雲影用暗衛的那一套審問之法，對他來說無效。本宮便想著，你興許可以一試。」

蘇子斬瞇起眼睛：「集結東宮、花家、我，都未能查出一人捉到活口。安書離是怎麼抓到的人？」

雲遲道：「本宮前往臨安迎親，背後那統領做了布置，本宮與花灼本就打算引出背後之人的勢力順勢徹查，卻不想那統領反應快，短短時間，斬斷一切消息暗探。也許正是因為安書離在川河谷賑災，沒被牽扯進來未被人防備。所以，他歸京途中，發現了苗頭，當即出其不意，拿了一人，才捉到了一個漏網之魚。」

蘇子斬點頭：「說得過去。」

雲遲道：「怎樣？你可否答應？」

蘇子斬放下茶盞：「你就相信我能審問得出來？」

雲遲抿唇道：「本宮覺得你可以一試，這些年，三教九流人物你都能駕馭收服在手。雲影的暗衛審問法子不做效時，也許你的法子能有效。」

「我的法子狠辣的緊，若是將人審問死了呢？」蘇子斬慢聲問。
「若是被你審死了，也就說明這條路走不通，再慢慢查就是了。」雲遲道。
「行，人在哪裡？」蘇子斬不再多言，痛快地站起身，答應了下來。
「雲影。」雲遲對外清喊。
「殿下。」雲影現身，看了蘇子斬一眼。
雲遲吩咐：「帶子斬前去地牢，審問那人之事，一切交給他，聽從他的吩咐。」
「是。」
蘇子斬重新披了披風，出了書房。
雲遲在蘇子斬離開後，吩咐福管家撤了剩菜殘羹，坐在桌前，翻閱卷宗。
一個時辰後，方嬤嬤派了人來稟告：「殿下，太子妃醒了。」
雲遲聞言立馬放下卷宗，快步出了書房，回了鳳凰東苑。
他走路極快，不多時，便進了院子，邁進房門時，連方嬤嬤都覺得他如一陣風一般地刮了進來，她都沒來得及見禮，雲遲就進了房間。
花顏剛醒來，連床還沒下，只懶洋洋地問了一聲：「采青，太子殿下呢？」，采青剛回了一句，「殿下去了書房，太子妃您是餓了嗎？奴婢這就讓人端飯菜來。」花顏搖搖頭，「不餓，我再躺會兒。」主僕二人說了不過兩句話，沒想到，雲遲便回來了。
珠簾一陣劈里啪啦的晃動，大紅身影的雲遲便衝了進來，幾步到了床前。
花顏躺在床上，訝異地看著他，須臾，笑了：「我又跑不了，做什麼走的這麼急？」
雲遲挑開帷幔，在床前站了一會兒，拂了拂身上的寒氣，才坐下身，握住她的手，自己也笑起來：「聽說你醒了，便急著想見你。」

花顏笑容蔓開，從他手中撤出手，軟軟地勾住他脖子，控訴昨夜：「雲遲，你是不是昨夜偷偷喂我喝藥了？苦死個人。」

雲遲順勢俯下身，低頭吻她唇角，看著她控訴的眼睛，無言了一會兒，笑著無奈地說：「以後不准再胡鬧了，昨夜你昏過去後，我喊了天不絕，被你嚇個半死，這般下去，幾條命也不夠被你嚇的。」

花顏眨眨眼睛，想起昨夜，臉紅了紅，小聲說：「洞房花燭夜，情有可原嘛！」

雲遲失笑，昨夜的洞房花燭夜，大概真是讓他一輩子也忘不了。

他伸手一撈，連人帶被子一起撈進了懷裡，低聲問她：「可還難受？」

花顏搖頭：「不難受，就是有些懶，不想起床。」

「那就不起。」雲遲順應她，「可是總要吃飯，我讓人將飯菜端來，這般餵你吃？」

花顏笑出聲，手指掐了掐雲遲的臉，軟軟地說：「太子殿下，你這樣會慣壞我的。」話落，蹭了蹭他下巴，說，「我現在不想起，你抱我一會兒，我就起來。」

雲遲也笑，自然答應：「好。」

花顏靠在雲遲懷裡，讓他抱著，與他說話：「你起來便去了書房，是有要緊的事情要處理嗎？」

雲遲點頭：「是有一樁事情緊要些。」

花顏仰著臉看著他。

雲遲笑著與她說了安書離回京帶了一個人回來，那人是梅花印衛，雲影審問了一夜，沒審問出來，他將蘇子斬喊來了東宮，將人交給了他審問。

花顏也有些訝異：「我們在北地，在神醫谷，都沒能抓住一個活口，沒想到安書離出其不意便拿住了個活口。」

雲遲道：「所以，這麼多年他不入朝，我卻想方設法抓了他入朝。」

花顏笑起來：「嗯，此等人才，自然不能放過，當為朝廷效力。」

雲遲笑著點了點她眉心：「以前，他行事只會行找上他的，斷然不會無故多事，如今會多插這一手，大抵也是因為你幫了他一遭的緣故，他明白你待我之重，幫我也就是幫你了。」

花顏「唔」了一聲，說，「趙府小姐是個好女兒家，我至今都覺得幫了安書離壞了她天定的姻緣有些愧疚。」

雲遲淡笑：「能破壞的，便不是天定，無須愧疚。」

花顏想了想，笑著說：「梅疏毓一直傾慕趙小姐，待我得閒了問問趙小姐，他若是同意，我便牽一回紅線，你說怎樣？」

「愛操心。」雲遲彈了彈她眉心，給出評論。

花顏嗔了他一眼：「梅疏毓脫不開身，沒喝上喜酒，指不定昨日怎麼在西南境地跳腳呢，他幫過我，他的終身大事，我總要想著。」

「好，回頭派人給他送去兩壇喜酒。」雲遲笑道。

花顏點點頭，重新說起梅花印衛，對雲遲道：「起吧！我也想去地牢裡看看。」

雲遲搖頭：「地牢陰冷，你身子不好，等著蘇子斬的結果吧！」

花顏動了動身子，果然綿綿軟軟，於是作罷，點頭：「好，聽你的。」

雲遲歡喜：「你若是一直這麼聽話就好了。」

花顏笑出聲，勾著他脖子問：「你要多聽話的？相夫教子？賢良淑德？」

雲遲氣笑，低頭咬她唇瓣：「那些都不需要，聽我的話，把身子養好了就好。」

花顏頷首，她這副身子，如今能順利跟雲遲大婚，還能胡天胡地的在洞房花燭夜胡鬧了一整晚，已經知足。不過到底虛軟了些，接下來，是該好好養著，看看可否有法子將靈力和武功找回來，總不能如祖父一般，一生再無半絲靈力了。

花顏想著，又靠著雲遲任他抱了一會兒，才說：「你幫我穿衣服。」

雲遲自然應允，笑著將她放在床上，拿了嶄新的紅綢衣裙，為花顏穿戴。花顏身子本就白皙，即便過了大半日，身上的斑斑痕跡依舊未消退，反而在白皙的肌膚上看起來越發醒目。

雲遲抿著唇，動作很輕，臉也沒了笑，微微繃著，後悔自責都擱在了心裡。

花顏伸手戳雲遲的臉，戳了一下又一下，也不見他面上再有笑意，她看著他：「雲遲，你好沒趣啊！」

雲遲歎了口氣，終究笑了：「調皮！」

花顏氣笑：「以前太祖母、祖父、我父母常說我調皮，如今換成你了。」

雲遲寵溺地捏了捏她的臉，為她穿戴妥當後，看著她脖頸，哪怕這件衣服領子高，也依舊遮不住她脖子上的痕跡，他想了片刻，也沒法子，於是，將她抱到了菱花鏡前，對她問：「你想想，有什麼法子？」

花顏瞧了一眼，喜滋滋地說：「就這樣唄。」

「不行。」雲遲搖頭，「雖是我不好，但若被人瞧見，也會說本宮的太子妃不莊重，你雖不在意，但我也不想你被人非議。」

「那簡單啊！」花顏將手臂上挽著的紅娟紗拿起來，圍在了脖子上，三兩下，便在左側頸項處繫了個絹花，然後，她俏著一張臉問雲遲，「好不好看？」

「好看。」雲遲低笑，眉眼盡是豔色溫柔，低頭咬她耳朵，「好看極了。」

花顏就愛聽雲遲這般誇她，她站起身，要去淨面，雲遲先一步拉起了她的手，走到清水盆前，親自動手掬起一捧水，為花顏淨面，花顏乖乖地站在盆前，想著他們有了孩子後，雲遲是不是也這樣親手幫孩子？想到父子二人一模一樣的臉，她的心都熱了起來。

淨面後，雲遲又拉了花顏走到鏡子前，扶著她坐下。

花顏對著鏡子裡的自己眨眨眼睛，又看著身旁一本正經地立著的人，半晌，納悶：「要幫我綰髮？」

雲遲點頭，拿起梳子：「幫你綰髮，給你畫眉。」

花顏透過鏡子瞅著他：「綰髮你也許會，但畫眉……你會嗎？」

「嗯，在大婚前兩日，我特意喊了幾名宮女來，觀摩了如何畫眉。」雲遲道。

花顏笑噴，猛地轉過身，一把抱住雲遲，悶聲地笑：「雲遲，你……我真是撿了個寶。」

「老實坐著。」雲遲也笑，「你若是亂動，我梳不好頭。」

「好。」花顏重新坐直了身子。

於是，雲遲給花顏綰了個時下流行的流雲髻，又動手給她臉上略施了脂粉，然後拿起眉筆，在花顏一動不動下，輕輕為她畫了眉。

花顏全程坐著，意外驚喜了半晌，待雲遲做完這一切，她依舊有些呆。

「怎麼？是不是做的不好？」雲遲聲音有些罕見的發虛。

花顏慢慢地轉過身，對雲遲搖頭，剛要說句哪裡不好了？好極了。她素來不喜脂粉顏色，不用這些東西，自己都不會！沒想到，雲遲為了給她綰髮畫眉，刻意地下了一番功夫，也只有深情到了何等地步，才會讓他堂堂太子，自小沒沾染過這種事情的人，想著大婚後日日為她做吧？

她心中情緒翻湧，可是在轉身看到雲遲額頭溢出的薄汗時，一下子都煙消雲散了，她歪著頭，笑吟吟地看著他，好半晌，才吐出一句話：「雲遲，你出了好多汗。」

想必，做這種事情，比批閱一晚上奏摺還要累吧？

雲遲聞言伸手摸了一下額頭，失笑：「嗯，第一次，有些緊張。」

花顏站起身，推開椅子，雙手環住雲遲的腰，抱緊了他，收了笑意，低聲說：「以後不要刻意學了，我心疼。」

雲遲微笑，想如以前一樣拍拍她的頭，但是這頭是自己好不容易綰的，便拍不下去了，他長吁一口氣：「熟能生巧，第一次是難了些，但我想為你每日做，心甘情願。」

花顏「唔」了一聲，「可是，我愛睡懶覺啊！以後你每日上朝要早起，我不想起床。每日是不成的。」

雲遲似乎能體會她捨不得他辛苦的心思，低笑：「那就偶爾為之？」

「嗯。」花顏痛快地點頭，偶爾為之，不失為閨房之樂，長久為之，她捨不得他這雙執掌千秋功業的手。

雲遲笑問：「可滿意？」

花顏誠懇地點了好幾下頭：「滿意極了。」

雲遲笑出聲，心情愉悅至極，對外吩咐：「方嬤嬤，命人將飯菜端進來。」

方嬤嬤應是，連忙吩咐人去了廚房。

不多時，侍候的人端著托盤魚貫而入，飯菜擺了滿滿一桌，色香味俱全，還有好幾樣湯品。

花顏笑著對方嬤嬤說：「以後每日簡單些就好。」

方嬤嬤笑著應是。

花顏放開雲遲，對他笑著問：「陪我再吃點兒？」

雲遲點頭，挨著花顏坐下身，拿起筷子，給她夾菜：「嗯，侍候你吃。」

方嬤嬤看著兩位主子這般兩情相許，終於締結連理，歲月靜好了。

雲遲陪著花顏用過飯菜後，花顏看著窗外，日色雖已偏西，但天色還早。她對雲遲問：「可還有什麼事情要處理？」

「有一些卷宗和奏摺要看。」雲遲道，「不過明日再看也無礙。」

「越堆越多，早晚是你的事情。」花顏笑著搖頭，反手拉他起身，「走！我陪你去書房，反正我也不想上床睡了，現在睡，晚上該睡不著了。」

「好。」雲遲笑著點頭，被花顏拉著起身。

采青和小忠子捧來披風，遞給二人。

雲遲幫花顏披上披風，又披上自己的，二人攜手出了房門。

京城的冬日自然比臨安冷很多，不過今日日色晴好，風雖冷颼颼的，但落在人臉上，倒不像北地那樣寒冷刺骨如下冰刀子。

二人一路到了書房，書房一直燒著地龍，暖意融融的。

雲遲幫花顏解了披風，對她笑問：「你是與我一起看奏摺卷宗，還是隨意找一卷書看？」

「隨意找一卷書看，你不必管我了。」花顏擺手。

雲遲失笑：「我還以為你要幫我一起。」

花顏歪著頭瞅著他：「太子殿下，你不可以偷懶啊！」

雲遲笑著點點頭。

於是，雲遲看卷宗奏摺，花顏在雲遲的書房裡找了一卷閒書，倚著長榻，看了起來。

雲遲抬頭瞅了一眼，那卷閒書是《後樑江山志》，他眉目動了動，仔細地看了花顏兩眼，見她神色平靜眉目疏淡地翻閱著，不見半絲起伏情緒，他放心下來，不再管她。

花顏這時候自然不會真的看閒書，她沒那時間讓自己閒著，雲遲與她大婚後，最多休沐三日，之後一切事情都要緊鑼密鼓地推進。她一邊看著《後樑江山志》，一邊將這一卷歷史記載與當年的人物聯繫起來。

四百年，時間太長了，且不說她飲了毒酒後在獨木橋上走了多久，又且不說施展了魂咒後，在迷霧雲瘴中掙扎了多久，只說重新投生後這一世，到如今，已十六年。

她記憶最深的，無非是宮闈中陪太子懷玉在東宮以及他登基後在皇宮的那七年。那時候，他為振興後樑江山而殫精竭慮，她也陪著他一起憂心社稷，想方設法挽救政局，對於皇室宗室裡那些只知道奢靡享樂的人，她素來都是忽視態度。所以，瞭解還真不夠多。

那時候，心中除了裝著對懷玉的愛，再就是裝著江山天下的大格局了。以至於，如今梅花印衛有主，且延續了四百年，至今禍亂南楚江山，她還真想不出嫡系一脈的子孫誰有這個本事。

不過，哪怕她記憶裡想不起來，但若是不再排斥地翻閱《後樑江山志》的書籍，或許能尋到絲蛛絲馬跡也說不定。

書房安靜，偶爾小忠子和采青會進來添加炭火，沏茶倒水，其餘時候，雲遲看他的卷宗奏摺，花顏看她的書，溫馨靜謐。

二人便安靜的在書房待到了掌燈時分。

小忠子進來掌了燈，雲遲抬眼看向花顏，見她手裡的書不知何時已翻閱完畢，雙手握著，放在腿上，而她低著頭，正想著什麼，十分入神。

雲遲本想與她說話，見此便住了口，處理完了案頭的奏摺，便拿起卷宗來看。

又過了半個時辰，花顏忽然扔了手裡的書，騰地站了起來，她起身的動靜太大，奈何坐久了，腿麻了，加之身子骨軟，趔趄了一下，一不小心跌在了地上。

雲遲驚醒，連忙起身，伸手將她撈到了懷裡，急忙問：「怎麼了？傷到哪裡了？」

花顏醒過神來，定了定心，搖頭：「沒傷到，就是坐久了突然起身，腿麻。」

雲遲鬆了一口氣，將花顏放在榻上，低聲問：「哪隻腿？」

「兩隻腿都麻。」花顏道。

雲遲伸手幫花顏輕輕揉按，花顏忍著難受，低頭看著雲遲，片刻後，兩隻腿總算舒緩了，過了麻勁兒，她眉目舒展開，伸手摟住雲遲脖頸，軟柔地說：「雲遲，你怎麼就這麼好呢？」

雲遲仰起臉，看著她微笑：「那是因為你更好。」

花顏笑容蔓開，湊上前，吻了吻他唇瓣，伸手將他拉起來，對他說：「我方才翻閱卷宗，想起了一個人，我本來以為他死了，如今發現，也許他沒死。」

雲遲順著花顏的手起身，順勢挨著她坐下，問：「什麼人？」

花顏重新拿起那卷《後樑江山志》，翻開一頁，指著一個人名：「梁慕。」

雲遲順著花顏的指尖，看到那個名字，梁慕，懷玉帝同胞兄弟，天賦早慧，卒於七歲，短短一句話。他抬眼看花顏：「這卷《後樑江山志》記載不屬實？」

花顏搖頭：「不能說是不屬實，他是懷玉的一母同胞，他父皇駕崩一月後，查出他母后懷有遺腹子，因他父皇仙去，母后傷心欲絕，她七個月便早產了。我認識懷玉時，他正暗中出東宮前往江南為他胞弟尋醫問藥。後來我得知後，從臨安家裡拿了一株千年人參，救活了他。」

雲遲點頭，靜靜聽著，花顏說起懷玉帝，聲音無波無瀾，淡如清風，就如在談論歷史一般。

花顏又道：「他母后到底沒禁受住早產傷了身體，沒幾個月就去了。他愛護弟弟，便派了一支梅花印衛，將他送去了湯泉山療養。每隔兩年春時，便接回宮裡住兩日。懷玉不怎麼談論他弟弟，畢竟年歲小，那時，他憂國憂民，我也跟著他憂國憂民，倒把他給忘了。曾經，懷玉提過一句，若是有朝一日他大限將至，便讓弟弟接替皇位。」

雲遲微愣，看著花顏，想說什麼，又抿唇，壓了下去。

花顏看清了他欲言又止的神色，平聲笑著說：「你我有什麼話是說不得的？你想說什麼，說吧！」

雲遲伸手摟住花顏的身子，沉默了一會兒，低聲問：「我是想問，你嫁給他有七年了吧？就沒想過孕育子嗣？」

花顏頓時笑了，輕輕一歎，勾住他脖子，將他摟緊，小聲說：「別說我嫁他七年，就是十七年，也不會有子嗣的。」

雲遲不解：「為何？」

他知道花顏曾經待懷玉帝情深似海，任何一個男人遇到她，相處七年，這樣的人兒，會不愛嗎？會不想讓她生下自己的子嗣嗎？不可能的。

花顏低聲說：「懷玉自小中過毒，傷了身子，我嫁給他前，就知道了。」話落，她又歎氣一聲，如今四百年，她早已不糾葛，只不過徒留一聲歎息罷了，「他倒不是不舉，只是，七年，未曾碰過我，哪裡來的子嗣？」

雲遲驚訝，這一刻，竟然不是歡喜，而是從花顏的隻言片語間，感受到了她四百年前的深愛與濃濃的心酸以及說不得的苦，那人能，卻不，娶了自己喜歡的人七年，未曾圓房，這是什麼樣的堅持？

竟然還在他飲毒酒後，追隨著飲毒酒而亡。

他沉默了好一會兒，伸手推開花顏，看著她的眼睛：「就算不能孕有子嗣，七年，多少日夜，他也不該不對你……」

後面的話，他說不出來。

花顏仰起頭，與雲遲四目相對，用臉蹭了蹭他的下巴，軟軟地說：「雲遲，你以為誰都與你一樣嗎？你愛我，哪怕豁出去江山不要，也能陪我死。但是懷玉不同，他顧及的太多，江山天下，黎民百姓，朝綱社稷，仁義大愛，所有的，都排在情愛這個小愛前面。」

雲遲伸手摸摸花顏的頭，沒再說話。

花顏輕聲說：「那時，我覺得，無論是一國太子，還是一國之君，似乎就該這樣。我也懂他的意思，他身體一直不好，一年有大半的時間纏綿病榻，換句話說，性命朝不保夕。他覺得，只要不碰我，將來他大限之日後，我就能離開皇宮，不陪著他一起死。他自始至終，就沒打算拉著我一起死。他覺得，我正值年輕好年華，不該毀在他手裡。可是殊不知，我從嫁給他之日，就是做了陪著他一起死的打算的。」

雲遲沉默，伸手將花顏又摟入懷，緊緊地抱住，低聲說：「是他不懂你，也是我的榮幸。若沒有當年他的顧及，哪裡有我今生遇見你。我該謝謝他。」

花顏忍不住笑了起來，伸手掐了掐雲遲的臉，軟軟綿綿地說：「查梁慕吧！懷玉死前，定然安排了他，除了懷玉，唯他手裡有一支梅花印衛。」

雲遲點頭：「好。」

四百年，風雲已過，後樑早已經覆滅，梅花印衛牽扯著南楚江山，花顏如今是雲遲的太子妃，理當與他一起擔負。

但不說這個身分，只說為了江山盛世，天下太平，黎民百姓的安居樂業，她雖對懷玉已放下風過無痕，但也要重新去細想探究四百年前的事情，不能讓心狠手辣的背後之人破壞。

若說皇室中有誰是懷玉在意的，那必定是他的同胞弟弟梁慕。

《後樑江山志》記載，梁慕卒於七歲的那日，恰是太祖雲舒從臨安通關時，也是他兵臨城下一個月前，也就是後樑覆滅之前。

以前，她從不探究後樑歷史，所以，從旁人的隻言片語中只知道在後樑末代帝后駕崩後，太祖爺將所有後樑皇室宗親的所有人都殺了。她也以為，梁慕也是死在太祖也之手，後樑徹底絕了。

可是，如今這卷《後樑江山志》記載的，卻是梁慕在後樑滅亡前一個月就卒於湯泉山了。

這怎麼可能？

她記得，在太祖爺起兵的一年裡，梁慕未曾回過皇宮，在太祖爺兵臨城下的一個月前，湯泉山也無人往宮裡報喪消息。

若是梁慕真的提前卒於湯泉山，她每日跟在懷玉身邊，不可能不知道，就算他有心瞞她，他胞弟真死，他也會面露哀慟，但那時的他，有對江山的哀，卻無永失至親的慟。

那時，她雖一心想著，與其懷玉殫精竭慮苦苦支撐民不聊生的江山，不如她放太祖雲舒入關，解脫了後樑江山，也解脫了他，他那樣的人，一定會陪著南楚江山一起落幕，她便也陪著他一起也就是了。

但那時的她，也不是沒關注京城內外的動靜。

所以，只能說，梁慕的死是懷玉預料到後樑江山的結局，提前安排的。

至於瞞著她安排，大體也是因為，他本就沒打算拉著她一起死，是要讓她活著的，所以，她不知道為好。

雲遲本就聰明，花顏三言兩語，他便通透了，他擁著花顏，輕輕拍她後背，像哄孩子一般。

花顏抓著雲遲的衣襟，輕輕地笑：「雲遲，你相信因果嗎？」

雲遲低頭看著她：「你相信嗎？」

花顏點頭，眉眼清澈：「若沒有重活一世，我不相信，但重活了一世，我相信的。」

「你相信，我便也相信。」雲遲道。

花顏又笑起來，摟著他脖子軟軟地說：「我又睏了，怎麼辦？送我回去睡覺吧！」

雲遲點頭，拿了披風給花顏裹上，攔腰將她抱起，出了書房。

花顏窩在雲遲的懷裡，打了個哈欠，閉上了眼睛，睏意濃濃地說：「我先睡一覺，不吃晚膳了，什麼時候醒，什麼時候吃，好不好？」

雲遲一邊走著，一邊低頭看著她，半晌，點頭：「好，依你。」

花顏放心地窩在他懷裡，沒待雲遲進入鳳凰東苑，她便睡著了。

雲遲快步進了鳳凰東苑，方嬤嬤帶著人連忙迎出來，見雲遲抱著花顏回來，嚇了一跳：「殿下？太子妃她……」

「她睡著了。」雲遲腳步不停。

方嬤嬤鬆了一口氣，連忙對采青使了個眼色，采青快步去打開了門簾。

雲遲進了裡屋，解下花顏的披風，將她和衣放在了床上，見她已然睡熟，又伸手拿了薄被蓋在她身上，然後揮退了方嬤嬤等人，坐在床頭看著她。

她身體不好，本就氣虛未痊癒，最忌耗費心神，她卻為了他，翻閱《後樑江山志》，尋找蛛絲馬跡，想的太多，自然受不住，累得疲乏睡了過去。

他伸手勾了她一縷青絲，在指尖輕輕纏繞，他從沒想過她上一世到死都冰清玉潔，也震驚於她與懷玉帝大婚七年，卻至死完璧。

未得知時，他刻意淡化和忽略她的過去，不讓自己再心生嫉妒，也不敢生。可是如今，陡然知道，她將此事攤開在他面前，他卻沒有半絲欣喜，只有心疼，濃濃的心疼淹沒了他。

她的那七年，是怎樣的傾軋煎熬飛蛾撲火至死不渝？到最後，卻又滿是創傷心死成灰上天無路地下無門時，對自己下了魂咒？

她問他信因果嗎？她信，他也信。

他沒有前世，也許，與前世無關，上天讓她重回來到這世間，就是讓他給她至死不渝的愛，他確信，他能給。

雲遲陪著花顏待了許久，見她依然熟睡著，他才放開了她的手，站起身，出了房門。外面，月色如今日的天氣一般極好。

雲遲站在廊簷下，看著天上的一彎月亮，想著查梁慕，應該從哪裡查？四百年，懷玉帝安排他假死，那時梁慕七歲，剛知事的年紀，太祖爺兵臨城下，接手後樑，改國號南楚，同時改治天下，四海革新，天下迎新，當時，梅花印衛能帶著七歲的梁慕去哪裡？

若他是懷玉帝，應該怎麼安排？

大隱隱於世，懷玉帝當年，必有親信大臣，太祖爺雖剷除了一眾皇室宗親，以絕後患，但朝中文武百官，卻是收攏安撫，有才能之士，反而得了重用。

那麼，是不是要從當年留下的後樑朝臣們查起？

他想著，又快步去了書房，同時吩咐跟著的小忠子：「去將夏澤喊來。」

小忠子看了一眼天色，連忙應是。

夏澤未曾睡下，正在讀書，小忠子親自來喊，他也看了一眼天色，不敢耽擱，連忙去了雲遲的書房。

雲遲已坐在案桌前，似提筆在寫信，夏澤給雲遲見了禮，便立在一旁。

雲遲寫完了一封信，喊來雲意，吩咐：「交給安十六，祕密送去臨安給花灼。」

雲意應是，退了下去。

雲遲這才看著夏澤，對他問：「你對自己未來可有什麼規劃？」

夏澤微愣，不過一瞬，便拱手：「聽太子殿下的。」

雲遲道：「本宮想聽聽你自己的意思。」

夏澤想了想，搖頭：「我尚且年少，可學的地方還有很多，還未曾細想過，顏姐姐說，入了東宮，殿下您會給我最妥當的安排。」

雲遲微微點頭：「本宮本也是念你年少，想在東宮安置個三五年再入朝。不過今日本宮卻改了主意，想讓你提前入朝，破格而用，你可願意？」

夏澤睜大眼睛，他今年滿打滿算不過十一而已，自古以來，還沒聽過誰十一歲便入朝的。他也以為，他即便聰明早慧，也要等上個三五年才能有大用的。

他看著雲遲，忍不住問：「殿下為何改了主意？」

「因為有一件事兒，本宮想要你去查。」雲遲也不隱瞞，對他道，「正因你年少，有一個地方，正可去做學生。你是東宮出去的人，本宮將來想大用你，將你安排進去，想必別人也不會懷疑本宮的真實目的。」

夏澤心口怦怦地跳了起來，問雲遲：「殿下想送我去哪裡？想讓我去查什麼？」

「送你進翰林院做學生。」雲遲清聲道，「想讓你去查後樑降臣的開國史宗，無論是一個人，還是一個家族，都查，不得有半絲遺漏。」

夏澤聰明，雲遲也說的明白，他懂了他的意思，但他還是問：「以何人為中心？」

雲遲聞言頓時笑了：「太子妃沒看錯，你聰明極了。」話落，道，「後樑懷玉帝胞弟，九皇子梁慕，一個在太祖爺兵臨城下一個月前就死了的人。」

夏澤脫口問：「難道他沒死？」

「嗯。」雲遲道，「你可願意？此事很難，本宮只交給你一人，你依舊住在東宮，每日去翰林院點卯，暗中查，切不可被人知曉，任何人都不行。」

夏澤腦子轉的極快，試探地問：「太子殿下可是懷疑，當年降臣裡有人包庇藏匿了那位九皇子？而今世代傳承，依舊藏在天下的世家大族裡？或者說，就藏在朝中？」

「也許。」雲遲道，「朝中的人，本宮讓你來查，至於別的，本宮已書信了你姐夫，集花家之力來查。在朝在野，翻遍天下，本宮便不信，查不出他的血脈傳承至今到底是何人在背後作亂？」

夏澤看著雲遲，他正是因為十一歲，且頭腦聰明，雲遲才給他這個重任。

試想如此年少的一個孩子，又是從東宮被送進翰林院，朝臣們就算頗有微詞，也會覺得是太子殿下培養自己的人，也不會想到他的真實目的。

他本想著要在東宮待幾年，才有機會，沒想到，這麼快便有了機會。

夏澤心中激動，看著雲遲，深深一叩，眉眼堅定：「太子殿下放心，我進入翰林院，一定謹小慎微。」

雲遲點頭，溫聲道：「不必太急，進去之後，先學東西，待沒人關注你時，站住腳後，慢慢查。」

夏澤明白，他如此年紀便進翰林院，自然是萬眾矚目，總需要一個立足後不被人再注意的過程。在這期間，他絲毫不能暴露目的，否則，不必雲遲說，他也明白，怕是走著進去橫著出來。

「你去吧！做好準備，三日後，我送你進翰林院。」雲遲擺擺手。

夏澤頷首，對雲遲規規矩矩地行了告退禮，出了書房。

走出書房後，冷風一吹，夏澤才察覺書房裡的地龍實在是太暖，外面冬日裡的夜風又實在太冷，但他心口的熱度卻騰騰地如書房裡的地龍，熱得很。

小忠子跟出來，對夏澤問：「小公子，奴才送您回去？」

夏澤揮手一禮，搖頭：「多謝公公，不必了，我自己走回去。」

小忠子見他拒絕，將手裡的宮燈遞給他，囑咐說：「天黑路滑，您慢一點兒。」

夏澤點點頭，又道了謝，拿著宮燈走回了自己住的院子。

小忠子站在書房門口看著夏澤走遠，暗暗想著，十一歲的小公子，比他還小幾歲，便被太子殿下送進翰林院，若是能立穩腳跟，將來這前途真是不可限量。

夏澤回到住處，安十六和安十七等在門口，見他回來，小臉紅撲撲的，不知是冷風凍的，還是因為什麼，在宮燈下，眉眼神采飛揚，安十七上前一步，拍拍夏澤肩膀，笑著問：「太子殿下深夜找你，什麼好事兒？」

夏澤猶豫了一下，沒說話。

「不能說？」安十七挑眉。

夏澤回頭瞅了一眼，除了安十六和安十七沒有旁人，他低聲道：「太子殿下想安排我進翰林院。」

安十六和安十七都吃了一驚，看著夏澤，如此年紀，就進入翰林院，這是要逆天嗎？二人不解，安十六凝眉：「為何？殿下可說了。」

夏澤抿唇，沉默了一小會兒，搖搖頭：「此事重大，需要保密，兩位哥哥恕罪，暫不可說。」話落，他又補充，「若是殿下不瞞顏姐姐的話，兩位哥哥問顏姐姐吧！總不能殿下剛交給我差事兒，便從我口中說出來。」

安十六和安十七對視一眼，因二人從臨安離開時，少夫人特意囑咐照應夏澤，所以，雲遲這般深夜叫了夏澤出去，二人才問詢一二，他畢竟年少。

如今聽到夏澤這樣說，安十六點頭道：「嗯，既然此事重大，不可隨意亂說，理當對我們也不可說，你是對的，否則對任何人都說，便不是密事了。」

安十七也點頭，問：「可有危險？」

夏澤想了想說：「我謹小慎微些，應該沒事兒，一旦暴露目的，可能真會有危險也說不定。」

安十七又拍拍夏澤肩膀：「聰明點兒，按照太子殿下所說，會沒事兒的。殿下總不會害你，既然選你，定有他的理由。」

夏澤頷首，雲遲選他，就是看中了兩點，一是他年少，別人不見得對他設防，二是他聰明沉穩，不天真好欺負。

「太子殿下可說了安排你什麼時候去翰林院？」安十六問。

「三日後。」夏澤點頭道。

安十六點點頭，擺手：「早些去睡吧！翰林院是個好地方，但也是個難立足的地方，這三日準備好，屆時進去後打起一切精神好好應對。」

夏澤點頭，回了房。

安十七歎了口氣，望著天道：「太子殿下也不易，大婚第二日，這麼晚了還在書房理事。」

安十六也望著天道：「背後之人一日未查出，南楚朝局一日不安穩，太子殿下憂心社稷，少主也跟著憂心操神。什麼時候查出背後之人，肅清了朝局，天下大安了，那時候大約就沒這麼不易了。」

「且看時日長短吧！背後之人隱藏的太久，公子調動了所有人，以我們花家之力，至今都沒查出來，怕是有的熬了。」安十七收回視線。

安十六道：「無論如何，我們保護好少主是首要，臨行前公子交代了，因北地之事，背後之人恨死少主了，即便大婚順利，但也切不可大意。」

安十七點點頭：「寸步不離守著少主就是了。」

花顏睡到半夜，被餓醒了，她今日一日就吃了一頓飯，雲遲晚上依她讓她睡了，如今她醒來，摸摸身邊，被褥一片冰涼，屋中也沒有雲遲的氣息，她坐起身，對外喊：「采青？」

「奴婢在。」采青立即應聲，推開房門，走了進來，掌了燈，看著花顏問，「太子妃，您是餓了嗎？廚房一直給您備著飯菜了。」

花顏點點頭：「太子殿下呢？」

采青立即說：「殿下將您送回來後，陪著您坐了許久，又去書房了。」話落，補充，「殿下晚上也沒用晚膳。」

花顏伸手揉揉眉心：「都怪我，竟然讓他也跟著我一起餓著。」話落，對她吩咐，「去書房喊他回來，都深夜了，人又不是鐵打的，不吃飯休息怎麼行？」

「是。」采青點頭，立即去了。

方嬤嬤等人也沒歇下，聽聞花顏醒了，連忙吩咐廚房起灶做飯菜端來。

雲遲在夏澤離開後，便召集了幾名東宮幕僚，商議送夏澤入翰林院之事。

幕僚們心中也震驚於太子殿下對夏澤的安排，但也知道夏澤雖年少，觀太子殿下迎親之日表現十分出彩，太子殿下刻意栽培他入翰林院。雖他的年齡驚世駭俗了些，但破格用人，開古之先河，也是太子殿下會做得出來的事兒。

幕僚們離開後，便有人來稟告太子妃醒了，請殿下回去，雲遲當即出了書房。

小忠子跟在後面悄悄地捶著自己的肩膀想著，太子殿下處理起朝事兒來，就如拼命三郎一般跟鐵打的似的不要命，幸好以後有太子妃管著，他也跟著輕鬆些。

雲遲回到鳳凰東苑，見花顏已坐在桌前等著他，一身水紅色輕軟衣裙，青絲及腰，在燈光下素手撥弄燈芯把玩，看起來眉目安然，婉約靜好。

他腳步頓住，腦中想著，以往，他每日忙完朝事兒回到住處，雖屋中也燒著地龍，燃著燈，屋中進進出出侍候的人，但他覺得冷清的很。

自從母后故去，他就覺得冷清，姨母五年前離開，他更是覺得周遭都冷寒了。

如今，花顏這般坐在屋中，似乎讓整個屋子都溫暖了，讓他也一掃疲乏，周身暖意融融。

花顏抬眼，見雲遲站在門口，癡然地看著她，眉目情緒翻湧，她低笑：「傻站在那裡做什麼？還不快進來？你不餓嗎？」

雲遲這才想起他沒用晚膳，那時，在書房與她一席話，她疲累睡去，他沒有胃口，如今聽她說起，方才覺得是有些餓了，他回過神，低低一笑，抬步進房，繞過她椅子，伸手將她從後面抱住。

花顏順勢靠近他懷裡，笑吟吟地問：「剛剛在想什麼？」

雲遲低頭吻了吻她纖細的脖頸，聞著她身上的馨香，低聲說：「在想，我也終於有一個家了。」

花顏心下觸動，上一世，為了她的劫，祖父拘著她，她也未曾感受太多家的感覺。臨安花家雖熱鬧安居，但她常年在禁地學盡所學，冷清的很，她很能體會那種感覺。

她轉過頭，反手抱緊他，拍拍他後背，笑嘻嘻地說：「雲遲乖哦，恭喜你有家了，咱們喝兩杯吧！」

雲遲失笑：「好。」

第一百二十一章　心想事成?!

方嬤嬤帶著人很快就擺上了飯菜，雲遲和花顏挨著坐下，默契地互相夾菜，因夜已深，沒敢用太多，用過飯後，花顏歇了一會兒，又喝了一碗藥，她雖沒多少睏意，但知道雲遲得休息，於是，拉著雲遲上了床重新歇下。

雲遲的確是累了，花顏乖乖地睡覺，不鬧騰他，他很快就抱著花顏睡著了。

花顏卻沒睡著，在雲遲睡著後，睜開眼睛看著他，他寧靜安然的睡顏讓她心中柔軟一片。在他們的感情裡，她走了太多的彎路，幸好，他一直堅持，才有今日，讓她怎能不愛？

花顏聽到他傳出均勻的呼吸聲，又看不夠似的看了一會兒，才打了個哈欠，閉上了眼睛。

第二日，清早，外面小忠子用極低極低的聲音喊：「殿下？」

雲遲醒來，沒應聲，先偏頭看花顏。

花顏睡夠了，也跟著醒了，她睜開眼睛，正對上雲遲看來的眼睛，她在他懷裡綻開笑容：「早啊！太子殿下。」

「早啊！太子妃殿下。」雲遲含笑回應。

花顏失笑，看了一眼天色，外面天剛濛濛亮，這麼早小忠子在門外喊，定是有事兒，於是，伸手推了推雲遲：「問問小忠子，何事。」

雲遲點頭，對外詢問：「何事？」

小忠子聽到了裡面的動靜，立即說：「回殿下，子斬公子剛剛從地牢裡出來，說問問您，是現在見他，還是過些時候見，您若是現在不見，他就回府睡覺了。」

雲遲這才想起蘇子斬從昨日進了地牢後，半日一夜剛出來，既然要見他，想必有什麼好消息，於是，他坐起身，道：「告訴他，本宮這就去見他。」

小忠子應是。

雲遲想了想，又道：「等等。」

小忠子停住腳步。

雲遲問花顏：「還睡嗎？」

花顏搖頭：「不睡了！」

「那與我一起見他吧！聽聽他怎麼說。」雲遲道。

花顏點頭。

雲遲又對外吩咐：「先帶他去沐浴換衣，他愛潔淨，然後請來東苑的畫堂，就說我與太子妃一起與他用早膳。」

小忠子應是，立即去了。

雲遲又對外吩咐：「方嬤嬤，安排早膳，擺在畫堂。」

「是。」方嬤嬤應聲，連忙去安排了。

蘇子斬抱著小狐狸出了地牢後，的確是對自己身上沾染的潮濕血腥的味道嫌棄的很，但他依舊耐著性子打發人去問雲遲一聲。

不多時，小忠子便匆匆來了，將雲遲的話交代了，蘇子斬揚了揚眉，沒意見，聽從了雲遲的安排。

蘇子斬沐浴時，也吩咐人將小狐狸抱去隔間給它好生地洗了洗，然後，一人一狐沐浴妥當後，蘇子斬換了嶄新的衣服，總算一身清爽了，小狐狸抖擻著毛，溼淋淋的，模樣有些可憐。

蘇子斬看著好笑，揮手用真氣幫它將皮毛拂乾了。

小狐狸頓時高興了，跳進了蘇子斬的懷裡，跟著他一起去了鳳凰東苑。

東宮入目依舊是喜慶的紅色，進了鳳凰東苑，大清早，僕從往來，衣著光鮮，人人面上掛著笑意，見到了蘇子斬，方嬤嬤等人連忙見禮。

蘇子斬不是沒來過雲遲的鳳凰東苑，以前來時，入目冷清，哪怕侍候的人不少，但都一板一眼規規矩矩，一個臉譜刻出來的一般，哪裡能見得到歡聲笑語，如今卻是天與地之別了。

他明白這種不同，皆因有了女主人花顏。

他笑了笑，對方嬤嬤等人擺手，抬步進了畫堂。

方嬤嬤也是自小看著蘇子斬長大的，今日看到子斬公子笑，她愣了一下，連忙跟了進去。

花顏和雲遲顯然剛起，還沒收拾完，蘇子斬坐在畫堂的椅子上，喝著方嬤嬤奉上的熱茶。

蘇子斬沒等多久，便見雲遲和花顏走了出來，二人皆是一身紅，十分喜慶，綰了髮的花顏，眉目含笑溫婉，那俏皮勁兒似乎隨著綰髮後不見了。

蘇子斬也沒起身見禮，挑了挑眉梢，小狐狸「嗖」地從他懷裡鑽出，撲進了花顏的懷裡。

花顏一把接住它「哎呦」了一聲。

雲遲立即緊張地問：「怎麼了？」說著，就要將小狐狸撈過來。

花顏連忙搖頭，笑著說：「沒事兒，我就覺得幾日不見這小東西，它好像沉了很多。」話落，問著蘇子斬，「你都給它吃了什麼好東西？你可不能慣著它，將它養胖了，還要給它減重，否則它身手不靈活了，容易被人抓了燉肉吃。」

小狐狸聞言激靈地抖了抖毛，抗議地「唔」了一聲。

花顏拍了拍它的腦袋：「不准抗議，不能吃太多，聽到了沒有？」

小狐狸似乎哼唧了一聲，扭頭看著雲遲，跳進了雲遲的懷裡，蹭了蹭他，眼珠子可憐巴巴的，似乎在說你管管你的女人，不讓我吃怎麼行？

雲遲失笑，對它說：「本宮聽太子妃的。」

小狐狸扭頭，似乎終於認識了他的不可靠，甩給他一個尾巴，又跳回了蘇子斬的懷裡。

蘇子斬接住它，輕哼了一聲：「我便不信，它跟著我，誰敢動它，我就扒了誰的皮。」

小狐狸得意地甩了甩尾巴，頗有些因為蘇子斬這話耀武揚威的意思。

花顏氣笑：「說你慣著它，你還不愛聽，有不怕你的人，你給我看好了它。」話落，拉著雲遲坐下身。

雲遲看了蘇子斬一眼，不置可否，隨著花顏坐下。

方嬤嬤命人端來了飯菜，特意給小狐狸準備了一副碗筷。

用過早膳後，雲遲喝了一口茶，問蘇子斬：「審問出了什麼？」

蘇子斬也端著茶喝了一口，道：「是審問出了些東西，但不見得是你要的，不過聊勝於無。」

雲遲聞言看著他，不說話，聽他繼續往下說。

蘇子斬看了花顏一眼，見她也靜聽，便道：「梅花印衛的確傳承自後樑皇室，受命於統領。這名被安書離抓的梅花印衛，在暗衛裡的身分並不高，負責打探消息，他自小是孤兒，有記憶以來，便被人調教培養，負責暗殺打探之事。梅花印衛有暗首，在神醫谷，暗首自知逃脫不了自殺後，統領又新提了一人為首。他不曾見過統領，因為那統領每次出現，都一身黑衣戴著面具，唯一讓人辨識的特徵，便是他黑色衣袍的袖口纏著金絲袖扣，身上有沉香木的氣息。」

雲遲瞇起眼睛：「金絲袖扣？沉香木？」

「對。」蘇子斬點頭，神色透出幾分疲憊，「審了一夜，好不容易讓他鬆口，最終也只審出了這麼多消息。梅花印衛的御人之術，著實厲害，我還沒撬過這麼難開的口。」

雲遲實在想不出何人喜歡袖口纏著金絲袖扣，身上有沉香木的氣息，他問蘇子斬：「從這些消息中，你可能發現什麼？」

蘇子斬到道：「我記得程老家主臨終前，曾說過四十年前，有人找他，黑衣蒙面，身上隱約有龍檀香的味道，二十五年前，有人找他，他聞到的是安息香的味道，如今，從這暗衛口中，又說沉香木的味道。也就是說，四十年來，統領梅花印衛的人，換了三人。」

「嗯。」雲遲點頭，見花顏若有所思，他溫聲問，「可想起了什麼？」

蘇子斬也看向花顏。

花顏道：「南楚泱泱大國，因東西南北四境之地廣物博，對於香料把控沒有那麼嚴，不是非皇親宗室不能用，但凡富貴者，都可用。我在想，無論是龍檀香，還是安息香，亦或者沉香木，背後之人既然隱匿的深，斷然不會留下如此有辨識度可追查的慣用香味。這四十年來，三個人，三種香，大約是刻意的掩藏本身氣息的慣有障眼法罷了。」

「不錯。」雲遲道，「小心謹慎之人，斷然不會讓人聞香追蹤。」

花顏問蘇子斬：「那個人呢？可還活著？」

「奄奄一息了。」蘇子斬道，「早先十二雲衛便對其用了刑，我為撬開他的嘴，也費了些力氣，用特殊法子，折磨了他一番，如今不過只剩下一口氣罷了。」話落，對她問，「怎麼？你還能有法子再從他口中撬出更多的東西來？」

花顏搖搖頭：「問問罷了，你能撬出這麼多，我知道已是極限了。」

花顏話落，雲影前來稟告，說那人已斷了氣。

雲遲點頭，聲音平靜：「處理了就是了。」

雲影應了一聲是。

蘇子斬抱著小狐狸站起身：「若無別的事兒，我回府歇著了。」

雲遲擺擺手：「你勞累了一夜，身子骨想必早吃不消了，去吧！」

蘇子斬不再多言，出了鳳凰東苑。

雲遲看向花顏，見她又凝眉思索，他揉揉她的頭道：「別想了，你如今身體虛弱，切忌多思多慮，昨日你就累了。」

花顏打斷思緒，道：「隔了四十年，三種不同的香，還是能說明一些問題。從京城各大府邸暗中查查吧！看看誰家府邸慣常用什麼香料？」

雲遲點頭，對花顏問：「今日是歇著，還是打算去哪裡轉轉？」

花顏想了想，對雲遲道：「今日我們進宮給父皇和皇祖母敬茶吧！」

雲遲愣了一下，笑道：「這般迫不及待敬茶？父皇和皇祖母早就交代了，讓三日後再進宮去。」

花顏笑著說：「我再躺回床上，骨頭都該睡軟了，既然無事，就進宮去敬茶好了，順便走動走動，沒進宮敬茶，也不好出去隨便逛著玩。」

「也好，聽你的。」雲遲笑著應允，吩咐福管家備車進宮。

福管家應了一聲是，連忙準備了下去。

不多時，馬車備好，花顏披上披風，捧著手爐，由雲遲牽著手，出了東宮。

宮外的街道兩旁，擺了流水席，如今依舊熱熱鬧鬧。

東宮的馬車走過，花顏還能聽到百姓們依舊在談論這一場盛世大婚，她靠在雲遲懷裡，輕輕調笑：「都怪哥哥，為著你的國庫著想，給我那麼多嫁妝，將來我兒子娶妻，有我在上面比著，兒媳婦家裡該拿多少嫁妝，才不丟面子啊！」

雲遲失笑，伸手點她眉心：「想的可真遠。」

花顏摸摸小腹：「你說，我如今懷上了嗎？」

雲遲低頭看著花顏小腹，不確定地說：「應該沒有吧？」

花顏瞪了雲遲一眼：「為什麼說沒有？好像你能看得見我肚子裡面似的？我偏偏說有了。」

雲遲好笑，擁著她道：「我倒不想太早有孩子，如今每日看著你，尚且覺得不夠心力，生怕你處處不妥當。若再有孕，我怕是每日都得親眼盯著你了。」

花顏笑起來，伸手戳雲遲心口：「你至於嗎？我又不是小孩子，如今好模好樣的，哪裡讓你不放心了？」

「你若有武功，有靈術，我尚且會放心些，如今還真是不放心，生怕看顧不好你，不說我自己，但說大舅兄，就能吃了我。」雲遲笑道。

花顏輕歎，伸手摟住他脖子，蹭了蹭他下巴，軟軟地說：「沒有武功，我也不是沒有自保能力。況且，我如今嫁了你，自然每日與你在一起，身邊有十六和十七護衛，還有雲暗帶著太祖暗衛在，反而是你，大婚之後，更該小心才是，背後之人指不定在哪裡藏著呢。」

雲遲點頭：「我會小心的，也不會允許你出事兒。」

二人說著話，來到了皇宮。

皇宮守衛看到雲遲的馬車，自動打開了宮門，讓雲遲的馬車徑直進了皇宮。

到了朝華門外，再不能行車，雲遲下了馬車，牽著花顏的手，走向帝正殿。

皇帝身邊王公公死後，早被雲遲換為一位姓李的小公公，李公公年紀雖不大，但沉穩得很，立在帝正殿門口，見到雲遲和花顏，連忙見禮，十分恭敬：「奴才拜見太子殿下太子妃，皇上得知您二人今日就來了，特意命奴才在此等候，說您二人來了，不用通稟，直接進去就是了。」

雲遲點頭，牽著花顏的手，進了帝正殿，采青和小忠子捧著東西，跟了進去。

皇帝早在雲遲出了東宮後，便得到了他派人送進宮的消息，早早就換了衣裳，精神奕奕地坐在椅子上，等著兒媳婦兒來給他敬茶。

雲遲和花顏邁進門後，花顏一眼就看到了坐在椅子上的皇帝，雖她見過皇帝幾次，在他面前，言談笑語隨意了些，但今日，不同往日，她這時倒生出了幾分緊張來。

雲遲察覺了，對她微笑，湊近她耳邊，揶揄地道：「別緊張，父皇還是那個父皇。」

花顏忍不住笑了，嗔了雲遲一眼，跟著他上前給皇帝見禮。

皇帝高興，瞅著雲遲和花顏，二人都是大紅的衣服，喜慶得很，也般配得很。他欣慰地笑著點頭，有人端了茶來，遞給花顏，花顏恭恭敬敬規規矩矩地跪在蒲團上，拱手遞上茶，喊了一聲：「父皇。」

皇帝心下暢快，連說了三個「好」字，接過茶，一飲而盡，之後，吩咐李公公，「小李子，將朕和皇后給太子妃的禮拿來。」

李公公應了一聲是，連忙端著托盤過來，躬身遞給花顏。

花顏低頭瞅了一眼，托盤裡盛的是皇后的鳳印，還有一支皇室暗衛的令牌，以及兩疊禮單，密密麻麻地寫著禮物的名字，隱約下面還壓著一疊地契。她扭頭看向雲遲。

雲遲立在一旁，沒說話。

花顏抬眼又看向皇帝，小聲說：「父皇和母后給的禮太重了。」

皇帝擺手：「不重，皇后的嫁妝是一早就說好，待太子大婚，給兒媳婦兒的敬茶禮。」話落，他心傷地說，「可惜，她去的早，不能看到她的兒媳婦兒。她若是在，一定會很喜歡你。」

花顏點點頭：「母后不在了，但兒媳婦兒的茶也不能不敬，父皇和母后夫妻一體，既然如此，父皇就代母后再喝一盞茶吧！」

「好。」皇帝面色動容，點了點頭。

有人立即又端來一盞茶，花顏敬上，皇帝又喝了一盞，他喝罷，采青奉上了花顏對皇帝的孝敬，依照民俗規矩，幾套常服與鞋襪，還有花顏提早備了一張禮單，這禮單上有皇帝的喜好之物。

皇帝見了，眼底的情緒有些掩藏不住，頻頻點頭：「顏丫頭，你有心了。朕早就知道，你有朝一日一定會成為朕的兒媳婦兒。」話落，擺手，「快起來吧！」

花顏要逕自站起身，雲遲伸手拉了她一把，將她扶起。

皇帝吩咐人賜座，侍候的人擺上了茶點瓜果。

皇帝打量著花顏，對她說：「朕看你氣色不錯，看來身體是真沒大礙了？」

花顏笑著點頭：「回父皇，沒大礙了。」

皇帝點點頭：「北地的事情，多虧了你，因你是女子，又是太子妃，論功行賞，卻是不能聲張，委屈你了。」

花顏笑道：「父皇不必這麼說，我身為太子妃，何必要什麼功勞功績？只要太子殿下能功在千秋，載入史冊，受千載傳頌，只要南楚江山黎民百姓好，天下太平，便是我心中所願。」

皇帝又連說了三個「好」，對花顏更是刮目相看，對雲遲道，「將來朕去九泉之下，可以很欣慰地對皇后說，她有一個好兒媳，太子眼光好。」

花顏偏頭瞥了雲遲一眼，他進來後，沒說兩句話，她笑道：「是我的福氣。」

雲遲笑著握了握她的手，溫聲道：「母后在天之靈早已經知曉了，父皇如今尚且壯年，好好將養身體才是，待將來孫子大婚娶新婦，您再去九泉之下告訴母后，她想必更高興。」

皇帝氣笑：「朕這一條命，哪裡能活那麼久？」

花顏立即說：「二十年而已，父皇這點兒信心都沒有嗎？」

皇帝大笑：「好好好，朕有信心，你早早給朕生個孫子才是，有孫子，才能想孫媳婦兒。」

花顏點頭：「會的。」

三人又說了一會兒話，皇帝擺手：「太后估計對你們翹首盼望了，去看看太后吧！朕晌午也去太后那裡與你們一起用午膳。」

雲遲頷首，與花顏起身，出了帝正殿，前往太后的甯和宮。

誠如皇帝所說，太后知道雲遲和花顏今日進宮，高興的不行，也老早就拾掇好，等著孫媳婦兒來敬茶。

周嬤嬤立在宮門口，親自等著人，遠遠地見了人影，連忙派人進殿內稟告，不多時，待雲遲和花顏來到，連忙見禮道喜，請二人進了甯和宮。

太后看著雲遲和花顏穿著大紅的錦綢衣裳攜手一起邁進門，她盼了雲遲娶妃許久，如今真娶進了門，她欣慰地眼裡頓時泛了淚花。

雲遲和花顏見禮後，花顏依照規矩給太后敬茶。

太后捏著帕子擦了好幾次眼角，才抖著手將茶接過喝了，之後，命周嬤嬤拿出敬茶禮，花顏見了，也有些心驚，太后的禮單雖不及皇后的禮單厚重，但也是比花顏預料的厚重了兩倍。

花顏看著太后道：「皇祖母的禮也太重了。」

太后呵呵地笑，親自起身上前拉起她，慈愛地道：「哀家孫子雖多，但最疼的就是太子，念著太子之後的皇子公主們還沒大婚，所以，哀家就只給了你六成。哀家以前眼拙，有眼不識金鑲玉，如今哀家看得明白，你是個好孩子，你當得起。」

花顏微笑，受了太后的禮，又令采青送上禮。

無論是給皇帝，還是給太后準備的禮，都是花顏依照二人的喜好，特意備下的，給皇帝的古玩字畫等物居多，給太后的美容養顏之物居多。

太后也是歡喜的笑瞇了眼：「你與太子好好過日子，早早地給哀家生個重孫子，哀家這把身子骨還能堅持地活幾年，也抱抱重孫子。」

花顏笑著點頭：「會的，今年懷上，明年就生。」

太后一愣，看向雲遲。

雲遲失笑：「聽太子妃的。」

太后歡喜的激動起來，握著花顏的手緊了緊：「哀家知道你身子骨不好，也不必太急，哀家等得起。」

花顏心中有些訝異，她知道太后有多想抱重孫子，但是太后明明想，如今能說出這番話來，實在難得，最起碼，是將她的身子骨放在了前面，倒真是對她十分慈愛了。

太后拍拍她的手，感慨道：「好孩子，你千萬要養好身子骨，好好的陪著太子。皇后去的早，沒娘的孩子實在是太苦了，哀家不想我的重孫子也跟太子一般，哪怕他生出來的晚些，也要父母雙全，能親眼看著他長大，娶妻生子。」

花顏抿了一下嘴角，以前她千方百計退婚時，對太后也有些偏見，後來她接受了雲遲，也不過是盡一份晚輩的責任，如今看著太后是真心的對雲遲好，她心底分外的動容。

她靈力全失，功力盡失，除了感知強了些外，如今與普通人一般無二，她不知道魂咒是否解了，若是魂咒輕易能解，便不是雲族十大禁術之首了，就連鎖魂術也不及禁術厲害。

但她還是點頭，堅定地說：「皇祖母放心。」

太后拉著她坐下：「哀家放心，你與太子都是天佑洪福的好孩子。」

花顏陪著太后敘了一會兒話，外面有人稟告：「太后娘娘，太子殿下，諸位皇子殿下和公主殿下來了。」

太后笑著說：「快請。」

有人應聲。

太后向外面看了一眼，轉頭對花顏道：「哀家喜歡清靜，免了他們一日三省，不過今日聽聞你們要進宮，便都喊他們來給你敬茶了。」

花顏笑著點頭，她也早準備下了禮，皇上為了綿延子嗣，子嗣重多，但又怕同室操戈，所以，除了雲遲，都當阿貓阿狗養。是雲遲稍大了些後，他不懼怕兄弟奪權，也不怕兄弟有才華本事，把一眾兄弟的教養都拾了起來，督促學業。

所以，一眾兄弟們反而更敬重雲遲。

不多時，外面呼啦啦進來了一大批人，有年長比雲遲看著大一些的皇子公主，是雲遲上面的兄長皇姐，更多的是比雲遲年少的皇子公主。

花顏只見過五皇子、十一皇子、七公主，其餘的人她以前在京城時，沒遇到，除了這三人，也沒人特意去東宮看她。這也可說明了，一眾皇子中，這三人與雲遲關係最好，走動的最近。

如今她一眼望過去，想著皇帝身子骨一直孱弱，但對於子嗣這一塊，也真是拼了命了。知道南楚皇室的皇子多，但看到又是另外一回事兒。

幸虧太后的殿中地方寬敞，一眾人進來也能坐的下。

眾人給太后見禮，然後又依次給雲遲和花顏見禮。

因太子是儲君，所以，花顏自然不需要給別人見禮，采青捧著花顏給眾人準備的禮物，依次給每個人見面禮。

五皇子和十一皇子、七公主與花顏相熟，自不必說，花顏給他們的禮物都是依照各自的喜好，但其餘的皇子公主們收到禮物卻紛紛驚喜又驚訝，沒想到他們不曾見過花顏，反而也收到了她精心準備的合乎各自心意的禮物。

有人暗暗想著，是不是雲遲費了心思幫了她，但想著雲遲事忙，連這等小事兒都管嗎？不過太子待太子妃情深，天下皆知，若是真管，也不奇怪。

太后看著一眾孫子孫女們驚訝地看著花顏，笑呵呵地說：「太子妃是個玲瓏剔透的人兒，你們以後多與她走動，少不了你們的益處。」
眾人連忙應是。
孫兒孫女齊聚一堂，太后到底高興，於是吩咐了下去：「今日所有人都不要走，哀家留你們用午膳。」話落，對周嬤嬤吩咐，「去御膳房吩咐一聲，多準備些飯菜。」
周嬤嬤點頭，連忙吩咐人去了。
七公主湊到花顏身邊，拽著她的袖子小聲說：「四嫂，前日我找了陸世子。」
「哦？」花顏想著前日是她大婚，那日他大哥有空嗎？
七公主靠近她，在她耳邊低聲嘀咕了幾句。
花顏瞭解了，抿著嘴笑，伸手點她眉心，壓低聲音說：「我大哥比以前成長了極多，他雖紈褲，但心裡卻有一桿秤，一直以來，知道自己要什麼，未曾糊裡糊塗過。他答應三日後給你回話，也是想著你喜歡他這麼多年，他會認真考慮一番，給你個明確答覆。若是三日後，他對你點頭，也就罷了。若是對你搖頭，你就真放下吧！」
七公主點頭，輕聲說：「四嫂放心，若是他搖頭，我就再也不念著他了。讓四哥和你給我選個駙馬。」
花顏頷首，笑著道：「好。」話落，偏頭看雲遲，見他已在考教皇子們課業，五皇子自然罷了，後面的六皇子、七皇子等一眾皇子們排著隊來，她忍不住好笑。
七公主也掩著嘴笑，對花顏說：「他們都怕見到四哥，所以，沒事兒的時候，就不總往四哥跟前湊，因為只要被四哥見到，就考教他們課業。所以，哪怕他們以前好奇死了四嫂你長的什麼樣，也不敢去東宮看你。五哥自小與四哥年歲相差小，被四哥練出來了，十一弟是皮實淘氣，為了出宮玩，撞見四哥被考教課業挨了板子也不怕。其餘人寧願不出宮，也不想被四哥揪住考問個大半天。」

花顏好笑，看著雲遲閒散地坐在那裡，隨意地出考題，一眾皇子們卻各個神色緊繃，那模樣，看著不嚴厲，但是當哥哥的威儀真是十足十。

她想著將來他們的孩子，有雲遲這麼個有經驗的人在，根本就不用為教養犯愁了，他一定會把孩子教導的好好的。

在五皇子離京跟隨她前往北地臨安這幾個月，十一皇子一直住在東宮，直到雲遲前往臨安迎親，他才回宮住，課業上自然被雲遲督促監管著進步極大，所以，他輕輕鬆鬆地過了雲遲的考核，便也隨七公主湊到了花顏面前說話。

十一皇子比花顏初見他時活潑了不少，對花顏問：「四嫂，我還想去東宮再住一段時間，成不？」

花顏笑著看了雲遲一眼，沒答應他：「你四哥說成，就成。」

十一皇子眨巴了眼睛：「以前四哥總板著個臉，我若往他跟前湊，他除了考教我課業外，其餘時候嫌棄我煩，東宮也冷冷清清的不好玩。但如今，東宮住了好多人，我聽說熱鬧極了。」話落，他見雲遲沒注意這邊，小聲說，「我若是說不通，你給我四哥吹吹枕邊風唄！」

花顏失笑。

雲遲的枕邊風不知道好不好吹，花顏沒吹過。

她笑看著十一皇子，對他狡黠地說：「我也喜歡考教人課業。」

十一皇子不太相信：「我只知道四嫂也愛玩。」

花顏搖搖頭：「玩是玩，課業是課業。」

十一皇子看著花顏笑吟吟的模樣，眨巴著眼睛說：「你難道比四哥還會罰人？」

「嗯，說不準。」花顏不知道雲遲是怎麼罰課業不過關的兄弟們的，她道，「我罰人的法子也許比他多。」

十一皇子咬牙：「我不怕。」

花顏笑著拍拍他肩膀：「好樣的，行，你四哥若是不答應你，我答應幫你吹吹枕邊風。」

十一皇子提著心點了點頭，對比在皇宮裡悶著，他還是想出宮玩，哪裡好玩，他想去哪裡，如今東宮好玩，他就想去東宮。

花顏看著十一皇子，想著七公主說的沒錯，這是個為了玩，不怕被逼著各種方式考教課業的孩子。

今日雲遲畢竟是心情好，所以，哪怕答不上課業的兄弟，他也輕輕鬆鬆地放過了。

於是，皇帝來時，便見到了他的兒子們各個面上輕鬆，含著笑意對他見禮，不像每次面對雲遲時，一個個膽戰心驚，比面對他這個父親還要緊張膽顫。

他笑著掃了雲遲一眼，雲遲面上也帶著春風般的笑意，讓皇帝暗暗感慨，果然是人逢喜事，春風滿面，性子都改的好說話了。

皇室的規矩，雖然被雲遲廢了不少，但有些規矩，在皇宮裡，卻是不能廢。

所以，這一頓飯雖然齊聚一堂，但到底都守著規矩，不熱鬧，也沒人鬧騰。

席間，不少人偷偷看花顏，曾經被人傳花顏沒規矩不懂禮數，沒有閨儀，總體來說，被說成了是個粗鄙沒教養的女子，怎麼能做太子妃與將來的一國之母？

因雲遲不在意，說什麼也要娶花顏，所以，哪怕太后也不得干涉，而花顏又在京中時日不久，沒真正地受宮廷裡的教養嬤嬤教習禮數，按理說，她行止做派該十分失禮才是。但是，如今她的禮數分毫不差，甚至比自小長在皇宮裡的皇子公主們的禮數還好，實在是讓人挑不出半絲毛病來。

太后早在花顏上一次來京中進宮，便知道自己錯的離譜，看錯了花顏，哪怕是趙清溪在她面前，也要落後一大截。

無論是太后，還是一眾皇子公主，除了五皇子知道些許外，只有雲遲知道，花顏是四百年前練出來的。她的封號是淑靜皇后，可想而知，何等的端莊淑雅，溫柔嫻靜。

但他喜歡的，卻是那個在他第一次踏進臨安花家，在花府的鞦韆架上，看到給自己畫了個吊死鬼臉想嚇退他的她，還有那個騎在東宮的牆頭上，拿著大凶的姻緣籤，優哉游哉地等著他回話的她。

總之，活潑俏皮靈動的她，鮮活的讓他喜歡到了骨子裡。

用過午膳，又說了會兒話，太后累了，皇帝乏了，於是，眾人也就散了。

太后囑咐花顏得空就進宮，別一味地在東宮悶著，花顏笑著點頭，與雲遲一起出了甯和宮。

十一皇子追出來，對雲遲小聲說想去東宮再住一陣子。

雲遲閑閑地瞥了他一眼，果斷拒絕：「不行。」

十一皇子沒料到雲遲連想都不想，拒絕的乾脆，不解：「四哥，為什麼啊？以前我偶爾去你的府邸，你都答應的，我好好學課業，不讓你操心就是了。」

雲遲道：「兩日後，送你去翰林院學習。」

十一皇子睜大眼睛，看著雲遲：「四哥，你……沒開玩笑吧？」話落，他指了指自己的鼻子，

「我進翰林院？」

「嗯，沒開玩笑，你準備準備，進去當學生。」雲遲話落，補充了一句，「與夏澤一起。」

「夏澤？」雲遲大婚那天十一皇子自然也在，也識得了夏澤，他張大嘴巴，「他比我還小兩歲吧？」

雲遲點頭：「比你小兩歲，卻比你有能耐，本宮送你們倆進翰林院，不是讓你們去玩的，將來必有重用。」

十一皇子頓時苦下臉：「別啊四哥，我不是那塊進翰林院的料啊！我……我不行，你別送我進去好不好？我只想當個閒散王爺……」

雲遲板起臉，目光霎時一冷，沉聲怒道：「身為皇室子孫，誰敢不為社稷盡份力，白吃乾飯，我就送他去北地蠻荒之地，任他自生自滅。」話落，他冷臉挑眉，「你確定要不思進取，愧為皇室子孫，想去那蠻荒之地？」

十一皇子被雲遲的目光看的腿軟，險些給雲遲跪下，不敢再辯駁一句，扭頭悄悄看花顏，眼神祈求，想花顏救他。

花顏微笑：「十一弟，不是我不救你，身為皇室子孫，大好男兒，不勞而獲，白吃乾飯可不行，你四哥既然決定了，我就不能再吹他的枕邊風了。」

十一皇子徹底垮下臉，頓時如枯萎的花朵了，一下子沒精打采的與雲遲商量：「四哥，能不能換個地方？除了翰林院，哪裡都行，我不是夏澤，夏澤好厲害，他能立得住腳，我這點兒墨水，進了翰林院，估計會被人吃了。」

「翰林院和北地蠻荒之地，你選一個。」雲遲不通人情地說。

十一皇子差點兒哭了，最終還是迫於雲遲的威嚇，小聲說：「翰林院。」

「嗯，那就準備吧！」雲遲說完，不再理他，牽著花顏的手走了。

十一皇子在二人離開後，一屁股坐在了地上，不止想玩的夢泡湯了，反而還被送去了刑場。翰林院對他來說，比刑部大牢還可怕，能進入那裡的都是什麼人？從那裡走出來的，又是什麼人？他雖身為皇子，但也是怕折磨的啊！

五皇子走十一皇子身邊，笑著蹲下身：「四哥又怎麼你了？嚇成這樣？」

十一皇子哭喪著臉將雲遲的話對五皇子說了。

五皇子也有些驚異，不過還是道：「四哥既然安排你，必有他的道理。小十一，你很聰明，就是貪玩，四哥是看到了你的本性，拘著你而已，翰林院是個好地方，你好好學。」

十一皇子臉色發苦，淚眼汪汪，看著五皇子：「五哥，四哥對你安排了嗎？」

五皇子搖搖頭，彈了彈他腦袋：「四哥讓我做什麼，我就去做什麼，沒你這麼不聽話沒出息，趕緊滾起來吧！你這副樣子，忒丟人了。」

十一皇子磨磨蹭蹭地站起身，覺得生無可戀。

五皇子好笑地看著他：「趁著還有兩日，四哥也正新婚休沐，沒什麼事兒，我帶你出宮玩一趟好了。」

十一皇子眼睛一亮，頓時高興了：「好啊！去哪裡？那快走，天都過晌午了。」

五皇子本來就是想讓十一皇子高興起來，否則他這麼哭喪著臉悶兩日，萬一給悶出病來，還怎麼去翰林院？他想著讓他玩兩日，暫時忘了這事兒，到時候只能硬著頭皮去翰林院了。

於是，他想了想說：「去順方賭坊吧！」

「好呀！」十一皇子點頭，「有好長時間沒去了，據說從四嫂挑了順方賭坊的場子後，順方賭坊不但沒關門倒閉，反而跟著四嫂一起名揚天下了，每個來京城的人，都去玩兩把，有些女子也大著膽子去，說是想沾沾四嫂的運氣。」

五皇子失笑。

於是，兄弟二人一起也出了皇宮。

花顏坐上馬車後，對雲遲問：「你什麼時候打算讓夏澤和十一皇子一起進翰林院了？怎麼沒聽你說過？」

「昨日你從書房出來睡著後，我便有了這個打算。昨日本來打算只讓夏澤去，但怕他年歲小，一下子成了眾矢之的，會承受不住，壓力也大。今日見了小十一，便臨時起意，將他與夏澤一起安排進去，也能分擔些他的壓力。」雲遲笑道，「他雖貪玩，但人貴在聰明，進翰林院也是能拘管著他，大有可學。」

花顏一點就透，雲遲說一句話，她就懂了他安排夏澤進翰林院意思的人，她笑了笑：「兩個半大孩子，送去翰林院，的確是最好的暗查法子。有十一在掩護著夏澤，確實穩妥。」

花顏進宮一趟，有些累了，坐在馬車上就睡著了。

雲遲抱著花顏，用披風裹住她，怕她受了寒氣，又拿了薄被給她蓋上，暗想著她身子骨還是虛弱，否則不至於這麼容易疲累。

回到東宮，雲遲連人帶被子一起將花顏抱下車。

走到半路，花顏便醒了「唔」了一聲，對雲遲說，「我何時睡著的？」

雲遲低頭看著她，因她包裹的嚴實，她幾乎只露出個眼睛，他溫聲道：「與我說著話，你就睡著了。」
花顏點點頭，又閉上了眼睛，心裡也想著自己這副身子骨似乎真的不太爭氣，如此容易疲乏睏倦，真會成為雲遲的拖累，她打著哈欠說：「讓天不絕再給我把把脈吧！」
雲遲點頭，吩咐小忠子：「去請天不絕。」
小忠子應了一聲，麻溜地去了。
雲遲抱著花顏進了鳳凰東苑，將花顏放在床上，他跟著坐在床頭，等著天不絕來。
花顏掙扎著不讓自己再閉眼睡去，伸手推他：「你去忙吧！我等著天不絕來，問問他。」
雲遲也覺得花顏睡的時候太長，心中隱隱憂心，也想知道天不絕把脈後怎麼說。搖頭：「今日沒什麼事情，我陪著你。」
二人說著話，天不絕提著藥箱來了。
采青挑開簾子，請天不絕進屋，天不絕放下藥箱，給雲遲見了禮，問花顏：「又哪裡不舒服了？」
花顏搖搖頭：「最近總是睏乏的緊，今日說著話，在馬車裡竟然睡著了。我這副身子骨，雖沒了靈力和武功，但也不至於這般才是。」
今日聽了太后一席話，她覺得早先的想法錯的離譜，蘇子斬罵她是對的，她怎麼能生下孩子而不養，棄之離去，扔給雲遲呢？若是魂咒無解，雲遲也要隨她碧落九泉，生下孩子便沒有父母，不如不生，那麼，她索性在魂咒未解之前就不要孩子了吧！
天不絕聞言伸手給花顏把脈，這一次，他的脈把的細緻。
花顏靜靜等著看他怎麼說，她沒覺得自己身體哪裡疼痛有異樣，只是覺得渾身乏累想閉眼睛睡而已，而且每次閉上眼睛，很快就會睡著。
雲遲也看著天不絕。
天不絕給花顏把了左手脈，又給她把右手脈，過了許久，他凝眉沉思，疑惑不已。
「怎麼說？」雲遲終於忍不住開口詢問。
天不絕皺著眉頭道：「奇怪了，老夫給她診脈，沒發現哪裡不妥，體虛氣弱倒是有，但這般疲累易睡，倒是像……」
他說著，又住口不語。
「像什麼？痛快點兒，磨磨唧唧的。」花顏瞪著天不絕。
天不絕瞧著花顏，見她面色也透著虛弱，氣色也不大好，一副睏乏支撐不住的模樣，他繃著臉說：「從脈象上雖然什麼也看不出來，但你這狀態，倒像有孕了。」
「啊？」花顏一驚。
雲遲也驚了。
二人對看一眼，一時都無話。雖然花顏口口聲聲心心念念想要早生個孩子，也不止一次提及，但卻沒想到能這麼快懷上，二人此時全然無心理準備。
天不絕看著二人，哼了一聲：「吃驚什麼？我問你們，同房時，可曾避孕？」
花顏搖頭：「自然不成，但我的身體不是不能……」
她後面的話不必說的太直白，誰都知道。雖然她從雲暮山禁地出來，天不絕說她也許因禍得福，解了宮寒之症，大約能受孕了。但她欣喜之餘，也沒想過能夠這麼快懷上。她總覺得，以她的身體，最少要個一年半載的。

她抬眼看雲遲。

雲遲臉上也變幻著神色，也同時想到了花顏所想，在北地時，她身子骨那般，他自然不曾碰過她，只有他前往臨安接親後，她從禁地出來，非纏著他，他那時也是沒克制住，依了她。

難道就是那時懷上了的？

這實在是讓他都始料未及的事情。

天不絕看著二人久久不說話，捋著鬍鬚道：「你們不是一直想要個孩子？懷上了有什麼不好？這一個個的，是什麼表情和心思？」

花顏「唔」了一聲，猶不敢置信地說，「不該這麼快啊！這才幾日？」

天不絕哼了一聲：「所以我也把不出來有孕的脈象，只是猜測而已，看你的狀態隱約像。」

花顏沒喝避子湯，他是知道的。

「那怎麼辦？」花顏問。

天不絕道：「養著，想睡就睡，等過些天，是不是有孕，再把脈，就知曉了。」

花顏點點頭，看向雲遲。

雲遲試探地問：「不用開安胎藥？」

天不絕忍不住笑了：「如今只是老夫依據她的狀態猜測而已，萬一不是受孕，開安胎藥做什麼？至於別的藥，也不准吃了，是要三分毒，先等等看吧！」

雲遲點頭，又問：「多久能把出脈象來？」

「那要看你們同房多久了。」天不絕問。

雲遲道：「從禁地回來那一日。」

天不絕哼了一聲：「胡鬧。」話落，道，「最多七日，雖也不足月餘，但若是孕脈，便差不多能把出來了。」

雲遲點頭：「好。」

天不絕也不多言，提了藥箱轉身走了。

采青和小忠子對看一眼，不知該不該替主子們歡喜，也悄悄退了下去。

須臾，屋中只剩下了雲遲和花顏。

二人一時都沒說話，默不作聲。

過了片刻，雲遲忽然解了外衣，脫了靴子，陪著花顏躺在了床上，輕輕將她摟在懷裡，動作比往日更輕柔了些，小聲說：「睡吧！我也陪著你睡。」

花顏忍不住笑了，伸手捏他鼻子，軟聲說：「天這般早，你又不睏，陪著我睡做什麼？」

雲遲固執地搖頭，輕歎：「大婚期間，本就休沐，可是本宮的太子妃一味的趕本宮。」

花顏好笑：「好好好，不趕你，你陪著我最好。」話落，蹭了蹭雲遲胸口，在他懷裡找了個舒服的位置，閉上了眼睛。

這一回，花顏反而被驚的沒了睏意，好半晌，也沒睡著，又睜開眼睛，抬眼看雲遲，見雲遲正溫柔地看著她，她忍不住笑問：「若真是喜脈，你高不高興？」

雲遲淺笑，溫柔地說：「既是喜脈，我自然是高興的。」

花顏小聲說：「我也高興，可萬一真是喜脈，這也太快了，真是讓我始料未及。竟然比我想像的來的早太多。」

雲遲輕柔地撫摸她的臉，觸手滑潤如凝脂，也輕歎笑道：「若真是出了禁地那一日便懷上了，這大約是得雲山先祖們庇護的孩子，有福氣的很。」

花顏喜歡聽這話，微微動了動身子，忽然高興起來：「雲遲，我忽然好高興啊！」

雲遲低笑，他雖沒接話，但也將他的歡喜傳遞給了花顏。

若真的是喜脈，他雖也覺得早了些，但還是高興的，他和花顏的孩子，能夠更早地出生，能夠更早地看到，他能更早地抱他，逗他玩，教他說話走路，想想，便幸福的要溢出來。

花顏與雲遲說了一會兒話，終於受不住，眼皮打架，最終慢慢闔上，睡著了。

雲遲看著花顏，溫柔的目光一絲絲地纏著她，從最初的憂心到震驚再到慢慢的發懵到如今的歡喜，這過程似被時間無限的拉長，讓他切身地體會了一番百般滋味。

他覺得，八九不離十怕是喜脈。

他不由地猜想到底是男孩還是女孩，雖然若是男孩，將來就會接替他的位置，江山有繼，但他覺得若是女孩，似乎更好，他沒有看過小時候的花顏什麼模樣，若是有個女兒，他可以每一日都能看到她的成長和變化，看著她長大，長成花顏的模樣。

但是他又知道，花顏與他的心思是一樣的，她最想要的定然是個男孩，她也想看著他小時候的模樣，看著他一日日成長。

他想了一會兒，還是要個男孩吧！

他愛花顏，更想讓她高興。

無論是男孩，還是女孩，都是他與她的孩子，他都會很愛很愛。

第一百二十二章　不知情為何物

花顏睡了多久，雲遲就陪著花顏躺了多久，知道太子殿下新婚，自然沒有人敢來東宮打擾。所以，直到入夜，花顏醒來，發現雲遲還保持著抱著她的姿勢陪著她躺在床上。

她眨巴著眼睛，看著雲遲：「幾時了？」

「天剛黑不久。」雲遲揉揉她頭，「睡飽了？」

「嗯。」花顏點頭，伸手摟住雲遲脖子，對他說，「我想吃你做的麵了。」

雲遲立即說：「我這就去做。」

「我陪你一起去，給你打下手。」花顏坐起身。

「不行，你在屋裡待著。」雲遲搖頭，起身下床。

花顏頓時笑了，伸手拽住他胳膊，搖晃著說：「太子殿下，這不還沒確定呢？你別緊張啊！萬一真是喜脈，更不能每日待在房間裡悶著我，要多走動，才好生養，打下手又累不著我，你不必現在就過於小心嘛！」

雲遲揉了揉眉心，覺得花顏說的有理，點頭：「那好，一起吧！」

花顏立即下床。

雖然花顏不像過往一樣跳下床，自認為動作慢上許多，小心許多，但雲遲還是看的心驚肉跳，在她剛下床還沒站穩腳，便伸手扶住她：「當心些，不可再蹦跳了。」

花顏無語地瞅著雲遲，不過也可以理解他的緊張，本來對她就小心看顧，如今突然發現自己可能要當爹，肚子裡揣了一個，就不是她一個人了，怎麼能不加個更字？

於是，花顏沒說什麼，笑著任由雲遲給她裹了更厚實的衣服，拉著她的手，出了房門。

小忠子和采青都等在外面，見二人出來，都一愣，小忠子試探地問：「殿下？您與太子妃要出門？」

雲遲搖頭：「去廚房。」

小忠子不解：「廚房裡已備好了飯菜，奴才這就去吩咐擺上來？」

雲遲擺手：「本宮親自去。」

小忠子閉了嘴，見外面天黑了，連忙與采青一前一後地提著罩燈帶路。

雲遲拉著花顏到小廚房，雖然東宮的下人們都見識過雲遲下廚，但兩位主子突然來，還是驚了一跳，聽聞雲遲要親手做麵，都不敢耽擱，準備材料的準備材料，打下手的打下手，反而將花顏給空閒了下來。

雲遲正樂意花顏閒著，於是吩咐人給她搬了個矮凳，讓她坐在火爐旁待著。

花顏閒著也是閒著，一邊看雲遲下手做麵，一邊對人吩咐：「去拿些紅棗來，熬一壺紅棗茶喝。」

采青想著紅棗茶應該無礙，是太子妃能喝的東西，但還是看向雲遲。

雲遲想了想，道：「去問天不絕，能不能吃。」

花顏終於受不了了，無奈地笑道：「我雖沒吃過豬肉，但也不是沒見過豬跑。太子殿下，一壺紅棗茶而已，吃不壞的。你這麼小心，會把天不絕逼瘋的。」

「小心總沒錯。」雲遲對小忠子吩咐，「去問。」

小忠子痛快地哎了一聲，連忙去了，他也覺得殿下做的對，畢竟太子妃有可能肚子裡懷了小殿下，那可是寶貝金疙瘩，一定不能出錯。

花顏沒了話。

天不絕被雲遲和花顏叫去鳳凰東苑，自然驚動了安十六和安十七，二人在他回來後，正抓著他盤問。當聽聞花顏可能懷孕了，二人也震驚了半天。

對比花顏的高興，安十六和安十七更多的是憂心，安十六看著天不絕問：「若真是喜脈，少主可保得住胎？」

天不絕道：「若是她身體不古怪的鬧騰，不出差錯，有老夫在，就能保得住她的胎。」

安十六依舊不能放心：「少主如今這身體，自禁地出來後，是不會再有古怪了吧？」

「說不準！」天不絕道，「魂咒若是那麼好解，也就不叫魂咒了。還有五年的時間，這魂咒雖刻在靈魂裡，大約還不到發作的時候，如今她身體與普通人無異，應該暫且不必擔心。」

安十六微微地放下了些心。

安十七詢問：「給公子去個信？」

天不絕擺手：「等幾天，等我確定了她是否真是喜脈，再告訴花灼，免得他也跟著提著心。」

安十七想想也是。

三人正說著話，小忠子匆匆而來，將花顏要喝紅棗茶，雲遲讓來詢問是否能喝的意思跟天不絕說了。

天不絕大翻白眼：「這麼緊張做什麼？一壺紅棗茶而已，自然能喝。」

小忠子得了答覆，剛要走，天不絕又招手：「等等，我給太子殿下列個不能給她進食的單子。

只要單子上有的，都不能吃。免得以後他總打發你來問我。」

小忠子覺得這個好，連忙點頭如搗蒜。

天不絕大筆一揮，不多時列了滿滿的一張單子，給了小忠子。

小忠子高興地拿著單子走了。

安十七樂著說：「少主這回估計要成苦瓜臉了，她最愛吃的東西，有好幾樣都不能吃了。」

天不絕哼道：「比起她想要個孩子，這都不算什麼，她牙骨強硬的很，遇事能忍的很。」

安十六點點頭，也笑著說：「少主的確是這樣。」

小忠子不敢耽擱，匆匆地跑去了廚房，進了廚房後，連忙告訴采青：「神醫說了，太子妃能喝，快去準備。」

采青連忙去了。

花顏扭頭看到了小忠子手裡的東西，對他問：「拿的什麼？」

小忠子立即湊上前，躬身說：「太子妃，這是神醫給您列的單子，這上面的東西，您從現在開始，都不能吃了。」

花顏伸手接過，掃了一眼，密密麻麻，一堆食物，有幾樣都是她特別愛吃的，她揉揉眉心，沒意見地說：「好，我知道了。」

雲遲已將麵下鍋，走過來伸出手：「給我看看。」

花顏將單子給了雲遲。

雲遲接過，看了看，吩咐小忠子：「臨摹一份交給廚房，以後這些東西都不准上桌。」

花顏立即說：「我不能吃，你可以吃啊！」

「我陪著你一起，免得你看了不能吃眼饞。」雲遲轉回身，又繼續看著麵。

花顏覺得有雲遲這句話，別說她懷上了一年不能吃，就是十年不能吃，她也認了。什麼叫做同甘共苦，她的這位太子殿下真的以身作則告訴她了。

不多時，采青拿來紅棗，又多拿了兩樣補血補氣的蓮子桂圓一起放進壺裡。

花顏坐在火爐旁，與閒下來規矩地站著的廚娘聊天說話，東宮的人無論什麼時候都規規矩矩，她問一句，答一句，不問便不說。不過比她初進東宮時強許多，最起碼，沒那麼拘謹拘束了，偶爾能多說幾句。

雲遲做好了麵，花顏的紅棗茶也好了，於是，雲遲淨了手，與花顏出了廚房。方嬤嬤帶著人端著兩碗麵和紅棗茶，還有廚房的廚娘們做的幾樣菜跟著去了正屋。

回到房間，花顏洗了手，便迫不及待地坐在了桌前，等著麵碗擺在她面前，便拿了筷子，說著：「好香啊！」

雲遲微笑：「你若是喜歡想吃，每日都給你做。」

「天天吃萬一吃膩了可不行。」花顏搖頭，「偶爾想吃時，你再做就好了。」

雲遲點頭，摸摸她的頭：「吃吧！慢一點兒，小心燙。」

天不絕雖然還沒下定論，但雲遲覺得花顏十有八九懷了孕，所以，在當日，便對她嚴加看管了起來。

本來花顏打算進宮敬茶的第二日後，便回敬國公府。

從敬國公府出嫁，如今自然也是回敬國公府的門。

奈何，天不絕懷疑是有了喜，所以，雲遲果斷地將回門之事往後推了。

花顏本來還想跟雲遲抗爭一下，覺得還沒確定，實在不必如此緊張，但看著雲遲處處小心謹慎的臉，素來在人前波瀾不驚任風吹雨打也不動如山，隱藏得極深的心思，如今反而處處顯露，她只能乖乖聽命。

敬國公夫人本也以為花顏既然前一日進了宮，後一日怕是要三朝回門。所以，一大早上就讓人準備迎接太子妃回門。

還是陸之凌一邊打著哈欠一邊與她娘說：「昨日妹妹進宮，見了一眾皇子公主，應付的人多，估計累得很。娘還是派人去東宮問問來不來再準備，免得白忙一場。」

敬國公夫人想起花顏的身子骨，似是大病初癒後十分乏累，太弱不禁風清瘦了些，覺得陸之凌說的有理，於是，便命人前往東宮詢問。

不想，敬國公府的人還沒出門，東宮的人便已先一步來了，說道：「太子妃身子不適，回門的日子要往後推一推。」

敬國公夫人聞言立即問：「太子妃怎樣了？哪裡不適？可有大礙？」

關於太子妃可能有喜之事，只東宮少數幾個人知道，一日沒確定，消息自然不會放出來，於是，東宮的人搖頭：「昨日天氣涼寒，太子妃染了風寒。」

敬國公夫人鬆了一口氣，想著有天不絕在，區區風寒，應該兩日就能好。

東宮的人離開後，陸之凌也要出門。

敬國公夫人一把拉住他：「你先別走，娘有話要問你。」

陸之凌自小就將他爹娘的脾氣摸透了，指了指自己的黑眼圈說：「您兒子昨夜只睡了兩個時辰，今日還要巡城，有什麼話，等我回來再說。」

「不行。」敬國公夫人死拽著他胳膊，「你皮糙肉厚，三日不睡也無礙，今日不抓住你說話，明兒就又摸不著你人影了。」

陸之凌翻了個白眼：「您可真是我親娘。」

敬國公夫人拽著他坐下身，對他開門見山地問：「七公主的事兒，你想的怎麼樣了？可有主意了？」

陸之凌搖頭：「沒主意。」

敬國公夫人瞪眼：「都三日了，怎麼還沒主意？那你要如何答覆七公主？」

「我也不知道。」陸之凌又打了個哈欠。

敬國公夫人來氣，一巴掌拍到了他腦袋上，橫眉怒目：「你今日必須給我個準話，男子漢大丈夫，磨磨唧唧，我怎麼生了你這麼個混蛋東西？」

陸之凌實打實地挨了一巴掌，頭疼地說：「今日剛第三日，急什麼？讓我再想一日。說是三日後答覆她。」

敬國公夫人撤回了巴掌，瞧著他，稀奇地說：「以前你見了她就躲，如今這般認真的考慮，是什麼意思？三日後也就是明日，多一日少一日的，早下決定早痛快，有什麼可磨嘰的？」

陸之凌揉揉額頭，實話實說：「若是換做以前，我自然不需考慮，但如今嘛，雲棲與以前不同了，我也不是以前的陸之凌了。若是為了我們敬國公府的門楣和後代子孫以及妹妹著想，與皇室聯姻，擰成一根繩，也是可以考慮。」

敬國公夫人一愣：「你的意思是，哪怕你不喜歡七公主，也可以……娶她？」話落，她搖頭，「不行，我們敬國公府三代單傳，子嗣稀薄，原為何來？還不是因為求個兩情相悅？我的兒子豈能不找一個自己心儀之人締結連理？就算你說的有理，但擱在你妹妹的角度，聽了你這番話，她也不同意。」

陸之凌笑了笑：「兒子發現七公主也沒那麼討厭。」

敬國公夫人皺眉：「不討厭，也不喜歡，這怎麼說？」

陸之凌站起身，擺手：「娘就別操心了，讓我再想一日。」話落，走了出去。

敬國公夫人這次也不攔他了，任由他出了國公府。一方面覺得兒子長大了想的多是好事兒，一方面又覺得這個死小子，真是讓人操心。

陸之凌巡城一圈後，便去了武威侯府找蘇子斬。

蘇子斬那一夜在地牢裡審問梅花印衛染了風寒，裹了厚厚的披風，坐在桌前一邊喝著藥，一邊看花灼的來信。

花灼只對他說了一件事兒，留在桃花谷的南疆公主葉香茗失蹤了。

桃花谷有出入的陣法，不止難進，出去也難。

如今西南各諸小國已不復存在，規劃為南楚版圖。南疆連國號都沒了，葉香茗的暗衛也都被滅了，她一個女子，即便放出去，也翻不出浪花來，但是，突然在桃花谷失蹤，還是讓花灼覺得有必要查查，畢竟葉香茗留著南疆皇室的血。

蘇子斬看罷信箋，喊：「青魂。」

「公子！」青魂應聲現身。

「查京中一帶，葉香茗從桃花谷失蹤，是否來了京城。」蘇子斬吩咐。

青魂應是。

陸之凌來的時候，蘇子斬臉色不太好，一碗藥喝了一半，嫌惡地放下，似怎麼也喝不下去了。

陸之凌進入蘇子斬的院落，從來就不用通報，於是，他邁進門後，挑眉：「你這藥怎麼還喝個沒完沒了？」

蘇子斬瞥了他一眼，將剩下的半碗藥放在唇邊，一飲而盡地喝了下去。

陸之凌嘖嘖了一聲：「你知道你這副身體活著不易，所以，哪怕喝膩了苦藥湯子，也不敢不喝，怕辜負了妹妹昔日為你忙了一場是不是？」

蘇子斬放下藥碗，冷聲問：「你又跑來做什麼？」

陸之凌一屁股坐下，對他說：「子斬，太子和太子妃都大婚了，這一輩子長的很，是不是？人一輩子，分幾個前半生和後半生。情是情，緣是緣，命是命，活是活。」

他雖沒明說，蘇子斬懂他的意思，斜著眼冷然地嗤笑了一聲：「你跑來就是跟我說這個？」

陸之凌看他的模樣，似又找回了昔日的蘇子斬，他眨巴著眼睛，舉手投降：「行，是我沒意思，盡嚼舊舌根子。你蘇子斬若是放不下，也不會回京入朝，不會參與朝政幫太子殿下了。」話落，他話音一改，「不過放下歸放下，心裡如何，誰也管不著了是不是？」

蘇子斬冷眼看著他：「你抽了什麼風？跑來跟我說這個做什麼？」

陸之凌聞言身子懶洋洋地往椅子上一靠：「我遇到了難題，想找你解惑。」

蘇子斬聰明，盯著他看了一會兒，問：「事關七公主？」

陸之凌點頭。

蘇子斬輕嗤：「我能給你解什麼惑？」

陸之凌看著他問：「喜歡一個人，喜歡到了心坎裡，是什麼滋味？」

蘇子斬眉眼又冷了：「滾！」

陸之凌自然不滾，他懷念地說：「我已有很長時間沒見過你寒著臉誰也看不順眼了，你告訴我，我就滾。」他看著蘇子斬，先告饒地說，「我雖知道是在揭你傷疤，但身為兄弟，我真不懂，只能問你了。」

蘇子斬冷笑了一聲，沉默地不說話。

陸之凌很有耐心地等著他，他有一日夜的時間，可以等到他說話，鄭重地說：「作為兄弟，你不能見死不救。我從來沒求問過你什麼吧？你也救救我。我怕無論是應了，還是不應，一旦選錯了，我將來後悔。」

他當日想錯了，以為三天後能給七公主答覆，如今過去了兩日，他發現不能。

蘇子斬沉默沒多久，眉目清寒地吐出一句話：「恨不得拉她去死，但又捨不得不為她生。」

陸之凌琢磨品味了一番，忽然醍醐灌頂。

陸之凌從蘇子斬的院子出來，抬眼看了一眼天空又陰了，今日有雪。

他想著今年京城的雪真多啊！說下就下，好像天上的棉花太多，都扔到地上了。

他站在街道上，喊了一聲：「離風！」

離風應聲現身：「世子。」

陸之凌對他吩咐：「你去給七公主傳個信，就說我半個時辰後請她去望江樓喝茶。」

離風愣了一下，應是，立即去了。

陸之凌向望江樓走去。

果然他還未走到望江樓，天空上便飄了雪，雪花落在他身上，他想著，那一日，他聽雲遲說

「上窮碧落下黃泉，生死不負。」，今日蘇子斬是說「恨不得拉她去死，但又捨不得不為她生。」，他忽然就懂了，他這麼多年肆意的人生，都白活了。

提起敬國公府世子，大部分人都說，陸世子風流倜儻，玩世不恭，除了他爹娘說他混不吝不是個東西外，他聽的最多的，就是紈褲風流。

但如今他的風流與他的不開竅，真是讓他覺得白活了。

他一路想著，走進了望江樓，揚手喊還沒發現他的夥計：「來一壺上好的清茶。」

小夥計回身一看：「哎呦！陸世子，您來了啊？您可是好久沒來了？就您一個人？」

「費什麼話！本世子讓你來一壺茶。」陸之凌邁進門，敲了那小夥計腦袋瓜子一下。

小夥計縮了縮脖子，連忙應是，試探地問：「那您坐哪裡？」

陸之凌沒理他，抬腳上了二樓。

小夥計暗想著這位世子爺有多久沒在京城囂張了？雖然他如今更囂張，但身分和手中權力的囂張不同於以前他紈褲時打馬穿街的囂張。

據說太子大婚之日，傳出七公主當眾詢問陸世子，陸世子三日後給她消息，如今百姓們茶餘飯後熱熱鬧鬧地議論太子殿下和太子妃大婚外，同時也議論和猜測著七公主和陸之凌這一樁多年追逐的戲碼該以怎樣的轟動來落幕。

陸之凌上了二樓後，沒走幾步，便坐在了靠欄杆的桌子前，這一處位置聽書喝茶不佳，但卻是倚欄觀望街景的好位置。

他坐下不久，小夥計尋著陸之凌的蹤跡，一路上了樓，笑呵呵地將一壺清茶，幾碟瓜果點心擺在了他面前。

陸之凌拍拍他肩膀，拿出一塊銀子扔給他，吊兒郎當地說：「行啊！本世子那麼久沒來，你還記著爺的喜好，賞你。」

小夥計眉開眼笑：「多謝世子爺賞，您無論什麼時候來，小人都記著您的喜好。」

陸之凌愛聽這話，便沒立即放他走，拍著他肩膀說：「本世子問你，你娶媳婦兒了嗎？」

小夥計嘿嘿一笑：「多謝世子爺關心，小人前不久娶了個媳婦兒。」

「哦？」陸之凌看著他，「你這小身板，毛都沒長齊呢，會馭女？」

小夥計臉一紅：「別看小人身板小，今年十七了。一早就看上隔壁張屠夫家的小豔姑娘，都三年了，總算磨到手了。」話落，他到底面皮子薄，小聲說，「小人尋了幾本春宮圖，學學自然……就會了。」

陸之凌挑眉看著他：「三年前，你也就十四吧！」

「是啊！」小夥計搓著手說，「我那媳婦兒，長的好看，又能幹，若不是她有個屠夫的爹，媒人估計會踏破門檻。我是占了近水樓臺先得月的便宜。認了張屠夫做乾兒子，才讓她嫁了我。」

「你說磨了三年，她也喜歡你？」陸之凌問。

小夥計嘿嘿地笑：「喜歡，她性子強，打跑了好幾個想娶她的，偏偏嫁我了，自然喜歡我，前不久給我生了個大胖小子，如今坐月子呢。」

陸之凌擺擺手：「恭喜你了啊！」話落，又摸出了一塊銀子給了他。

小夥計沒想到陸之凌今日比以前來還大方，推脱著説給一塊銀就夠了，被陸之凌給拒了，示意他拿著。小夥計連連道謝歡喜地下去了。

陸之凌給自己倒了一盞茶，一邊喝著，一邊翹著腿嗑著瓜子等七公主來。

七公主得到消息，愣了愣，以為明天陸之淩才會找她，沒想到今天就提前約了她去望江樓。他只給她半個時辰，所以，她連衣服都來不及重新換一身，便匆匆出了宮。

追了多年，喜歡了多年，她也想求個痛快。

七公主來到望江樓，時辰正正好，按著陸之淩說的半個時辰，一刻不多一刻不少。

她進了望江樓，四下張望，沒看到陸之淩的影子。

小夥計識得七公主，睜大了眼睛，見七公主來了，他念著陸之淩給他的兩塊賞銀，連忙上前，壓低聲音問：「七公主，您可是來找陸世子？」

七公主點頭，陸之淩喜歡來這裡喝茶，她曾在這裡堵陸之淩不止一次，當即說：「這一次是他約我來，他在哪裡？」

小夥計一聽，覺得也不必給陸世子通風報信了，立即說：「二樓倚欄的位置，您上去，就能看到了。」

七公主立即上了二樓。

陸之淩從七公主出現，便一直看著她，他從來沒認真看過七公主，那日在東宮，他雖沒喝醉，但也喝了一半醉，所以，今日是他清醒著看著七公主一路從望江樓外的長街乘車而來，馬車趕的急，停在望江樓下，她下了馬車，便快步衝了進來，如以往追著他身影一閃的模樣很是相似。

不多時，七公主就衝上了樓，在樓梯口頓了下身子，摸了摸頭，整理整理髮髻，深吸一口氣，走向陸之淩。

雖然心裡已做好了準備，但她真面對了陸之淩，還是不能真正的做到心如止水。

七公主的心，怦怦地狂跳動，她覺得自己每逢看到陸之淩便沒出息，她定了定神，走到陸之凌面前：「陸世子。」

陸之凌扭頭看過來，七公主對上他的眼睛，心又瘋狂的跳了跳。

陸之凌歪著頭看著七公主笑了笑：「公主，請坐。」

七公主慢慢地坐在陸之凌對面，猜想著他會跟她說什麼？是答應她，還是拒絕她，兩種結果，等著他宣判，她不敢期待，但也怕失望。

陸之凌親手給七公主倒了一盞茶，然後又將點心推給她。

七公主咬著唇，端起茶喝了一口，微微有些燙的茶水入喉，讓她的心裡也跟著微微的燙，她捧著茶盞，不敢說話，生怕一說話，便洩漏底氣。

她在陸之凌面前丟的臉夠多了。

陸之凌似乎懂她的心思，於是他開了口：「公主，很抱歉。」

七公主手一抖，幸好茶水被她喝掉了些，沒灑出來，也幸好這麼多年，她已等的絕望，所以，如今親口聽陸之凌判刑，她沒有騰地站起身，也沒有當即掉下眼淚。

她緊緊地攥緊茶盞，但開口還是聽到了自己顫顫的聲音：「陸世子，能告訴我，為什麼嗎？你當真……一絲一毫，都不喜歡我？我哪裡不得你喜歡？」

陸之凌擺正神色，認真地看著她說：「我對男女情事，一直不開竅，不瞞公主，今日即便不是你，無論是誰坐在這裡，都沒區別。」

七公主雖一味癡迷陸之凌，但也不是傻子，明白了他的意思，也就是說，不是她哪裡需要改，而是陸之凌還不會喜歡人。

她看著面前的男子，也是第一次能在他面前，他毫不掩飾地讓她看，他眼神認真，不似作假，她慢慢地放下茶盞，輕聲說：「我知道了。」

陸之淩不是沒有憐香惜玉的心腸，若沒有，那一日太子大婚在東宮，七公主當眾問他，以他昔日混帳的做派，估計抬腿就逃跑了，不會給面子地說認真考慮了。

他是真的考慮了，也真的認真答覆她。

七公主站起身，出了望江樓。

一直到下了樓，她都沒有回頭，直到坐上馬車，落下簾子，她才支撐不住地淚流滿面，而非以往一樣的哇哇大哭。

貼身婢女擔心地看著七公主：「公主，陸世子又欺負您了？」

七公主搖頭，抬手讓她別說話，自己則將腦袋埋在臂間，任眼淚肆意。

貼身婢女不敢再吱聲，便陪著七公主，這麼多年，七公主哭的次數太多，但這般哭法，還是第一次。

過了一會兒，七公主忽然啞聲說：「我要去東宮找四嫂。」

貼身婢女知道公主哭得失去了理智，小聲勸她：「太子殿下和太子妃正是新婚燕爾，公主這般哭著進東宮，不吉利。」

七公主頓了一下，改口：「你說的對。」她想了想，又說，「去我五哥的府邸吧！」

貼身婢女不再說話，吩咐車夫，將馬車趕去五皇子府。

五皇子剛帶十一皇子從外面玩回來，便聽人稟告說七公主來了，訝異了一下，趕緊讓人請了進來。

對比往東宮跑的勤快，七公主不怎麼來五皇子府。

七公主在馬車上哭了一路，又在五皇子府門口的馬車裡坐了好一會兒止住眼淚才下車進府。

五皇子和十一皇子見了七公主後，一眼就看出了她剛哭過，十一皇子立即說：「七姐，你怎麼又哭了？又是因為陸之凌？」

七公主本來壓制下去的眼淚又湧了上來，又落下淚來。

「陸之凌雖好，他不喜歡你，那也白搭，你說你，好好的公主，幹嘛非要作踐自己？」十一皇子似乎有些來氣，「哭哭哭，你就知道哭，愛哭的女人雖惹人憐惜，但也得他喜歡你才憐香惜玉，不喜歡你，看到你哭就會很煩的。」

「十一弟別說了。」五皇子拿出帕子，遞給七公主，「七妹，擦擦眼淚。」

七公主接過帕子，小聲說：「我今日本來也不想哭的，但是忍不住。」

十一皇子翻了個白眼。

五皇子溫聲問：「是因為四哥大婚那日你問陸之凌的話，他答覆了？」

那一日，一眾皇子公主們都在東宮，自然也都知道這事兒，雲遲也有耳聞，皇帝和太后也曉得，只不過都沒管。

七公主點點頭，輕聲說：「他說抱歉。」

十一皇子嘖了一聲：「這陸之凌也是心狠，七姐又不是不漂亮，除了愛哭些，別的毛病沒有，只要他哄哄，七姐就不會哭了，他到底不喜歡七姐哪點兒？也太不懂憐香惜玉了。」

五皇子沒說話，他想起在北地時，花顏性命垂危，疼的死去活來，陸之凌身為兄長，抱著花顏輕聲地哄，他不是沒有憐香惜玉的心，而是人不對，不喜歡七公主而已。

七公主哭多了，眼睛乾澀，攥著帕子說：「他說他對男女情事，一直不開竅，即便不是我，無論是誰，都沒區別，他都會拒絕。」

十一皇子撓撓腦袋，問五皇子：「五哥，是我以為的那個意思嗎？陸之凌還不懂情？」

「大概是吧！」五皇子也沒想到是這個答案。

十一皇子唏噓：「他會不懂？紅粉樓，胭脂巷，美人坊，春紅倌，他哪個沒去過？鮮衣怒馬，橫穿街市，他不是風流的很嗎？」

五皇子失笑，拍拍十一皇子的腦袋：「他五年前，也就比你大那麼一點兒而已。敬國公看的緊，他若是真胡鬧，不可能不真被敬國公打斷腿。他說不懂，大約是真不懂。」

七公主一屁股坐下，小聲說：「他說的是真的，我相信。」

十一皇子無語了一會兒，對七公主說：「七姐，天下男人一抓一大把，你還能嫁不出去？幹嘛非一棵樹上吊死？陸之凌雖好，但也不是沒有與他一般好的了？」

他這話一出，就連五皇子都歎息。是有與陸之凌一般好的人，安書離、蘇子斬，但他們會喜歡七公主嗎？

七公主哭夠了，心裡雖難受，但也沒那麼不可忍受，她說：「前面幾位姐姐都是父皇指婚，我才不要父皇指婚，我要四哥給我指婚。」

十一皇子眨巴了眨巴眼睛：「七姐，你放得下陸之凌嗎？」

「時至今日，還有什麼放不下的呢？」七公主有些懨懨：「待四哥過了新婚，我就去找他。」

五皇子溫聲道：「四哥指婚，定然錯不了。」

陸之凌自七公主離開後，又在望江樓坐了一會兒，才起身回府。

短短時間，京城已傳遍了，陸之凌還是拒了七公主，有愛慕陸之凌始終因為七公主不敢表態的閨中女兒家自然欣喜不已，不愛慕陸之凌的閨中女兒家覺得陸之凌實在是太心狠了。就算是百煉鋼，這麼被七公主纏了幾年，也該纏成繞指柔了，但偏偏，他冷硬至此。

敬國公夫人已得到了信，歎了口氣，對身邊侍候的人說：「我還以為他會答應呢。」

身邊侍候的人道：「公子自有主意，答不答應，都是考慮好了的。」

「嗯。」敬國公夫人點頭，「他從小到大就有主意，不會糊裡糊塗的糊塗自己。」話落，她又深深歎氣，「罷了，今早我還擔心他即便心軟娶了，也怕是沒那麼喜歡，我還是希望我兒子找個自己喜歡的，哪怕兒媳婦與我合不來。」

侍候的人笑著說：「夫人爽快，沒有誰會跟你合不來的。」

敬國公夫人笑起來：「但願將來嫁給他的女子，既是他喜歡的，又是與我合脾性的。」說完，她又笑，「真是可惜，臨安花家再無適嫁的女兒了。」

陸之凌拒了七公主的消息，自然也傳到了東宮。

這一日是休沐的最後一日，雲遲什麼也沒做，在屋子裡陪著花顏。

外面飄著雪，屋中暖意融融，二人在對弈。

聽到外面傳回的消息，雲遲沒說什麼。

花顏捏著棋子把玩，笑著說：「我就知道大哥不會應了七公主。」

雲遲揚了揚眉，微笑：「為何？」

花顏落下棋子，笑著說：「四大公子，名揚天下，不止才華品貌，還有性情，都與眾不同。無論是你、蘇子斬，還是安書離、陸之凌，都不是為難自己的人。不到深意，談何言娶？既不言娶？何談喜歡？」

「嗯，有道理。」雲遲笑著落子。

花顏歎了口氣：「我還是很喜歡七公主的，她大約又會哭鼻子了，但願她能想的開。」

雲遲道：「別操心她了，小姑娘而已，她會想得開的。」

花顏點點頭，不再說七公主，這世間，不是所有的喜歡，都一定會開花結果，不是你喜歡的人，也正好喜歡你。兩世，她還是幸運的，四百年前，懷玉娶了她，哪怕沒圓房，也是喜歡的，如今，雲遲待她情深義重，彼此兩情相悅，恰是最好。

次日，雲遲早朝，他走時，花顏還在睡著，他吩咐方嬤嬤采青仔細照看，有些不捨的出了東宮。

早朝上，文武百官依次而立。那一日大婚，人人都看到了太子殿下人逢喜事春風滿面的模樣，今日上了早朝，發現太子殿下還是那個太子殿下，不怒而威。

百官們見此，也漸漸地收了鬆散了三日的心。

近來天下太平，沒有大事兒，百官們的奏摺便是些稀鬆小事兒，雲遲待眾人奏稟完，公布了安書離入朝，任命工部尚書。

眾人齊齊一驚，這才想起，自從安書離帶著工部的幾名官員前往川河谷治水，工部尚書覺得自己無用，已上了數封請辭的摺子，但都被雲遲留中未發，今日工部尚書沒上早朝，顯然是昨日之前雲遲准了他告老還鄉了。

有了蘇子斬和陸之凌的高官厚位在前，安書離得了與二人齊平的工部尚書之位，便沒有那麼讓人驚駭了，對於安書離入朝便任命高官，眾人也算是意料之中。

於是，沒得任何反對地便過了。

但當雲遲又提出送十一皇子和夏澤進翰林院時，滿朝文武，才真正地顯露出驚駭來。兩個半大少年，進翰林院？這是從未有過的事兒，所以，一時間，紛紛諫言翰林院規制不可廢。

雲遲提出讓十一皇子與夏澤進翰林院，若是眾人應了，這不止是開了翰林院破格進人的先河，更是開闢了朝堂三省六部破格進人的先河。

這可是輕易不能打破的。

就連陸之凌和蘇子斬也愣了一下，因為二人事先也沒聽雲遲提起。

二人對看一眼，雖不明白雲遲此舉的意思，但還是要支持他，雲遲要整頓朝局，自然要先從一處撕開一條口子。朝堂需要換新鮮的血液，大批的新科才子們要安插進來，所以，不撕開一條口子怎麼行？只砍頭罷官辭官幾個老的，還不足以給朝堂換血。

於是，陸之凌和蘇子斬齊齊地站了出來，附和雲遲。

二人一站出來，朝臣們就覺得不妙，如今論官位，論本事，論重兵重權，這二人可以說是手握重兵和實權。

別說開口說一番話，就是唾沫星子砸地上，那也是一大塊冰渣。

但老臣們眾多，尤其是有幾個守舊的老臣們，是先帝臨終輔助當今聖上登基親政的肱骨之臣，不止年齡老，身分資格也老。

他們這幾個人，平時不上朝，但有大事兒發生時，得到了朝堂上的消息，那就會匆匆地從府邸裡穿戴著朝服，手裡拿著先帝爺賜的可以棒敲皇帝的金剪金錘上殿。

其實歷來歷朝歷代都有這樣的人，歷代皇帝雖都不喜歡其剛硬耿直直言勸諫的性子，但也因此，能克制自己不做昏君，將之當作帝王的一面鏡子。

這幾位老臣一上殿，那分量就重了。

眾人齊齊看太子殿下的臉色，只見雲遲似乎早有預料，面上波瀾不驚，眼底深處一片深邃，看不出心中所想。

這幾人是免跪的，雲遲只揮手讓人搬了椅子，扶著幾人坐下。

幾人趕來得急，皆氣喘吁吁，雲遲也不說話，等著幾人開口。

幾人歇夠了，其中一人當先開口，痛陳了一番雲遲此舉的危害。

危害朝堂安穩，危害南楚江山社稷，若是太子殿下不收回成命，他今日就撞死在這金殿上，因為他愧對先帝爺，愧對手裡的金剪。

其餘幾人也齊齊附和，氣憤激揚地說太子殿下以前諸多舉動也就罷了，有少不經事之舉，也是磨鍊太子殿下治國之道，他們覺得無可厚非，但是這破壞朝堂選拔人才之舉，實在是不可為，兩個黃毛小兒，怎麼能去翰林院那等清貴尊崇之地禍害？

尤其夏澤又是北地晉王府的子嗣，誰都知道北地禍亂南楚江山，各大世家都反了天的參與此事，被蘇子斬凌遲處死了多少人？晉王府的夏澤，按理說，也是有牽連之罪的，虧得太子殿下仁慈，才不計較，免了他的牽連之罪。且他小小年紀，也不得進翰林院，若放進去的是個小禍害，這將來怎麼得了？

畢竟翰林院出來的人，將來都會身居要職，甚至封侯拜相。

還有十一皇子，那是個貪玩的主，別說翰林院，讓他進哪裡，眾人都覺得太年少了。太子殿下這些年，對皇室一眾兄弟們仁愛，朝臣們都看在眼裡，若是想啟用重用兄弟們，五皇子進翰林院也就罷了，畢竟成年穩重，但十一皇子，萬萬不行。

於是，一時間，滿朝堂上，只聽幾位老臣激憤堅決反對的滔滔不絕聲。

雲遲也不說話，聽著幾位老臣說。

幾位老臣足足說了半個時辰，這是雲遲監國四年來，前所未有之事。

待幾位老臣說夠了，住了嘴，盯著太子殿下，等太子殿下表態。朝臣們雖見太子面無表情，但心下還是放了大半的心，覺得事情都到這個地步了，最老的一位大人都八十多了，雲遲即便有蘇子斬和陸之凌支持，應該也不會再讓那兩個毛頭小子進翰林院了。

畢竟，若是太子殿下不改口收回心思，幾位老臣的金剪金錘哪怕不鑿到他身上，若是萬一氣死個威望甚重的人，此事傳揚出去，於太子殿下的名聲也有損。

可……雲遲從小到大，要做的事情，沒有做不成的，眾人還是提著一小半的心。

大殿一時十分安靜，落針可聞。

雲遲似坐的累了，慢慢地站起身，負手立在玉階上，聲音清涼：「幾位老大人說完了？」

幾人對看一眼，都點點頭，說了這一番話，都覺得氣喘得累，不過讓太子殿下收回心思，這一番折騰是值得的。

雲遲笑了笑：「五年前，本宮要前往川河谷賑災救民，幾位大人似乎也曾在金殿上這般?!若是本宮沒記錯，是有這事吧？」

幾人頓時升起一種不妙的感覺，當年的確是有這事兒，那時，坐在金椅上的人是皇上，當政的也是當今皇上，雲遲尚且年少。

雲遲目光清寒，面色沉暗：「父皇聽了幾位老大人的話，不准我前往川河谷。本宮那時不忍川河谷百姓陷於水火之中，不顧父皇反對，私自前往川河谷，後來事實證明，本宮是對的。沒有當年的磨礪，今日本宮也不會站在這朝堂上，不會平復西南境地，拔除那顆毒瘤，也不會破格啟用蘇子斬肅清北地掃除禍亂。」

幾人手抖嘴抖起來，還是有一人開口：「當年與今日不同，太子殿下不能與當年對比。」

雲遲又笑了笑，輕飄飄地說了一句：「鄭大人，您老了。」

只這一句話，那老大人便抖成了篩子，人老了最不愛聽的便是這句話，老也不服老。

「您五年沒上朝了吧？您手裡的這把金剪，就算打在我身上，還能揮得動嗎？」雲遲慢慢走下玉階，來到那位八十多歲的老大人面前，淡淡問。

那位老大人拿著金剪的手幾乎握不動，看著雲遲，四年監國，讓這位太子殿下成長的太多，他不再是五年前受制於朝臣的少年，而是已大婚娶妻比帝王還有威儀的年輕男子。

他便這樣立在他面前，長身玉立，如翩翩風采的清貴公子，沒施壓，沒刻意釋放威嚴，但已讓活了八十多數連老眼都花了的人還是看清了他骨子裡那即將龍騰展翅翱翔九天的金龍在張牙舞爪，似一口，就吞了他。

人活到八十歲，這個年紀，看過的人和事兒太多，有老了糊塗的，也有老了依舊不糊塗的。

能活了這麼久，還依舊能登上朝堂，從先帝開始，歷經當今聖上，如今到雲遲，算是滿滿三代人。在三代的時間裡，還沒被朝堂熬死，今日還能拿著金剪金錘上殿，雖然脾性耿直但也不是真的徹底糊塗了。

首當其衝，便是這位八十多歲的鄭大人。

這一刻，他距離得雲遲近，忽然就懂了，哪怕今日他們幾人都死在這裡，雲遲的路，也不容阻擋。

他抖了幾抖，想量過去，但到底忠心耿耿，忠心南楚江山，忠心歷代輔佐的皇室雲姓。只要今日他暈在這裡，那麼，雲遲明日便會被人非議太子不賢德。

一個年少時便不顧朝臣反對，不顧自身安危，前往川河谷救萬民於水火的人，豈能不是一個好太子？

這也是為什麼雲遲自川河谷回來後，他監國理政，四年來，站穩了朝堂，一年前哪怕因為太子妃惹出的無數風波，他也沒上朝找他的原因。

鄭大人哪怕不承認老，在雲遲這麼近的距離下，他也得承認自己老了。年輕的太子，自要洗禮朝局，自要將南楚江山換新篇章，自要一把火燒開一條路，撕破一道登天的口子來。

於是，他在顫抖中扔了金剪，顫巍巍地轉身，一言不發地走出金殿。

金剪落地的聲響，震得滿朝文武的耳中轟鳴陣陣，掩蓋了八十多歲的老大人離開的腳步。

人活一輩子，跌跌撞撞一路摸爬滾打吃了多少虧不丟人，但臨終沒個體面，丟了一輩子想掙的臉面，才是真丟人。

鄭大人一生有糊塗過，五年前，他就糊塗過，金剪雖沒朝皇帝身上揮過去，但那架勢也是拉的十足。但今日，他糊塗了一會兒，在雲遲站在他面前時，他就不糊塗了。

其他手裡一樣持著金鞭金錘的幾人看到鄭大人走了，連金剪也不要了，齊齊驚了！這就算了？讓太子往翰林院胡亂塞兩個毛都沒長齊的小子胡鬧嗎？

在他們的驚惶中，雲遲聲音溫和，響徹大殿：「小忠子，送鄭老大人。」話落，補充，「天寒雪大，讓老大人乘坐本宮的馬車。」

「是，殿下！」小忠子麻溜地追了出去。

八十多歲的鄭老大人扔了金剪離開朝堂，默許了雲遲的決定，其餘人也泄了氣，再說不出什麼反對的話來，紛紛告退出了朝堂，手裡的金鞭金錘也都留在了朝堂上。

年輕的太子大婚後，做的第一件事兒，就震驚了朝野。

朝臣們見大勢已去，都閉了嘴，再無人反駁，雲遲在早朝上便拍了板，即日起，十一皇子與夏澤入翰林院做學生。

下了早朝後，不等皇帝來請，雲遲去了帝正殿。

皇帝精神不錯，見了他便笑道：「朕不及你，當年，他們拿著金剪金鞭逼朕，朕無奈之下，妥協了。今日，你能讓他們乖乖地不打不鬧體面地離開朝堂，天下也沒人非議你不賢德。做得好。」

雲遲淡笑：「當年父皇之所以被他們逼迫，也是因為捨不得兒臣去川河谷涉險。」話落，又道，「今日兒臣料準了八十多歲的鄭老大人還不糊塗，他心裡明白，才敢走這一步棋。」

「嗯。」皇帝點頭，對他壓低聲音問，「你怎麼想著將兩個孩子送去翰林院？他們的年紀未免太小了，若是得堪大用，少說也得在翰林院待個五年。」

雲遲也不打算對皇帝透底，便笑著說：「早進翰林院早培養著，五年一晃就過。」

「倒也是。」皇帝沒意見，「你凡事自有主張就行，朕都支持你。」

父子二人說了一番話，雲遲告辭出了帝正殿，去了議事殿。

第一百二十三章　鳳凰木的秘密

朝堂上一朝風雲變，京城街頭巷尾已傳開，破格進入翰林院的少年年歲太小，這讓多少人唏噓中都覺得震驚和眼紅。

不過當日太子殿下迎親，迎親客裡的夏澤，小小年紀，才華過人，初現風采，被太子殿下破格提拔啟用，雖然百官不能接受，但百姓們卻很是樂於聽這樣的事兒。

在百姓們的心目中，太子殿下是一個好太子，他做的事情，自有道理。

花顏睡醒後，已是快晌午，對采青問：「太子殿下走時說今日回來用午膳嗎？」

采青立即說：「殿下說今日不回來了，晚上早些回來。」

花顏點頭，想起雲遲安排夏澤入翰林院之事，吩咐采青：「去請十六、十七、夏澤過來，與我一起用午膳。」

采青應是，立即去了。

方嬤嬤聞言趕緊去了廚房，吩咐廚房加菜。

不多時，安十六、安十七、夏澤便來到了東苑，外面飄著雪，下了厚厚的一層，三人走成一排，落下了一連串腳印。

花顏已坐在畫堂等著他們，畫堂裡升著火爐，火爐上熬著棗茶，乍一進門，便聞到一陣棗香。

安十六當先邁進門，搓了搓手，打量花顏：「少主氣色不錯。」

花顏對他笑了笑：「東宮可還住得慣？」

「住得慣。」安十七隨後進屋，說了一句。

夏澤最後走進來，喊了一聲：「顏姐姐。」

花顏笑著對他招手，夏澤走到了花顏面前，花顏站起身，比夏澤高上一小節，她又坐下身，摸摸他的頭，笑著說：「你年少，所有人都當你是孩子，進了翰林院後，就拿出你的孩子氣來，不必太老成持重，十一皇子性子活潑，他與你一起玩，你便也與他一起玩，有些事兒不急，來日方長。」

夏澤懂了，他與十一皇子進翰林院之事，朝野震動，盯著他們的人太多太多，他點點頭：「顏姐姐放心，太子殿下已囑咐過我了。」

花顏頷首，對安十七道：「十七，你每日跟著夏澤出入翰林院，做他的護衛吧！」

夏澤立即搖頭：「顏姐姐，我不需要護衛，更何況還是十七哥哥，我不用他。」

安十七彈夏澤腦門：「為何不用我？」

夏澤瞅了花顏一眼：「大材小用，十七哥哥是護著顏姐姐的。」

安十七大樂。

花顏笑道：「你也是我弟弟，萬一出事兒，我沒辦法跟你父母姐姐交待，十七近來左右無事，就先跟著你吧！」

夏澤依舊拒絕，頭搖的像撥浪鼓：「那顏姐姐就給我換個人，總之不要十七哥哥。」

花顏見他態度堅決，無奈地笑了笑：「行，那讓十七安排兩個花家暗衛護你吧！」

夏澤這才痛快地點頭。

安十六這時開口道：「少主，我與十七進京就是為了護你，你別覺得我們在東宮閒著，就打發我們出去。如今你有了身孕，我們更是一步也不能離開。」話落，補充，「這是公子命令。」

花顏本來今日叫三人來，確實是覺得安十六和安十七不必時時刻刻陪著她在東宮，同時也想見見夏澤，囑咐兩句，讓他穩穩心性，畢竟年少，別太緊張心慌，如今一聽，只能作罷了。

用過午膳，三人離開了東苑，花顏今日起的晚，覺睡的夠，站在窗前，看著窗外稀稀疏疏簇落的飄雪，想著不知道那株鳳凰木落了飄雪，是個什麼景色，很想去看看。

於是，她對采青說：「我想出去走走。」

采青頓時躊躇：「外面雪雖不大，但很是冷寒，萬一您染了風寒就不好了，殿下讓您歇著。」

花顏歎了口氣：「我總不能日日關在屋子裡，你去把方嬤嬤叫來，我問問她。」

采青自然做不了主，方嬤嬤是老嬤嬤，於是，聽了花顏的話，去請方嬤嬤。

不多時，方嬤嬤便來了，笑著問：「太子妃，您是想在這東苑走走？還是出宮走走？」

花顏對她微笑：「想去看看鳳凰木落了飄雪什麼模樣。」

方嬤嬤笑著點頭：「多穿一些，奴婢帶著人跟著您，不過時間不能太久。」

花顏自然答應。

於是，采青拿來厚厚的狐裘披風，裹了花顏，又給她手裡塞了個手爐，方嬤嬤帶著十多個婢女，一行人出了鳳凰東苑。

出了房門，花顏覺得迎面一陣清爽，有兩日她未曾呼吸外面的空氣了，雪的味道清新怡人，讓她心情也跟著好了起來。

采青打著傘，亦步亦趨地跟著花顏，不讓雪落在她身上，同時又小心地看著腳下，怕花顏摔倒。

花顏走了一陣，看著她過於小心的模樣，無奈地笑：「我還不至於讓自己摔倒，你提著心憋著氣走路我都替你難受，放鬆點兒，你若是這樣子，我也跟著你緊張。」

采青點點頭：「地上的雪厚，您慢點兒走。」

方嬤嬤在一旁也笑著說：「采青服侍的盡心，殿下沒選錯人，太子妃是該小心，無論是您，還是您肚子裡的小殿下，都禁不住絲毫差錯。」

花顏哭笑不得：「還沒確定是否是喜脈呢？」

方嬤嬤笑著說：「以奴婢當年侍候皇后娘娘的經驗，八九不離十，皇后娘娘不足月時，也是容易疲累嗜睡，那時娘娘身子骨不好，太醫把脈也把不出來，所以，就由著娘娘將養著，一個月後，才診出是喜脈。」

花顏停住腳步，看著方嬤嬤：「照你這樣說，我肚子裡懷的是男孩子了？」

方嬤嬤一愣：「這……奴婢也不知道，需要太醫把脈……」話落，看花顏臉色，「當年皇后娘娘懷得太子殿下，是與您如今相差無幾，但這個也說不準。」

花顏難得見方嬤嬤吞吞吐吐，笑著說：「是男孩子最好，我就喜歡男孩子。」

方嬤嬤鬆了一口氣：「神醫的醫術高絕，太子妃您若是想知道，等脈象明顯時，問問神醫就是了。」

花顏點頭，繼續向前走去。

不多時，來到後花園。

這一株鳳凰木，四季開花，冬季的花更是紅的奪目，花上落了一層飄雪，紅白相映間，分外的美麗。

花顏笑著問：「我是聽說這株鳳凰木冬季也開花，沒想到，真是這樣美。」

方嬤嬤壓低聲音說：「這株鳳凰木，是皇后娘娘懷著太子時，親自為太子栽種的，不過木種卻是從南疆帶回來的，據說曾用蠱蟲的血養著，所以，木體裡融了蠱蟲的血，才能不畏嚴寒，四季盛開。」

花顏訝異：「原來這一株鳳凰木是來自南疆王室？」

方嬤嬤點頭：「正是。」

花顏走近了些，打量這株鳳凰木，風雪中，風姿冠絕天下，她將手爐交給采青，然後伸手去摸鳳凰木的樹幹。

樹皮已乾裂，但花開的真是極盛華。

采青立即說：「太子妃，沒有手爐，您……」

她話語說到一半，花顏的手碰到了乾裂的樹皮，因她的手太嫩，被劃了一道口子，霎時出了血，她臉色一白：「您怎麼這麼不小心？流血了，快，嬤嬤，快請神醫來……」

花顏也沒想到這乾裂的樹皮如此鋒利，她只輕輕摸了摸，便劃了道口子，她也有些意外。

她後退了一步，攔住方嬤嬤：「多大點事兒，一個小口子而已，不必找天不絕，我自己就會包紮。」

采青立即拿出帕子給花顏蓋住傷口，堅決地對方嬤嬤說：「不行，太子妃如今可能懷有喜脈，包紮用藥必不能傷害腹中的小殿下，一定要請神醫，殿下交代了，一點兒差錯都不能出。」

方嬤嬤覺得有理，立即吩咐一名婢女：「快去請神醫。」

那婢女應是，連忙小跑著去了。

花顏無奈，只能依了她們，想著這麼點兒小事兒請天不絕，他非瘋了不可。

「太子妃，回去吧！」方嬤嬤見花顏傷了手，自然不能再多待了。

花顏點點頭，一行人走回鳳凰東苑。

天不絕聽聞花顏傷了手，大翻白眼，大手一揮：「沒事兒，傷口小的話，隨便包紮一下就行。真當我老頭子成了跑堂的小大夫了，雞毛蒜皮的事兒也找我?!不去！」

夏澤聞言不幹了：「您快去，既然來人請，必不是小傷口！」話落，他伸手推天不絕。

安十六和安十七也坐不住了，乾脆二人一人一邊，架著天不絕去了鳳凰東苑。

天不絕氣的不行，覺得一個個都小題大做大驚小怪，被乾裂的樹皮劃了一下，那傷口能有多大？一個屁大點兒的傷口，也勞動他，他真是快受不了了。

天不絕到了鳳凰東苑，花顏反而還沒從後院回來，他氣咻咻地等在畫堂，對安十六、安十七、夏澤三人瞪眼，罵三人是啥也不懂的小東西，跟著東宮的人一起折騰他。

等了一會兒，方嬤嬤帶著人簇擁著，花顏用帕子捏著手指，進了鳳凰東苑。

花顏進屋後，便看到了天不絕的臭臉，笑著說：「行啦，趕明兒我與太子殿下說說，在東宮專門請個大夫，免得大小事情都逮了你來。」

天不絕冷哼：「我不來，另請別的大夫，太子殿下放心嗎?」

花顏想想也是，雲遲一定不會同意的，大事兒小事兒還得天不絕，她笑著說：「東宮的藥材庫裡藥材多，你不能白拿著隨便琢磨東西不幹活吧?能者多勞嘛，你年歲大了，就該多跑跑活動筋骨。」

天不絕白了花顏一眼，懶得再跟她說：「手拿來，我看看。」

花顏拿開了帕子，坐下身，將傷手遞給天不絕。

天不絕一看，又給氣了個夠嗆，傷口真是小，連大夫都不用請，只破了層小皮，血已經不流了，轉天就會好，他怒道：「灑點兒創傷藥，隨便裹一下就行。」

「您給裹吧！奴婢手笨。」采青捏著花顏遞給她的帕子，抖給天不絕看，「您如今看著是個小口子，可是當時流了不少血呢，您看看這帕子，都給染紅了。」

天不絕隨意掃了一眼，剛要罵采青，忽然神色一變：「把帕子給我。」

采青不解，將帕子遞給了天不絕。

天不絕看著帕子上已經乾了的血跡，摸了摸，又聞了聞，抬頭盯緊花顏：「當真是那株鳳凰木的裂皮傷了你的手？」

「是啊！」花顏看著他神色，這般模樣，似發生了什麼大事兒，她問，「怎麼了？難道有什麼不對？」

天不絕立即說：「何止是不對，實在是太不對了，這血，你確定是你身體裡剛流出來的？」

「確定啊！」花顏被他弄的莫名其妙，「你如實說。」

天不絕看了一眼屋中的人，大手對方嬤嬤一揮：「你們都出去。」

方嬤嬤知道天不絕有話要說，連忙帶著人走出去。

花顏喊住方嬤嬤：「其餘人都下去吧！嬤嬤和采青留下。」

方嬤嬤聞言停下腳步，留了下來，婢女們魚貫而出，關上了房門。

天不絕知道花顏信任采青和方嬤嬤，待人下去後，便壓低聲音開口道：「這帕子上的血，若是我老頭子沒聞錯看錯，這血是死蠱之血。」

「什麼意思？說明白點兒。」花顏也收整了神色。

天不絕立即說：「死蠱是南疆王室一種早已失傳的蠱，是一種極害人的蠱，養在活人體內，三日既亡，融於血液，查不出絲毫病症。養在花草樹木上，卻能四季常青，但若是人碰了花草樹木，傷了血，死蠱之氣便會藉著血液進入到人的身體內，七七四十九日，必亡。同樣是查不出絲毫病症。」

花顏面色也陡然變了，手攥緊：「你的意思是，那株鳳凰木，用的是死蠱養的？」

天不絕道：「如今這帕上的血若是你剛剛流的，那就是了。不過我需要去看看那株鳳凰木，才能斷定。」話落，他摸著下巴道，「傳聞百年前死蠱就已絕失傳於南疆，沒想到傳言有誤。」

采青頓時哭了：「神醫，那太子妃這血……您說的死蠱，可怎麼辦啊？您快給太子妃解了啊？」

方嬤嬤也白了臉，沒想到她今日答應花顏去看鳳凰木，看出了這麼一樁要命的事兒，她也駭極了：「神醫，您可有辦法？」

天不絕大手一揮：「若是以前還真沒法子，但如今簡單的很，把蘇子斬叫來，喝他一口血，就能解了。」

采青頓時止了哭。

方嬤嬤看著天不絕：「子斬公子的血……為何……」

天不絕道：「他用了蠱王，那是萬蠱之王，身體已萬蠱不侵，專剋蠱蟲的，她既然沾染了死蠱，自然要用他的血才有救。」

方嬤嬤不太懂，她畢竟對蘇子斬解寒症與南疆之事不清楚，但采青懂，立即抹了一把眼淚：

「奴婢這就去武威侯府找……」

「我去。」安十六騰地站起身，「你沒我快。」話落，他飛似地出了房門。

安十七這時開口：「少主，將太子殿下請回來吧！此事不是小事。」

「奴婢這就讓人去請太子殿下。」方嬤嬤不待花顏答應，白著臉出了門，吩咐人去請雲遲。

花顏沒意見，今日這事兒不是她傷了小傷口的事兒，她也想雲遲趕緊回來。

她沒想到那株鳳凰木有問題，她在這短短時間內，想的比別人更多，這株鳳凰木是當年皇后娘娘懷著雲遲時親手栽下的，雲遲如今二十，也就是活了二十年了。

這中間，沒人碰過鳳凰木，擦過樹幹，劃過傷口出過血嗎？

昔日，她與雲遲鬧悔婚時，曾靠著鳳凰木看鳳凰花，不過那時是春夏時節，鳳凰木樹幹還是綠的，沒有乾裂的皮，自然也沒傷了她的手。

她想起了皇后之死和武威侯夫人之死，至今還是個謎，是否出在這株鳳凰木上？

她們昔日是否也曾如她一般，被鳳凰木傷過手？

若不是她如今可能懷有身孕，采青和方嬤嬤小題大做，這麼小小的一個傷口，她自然不在意，也就不會請了天不絕來了。天不絕不來，他自然不會發現這事兒，而那塊帶血的帕子，就會洗了或者扔了，她手上的小傷口也會很快就癒合……

她問天不絕：「若是今日你沒從這塊帶血的帕子上發現死蠱之血，給我把脈的話，能發現嗎？」

天不絕道：「傳言說是發現不了，你把手再給我，我試試。」

花顏點頭，將手遞給天不絕。

天不絕給花顏把脈，左手右手，輪番試了幾次，最終撤回手，臉色難看地搖頭：「把不出來，還是虛弱體虛的脈象。」

「連你都把不出來這脈，就算死了人，也是把不出來吧？」花顏看著她的手，心中越發地確定了，「皇后和武威侯夫人之死，多年未解之謎，怕是今日要解開了。」

天不絕恍然大悟：「當初聽聞梅府二小姐之死，我還想太醫院一幫子廢物，若是我在，定然能知道她的死因，但若是死蠱，我還真不知道。」

「可惜，那時我為了讓你救我哥哥，將你關在桃花谷不出門，也未曾理會此事。」花顏對他擺手，「你去看看那株鳳凰木吧！」話落，對安十七吩咐，「十七，你跟著他去。」

天不絕點頭，站起身，出了房門，安十七立即跟了去。

雲遲正在議事殿見安書離。

安書離自那日喝了喜酒回到安陽王府，王妃想念兒子，實打實地將他扣在家裡待了兩日。今日一早，雲遲派人前往安陽王府給安書離送了個口信，讓他入朝任工部尚書之職。

安書離並不意外，無論是蘇子斬，還是陸之凌，最終都入朝了，他也不例外，知道自己躲不過，便答應了下來。

雲遲下了早朝後，安書離便到了議事殿見他。

修葺川河谷堤壩治水一事，他本就帶了工部的人前往，對工部的一應流程作業早已熟悉。所以，上任工部尚書，接手工部事務，對他來說不難。

如今，他需要知道雲遲打算讓他接手工部尚書之位後要做些什麼。

雲遲遞給了安書離一卷方案：「你先看看這個。」

安書離伸手接過，看了一眼，抬眼對雲遲道：「黑龍河堤壩？」

「嗯。」雲遲點頭，「趕在北地的雨季來臨之前，北地黑龍河的堤壩必須修葺好，治水方案就在這裡，如今工部的首要之事便是這個。」

安書離點頭，將手裡的方案看過之後，笑問：「這是太子妃製作的方案？」

雲遲頷首：「是她，本來她在北地時便因地制宜地設定好了治水方案，但因為北地禍亂，冬季來得比較早，大雪早至，沒能施行，只能等待化凍之後，汛期之前，將工程趕出來，免於百姓們再受害了。」

安書離道：「此事我提前著手安排，有了川河谷經驗，應該不成問題。」話落，他問，「那銀兩方面，從國庫出？」

雲遲道：「北地十大世家抄家充公的財產，用於今冬救災北地的百姓了。還有剩餘，也不多了，銀兩就從國庫出，蘇子斬掌管戶部，到時候配合你。」

安書離頷首：「回頭我再去見見他。」

二人正說著，小忠子匆匆走進來：「殿下，方嬤嬤派人來請您快回東宮。」話落，他看了安書離一眼，小聲說，「似是太子妃出事兒了。」

雲遲騰地站起身，也不問出什麼事兒，轉眼便衝出了議事殿。

小忠子連忙隨後跟上。

安書離也站起身，想著既是太子妃出事兒，他也該去東宮看看，於是，他收起了手中治理黑龍河的方案，隨後也跟了去。

雲遲並未坐車，而是解了議事殿門口的馬韁繩，翻身上馬，趕回東宮。

小忠子見雲遲騎馬走了，也解了一匹馬韁繩，還沒上馬，便被安書離接了過去：「你另找一匹馬，我跟著殿下去看看可否需要幫忙。」

小忠子只能將馬交給了安書離。

安書離騎馬追去了東宮。

議事殿距離東宮不遠，天上落著雪，地面上都是雪，街道上沒什麼人，只有幾輛馬車，雲遲也不必避讓行人，馬騎的飛快。

趙清溪今日與趙夫人去了一趟胭脂鋪子，正要回府時，雲遲騎馬一晃而過，她一愣。

趙夫人也看見了，疑惑地問：「溪兒，娘沒眼花吧？那是太子殿下？」

趙清溪點頭：「娘，那是太子殿下。」

「在我的記憶裡，太子殿下似乎從不曾當街縱馬，天大的事兒，也不曾過。」趙夫人看向長街盡頭已沒了那駿馬疾馳的身影，猜測：「是回東宮方向，出了什麼事兒嗎？」

她話音未落，又一人縱馬疾馳而過，馬蹄捲起地上一層雪花，一陣冷風寒氣，她又吃驚地說：「那是安書離？也是前往東宮方向？」

趙清溪點頭，低聲說：「看來是東宮出了什麼事兒。」她猜測著，肯定地說，「應該是太子妃出了事兒。」

「你怎麼猜測是太子妃出了事兒？」趙夫人轉頭問她。

趙清溪輕聲說：「太子殿下素來沉穩內斂，只有遇到太子妃的事兒，才失了一貫的從容。」

「也是。」趙夫人頷首，琢磨著說，「咱們回去吧！東宮的事情輕易打聽不得，咱們趙府不比往昔，該知道的，有了風聲自然會知道，太子殿下不讓人知道的，打聽也沒用。」

趙清溪點點頭，望著東宮方向說：「但願太子妃沒事兒。」

趙夫人看了她一眼：「那是個命好的女子。」

雲遲一路疾馳，很快就回到了東宮，連馬也未下，騎馬衝了進去。安書離落後一步，猶豫了一下，翻身下馬，進了東宮。

福管家本來在門口迎著雲遲，沒想到太子殿下見了他，一句話也沒問，直接去內院了，他剛要追去，見安書離跟來了東宮，對他見禮：「書離公子。」

安書離點點頭，問：「太子妃出了何事兒？」

福管家也不太清楚內情，知道內情的只有方嬤嬤和采青，他搖頭：「老奴也不太清楚。」

正說著話，又一人馳馬而過，正是蘇子斬。

福管家連忙見禮：「子斬公子。」

蘇子斬勒住馬韁繩，翻身下馬，看了安書離一眼，挑眉：「你怎麼也在？」

安書離對蘇子斬拱了拱手：「我正在議事殿與太子殿下議工部之事，聽聞太子妃出事兒，便來了。」

蘇子斬點頭，知道安書離與花顏也有些交情，邁進門。

安書離便也跟著他一起進去了。

二人進了東宮的門，都已下馬，自然落了雲遲好大一截。

雲遲騎馬到了二門，不能再騎馬往裡走，便下了馬，一陣風地奔去了鳳凰東苑。

此時，天不絕去看那棵鳳凰木，還沒回到鳳凰東苑。

花顏沒等多久，便見雲遲如旋風一般地進了鳳凰東苑，轉眼間，便進了畫堂，本要衝進內室，一眼見花顏好好地坐在椅子上，他提著的心一下子踏實了許多，停住腳步，怕外面的涼氣沖撞了她，沒上前，急聲問：「出了什麼事兒？」

花顏道：「不急，你先喘口氣，我慢慢與你說，是小事兒，我無礙，也是大事兒，你聽了就明白了。」

雲遲點點頭，如今見花顏好好的，倒是不急了，解了披風遞給采青，拂了拂身上的寒氣，才走到花顏面前，伸手抱了抱她，挨著她坐下身。

花顏倒了一杯熱茶遞給他。

雲遲接過熱茶，抿了一口：「說吧！」

花顏便將今日她一時興起去看鳳凰木，不小心被鳳凰木幹劃了一道口子出了血，采青和方嬤嬤太小心，請了天不絕來，天不絕發現了那棵鳳凰木是由死蠱而養，沾了人血，由血氣進入人身體，七七四十九天，查不出病症死亡之事詳細地說了一遍。

雲遲本就聰明，聽著聽著，臉漸漸地白了，一雙眸子漸漸地染上怒意，他一瞬間就想到了皇后和武威侯夫人未解的死謎，盯著花顏手上那個小口子，還是明白面前的人最重要，沙啞地問：「如今天不絕既然知曉，可有辦法？」

「子斬用了蠱王，蠱王是萬蠱之王，可解一切蠱毒，讓他給我放點兒血喝就行。」花顏道，「十六已經去請他了，他收到消息，應該一會兒就過來。」

雲遲面色稍霽，伸手拉過她的手，這傷口真是小的不能再小，誰能想到，那一株由她母后親手種植的鳳凰木，竟然有這麼大的毒性。他從小看到大啊！

他轉頭對采青說：「做的好。」

采青立即說：「是殿下您吩咐過奴婢，只要是太子妃有不妥，無論大事兒小事兒，一定不能等閒視之，所以，奴婢才沒敢耽擱。」

雲遲點頭：「本宮選你放在太子妃身邊果然沒錯。」話落，他寒聲說，「來人，將那株鳳凰木給本宮砍了。」

花顏連忙阻止他：「別，你如今砍一株鳳凰木，報不了仇，也容易走露風聲，這鳳凰木是怎麼植進東宮的，總要查，不宜打草驚蛇，先留著它吧！」

雲遲問：「天不絕呢？」

「他去鳳凰木下查證，看看是否真如他猜測。」花顏道。

雲遲又問：「他可說你沾染了死蠱會否影響你腹中胎兒？」

花顏一怔，不確定地說：「我未曾問他此事，聽聞此事，我滿腦子想的是母后和姨母的死，一會兒待天不絕回來，問問他。」

雲遲點頭，吩咐采青：「去催促天不絕趕緊回來。」話落，又清喊，「雲影，去讓蘇子斬快點兒來。」

他話落，雲影剛落地應是，蘇子斬和安書離恰好已快步進了鳳凰東苑。

花顏見到安書離，奇怪地問雲遲：「安書離怎麼來了？」

雲遲這才想起來：「我在議事殿與他商議工部之事，小忠子稟告時，他正在，知道你出事兒，便也跟來了。」

花顏點頭，她與安書離的交情雖不深，但也不算淺，顯然是關心她。

不多時，蘇子斬和安書離來到畫堂，采青出去挑開簾幕，請了二人進屋。

蘇子斬當先走進來，他早已經從安十六那裡知道了事情始末，臉色不太好，他本就聰明，是因為花顏，也是因為他娘與他姨母之死，他也想到了那個可能。

太醫認為的猝死之症，若是擱在自幼身體便不好的皇后身上，尚且能說的過去，但她娘來東宮之前，活蹦亂跳的，突然死在東宮，說是猝死，他無論如何也不能接受。

若說是家族遺傳，梅府根本就無一人有過突然死亡的症狀。

今日，有了花顏與鳳凰木這一樁事，他幾乎可以斷定，他娘當年的死，也許就出在這鳳凰木上，因為她隔三差五就往東宮跑，也常去姨母種植的那株鳳凰木下。

雲遲見了蘇子斬，第一句話就是吩咐采青：「去拿一只碗來。」

采青立即去了。

安書離見花顏好模好樣地坐在畫堂裡，鬆了一口氣，見禮後，溫聲問：「聽聞太子妃出了事兒，我便跟來看可有需要幫忙之處，我府邸裡有些好藥，便跟來了。」

花顏對他微笑：「是有一樁事，無礙，你是自己人，坐吧！」

安書離便坐下了身，也是因為雲遲信任他，無論是前往西南境地，還是川河谷治水，對雲遲來說，他不是外人，才敢不問過他的意思便跟來了東宮。

蘇子斬也坐下身，等著采青拿碗。

這時，天不絕與安十七已匆匆回來，見到天不絕，雲遲開口問：「如何？」

天不絕點頭，看了安書離一眼，既然能坐在這裡，便是不必避諱的人，他道：「那株鳳凰木的確是用死蠱養的鳳凰木，我用古籍上記載的驗證法子，一驗就驗了出來。真沒想到啊！本以為絕了的死蠱，竟然還流傳著，且種植在了這東宮。」

雲遲問出他當下最關心的：「太子妃染了死蠱，即便服了子斬的血，可會影響身體？」

天不絕明白雲遲問什麼，搖搖頭：「時間太短，沒那麼快，如今頂多走到手臂處，時間若是長了，還真不好說。」

這時，采青拿來碗，放在了蘇子斬面前：「子斬公子請。」

花顏立即說：「有一口就行。」

她話音未落，蘇子斬二話不說，拿出懷中的匕首，朝著手背就劃了一刀，鮮血頓時流了出來，轉眼就半碗。

花顏瞪著蘇子斬：「夠了！夠了！怪難喝的，你弄這麼多做什麼？」

蘇子斬不說話，看向天不絕。

天不絕點頭：「夠多了，別說一個人，三個人的分量都有了，趕緊止血。」話落，拿出了金瘡藥，給蘇子斬灑在了傷口上，上好的金瘡藥灑上，頓時止住了血。

天不絕嘖嘖一聲：「你這傷口比她那個傷口可大多了。」

「一碗血算什麼。」蘇子斬收了匕首，看著天不絕給他上了金瘡藥又用紗布裹了手，滿不在乎，看著花顏說，「趕緊喝，還是熱的。」

花顏嫌棄地看著那半碗血，真是不想伸手。

雲遲將那半碗血端了遞給她：「乖，趕緊喝下，你不是嫌他礙眼嗎？喝了他的血，也算報了仇了。你喝完就讓他滾。」

這是哄人的話，花顏聽著又氣又笑，真怕耽擱久了，影響腹中胎兒。她接過碗，一手捏了鼻子，仰脖往下灌，心裡直罵，明明一口就好，非弄半碗，她跟蘇子斬不是有恩有義，是有仇有怨。

蘇子斬冷哼一聲：「你可以只喝一口。」

花顏不理他，都放了半碗，又不能浪費。

一碗血喝完，花顏滿嘴的血腥味，采青連忙遞給她一盞茶，她漱了口，說：「你這血竟然是有點兒甜味。」

蘇子斬揚了揚眉，他也不知道自己的血是什麼味。

天不絕在一旁說：「他用了蠱王，融入了血脈，又用了那麼多稀世好藥，血有一點兒甜味也沒什麼不對。」話落，又補充，「他這血可值錢得很。」話落，又對蘇子斬道，「以後愛惜著些，別讓自己受傷，你這血除了不怕蠱，還應該能抵抗劇毒。」

蘇子斬又揚了揚眉，沒說話。

這回換花顏嘖嘖了一聲：「我喝了他的血，是不是也有了這個作用？」

天不絕道：「嗯，應該也會有些，但自然不及他。」

花顏道：「蠱王已沒，蠱蟲都已被滅了，葉香茗的蠱媚之術也被你廢了。這世上，再無蠱蟲，也沒多大用。」

天不絕道：「誰說的？今日不就有用了？」話落，道，「都說死蠱百年前已絕，如今這株鳳凰木不就是死蠱所養？這世間事兒，難說得很。」

花顏覺得有理。

安書離雖沒經人細說，此時也明白了個大概，臉色凝重：「這一株鳳凰木，要從二十年前查起，我聽聞是南疆移植而來，不知道南疆王可否知曉此事？幸好南疆王如今還活著。」

「這事兒要暗查。」花顏看著雲遲，「你有什麼想法？」

「給梅疏毓傳信，梅疏毓在西南境地，他能快速地去到南疆王的圈禁之地，逼問南疆王，南疆王既怕死，一定會說出來。」雲遲道，「如今派暗衛前往南疆，大雪難走，來回太慢，不及飛鷹傳書交給梅疏毓。」

花顏道：「好，交給他吧！」話落，她想起葉香茗，「葉香茗還在桃花谷吧？她是否也得知此事？派人去桃花谷問問。」

蘇子斬開口道：「昨日我收到花灼傳信，葉香茗在桃花谷中失蹤了。」

花顏一怔，頓時有些嫉妒蘇子斬：「哥哥怎麼沒給我來信說此事？偏偏告訴了你？」她什麼時候在哥哥心裡，還不及蘇子斬了？

蘇子斬道：「你身體不好，操心太多，對己不利，這等小事兒，自然與我說了。」

花顏沒了話，和著她哥哥和蘇子斬兩頭給她織了張網，護起來了。

雲遲蹙眉：「那本宮呢？本宮收到他信時，他也未與本宮提。」

蘇子斬沒好氣地道：「你是太子，天下諸事就夠操煩的了，雞毛蒜皮的小事兒，你也要管？」

葉香茗在今日之前，的確還真是雞毛蒜皮的小事兒，但如今，發現了這株鳳凰木，便不是小事兒了，今日這事兒也是趕巧。

雲遲轉了話題：「葉香茗是自己走的，還是如何？」

蘇子斬道：「花灼已派人去查了，我也在京城一帶暗中派人查她是否來京。」

雲遲點頭，抿唇道：「若是葉香茗不是自己離開桃花谷，而是被人弄出桃花谷的話，南疆王在西南的圈禁怕是也難保不出事。離開南疆時，倒沒想到有朝一日有再用到這父女二人，若是這二人都死了，這株鳳凰木……」

「還有皇上和我父親。」蘇子斬沉聲道，「當年既然是他們從南疆帶回來的，他們應該是清楚的。」

雲遲看著蘇子斬：「這個倒容易，本宮進宮問問父皇就是了。至於武威侯那裡……」他頓住了話。

蘇子斬掃了天不絕一眼，意會地沉聲說：「此事不問我父親，我還不曾抽出時間去梅府一趟。」

雲遲點頭，武威侯這個人，雖一直以來忠心耿耿，但陳年舊事，頗有牽扯，還是要以觀後查。

花顏瞧著桌面，尋思了片刻，說：「讓十六離京一趟，去見見小金吧！」

雲遲看向花顏。

花顏道：「荊吉安和小金都流著南疆王室的血脈，阿婆出自南疆王室，他們已隱匿山林多年，也許能知曉些南疆皇室的祕辛。他們能一直安穩在山林裡多年，也許從阿婆口中知曉，會比南疆王和葉香茗更容易些。」

安十六立即說：「公子讓我寸步不離保護少主，若是離京的話，少說也要半個月回京。」

「我就在東宮待著，你只管放心走，還有十七在呢。」花顏道。

雲遲覺得花顏說的有理，此事非安十六這個小金的準夫婿去才能辦成，於是他點頭：「既然如此，十六便走一趟吧！你放心，有本宮在呢！」

安十六見雲遲答應，點頭：「稍後我便起程。」

STORY 101

花顏策 卷九

作者 西子情
主編 汪婷婷
編輯協力 謝翠鈺
企劃 鄭家謙
美術設計 卷里工作室 季曉彤

董事長 趙政岷
出版者 時報文化出版企業股份有限公司
108019 台北市和平西路三段二四〇號七樓
發行專線──(〇二)二三〇六六八四二
讀者服務專線──〇八〇〇二三一七〇五
(〇二)二三〇四七一〇三
讀者服務傳真──(〇二)二三〇四六八五八
郵撥──一九三四四七二四時報文化出版公司
信箱──一〇八九九 台北華江橋郵局第九九信箱
時報悅讀網 http://www.readingtimes.com.tw
法律顧問 理律法律事務所 陳長文律師、李念祖律師
印刷 勁達印刷有限公司
一版一刷 二〇二四年十二月二十日
定價 新台幣三八〇元
缺頁或破損的書，請寄回更換

時報文化出版公司成立於一九七五年，
並於一九九九年股票上櫃公開發行，於二〇〇八年脫離中時集團非屬旺中，
以「尊重智慧與創意的文化事業」為信念。

花顏策 / 西子情作 . -- 一版 . -- 臺北市 : 時報文化出版企業股份有限公司 , 2024.12-
冊 ; 14.8×21 公分 . -- (Story ; 101-)
ISBN 978-626-419-072-5 (卷 9 : 平裝). --
857.7 113018443

Printed in Taiwan